2022
中国
年选系列

2022年中国

报告文学精选

中国作协创研部 选编

长江出版传媒 | 长江文艺出版社

图书在版编目（CIP）数据

2022年中国报告文学精选 / 中国作协创研部选编
. -- 武汉 : 长江文艺出版社, 2023.1
(2022中国年选系列)
ISBN 978-7-5702-2943-7

Ⅰ. ①2… Ⅱ. ①中… Ⅲ. ①报告文学－作品集－中国－当代 Ⅳ. ①I25

中国版本图书馆CIP数据核字(2022)第208495号

2022年中国报告文学精选
2022 NIAN ZHONGGUO BAOGAOWENXUE JINGXUAN

责任编辑：黄海阔　任诗盈　　　责任校对：毛季慧
封面设计：徐慧芳　　　责任印制：邱　莉　胡丽平

出版：长江出版传媒 | 长江文艺出版社
地址：武汉市雄楚大街268号　　邮编：430070
发行：长江文艺出版社
http://www.cjlap.com
印刷：武汉市首壹印务有限公司

开本：680毫米×980毫米　1/16　　印张：18.375　　插页：2页
版次：2023年1月第1版　　2023年1月第1次印刷
字数：292千字

定价：42.00元

编选说明

每个年度，文坛上都有数以千万计的各类体裁的新作涌现，云蒸霞蔚，气象万千。它们之中不乏熠熠生辉的精品，然而，时间的波涛不息，倘若不能及时筛选，并通过书籍的形式将其固定下来，这些作品是很容易被新的创作所覆盖和湮没的。观诸现今的出版界，除了长篇小说热之外，专题性的、流派性的选本倒也不少，但这种年度性的关于某一文体的庄重的选本，则甚为罕见。也许这与它的市场效益不太丰厚有关。长江文艺出版社出于繁荣和发展文学事业的目的，不计经济上一时之得失，与我部合作，由我部负责编选，由他们负责出版，向社会、向广大读者隆重推出这一套选本，此举实属难能可贵。

这套丛书的选本包括：中篇小说选、短篇小说选、报告文学选、散文选、诗歌选和随笔选六种。每年一套，准备长期坚持下去。

我们的编辑方针是，力求选出该年度最有代表性的作品，力求选出精品和力作，力求能够反映该年度某个文体领域最主要的创作流派、题材热点、艺术形式上的微妙变化。同时，我们坚持风格、手法、形式、语言的充分多样化，注重作品的创新价值，注重满足广大读者的阅读期待，多选雅俗共赏的佳作。

我们认为，优良的文学选本对创作的示范、引导、推动作用是非常重要的，对读者的潜移默化作用也是十分突出的。除了示范、引导价值，它还具有文学史价值、资料文献价值、培育新人的价值，等等。我们不会忘记许多著名选本对文学发展所起到的巨大作用，我们也希望这套选本能够发挥它应有的作用。

这套书由中国作家协会创作研究部编选，具体的分工是：

中篇小说卷由何向阳、聂梦同志负责；

短篇小说卷由岳雯、贺嘉钰同志负责；

报告文学卷由李朝全同志负责；

散文卷由王清辉同志负责；

诗歌卷由李壮同志负责；

随笔卷由纳杨、刘诗宇同志负责。

中国作协创研部

讲好真实可信故事，增强人民精神力量

——2022 年中国报告文学概述

李朝全

2022 年，中国最重大的事件就是党的二十大胜利召开。而对于文学界而言，本年度最重大的事件大概当数第八届鲁迅文学奖的评选和首次为之举办的中国文学盛典·鲁迅文学奖之夜活动。在新时代这十年，中国报告文学始终保持着持续繁荣发展的态势，它的优长得到了充分的发展，这就是通过始终坚持以人民为中心，讲述真实可信故事，满足人民精神文化生活需要，不断增强人民的精神力量。报告文学的力量来自它的真实性，来自其对于现实生活中的人和事客观准确生动形象的刻画与讲述，它是对正在发生的和已经发生的一些重要史实的回望。人们通过这些真实的人和事能够受到启发，受到情感的感染、思想的熏陶和灵魂的洗礼。报告文学在传递给人们丰富的新颖的信息的同时，更能激发人们的情感共鸣，给予人们思想启迪，这是其作为新闻与文学联姻的产儿的优长所在。而作为时代的讲述者、记录者、书写者，报告文学往往还具有超出文学的价值，包括史志文献价值和社会学人类学等文化方面的价值。在 2022 年，报告文学的这些特点都得到了比较充分的展现。

报告文学评价标准的探讨

文学评奖最关键的就是评价标准的确立和统一。2022 年中国作协举办了第八届鲁迅文学奖评选。中宣部组织了第十六届精神文明建设“五个一工程”奖评选。在这些全国性评奖中，报告文学都占据重要地位。

“五个一工程”奖的评选标准是：“作品要弘扬民族精神和时代精神，

弘扬中华优秀传统文化、革命文化和社会主义先进文化；坚持把社会效益放在首位，尊重创作生产和出版规律，尊重作者的创造性劳动；坚持质量第一，优中选优，推出思想精深、艺术精湛、制作精良的精品力作，为奋进新征程、建功新时代提供强大精神力量。”

鲁迅文学奖评奖标准是：“坚持思想性与艺术性统一的原则。获奖作品应有利于弘扬社会主义核心价值观，满足人民对美好生活的期待。对反映人民主体地位和新时代现实生活，塑造时代新人形象，表现中华民族伟大复兴中国梦的优秀作品，予以重点关注。兼顾题材、主题、风格的多样化，注重作品的艺术品质，鼓励创造性转化、创新性发展，推出具有中国特色、中国风格、中国气派的优秀作品。”——在这些方面，报告文学无疑具有特别的优长。在评选第八届鲁迅文学奖报告文学奖时，评委们讨论最多、关注最多的话题就是报告文学的题材和主题，尤其关注“反映人民主体地位和新时代现实生活，塑造时代新人形象，表现中华民族伟大复兴中国梦的优秀作品”。最终获奖的5部作品，无一例外都是关于这些主题的作品，都是题材重大的作品。蒋巍的《国家温度》和欧阳黔森的《江山如此多娇》分别以全景式描写和贵州一地的个案讲述，聚焦“脱贫攻坚”这一千年梦想、百年大计；龚盛辉的《中国北斗》聚焦北斗导航系统的研发过程；丁晓平的《红船启航》是建党百年的献礼之作，讲述了从嘉兴南湖启航的建党故事，以及嘉兴对一大会址红色资源的保护与利用的故事；钟法权的《张富清传》则是关于共和国勋章获得者、本色不改的退伍老英雄张富清的传记。这些作品几乎都涉及新时代的重大事件和人物。当然如果从10部提名作品中看，其中也有从微观角度小切口进入，反映社会现实和焦点问题的作品，譬如李兰妮的《野地灵光：我住精神病院的日子》、马丽华的《青藏光芒》。而鹤蜚的《热血在燃烧：大三线峥嵘岁月》聚焦大三线建设历史往事，高建国《大河初心》讲述焦裕禄精神风雨历程，刘国强的短篇报告文学《祖国至上》聚焦时代楷模、战略科学家黄大年的“飞行记录”，这些基本上可归为重大题材和宏大叙事。可见，报告文学评奖特别重视思想标准，对于题材和主题更为看重。

本届鲁奖评奖反映出来的情况，能够体现近年来报告文学创作的一些值得重视的趋势。譬如，关注重大现实事件、重要人物，表现时代主旋律；结合重要的时间节点包括国家节庆活动，进行一些组织化创作。反映社会问题的报告文学具有特别的价值，备受关注。重大典型包括功勋人物、国家荣誉获得者、最美人物、时代楷模等的事迹成为创作的一个重要的组成部分。科技科考题材、生态文明环境保护主题也是作家们青睐的内容。

在评奖标准的把握上，评委们在注重题材和主题的同时更强调报告文学的艺术性，也就是作品的可读性、感染力、思想力和影响力。艺术性理应成为评价报告文学的重要标准，艺术性不足是当前报告文学影响力削弱的一个重要原因。报告文学艺术性匮乏的现象相当普遍，亟需引起高度重视。另外，在创作中过度抒情的内容比比皆是，感叹号满纸飞，这也要引起报告文学作者高度警惕。

讲好新时代精彩故事

2022 年正好是新时代的第十年。报告文学作为一种反映现实的文学体裁，特别注重对新近发生的重要事情、重大事件的记录与书写，因此新时代叙事就成了当下报告文学创作的一个主要方面。本年度，孙晶岩的《中国冬奥》，讲述北京这座“双奥之城”筹办冬奥会的经过，以及部分冬奥冰雪运动健儿的风采。王雄的《中国力量》聚焦中国高铁的发展历程，突出高铁对中国经济社会以及人们生活、出行方式的改变等。还有一些展现重大科技成就的作品，如黄传会的《奔月》叙述孙家栋等探月科学家事迹，陈新的《月上》反映从嫦娥一号到嫦娥五号的探月历程，蒋巍的《中国激光探秘》描写我国激光科技研究，许晨、臧思佳的《全海探：中国“奋斗者”探秘深海》讲述深潜科技故事，陈丽伟的《“天鲲”遨游》聚焦亚洲最大的重型自航绞吸船，吕翼、刘建忠的《重器之基》关注白鹤滩水电站的建设和移民工作，这些都是我国在科技创新和工程建设领域取得的一些突出的成就，这些报告文学作品有力地彰显了这些成就中所蕴含的强大的中国精神力量。

关于脱贫攻坚、全面小康的记录仍旧是作家热衷的创作领域。本年度出版的如季栋梁的《西海固笔记》，是一部关于西海固脱贫攻坚的文学性报告，作者以亲历性、在场性的采访和书写，以共情共鸣式的叙述方式，生动反映了数十年来西海固的沧桑巨变。罗伟章的《凉山叙事》则聚焦历史文化习俗，表现彝族这个从古老历史走来的民族在新时代的进步足迹。余艳的《新山乡巨变》对准周立波笔下的家乡、《山乡巨变》故事的发生地——湖南益阳市清溪村，讲述这个村子奔向小康的历程。辛茜的《我的青海，我的雪原》聚焦阿尼玛卿山脚下那些援助青海的各界人士的故事，表现东西协作促进西部开发的历程。这些作品都各具特点，关注不同的方面，其共性是具有较好的文学感染力。

本年度还涌现出一批反映新时代这十年重大成就的文学作品，如何建明《万鸟归巢》书写苏州工业园区海归者的故事，李朝全的《春天的前海》聚焦十年来深圳前海这个“特区中的特区”从一片荒滩烂潭发展成为现代城区这一涅槃蝶变的历程，弘扬了以拓荒牛为标志的特区精神。徐锦庚的《拔节生长的雄安》等作品聚焦雄安新区建设，李春雷《最后的小麦》视角独特，通过雄安当地一个农民告别农作摇身变为工人建设者的故事来反映雄安的沧桑巨变，令人耳目一新，是个人视角与历史视角的一种有机结合。

塑造时代新人物形象

报告文学创作的基本范畴包括写人、记事、书史、立传。对人物的塑造与刻画是文学的一项基本功能，也是报告文学创作的一个重要领域。本年度出版的如李延国、王秀丽的《张桂梅》热情赞美七一勋章获得者、时代楷模张桂梅，讲述这位普通女性牺牲自己的一生，以大爱无疆的情怀，培育贫困山区女孩，读来令人动容。李朝全《为国铸剑》讲述共和国勋章获得者于敏的生平故事，柴然《一生为农》讲述全国人大代表、共和国勋章获得者申纪兰的独特人生，古岳《杰桑·索南达杰》还原可可西里藏羚羊卫士的壮丽人生及其事业的传承。还有吴文莉《路生梅的路》聚焦一个支医西部数十年的大学毕业生不平凡的经历。描写功勋人物、时代楷模、最美奋斗者的作品比比皆是，都有相当的社会影响力。他们的故事汇聚成了一个时代的精神大河，筑就了一座座时代的精神高地。

历史是由无数的普通人创造的，而正是这一个个普通人从科技创造、生态保护、医疗、教育等各个方面推动了国家和历史的车轮滚滚前行。李春雷《农民院士》聚焦保持农民本色的农业科学家朱有勇的事迹。谭楷

《我用一生爱中国》讲述百岁老人、友谊勋章获得者伊莎白·柯鲁克的故事，作品生动好读。可以说，几乎那些产生了重大影响的时代人物都得到了作家们有力的书写。尤其可喜的是关于时代英模人物的报告文学层出不穷，许多作品还产生了较大的社会反响。如罗伟章《下庄村的道路》描写带领村民在天坑峭壁上修出8公里道路的支书、被誉为“当代愚公”的毛相林的故事，欧阳伟《脊梁》讲述以身殉职的全国模范法官周春梅的事迹，沙志亮《和平方舟》记录中国人民海军866医院船、友谊使者“和平方舟”执行使命任务的故事，刘世芬《将军台》描写退伍将军张连台植树造福百姓的故事，何葆国《赤子初心》聚焦漳州110时代楷模集体，徐富敏《谷文昌：人民至上》追述东山县老县委书记的故事……这些作品蔚为壮观，构成了当下人物传记画廊的半壁江山，势必有助于增强人们的精神力量。

值得注意的是，近年来的传记文学创作出现了同题创作的现象。比如张桂梅这个社会焦点人物，她是七一勋章的获得者，也是近年来备受关注的一个“网红”，关于她的传记已经出现多部，包括李延国、王秀丽《张桂梅》，陈洪金《张桂梅和她的孩子们》，李朝德《蝴蝶的翅膀：张桂梅和她的女孩们》，董恒波《大山女孩的希望之光》，任仲文《传奇校长张桂梅和1804个女孩的故事》等多部作品都把焦点集中在张桂梅这个人物身上。其中，《张桂梅》采用了第二人称叙事，新颖独特，以写给张桂梅的一封长信的方式来还原张桂梅坎坷曲折的人生历程，讲述张桂梅生命中的一个个节点及在这些节点上所发生的动人故事，给人留下了深刻的印象。

聚焦国计民生

聚焦国计民生的报告文学仍然备受关注和欢迎。杨丽萍的《中国外卖》聚焦外卖员的工作和生存状况。陈启文的《中国饭碗》，在《共和国粮食报告》基础上，从历史和世界的维度来考察中国的粮食安全，反映中国依靠藏粮于技、藏粮于田的基本策略，来保护粮食安全的故事。杨沐的《南繁：筑牢中国饭碗的基座》是一部题材独特、内容生动的作品，聚焦南方育种基地，反映以袁隆平、吴绍奎、程相文等为代表的一批育种专家通过精心培育良种、发展种子资源、开发优化育种来提升我国粮食自给和保障能力，表现了科学精神和爱国报国精神。

生态文明建设也是不少作家聚焦的热点。徐刚的《自然笔记》关注人与自然和谐共生，徐向林的《东方湿地——生物多样性的中国样本》聚焦江苏盐城的生态保护，这些作品都具有独特价值。

其他焦点话题，如朱晓军的《中国农民城》描写了温州市龙港由一个渔港小镇发展成一座拥有数十万人口的大城市的历史过程，表现了农民的首创精神，较为典型的反映了我国正在大力推进的新型城镇化。刘国强的《扶郎花开》关注艾滋病患者的治疗和生存境遇。这些作品都具有鲜明的百姓情怀和浓烈的人间烟火味，可以说都是接地气有人气的文学作品。

钩沉历史艺术还原真实

历史题材创作是报告文学的一个重要领域。本年度如曾平标的《向死而生》聚焦湘江战役，通过详尽地爬梳史料，真实还原这场惨烈的生死决战，表现伟大的长征精神和斗争牺牲精神。陈启文的《血脉：东深供水工程纪实》记录东深供水工程的建设历程，体现了内地和香港人民血浓于水的同胞情谊。

考古、文物这些远去的历史近年来也备受瞩目。黎隆武《海昏十谜》以问答式揭开汉废帝刘贺的立废之谜、人生之谜、古墓发现之谜和完好保存之谜等，引人入胜。纪红建的《彩瓷帆影》通过实地踏访和对历史资料的梳理，反映千年来长沙官窑外贸远行的历史。徐刚《古老与神圣：周口店发掘记》追溯当年裴文中、贾兰坡等中国考古学家对北京猿人和山顶洞人的发掘与发现历程，是对考古历史的一次开掘。蒋巍的《巨匠与国典：钱锺书的另一个“围城”》追述钱锺书等一代学人对于传统历史文化的保存、抢救与利用。陈亚军的《万山红韵》还原贵州铜仁万山朱砂古镇汞矿开采的前世今生，也有独特的价值。

值得关注的是，有些作家撰写了一批城市传记、江河湖流传记等。特别是有不少作家开始频频回望故乡尤其是精神故乡，讲述自己回到故乡或精神故乡接受熏陶洗礼的过程。这些对于故土的寻觅和对过去历史的追溯、书写、铭记，都具有鲜明的文化情结和家国意识，无疑具有特别重要的意义。比如范小青《家在古城》、周瑄璞《像土地一样寂静：回大周记》

描写一个地区、一些典型人物或一些历史文化记忆故事，有类似地方志的价值。易旭东《成都传》、张中海《黄河传》、侯全亮《家国黄河》等地理传记，涉及相关人文历史地理等的梳理和书写。而像陈果《力量与热情：咖啡在海南》、丁燕《橡胶风云：一棵树在中国海南演绎的传奇》这些关于海南岛种植咖啡、橡胶等的纪实，高屯子《十年寻羌：人与神的悲欢离合》对羌族历史的讲述辨析，顾德清对于鄂伦春民族狩猎历史的记忆性书写都具有独特的价值。这些讲述或追述也都是历史的重要组成部分。历史归根结底也是一种文化，记录历史也是在传承文化。报告文学在这方面因其真实的记录和书写，能够承担不可替代的作用。

2022 年的报告文学，始终和时代同频共振，与人民同行。那些注重记录书写、反映讴歌新时代的作品备受关注，但是也存在质量参差不齐的情况，亟需在艺术性上下更大功夫。从小微切口进入反映社会民生，特别是揭示社会问题的报告文学数量较少，亟需大力扶持和激励。报告文学在中国焕发出的生机与活力无人质疑，因为这是一种时代需要的中国特色文体，同时具备多重价值。当然，报告文学也面临着严峻的挑战，特别是在样式转化、破圈传播等方面还面临着很多的困难和挑战。在今后的发展中，这些可能都是报告文学的痛点。但相信随着越来越多像季栋梁、罗伟章、周瑄璞这样优秀的小说家、诗人等纷纷加入纪实文学、报告文学创作，纪实叙事这种历史悠久的纪传传统必将得到弘扬光大。

2022 年 10 月末 于北京

目　录

时代跫音

社会焦点

人物菁英

历史钩沉

时代跫音

中国北斗

龚盛辉

倾斜的谈判桌

什么是时间？

生物学家说："时间就是生命。"

经济学家说："时间就是金钱。"

物理学家说："时间是四维时空的一个维度。"

哲学家说："时间是一张白纸，却可以拥有无限的可能。"

艺术家说："时间是一片土壤，能长出姹紫嫣红的花朵。"

……

而卫星导航专家则说："时间，是卫星导航的心脏。"

确实如此。导航定位建立在时间基准之上，天地间时间越同步，误差越小，导航定位精度越高。卫星导航定位精度取决于星载原子钟的授时精度。

星载原子钟目前的主要种类有铷原子钟和氢原子钟。北斗二号快速组网，不仅需要先进的星载铷钟，而且要求批量研制、批量生产。中国星载铷钟技术专家们面临着从未有过的压力与考验！

虽然早在北斗一号工程启动之前，中国就开始布局星载铷钟研发，并将它写入国家"八五计划"，成立了由中国空间技术研究院西安分院和中国科学院武汉物理与数学研究所（以下简称"物数所"）联合、北京无线电计量测试研究所和北京大学联合的两支攻关队伍，开展星载铷钟基础研究，但研制进程一直很缓慢。

在此情况下，北斗一号星载铷钟只能从美国引进。美国公司不仅爽快答应了，而且顺利签订了合同，准时交货，没有丁点儿磕磕碰碰。

美国在高技术行业的产品出口，一向门槛甚高，这次为何“合作愉快”？其实这很好理解：北斗一号没有连续导航功能，且定位精度要求不高，对进口星载铷钟性能指标要求较低。

但北斗二号星载铷钟的引进就不同了。北斗二号导航定位精度要达到世界先进水平，首先星载铷钟就要“赶超一流”，要求授时精度比北斗一号星载铷钟高出好几个数量级。

如此高性能的星载铷钟，再从美国引进，就很难符合美国相关规定了。于是，中国把目光转向瑞士的一家公司。这家瑞士公司是一家具有悠久钟表研制历史的老牌企业，形成了自己独特的研制风格，自认为是业内做得最好的公司之一，业务遍布全世界，不仅欧盟伽利略卫星导航系统使用他们的星载铷钟，就连美国也从该公司进口产品。

这家瑞士公司的老板帕斯卡既是企业家，又是科学家，谈吐幽默，性格豪爽，待人坦诚。杨长风、谢军率中国代表团首次前往该公司，帕斯卡就开诚布公地说，为了公司利益，他很想做成这笔大买卖，但同样是为了公司利益，他不能得罪欧盟和瑞士政府，否则会得不偿失。

结果，双方第一次接洽，中方代表提出产品性能指标后，帕斯卡说，中方的这些条件他都接受，但他不能保证什么时候做出来和能否做出来，即使做出来，也不能保证能得到欧盟和瑞士政府的批准。

如此这般，双方几次洽谈均无果而终。中国北斗卫星研制箭在弦上，瑞士公司也担心如此下去导致买卖不成，因此，在第四次洽谈时，中方几乎把产品指标要求压到了底线，瑞士公司也答应尽力去做政府的工作，稍稍放宽出口许可标准。双方在谈判桌上你来我往近二十个小时，总算找到了大家都能接受的平衡点，草拟了合同。哪知双方正准备签字时，突然得到消息，瑞士政府出口许可标准极为严格，任何企业、任何人都不能越雷池一步。

结果，进口星载铷钟的第四轮洽谈又失败了！

从瑞士公司返回宾馆的路上，大家一言不发，但心里都憋得慌，恨不得在路旁的树干上踢两脚才解气。已是凌晨时分，街道上一片静谧，唯有杨长风、谢军等几个人的脚步声，沉闷地在街巷里回响。

谢军终于憋不住了，叹了一声说：“我们也不能怪帕斯卡，他也尽力了。”

杨长风说：“这样谈下去，也不知道何时才有结果，看来我们不能把星载铷钟这个赌注完全押在进口上。这种关键技术只有自己干，才能完全摆脱受制于人的局面，才能真正抓住主动权！”

谢军说：“我们是该下这个决心了！”

杨长风说：“对，回去我们就布这个局！”

为发挥交叉优势，2005 年，北斗工程“两总”组建中科院武汉物数所、中国空间技术研究院西安分院（联合兰州空间技术物理研究所）、北京无线电计量测试研究所（联合兰州空间技术物理研究所）三支研制团队，形成稳固的“三足鼎立”态势，对星载铷钟这个卫星导航领域的技术制高点发起了坚定顽强的攻势。

中国星载第一钟

中国空间技术研究院西安分院被大家冠之以“北斗重镇”“铷钟福地”的美名，北斗大系统总设计师孙家栋也称赞他们“大有作为”。

这里是“北斗大师”辈出的地方。我国“双星定位”理论创始人、两弹一星元勋陈芳允院士在这里担任过副所长；北斗卫星导航系统副总师李祖洪，北斗二号总师、北斗三号副总师谢军等一批卫星导航专家，都曾在这片热土上锻炼成长。

中国空间技术研究院西安分院也是最早发射北斗的单位之一。早在 20 世纪 80 年代末，他们就审时度势，开始组织卫星导航技术预研攻关。1994 年，国家正式批准“双星定位系统”立项后，他们又承担了卫星有效载荷系统、跟踪子系统技术攻关及产品研制的任务。设计师们就像神笔马良，缜密思考，精心设计，经过九年多的拼搏奋战，圆满地完成了北斗一号四颗卫星全部有效载荷以及跟踪子系统的几百台单机设备的研制攻关和生产任务，一步步将陈芳允描绘的“双星定位”蓝图变成现实。

2000 年 10 月 31 日、12 月 21 日，北斗一号 01 星、02 星相继发射成功，“双星定位系统”建成。

2003 年 5 月 25 日，北斗一号 03 星成功发射，“双星定位系统”可靠性和安全性得到进一步巩固。

2007 年 2 月 3 日，北斗一号 04 星成功升空，“双星定位系统”性能再次得到提升，系统寿命延长到新一代导航系统成功部署之前，确保了新老系统无缝对接。

2003 年，他们未等北斗二号系统正式立项，就运用北斗一号导航有效载荷研制经验，围绕有效载荷技术，先期安排多个专项技术攻关，并相继取得关键技术突破，为北斗二号卫星有效载荷的可行性论证和方案确立奠定了坚实基础。2004 年 9 月，北斗二号导航系统正式立项后，他们再次承担了卫星导航分系统和天线分系统的研制任务。卫星系统副总师刘波，分系统主任设计师王岗、吴春邦和他们带领的导航团队，对有效载荷系统技术进行了全面分析和梳理细化，攻克了一批星载设备关键技术，为北斗区域系统建设做出了重要贡献。

作为“北斗重镇”、卫星有效载荷研制的主力军、国家星载铷钟最早布局的单位之一，在星载铷钟这场大会战、大决战中，中国空间技术研究院西安分院豪情满怀、志在千里：“我们要成为突围战的先锋队！”

在星载铷钟实验室门口，每天上午上班前、每天下午下班后，大家都会看见一个容貌清秀、气质高雅的中年女子。她就是中国空间技术研究院西安分院铷钟产品首席专家贺研究员。自从加入星载铷钟攻坚团队，她每天做的第一件事和最后一件事，就是到这里查看测试数据、检查遥测数据和设备运行情况，一年三百六十五天，天天如此，风雨无阻。

2004 年，她从我国最早从事铷钟研究的单位之一——北京大学量子电子学研究所获得博士学位时，正是北斗二号正式立项之际。听说中国空间技术研究院西安分院承担了星载铷钟研制任务后，她立刻放弃留校工作的机会，毅然来到西安，加入星载铷钟研制队伍。

虽然国内已有三十年铷钟研究历史，但高性能产品一直处于试验阶段，而要想实现星载，铷钟的精度又要比地面产品提升三个数量级，工程难度非常大，因此专家们都说：“星载铷钟的研制，是一项耗费生命的事业。”

为让“慢性子”的星载铷钟研制跑出快节奏、高效率，他们只能“以百米冲刺的速度跑完一个马拉松”。

在关键技术攻坚时期，每名团队成员只做“加法”不做“减法”：工作时间，只许加班，不许请假；任务节点，只能前提，不能后推。结果，连续九个月，全体团队成员平均加班八百多个小时，没有休息一天（包括节假日、双休日），也没有一人请假。他们比上级要求的时间提前了一年拿出星载铷钟正样产品。

这是中国航天史上的第一个高性能星载铷钟。

得知这一喜讯，中国航天科技集团的领导骄傲地对记者说：“六七十年代我们有原子弹，现在我们有原子钟！”

然而，在欣喜之余，大家心里又有些不踏实：它来得如此神速，会不会有问题？它的性能指标能否满足星载要求？

那就先让它到太空上遛一遛吧。

2006年，它搭乘育种卫星顺利升空。试验结果显示，各项技术指标良好，完全达到航天标准。它标志着我国具备了独立自主研发星载铷钟的能力，成功打破了少数航天强国在星载铷钟领域的垄断与封锁。

听到这个消息，几乎所有的北斗人都大大地舒了一口气：“中国总算有自己的星载铷钟了。”

是啊，多少年来，由于没有自己的星载铷钟，我们为北斗忍受了多少屈辱，接受了多少不平等的交易，在心里憋了多少气啊。

有了它，我们就打破了该领域的技术垄断。

有了它，当别人在谈判桌上提出苛刻条件时，我们就可以轻松应对。

有了它，当别人傲慢地对我们说“NO”时，我们就能说声“再见”，然后像徐志摩在《再别康桥》中写的那样，轻轻朝他挥挥手，潇洒地离开，“不带走一片云彩”！

2007年4月14日，中国空间技术研究院西安分院研制的星载铷钟首次伴随北斗二号首星发射入轨。

随着北斗三号系统建设的酝酿与立项，中国空间技术研究院西安分院在星载铷钟技术攻坚战场上继续向着体积更小、性能更精的方向进军。作为牵头抓总单位，与兰州空间技术物理研究所联合研制出的新一代星载铷钟，频率稳定度提高了十倍，达到世界先进水平，直接推动了北斗全球导航系统定位精度由十米级跨越到米级，测速、授时精度同步提高一个数量级。

至今，中国空间技术研究院西安分院已为我国北斗二号、北斗三号导航系统提供数十批次的国产化星载铷钟，并且这些星载铷钟全部表现良好。

北斗三号副总设计师谢军不无自豪地说：“当初别人封锁我们，不卖给我们星载铷钟。现在，我们的国产星载铷钟比外国的还好用!”

困境与超越

“一个人要仰望蓝天，更要脚踏实地。仰望蓝天，能让人望得更辽阔，看得更透彻；脚踏实地，则能使人在大地上站得更稳，走得更远。只有把这一虚一实两件事做好了，才能在事业上有所成就，走出一段精彩人生。”

中科院武汉物数所研究员梅刚华，真不愧是武汉大学的高才生，出口便是哲言。

仰望蓝天、脚踏实地，三十多年的原子钟研制生涯，他就是这么走过来的。

1985 年，梅刚华硕士毕业被分配到中科院武汉物数所，开始与原子钟结缘。两年后，由于原子钟工程研究不景气，他又转向基础研究，探索用极化原子束磁偏转实现同位素浓缩该方法获得中国科学院自然科学成果奖，他也因此拥有了厚实的原子分子理论基础。

1994 年北斗工程正式立项，亟须星载原子钟关键技术支撑。物数所紧急组建原子频标研究室，决定由梅刚华担任研究室主任。当时梅刚华担任研究所科研处处长不久，刚打开局面，正干得顺风顺水。但他考虑到北斗卫星导航系统是国家重大工程，星载铷钟是紧迫需求，便愉快地服从组织安排，带领团队与兄弟单位联合，踏上了星载铷钟攻坚的征程。

通过对国内外星载铷钟技术的深入研究，他提出了一个因技术难度超大而没人敢尝试的崭新的技术方案。有人听了这一创新方案后，批评他“嘴小胃口大——折腾”。

梅刚华听了，不仅不生气，还笑着说：“嘿嘿，大家说得对，我还真是从小就爱折腾。”

不过，梅刚华自己也承认，他这次折腾得有点大，甚至有些悬。当时，我们国家不仅没有星载铷钟，就是普通铷钟的性能指标也比国外差了两个数量级。星载铷钟不仅要求精度高，还要满足极其苛刻的小型化、低功耗、高可靠、长寿命的要求，尤其要适应太空复杂环境，难度非常大，而当时他们对这些几乎一无所知。在此情况下，要走通没人走过的路，一步登上俯瞰天下的高度，确有“蚍蜉撼树”之嫌。

但梅刚华认为，要赶超别人，就得把步子迈大些，甚至来个大跨越，一步跃到别人前头去，那才叫痛快淋漓！

航天主管部门以及中科院机关领导，也非常赞赏梅刚华的跨越之举。

有了上级领导的大力支持，梅刚华攻关意志更加坚定，他率领团队猛打猛冲，一路突破技术壁垒，于2000年完成原理样钟研制。虽然离上星还很遥远，但证明他们找对了攻关的方向。他们再接再厉，继续奋进，初步突破航天环境适应性关键技术，于一年后推出电性能样机，又朝星载目标迈进了一大步。

然而，随着2004年北斗二号系统正式立项，国产星载铷钟进入工程化阶段，上级重新调整星载铷钟攻关布局，要求物数所独立自主完成整机研制。这是对梅刚华及其团队的信任，也让他的团队遇到了新的困难。

首先是工程经验的挑战。长期以来，大到整个物数所，小到他们原子频标研究室，基本都是从事基础研究的，没有任何工程经验，对如何组织工程研究一片茫然。

接着就是电子线路设计、制造技术的挑战。过去他们主要从事物理系统技术攻关，对于电子线路系统技术几乎没有涉及。

还有质量控制技术的挑战。航天产品质量要求苛刻，需要一系列严密的控制措施和规范的控制流程来保证，因此航天部门在长期的航天实践中，形成了一整套航天产品质量控制体系。对于这些，他们认识不深、缺乏经验。

然而，再大的困难也难不住物数所党委的决心，更困不住梅刚华心中的豪情：“困难越大，攻关成功越有意义，更能体现人生的价值！”

按航天行规，产品一旦出现故障，哪怕只是个小问题，就必须做“故障归零”处理，确保上天万无一失。有一次，他们的一个产品交付后，出现了一个小故障被退回，他们对产品做了“归零”处理后再出所，哪知测试中又出现了问题，产品再次被退回……如此“归零”数次，问题依然没有得到彻底解决，把梅刚华折腾得寝食难安。他连续三天三夜连轴转，头上突然出现斑秃，发丝一撮一撮往下掉，以至于让他怀疑自己会不会过劳死。如此煎熬了好长时间，才消除了产品隐患。

梅刚华带领大家加班加点，仅用一个月时间便完成了星载铷钟的工程化任务，成为全国唯一一家独立完成星载铷钟整机研制的团队。

上级有关部门闻讯，组织专家前来验收产品。专家们反复检测产品各项性能后，脸上不约而同地露出笑容：它能适应恶劣的太空环境，完全达到了星载要求。

但专家们在考察产品质量控制情况时，发现他们的产品质量基本不受控，难以确保长期稳定。专家们的话说得有些难以入耳。

面对这些难以入耳的话，梅刚华不仅没有生气，还在发言中真诚表达了对专家们的谢意。他会后又登门拜访，虚心向他们请教，带人去他们单位参观学习，与很多质量控制方面的专家结下了深厚的友谊，成为知心朋友。

而后，物数所快速组建了两个部门，专门负责建立质量控制体系，并对产品设计生产过程实施有效质量管理；改造实验室，建立一条符合航天规范的生产线；按航天规范要求，制定了一系列设计、工艺文件。他们的星载铷钟设计生产体系，当年就通过了国际标准化质量管理体系认证。

与此同时，他们继续完善、提升产品性能，于 2006 年研制完成第一台正样产品。专家们再次来到物数所，通过产品测试得出结论，他们的星载铷钟性能指标达到高精度标准，相当于美国 20 世纪 90 年代末的水平，处于国内领先水平；产品质量管理也上了新台阶，由“基本不受控”提升为“基本受控”。

2007 年，随着物数所的第一台星载铷钟与北斗二号首颗卫星一道发射升空，星载铷钟转入组网卫星产品生产阶段。为确保产品质量稳步提升，他们在抓紧生产星载铷钟的同时，继续强化质量管理。2008 年，在他们交出首台组网星载铷钟前夕，专家们又一次来到物数所，不仅再次肯定了产品性能，而且认为物数所产品质量管理水平达到“质量受控”。

就这样，短短两年时间，梅刚华就在型号总体部、物数所领导的大力支持下，率领星载铷钟团队，研制完成了工程样机、正样产品、组网产品，产品质量管控实现了由基本不受控到基本受控再到受控的飞跃。

2010年，北斗三号全球卫星导航系统项目启动，要求星载铷钟向“高精度”进军。

梅刚华认为，北斗要建成世界一流导航系统，星载铷钟作为关键设备，其性能指标必须向世界顶尖产品看齐，甚至要有所超越。于是，他建议在研制“高精度”产品的同时，布局比美国新一代星载铷钟略胜一筹的“甚高精度”的产品攻关。

有人听了，认为“‘甚高精度’的难度太大”，并且“同时搞两代型号，步子迈得太急”，建议“饭一口一口吃”。

在这关键时刻，航天主管部门领导再次支持了梅刚华的大胆创举：“正因为‘甚高精度’难度太大，才应该提前布局。”于是，“高精度”“甚高精度”两代星载铷钟在物数所同时上马。

微波腔、铷光谱灯，是影响星载铷钟性能的关键设备。梅刚华围绕关键技术大力创新，带领团队通过上百次试验，成功研制具有全新结构、全新工作原理的微波腔，首次运用新技术激励出高强度原子跃迁信号，同时获得中国、美国发明专利授权。与此同时，他带领大家通过系统的论证和试验，解决了多个技术难题，大大提高了铷光谱灯的可靠性、使用寿命及对卫星环境的适应性。

经过五年的艰苦奋战，中国“甚高精度”星载铷钟终于在物数所诞生。其计时精度比“高精度”产品提升十倍，达到一百亿分之三秒水平，比美国同期产品性能指标高出一倍。“万秒稳定度”也大幅提升，明显高于美国新一代星载铷钟。

中国，在世界星载铷钟领域，奇迹般地完成了由追赶到领先的逆袭。

得到这一测试结果时，梅刚华充满欣慰地说：“我们终于在星载铷钟领域跑到了领跑的位置，我们终于打破了发达国家的技术垄断！”

北斗卫星导航系统总设计师杨长风在做客央视《开讲啦》栏目时，满怀感慨，充满自豪地说：“星载铷钟精度通常指标是十年差一秒，而我们的星载铷钟三百万年差一秒。真是令人称奇，让人惊叹！”

北斗钟情西昌

北斗卫星导航系统快速组网，也对卫星发射场系统提出严峻挑战。

北斗导航混合星座的地球同步轨道卫星（GEO）、倾斜地球同步轨道卫星（IGSO）、中轨道地球卫星（MEO）三种轨道卫星，都属于中高轨道卫星。而在全国航天发射场中，只有西昌卫星发射中心能同时满足这三种卫星的发射条件。北斗卫星注定要从这里出征，西昌也由此赢得“北斗港”的美誉。

北斗对西昌情有独钟，因为西昌卫星发射中心不仅具有发射纬度低、发射效率高的自然条件优势，还是具有世界一流核心技术、一流设备设施、一流人才队伍、一流组织管理、一流服务保障的中国航天发射品牌。

西昌卫星发射中心自1970年12月创建以来，伴随着航天科技的发展而壮大，创造了我国航天史上的一系列“第一”：中国第一颗试验通信卫星在这里升空，使中国成为第三个掌握运载火箭低温发动机技术、第四个成功发射地球同步轨道卫星的国家；中国第一颗实用通信卫星从这里出发，结束了中国人只能租用外国卫星看电视、听广播的历史，打破了西方国家在卫星通信领域的垄断地位；我国承揽的首颗国际商务卫星亚洲一号在这里成功升空，开创了中国航天跨出国门、走向世界的新篇章；我国首枚大推力捆绑式运载火箭在这里发射成功，标志着中国在世界航天市场竞争力的极大提升……

航天奇迹的背后，站立着一支素质过硬的航天发射队伍。

李明伟是这支队伍里的一员。他所在的液氢加注队被誉为“刀尖上的舞者”，因为运载火箭推进剂液氢是一种极高危燃料：当它的浓度达到一定程度时，一粒大米从一米高的地方掉落下来的能量，就会引起爆炸。

作为“领舞”，李明伟在中心进入密集发射时期后，短短五年里，指挥大家完成数十次液氢接收转注任务。

液氢转注现场非常嘈杂，在这样的环境中连续工作，让人感到头晕目眩。但李明伟感到奇怪的是，自己在繁重的任务中，头脑却越来越清醒，耳朵也越来越灵敏，能在杂乱的轰鸣声中清晰地辨别出哪些声音是制氢设备的噪声，哪些声音是转注管路的气流声，哪些声音是从山谷里吹来的风声。

一天上午，李明伟带领大伙儿执行液氢接收转注任务。

“各操作手注意，开始检查管道情况，确认状态！”

"1 号管道正常!"

"2 号管道正常!"

"各操作手注意，开始……"李明伟的第二个指挥口令，下了一半戛然而止。他突然感到今天的各种声音与往日有点儿不一样，竖起耳朵仔细一听，发现槽车操作柜传来的声音有些异样。

李明伟脑袋一紧：槽车氢气泄漏！他做出的第一个反应，就是关闭供气阀门，立刻向上级报告。

上级命令："立刻解决，确保安全，绝不能影响发射进程!"

"是!"皮肤黝黑、体形敦实的李明伟响亮回答。他一双牛眼朝大伙儿一瞪："同志们赶紧撤离！我一个人留下!"

李明伟拿起氢浓度探测仪，独自向操作柜走了过去。从理论上讲，氢气泄漏五六分钟，爆炸随时可能发生，而此时发现泄漏已有三分钟了。他沉着冷静地打开操作柜，探测仪果然发出嘀嘀嘀的报警声。但具体泄漏点在哪儿？它细如针眼，眼睛看不到，加之操作柜管路复杂，找到它非常困难。怎么办？时间一秒一秒过去，危险在不断增加。

在这千钧一发之际，李明伟放下探测仪，把脸庞贴向操作柜那一个个管路连接处，通过气流变化判断泄漏点。当他把耳朵靠近液面计下的管路时，感到有股气流冲进耳朵。用肥皂水对它进行喷洒检验，果然发现连接焊缝上产生大量泡沫。

李明伟当机立断，火速关闭阀门，并按应急程序给槽车泄压，异响声立刻无踪无影。这时，氢气泄漏已经五分钟了，要是故障没排除……

想到这，李明伟一屁股坐在地上，额头上冒出一层豆大的汗珠。

这支技术素质过硬的队伍里还有无数像李明伟这样的人。四十多年来，他们有过成功也有过失败，有过欢笑也有过泪水，获得过掌声也挨过批评，但他们追逐中国航天梦的步伐从未停歇，实现了从发射单一型号运载火箭到发射多种型号运载火箭，从发射地球同步轨道卫星到发射多轨道航天器，从发射国内卫星到发射国际商业卫星，从近控测试发射到远控组织指挥等一系列跨越，让中国航天从这里走向高轨、走向世界、走向深空。

惊险开局：北斗二号首星发射

2007年4月3日，距离频率使用“七年之限”的最后期限——2007年4月17日，只剩不到半个月时间了！

西昌卫星发射中心发射场区三号发射工位上，高高地竖起了一枚“长三甲”运载火箭，北斗二号首星发射进入最后测试阶段。跌宕起伏、险象环生的北斗二号组网之旅，徐徐拉开了大幕。

作为北斗二号组网的首星，它就像大家庭中的长子，肩上责任重大。它要为“弟弟妹妹”们探路，探测空间电磁环境，验证MEO轨道。而它最重要的使命，则是抢占卫星导航稀缺频率，为中国卫星导航事业闯出一条新路。

这次发射首次启用新建的三号发射工位，首次使用远控模式，首次发射MEO卫星，未知因素多，发射风险高、挑战大。针对任务特点难点，北斗工程“两总”组织参与发射的各系统工作人员，扎实做好远控设备安装调试、地面设备调试运行、发射场合试练等准备工作；深入分析风险，找出风险因素六十二个，制定应对措施一百三十六条，严格把控每一个节点，确保发射全过程受控，顺利推进发射程序。

尽管这样，由于任务紧急、时间仓促，北斗二号首次发射依然险象环生。

星箭吊装完成后，突然发现卫星喷管不知什么时候被撞了个小缺口。大伙儿的心一下子悬了起来。

它会影响发射吗？如果有影响，需重新更换，推迟发射，那就有可能超过“七年之限”！

关键时刻，近八十岁的大系统总设计师孙家栋，趴在地上慢慢爬到卫星底下，仔细查看受损部位，凭着数十年的航天经验做出判断：“不会影响发射，可以继续下边的流程！”大家虚惊一场。

哪知，离发射窗口只有三天了，拦路虎又冷不丁跳了出来：卫星上的应答机出现异常。

从坐镇指挥首星发射的“两总”领导到每一个现场测试人员，都一下子绷紧了神经。虽然深入测试分析，发现隐患并不大，导致故障的概率很低，只是不能排除影响信号传输的可能，但“两总”和中心领导意志坚定如铁：“所有隐患，无论大小，必须归零！”

相关工作人员爬上高高矗立的发射塔架，重新打开已经密封的星箭组合体，拆出应答机，紧急排查导致隐患的原因。此后的三天，大伙儿不眠不休，神经绷得似搭上箭的弓弦，眼睛一眨不眨地盯着数据显示屏，捕捉着每一个细微的变化。困得不行了，用凉水洗把脸，醒醒脑；饿了，让食堂送个盒饭来，往嘴里扒拉饭菜时，眼睛还一动不动地盯着显示屏，也不知自己吃了些啥。大家连续奋战三昼夜，终于找到隐患，把它连根拔除。这时，卫星发射已经进入半小时准备。

令人意想不到的是，离运载火箭点火只有两分钟，即 14 日 4 时 9 分时，测试人员又发现一个为火箭三级供气的连接器没有按规定脱落。此时，火箭发射已不可逆转，如果连接器不能在两分钟内脱落，火箭点火升空时必被其拉扯，这会给火箭、卫星乃至整个发射场造成灭顶之灾！

所有领导、专家和工作人员的心又一下子悬了起来。远控大厅一百多名工作人员都屏住呼吸，大厅里静得仿佛能够听到自己的心跳，他们把目光投向发射站站长唐功建。

唐功建，曾十几次担任火箭发射 01 指挥员，次次圆满成功，被大家誉为“福将”。真不愧是久经沙场的“金手指”，只见他临危不乱，非常冷静地在一分钟内连续下达七道指令。相关岗位人员从容不迫，配合默契。连接器终于在大家焦急的目光里缓缓脱落了！

大厅里响起了雷鸣般的掌声、欢呼声——“唐功建，好样的！”“太棒了，唐功建！”

掌声刚刚落下，大厅里就传来倒计时的声音：“十、九、八、七、六、五……”

2007 年 4 月 14 日 4 时 11 分，随着指挥员一声“点火”命令，托举北斗二号首星的“长三甲”运载火箭，在轰轰的巨响中，孔雀开屏般绽放出美丽的尾焰，扶摇直上，飞向苍穹，渐渐融入黎明前漆黑的夜色……

尽管运载火箭顺利升空，但大家的心依然悬着、揪着。星箭会顺利分离吗？太阳能帆板能顺利打开吗？卫星信号能顺利传回吗？

全国十多家信号接收机研制单位被召集到西安卫星测控中心，在一个大操场上，各单位把带来的产品摆成一线，等待着在太空翱翔的北斗二号首星发回信号。

4月17日20时，十多台接收机相继收到太空传过来的信号，而且非常清晰！这一刻，离“七年之限”截止时间只有四小时！

它意味着中国赶上了建设卫星导航系统最后一班车！它为中国卫星导航事业打开了一扇充满阳光的希望之门！

“我们胜利了！”大家欢呼跳跃，互相拥抱，整个操场沸腾了！

降服“太空魔王”

北斗二号首星发射惊心动魄，但对于充满磨难与坎坷的北斗卫星导航系统建设来说，仅仅是个序曲。

北斗二号首星进入轨道不久，太空又突然跳出“魔王”，再次挡住了北斗的去路：卫星在某一区域遭遇大功率复杂电磁干扰，信号接收率竟不足50%！

这一区域，对于中国来说是关键区域。为什么别的区域没有强电磁干扰，这一区域却有“魔王”挡道，而且如此顽固，经多次故障归零，问题始终无法解决？

那天，北斗工程“两总”正在开会，研究部署北斗二号组网后续工程。听到这个消息，立刻转换主题：如何应对“太空魔王”？大家认为，对付强电磁干扰的方法无外乎两种：一是“躲”，就是改变卫星信号频率，躲到没有电磁干扰的频率上去；二是“抗”，即提高卫星抗干扰能力，让北斗卫星拥有功能强大的电磁防护盾牌。

但最关键的问题是，现在使用的频率是可供选择的唯一频率，除此之外，再无其他频率可用。这意味着，想“躲”都无处可“躲”。

因此，只有“抗”才是唯一出路，也可一劳永逸，资金投入少，而且安全性高。但技术难度大，风险高，是个典型的“烫手山芋”。

谁能接手这个烫手山芋？高新科技研究院北斗团队临危受命，担当攻关重任，欧博士代表团队立下“三个月内攻克”的军令状。

这个“太空魔王”魔力非常大，降服它有多难？一个专家把攻关技术难度形象地比喻为“把大象装进冰箱里”。正常情况下，三个月内攻克难关，简直是天方夜谭；而且马上就是春节，又使任务时间大打折扣。加上此前欧博士所在的团队主要做北斗地面系统，星载设备很少涉及，虽然有一定的技术积累，但工程经验严重不足，更何况是“火烧眉毛”的紧急任务，容不得半点闪失。

谁接这样的任务都得掂量掂量，而欧博士竟把“军令状”立得嘎嘣脆，这不是“二愣子”是什么？

欧博士头一次听到自己这个绰号时，憨憨一笑，说：“当时也没想那么多，只想到问题出来了，成了整个工程的‘肠梗阻’，领导心里急，我们心里也急，就想尽快把难题解决掉，就想把任务拿过来再说，哪还顾得上想难题有多难。”

立下“军令状”后，欧博士想马上返回单位传达“两总”指示，迅速组织团队攻关。可他从会议室直接到民航售票点时，却被告知，南方地区遭遇百年不遇的暴风雪，机场已经封闭。他立刻赶去火车站，登上当晚从北京南下的特快列车。哪知事情越急，老天越是捉弄人：列车走走停停，磨磨蹭蹭，好不容易到达长江边时，竟然趴窝了。等了一整天，欧博士才得以换乘从南边开来接应的慢车。心急如焚的欧博士掏出手机，打通王博士、孙博士的电话，汇报情况，共同协商调兵遣将、排兵布阵事宜，连续打了两个多小时，耗光两块手机电池。当他还在火车上时，院里一个二十多人的团队已经开始攻关了：陈高工当晚启程前往西安，负责硬件设计与生产；李博士、唐博士、黄博士、聂博士等立即展开算法攻关，开发软件；孟博士等提出测试解决方案；其他人根据分工各司其职……换了两次车、走了三天才返回院里的欧博士，走进办公室看到的情景是：室外天寒地冻，室内攻关热火朝天。

大家背水一战。饿了，吃盒饭；困了，在沙发上躺一下，爬起来接着干。每个人都像打仗一样，严格按时间节点，无差错、高质量地推进任务进程。

在大家紧张的忙碌中，春节来临了。春节怎么安排？王博士绞尽脑汁、思前想后，给大家下了一个很特别的通知：“在大年三十到初二这三天，大家可以不来加班。”

大年三十那天，团队领导和往常一样，一大早就来到实验室。不久，他们发现，团队成员也来了，而且一个不少。大家说：“任务这么紧，在家还能待得住？”

就这样，团队以惊人的毅力、超凡的付出，兑现了当初的庄严承诺——

时限三个月，但他们只用了七十天！

经测试，他们研制的抗干扰卫星载荷，性能指标大幅提高，某区域卫星信号有效接收率从不足50%跃升到100%！

在成果验收会上，大系统总设计师孙家栋院士向他们竖起大拇指："你们临危受命，关键时刻敢于亮剑，又打了一个漂亮的攻坚战，不愧是'李云龙式'的攻坚团队！"

惊心动魄七秒钟

2010年1月17日，第三颗北斗导航卫星发射升空。

哪知"长三丙"运载火箭起飞五十秒后，安控显示屏上突然出现异常：速度曲线出现连续大幅度跳变，五秒之后，数据跳变依然剧烈，不断跃出炸毁线，表明火箭已岌岌可危。

连续五秒，这是地面必须实施安控的极限时间。在此情况下，若无法继续实施安控，只能将火箭引向相对安全空域予以引爆。在国际航天活动中对类似事件，美国这样处理，俄罗斯这样处理，欧盟这样处理，日本也这样处理……

"难道我们也要炸毁火箭？"安控助理赵梅心里猛地一紧，额头上瞬间渗出了冷汗。已从事火箭安全控制十七年的她，还是第一次遇到这种情况。

"车高工，怎么办？"赵梅紧张地望着一旁的安控判定专家车著明。但见车著明双眼紧盯安控显示屏，神情非常冷静。

其实，车著明压力巨大。火箭、卫星，价值数十亿元的设备，现在炸与不炸就听他一句话。若是他判断失误，把不该炸的炸了，或是该炸的没炸，都会给国家和人民带来重大损失，他都是罪人！而此时此刻，仅凭几块屏幕显示的数据，就要对在太空高速飞翔的运载火箭状况做出快速精准的判断，其难度可想而知。

安控机房里的空气仿佛凝固了，大伙儿都用紧张的目光望着车著明。

但见他依然一脸镇静，冷峻的目光不住地在几块显示屏间切换，反复仔细比对那些瞬息万变的测控数据。

第七秒，只见车著明站起来，轻轻舒了一口气说："是跟踪设备故障，火箭没问题。"果然，根据车著明的判断，有关人员对有关设备进行检测，发现是运载火箭搭载的设备给出的下行信号不稳定。对其进行针对性调控后，测控数据渐渐趋于稳定，运载火箭各项飞行指标良好，发射任务又一次获得圆满成功。

"车高工，"赵梅和大伙儿都向车著明竖起大拇指，"短短七秒钟，凭着几个显示屏给出的数据，就能准确判断设备工作状态和火箭飞行状态是否正常，您真是神了！"

在指挥大厅里坐镇的各级领导和航天专家来到安控机房和大家一起欢庆发射成功，得知这次发射经历了"生死攸关七秒钟"时，都感到非常后怕。发射中心一号领导紧张而又感动地握着车著明的手说："著明，你又为我们中心、为北斗卫星导航立下大功了。要不是你排除火箭问题，引爆程序一旦启动，我们中心、我这个一号，就是罪人啊！中心和我，感谢你这个大功臣！"

车著明说自己生来就是一条在数据之海里游泳的"鱼"，离不开这片浩瀚的数据之海。基于中心那片浩瀚的数据之海，他开发了运载火箭遥测信息快速处理系统、航天发射数据快评系统、液体火箭爆炸危害的定量分析系统，有效节省了卫星燃料，延长了卫星寿命。尤其是历经两年攻关，通过误差分析、误差传递建立的火箭飞行精度预报系统，使火箭飞行精度大幅提高。他为这片数据之海而生，也因这片海而成长、快乐。

排除卫星"脑梗"风险

中国空间技术研究院西安分院北斗卫星有效载荷研制带头人刘波，是名老北斗，从 1991 年参与北斗一号试验卫星的预先研究开始，已经走过了三十年北斗人生。他把青春献给了北斗事业，为北斗导航献出一系列宝贵的创新成果，成为近百人的北斗导航卫星载荷团队负责人。

但在团队成员心目中，刘波并不像个领导。平时，他总喜欢往实验室里钻，与大伙儿一块儿研究问题；关键时刻，他更不像领导，因为这时候，他并不是向大家挥挥手："同志们，给我上！"而是把袖子一挽，第一个冲上去。

2007 年，北斗二号首星进入发射场后，要通过对接试验，测试上行注入和下行播放信号的电磁兼容性，需要开启整颗卫星载荷舱所有上下行设备。当得知要开启全功率微波产品时，大家都非常担心造成微波辐射，影响身体健康。

对于微波辐射问题，刘波不仅想到了，而且早在西安分院组织测试与验证时，就已经带着几名同志进行了验证，发现微波辐射剂量微乎其微，完全属于安全范围。但为了让大家彻底打消思想顾虑，安心做好整星测试，刘波再次带着微波测量仪，首先走进测试车间，获得第一手数据，让大家彻底放下心来。

北斗二号首星上天后，星上载荷产品关键技术指标得到了充分验证，但也暴露了一些技术瑕疵，首当其冲的是扩频测距接收机上行信号传输的隐患。

刘波态度坚决："所有问题发射前必须归零！"

型号"两总"也给他们下了死命令："问题不归零，就不能转正样！"

可他带着大家进行了一年多技术排查，依然没有找到问题根源。那段日子的刘波，虽然依然指挥有序调度有方，但心里却承受着巨大的压力。他既要组织大家排查隐患，又要协调组织有关单位进行繁重的后续型号生产，忙得只恨分身乏术。

一天，刘波正在测试车间和大家一块儿忙碌着，突然胸口一阵绞痛。他下意识地用手捂住。同事见了，忙问："刘总，怎么啦？"

"没事，可能是坐久了没活动。"刘波揉揉胸口说，"我出去走走就好了。"

可他到外边转了一大圈，胸痛依然不见缓解。同事说："你赶紧去医院看看吧，身体比什么都重要。"

刘波说："没那么严重，干完这阵再说吧。"

"北斗工程要持续十几年甚至几十年，什么时候才把活儿干完啊！"同事说，"尤其现在这节骨眼上，你这带头人身体不能有任何闪失，否则你让大家怎么办？"

同事不由分说，一把将刘波拉到医院里，做了心电图和心脏彩超。

医生看着医学显影图像说："心脏出问题了。"

同事问："什么问题？"

医生说："冠状动脉阻塞。"

同事问："严重吗？怎么治？"

医生说："得住院，然后做心脏搭桥手术。"

同事听后怔住了。这时，只听刘波问医生："暂时不做心脏搭桥，会出现严重后果吗？"

医生说："那倒不会，但建议早做搭桥为好。"

刘波说："吃药能维持下去吗？"

医生说："暂时可以。但桥总是要搭的，现在不搭，以后也得搭。"

"那我先吃药吧。"刘波让医生开了一些缓解心脏压力的药剂，便离开了医院，又与大家一起投入到紧张的隐患排查和型号攻关中，直到导航卫星载荷全部完成。

他虽然从此再也没有离开过药瓶子，但却非常欣慰："干北斗，让我很享受、很快乐！"

卫星载荷对于导航系统来说，既是"心脏"，又是"大脑"，是结构最复杂、最敏感，性能指标要求最高的部分，也是最脆弱、最容易出问题的部位……

2010年6月，一颗已经进入最后检测程序、不久就要发射的导航卫星，冷不丁出现了大功率微波开关微放电问题。

测试人员发现这一迹象时，脑门上冒出一层冷汗。卫星发射在即，若不能及时排除问题，将严重阻碍后续组网，影响整个工程进展。如果是设计的问题，就更严重了，所有在轨卫星的微波开关都有可能失效，引起载荷"脑梗"，导致整个组网"瘫痪"！

刘波听到险情报告时心里也咯噔了一下，但他很快便镇静下来，吩咐检测人员："查查另外两颗卫星，看有没有类似问题。"

结果不查不要紧，一查又把测试人员吓了一跳：另外两颗卫星的大功率微波开关也有微放电现象！

刘波临危不乱，从身上摸出一只小药瓶，倒出一粒缓解心脏压力的小药片丢进嘴里，然后背着手离开测试间，走进小办公室，双手捧着茶杯，静静地思考起来……

很快，刘波就梳理出了解决方案，又带领大伙儿奋不顾身地冲上去。他们经常加班到凌晨一两点，甚至通宵达旦地干，对着突然跳出来阻止北斗导航建设的隐患紧追不舍，找到它的藏身之处，将其连根拔除。

北斗二号卫星入轨工作时间长的有十几年，短的也有七八年，所有卫星载荷均运行稳定、性能可靠。

这的确能让刘波和他的团队成员欣慰一辈子！

“北斗，为你骄傲”

2012 年 12 月，完全可以称之为“北斗月”。

2012 年 12 月 27 日清晨，中国向世界宣告：北斗二号正式向亚太地区开通运营服务。千万个北斗人听到这个消息，欣慰地笑了：“我们终于有自己的导航系统了！”广大网友听到这个消息，更是激动不已，纷纷在网上留言：“北斗，为你骄傲。”

北斗二号卫星导航系统的确值得每一位中国人自豪。

它创造了四个第一：国际上第一个将多功能融为一体的区域卫星导航系统；我国第一个与国际先进系统同台竞技的航天系统，直面国际竞争，与美国 GPS、俄罗斯格罗纳斯等国外先进系统比性能、比服务；我国第一个面向大众和国际用户服务的空间信息基础设施，需要经受数以亿计的各类用户长期连续稳定使用的严苛考验；我国第一个复杂星座组网的航天系统，卫星与地面站星地一体组网运行！

它实现了十大创新：导航定位、短报文通信、差分增强三种服务融为一体；提供三频导航服务，提高了高精度定位成功率；采用 GEO+IGSO+MEO 混合星座；实现 GEO/IGSO 星座高精度定轨、时间同步、构型维持；首次采用 IGSO 卫星；实现大型复杂星座的构建和运行管理；采用东方红三号甲卫星平台；采用长征三号乙新构型运载火箭，一箭双星发射高轨卫星；实现卫星、火箭批量生产、密集发射，推动航天产品研制生产方式转型；建立面向公众服务的空间基础设施。

北斗二号虽然只覆盖了亚太地区，覆盖范围远远不及美国 GPS 全球系统，但在覆盖区域内的服务性能可以比肩 GPS：大众应用定位精度六米，精密授时精度达二十纳秒，而且具备 GPS 一代、二代所没有的短报文通信功能，一次可传送多达一百二十个汉字的信息。

2012 年 12 月，北斗卫星导航系统任务团队获得“2012 中国经济年度人物创新奖”。

2017 年 1 月 5 日，北斗二号导航系统荣获国家科技进步特等奖。

2017 年 12 月 3 日，北斗卫星导航系统被第四届世界互联网大会授予“领先科技成果”，是本届大会唯一享此殊荣的卫星导航系统。

中国卫星导航管理办公室主任冉承其发表了获奖感言：“卫星导航的诞生，彻底改变了这个世界。GPS，我们耳熟能详，现在我要告诉大家的是，在这个改变中，中国不是旁观者，而是践行者，更是创新者。2000 年北斗一号建成，2012 年北斗二号建成，就在上个月，新一代北斗三号全球系统部署拉开大幕，一个更高效、更精准的时空服务，正在由北斗给出中国方案！”

（节选自龚盛辉著《中国北斗》，山东文艺出版社 2022 年 1 月出版）

中国激光探秘

蒋　巍

一束炽烈的光，划过历史大幕，迎来自己的时代。

——题记

“死光”的诞生

激光是人类科学史上一个里程碑式的重大发明，最开始被用于军事领域，一度被称为“死光”。

它与20世纪以来发明的核能、电脑、半导体和互联网，并称为重塑人类生活的“五大发明”。它亦被称为“最快的刀”“最准的尺”“最亮的光”“最长的天梯”——用它的纤纤玉指，我们就可以伸手摸到月球俏丽的脸蛋。

它有太多的优秀品格和神妙本事：一是定向发光，二是亮度极高，三是光色极纯，四是能量巨大。故而激光在人类生活中有着极其广泛的应用。如今，激光打标、激光焊接、激光切割、光纤通信、激光测距、激光雷达、激光武器、激光唱片、激光手术、激光矫视、激光美容、激光扫描、无损检测技术，等等，已经广为人知。

1969年，激光首次被用于太空遥感勘测：一束激光被射向美国阿波罗11号放在月球表面的反射器，从而测得更为准确的地月距离，误差仅为数米。1988年，北美和欧洲间架设了第一根光纤，首次用光脉冲传输数据……显然，激光的诞生为自己开辟了一个时代，它创造出一个全球性的舞台。

中国作为世界上有重要影响的大国，在激光研发、应用领域当然不能落后。早在中华人民共和国成立以前，王大珩、彭桓武、钱三强等科学家就放弃了国外优渥的工作条件，毅然回国。20 世纪 60 年代初，更有王之江等中国科学家从四面八方会集成一个目光远大、雄心勃勃的团队，以舍我其谁的献身精神，担起了这个历史性的责任。

王之江和中国第一台激光器

个头不高，讲话沉缓，行走却大步流星。

1930 年 10 月，王之江出生于江苏常州。

1949 年，19 岁的王之江考入大连大学物理系，成为王大珩的首届学生，1952 年被分配到长春光机所。王大珩把他分到物理研究室做光学设计工作，经多年苦心钻研，获得多项引人瞩目的科研成果，均达到国际先进水平。20 世纪 50 年代，市场上的光学产品日渐增多（如照相机镜头等等），但懂光学设计的人才少之又少。

1958 年，美国的汤斯和他的妹夫肖洛在《物理评论》杂志上发表了论文《红外与光激射器》，首次提出把微波激射器推广到红外与光波段的可能性，引起各国物理界关注。长春光机所的王之江等一批青年科技人员读过后，对此产生强烈兴趣，并自发组织了一个理论技术探讨小组。

王大珩也敏锐意识到汤斯和肖洛创想的重要意义，他拿着那期《物理评论》杂志找到王之江说："汤斯的设想很可能是一个改变世界的新东西，你带个团队好好研究一下，看能不能搞成。"

28 岁的王之江挠挠头："不一定有把握啊。"

王大珩笑说："我相信你百分之九十能干成，剩下的百分之十就听天由命吧。"

激光课题组是长春光机所自发成立的，当时没有一分钱，也没有专门的科研人员。王大珩坚定地说："没人没钱那就业余干！"于是，所内一些年富力强的精英如张佩环、龚再仲、谭维汉、吕大元、余文炎、汤星里等，被点名加入课题组，由王之江领衔。他们在所内各有自己的科研项目，只能利用假日和晚上做这个"业余课题"。所需的各种材料和设备仪器几乎没有，他们只好自己做，或到旧货市场上找零件东拼西凑，他们因此戏称自己是“穷棒子社”。

历时近一年的艰苦攻关，经历了无数次失败，1961 年 7 月，中国第一台红宝石激光器装置终告完成。王之江累得卧床不起，高烧不退，走路的气力都没了。在实验室，课题组的成员们小心翼翼进行了第一次试运转，大家看到一束亮丽的荧光一闪而过，好似成功了，却又满脸疑惑。因为当时谁都没见过激光，这束光到底是荧光还是激光？谁的心里都没底儿。汤星里急匆匆跑到王之江家，详细介绍了当天实验的情况。半躺在病床上的王之江脑门上缠着湿毛巾，沉吟一会儿说：“激光谱线宽度很窄，呈环状；荧光光谱无环，且呈现为一片。按照你介绍的情况，可以确定就是激光！”

说完这句话，王之江的高烧就退了。

中国第一束激光就这样横空出世！

数天后，课题组成员在街对面一家小饭馆喝了一顿高粱烧，谈及激光，声泪俱下，好几人把自己放倒了。王之江喝了 1 斤 8 两，谈笑如常，面不改色，毫无反应，酒都顺“下水道”走了，从此他被誉为光机所的“酒神”，名震全国光学界。

他们研制的第一台激光器比美国的晚了一年有余，比苏联的早了两个月。不过，后经去国外考察，王之江团队设计的激光器与美国的相比有诸多先进之处。数月后，王大珩、王之江、邓锡铭等人带上这台激光器赴京汇报，面对在场的国务院各部委领导和军方高层，王之江当场做了演示。尽管这台激光器的能量还不足 1 焦耳，但瞬间的聚焦发射就把数米开外的刀片和钢尺烧穿了，令在场人惊呼不已，纷纷报以热烈掌声。是啊，如果能够进一步开发出高能量、大功率的激光武器，一旦发生外敌入侵，把它们搬到战场上，中国人民解放军必将无往而不胜！

激光很快被列入国家科技发展纲要的重点课题，王之江与中国第一台激光器，自此名垂史册。

此后十余年间，王之江率领团队进行了大量攻关，突破和解决了大量技术难题，并赴合肥建立了激光远距离打靶场，进行了上百次室外打靶。1973 年，他们发射的高能激光在 10 米之外击穿了 80 毫米厚的铝板，是至今国际上已知的最高水平。同时，王之江团队在提高激光亮度和能量方面发明了许多首创性技术，为推动我国激光研究，尤其是固体激光技术的发展做出重要贡献。

1984 年，王之江出任上海光机所第三任所长，1992 年退休后，继续从事他钟爱的科研事业。其间他倡议和具体领导了激光浓缩铀项目，在中国光信息处理和光计算领域也做出重要贡献。

邓锡铭——生命如虹

广东省东莞市桥头镇有一个神奇的村庄，名叫“邓屋村”，据历史记载，百年来，这里出了近百位科学家、专家、工程师和优秀管理者。邓锡铭就是其中之一。

邓锡铭，1930 年 10 月出生。小时候虎头虎脑，活泼好动，经常有奇思妙想，每天向父母和老师提出无数个“为什么”，比如天为什么是蓝的？彩虹为什么是五颜六色的？云为什么浮在天空不掉下来？小学老师答不出，气得回怼说：“我看你就是个为什么！”从那以后，班里同学都叫他“为什么”。问得多了，又得不到满意的答案，那就自己研究吧。小学时候，邓锡铭看了电影《少年爱迪生》和《伟人爱迪生》，后来他回忆说：“这两部电影给了我极大的震动和很深的影响，也让我萌生了当科学家、发明家的梦想。”

1938 年 10 月，广州沦入日寇之手，8 岁的邓锡铭跟着父母仓皇出逃，辗转到了香港。目睹了国家、民族的悲惨命运后，少年邓锡铭从当发明家的诗意梦想走向“发愤图强、科学救国”的更高境界。

1949 年夏，邓锡铭考入北京大学物理系。数月后，开国大典的隆隆礼炮声响彻蓝天，第一面五星红旗冉冉升起，19 岁的邓锡铭和他的同学们正在天安门前万众欢腾的人海中。

1952 年，大学毕业后，22 岁的邓锡铭被分配到中科院仪器馆，即后来的长春光机所。见到这个英俊清朗的阳光青年，王大珩、龚祖同等所领导非常高兴，当即安排他担任办公室学术秘书，其主要任务就是广泛阅览国内外学术报刊，了解科研最新动态，向所领导提供咨询意见和起草工作报告等。这为邓锡铭日后的成长提供了一个广阔的前景。

1960 年 5 月，美国人梅曼首次研发出红宝石激光器，从而获得人类史上第一束激光。西方记者把它描述为“杀人不见血的死光”，称美国军方已投入巨资，对激光应用进行深度开发。邓锡铭从国外报道和《自然》杂志上获知这一消息，他敏锐地意识到，这绝对是一项重大发明，未来必将对科技发展及国防建设产生深刻影响。他当即向所领导做了汇报并提出，我国也应该立即开展这方面的研究。王大珩请来许多科研人士对邓锡铭的建议进行讨论。一讨论，难了。当时没投资、没设备、没条件，想跟财大气粗的美帝比拼，不是瞎扯吗？再说“死光”究竟是个什么东西，全所没有一个人明白。搞不好浪费了大量人力物力财力，最后还是“竹篮打水一场空”。

当时多数同事吹的是凉风。怎么办？上不上？王大珩、龚祖同认真听取了各方面意见。他两人本身就是造诣深厚的光学专家，在翻读了一些国外资料之后，和班子成员一起做出了一个决定历史的决定：上！

邓锡铭时任科技处副处长，很多工作放不下，不能全身心投入。为确保成功，王大珩指定由王之江担任课题组组长，率领一个团队集中攻关，邓锡铭一方面负责团队的协调组织工作，一方面参与科研。

邓锡铭生于 1930 年 10 月 29 日，王之江生于 1930 年 10 月 15 日，仅比邓锡铭大 14 天。两人亲如兄弟，密切配合，组织团队日夜向激光猛攻。1961 年，由王之江团队研制的中国第一台红宝石激光器问世，第一束激光激射而出。两年后，邓锡铭独立率领一个团队，成功研制出中国第一台氦氖气体激光器（即以气体为激发源），为激光器多样开发开辟了富有启示性的道路。此外，他与国外同行几乎同时独立地提出了高功率激光调控 Q 开关原理，由此成为我国激光科技领域的开拓者和奠基人之一。所谓 Q 开关原理，打一个通俗的比方，就像把激光器做成一个抽水马桶，只要水箱内注满水，形成足够压力，一按开关，内在能量就会倾泻而出。

1964 年初，王大珩和已升任副所长的邓锡铭带上长春光机所研制成功的“八大件”光学精密仪器和一台激光器，进京向党中央汇报。同年，中国首个激光研究专业机构——上海光学精密机械研究所（以下简称“上海光机所”）成立，王大珩兼任所长，长春光机所党委书记李明哲兼任副所长，高志博、黄武汉、邓锡铭任副所长，主管常务。

一个“五好家庭”

行内的老人都知道，中国光学大师、上海光机所老所长王大珩麾下有“三驾马车”，除了前文提到的王之江、邓锡铭外，还有一位是干福熹。

干福熹，1933 年生于京杭大运河之畔，10 岁时父亲病逝。中华人民共和国成立后，他的哥哥姐姐都进国营商店当了营业员，全力支持他继续上学。初中毕业后，因读不起高中，干福熹考入浙江省高级工业职业学校，那里不仅免费，每个月还能领到三斗米的生活津贴。抗美援朝开始之际，干福熹热血沸腾，报名参加了浙江省干部学校，很想参军过江去打美国鬼子。但老师徐瑾慧眼识人，劝他说：“你的学习成绩这么优良，而且对数理化很感兴趣，这是非常难得的。中华人民共和国需要大量的知识人才，尤其是掌握科学技术的人才。你应该进大学好好深造，将来一定会为国家做出贡献的。”干福熹听了老师的建议后经认真备考，以头名成绩考入浙江大学化学工程系。校方得知他家庭困难，决定免除他的学费。为迎接第一个五年计划，1952 年，干福熹从大学提前毕业，被分配到长春光机所，从而认识了所长王大珩和实验室主任龚祖同，开始了他绵延数十年的“玻璃人”生涯。

光学玻璃，是国家的火眼金睛，科技王国的窗口，人类生活的镜头。没有种类繁多的光学玻璃，就没有华彩缤纷的都市之夜、灯光绚丽的舞台，没有显微镜、放大镜、望远镜、照相机、摄影机、电脑、手机、激光器，更没有飞机、人造卫星、宇宙飞船、原子弹、氢弹、中子弹、精确制导导弹。总之，没有光学玻璃，就没有现代生活的一切。

中华人民共和国成立后，因资本主义国家的长期封锁，我国光学玻璃的匮乏可想而知。在王大珩领导下，长春光机所作为中华人民共和国第一支“先遣队”，率先向光学玻璃制作发起猛攻。他们的车间坐落在长春郊区，原是抗战胜利后日伪遗留的一大片破烂厂房，荒草遍地，老鼠横行。请来建筑公司进行改造之后，科学家们卷起袖子领着员工一起干，不到半年时间，熔制车间建成了，200 升的大坩埚制成了，终于可以投入生产了。历经几个月的一次次失败，1953 年底，终于成功熔制出 300 升的光学玻璃。大家欢呼雀跃，累得精瘦的龚祖同却一屁股坐在板凳上，双手蒙面，热泪长流，久久无语。后来大家才知道，龚祖同青年时代留学归国后，在战火烽烟中颠沛流离，先后在上海、昆明、秦皇岛三次试制光学玻璃，都因战乱冲击而失败。这一天，在长春光机所，他的梦想终于实现了，龚祖同激动地说："我一生的重担从此放下，这是我一生最幸福的日子！此时此事，终生不忘！"

但更大的困难还在后面。当时国内所用光学玻璃都是从国外采购来的。因遭遇资本主义国家封锁，买进的都是普通的光学玻璃，无法制作高级军用和民用光学仪器。1956 年初，国家决定在昆明最大的光学兵器厂筹建高等级的光学玻璃生产车间，指定由长春光机所派专家前往指导筹建和组织生产。

王大珩点名让干福熹前往。1956 年 3 月，不满 24 岁的干福熹意气风发地出发了。可惜这位"专家"收入太低，买不起手表，临行前只好买了一只闹表装进衣袋，以做日常计时。估计这是天底下既空前也绝后的带着双铃闹表出差的"专家"。不过那时人心朴实，他一路不时当众拿出闹表看看时间，并不觉得尴尬。坐在飞机上，他又惊又吓，吐得人仰马翻，差点把蓝天污染了。

在昆明，干福熹日夜兼程投入工作，常常忙得忘了衣袋里的那只闹表，不时突然响起的定时铃声，把周围的人吓一大跳，以为什么设备报警了。三个月后，昆明建厂初见成效，皆大欢喜。王大珩决定把他送往苏联科学院化工所攻读研究生。1960 年初完成博士论文答辩，一心渴望参加祖国建设的干福熹就回国了。

很快，爱情悄悄到来了，他和同事邓佩珍相爱了。

1961 年底，婚后一年，他们有了一个小女儿，取名干效梅。没承想三个月后孩子病倒了，经多方会诊，一个可怕的结论出来了：孩子患的是先天性骨髓受放射性辐射损伤，无法医治！

干福熹痛责自己太无知了，妻子怀孕期间，还在实验室里和他一起工作，搭建实验设备，进行 X 射线衍射分析研究。那时大家都不懂得防护，干福熹对妻子严密封锁了孩子的病因，以免她过于伤心。1963 年底，两口子又有了一个女儿，三个月后孩子又出现与上一个孩子一模一样的病情。他们抱着孩子，从长春直奔上海儿童医院，并带去两个孩子的病历。诊断的结论一样残酷：无法救治。

不到一岁的第二个女儿又走了。

陷入绝望的两口子以泪洗面，痛定思痛，决定不再要孩子了。后来，他们抱养了干福熹哥哥只有 1 岁多的小儿子干效东。

两口子强忍悲痛，忘我地投入到科研工作中。邓佩珍还做出一个果断的决定：从光学玻璃基础研究转到新的激光晶体领域，独立开展自己的研究。后来，她发表的论文《全氟化物光学玻璃的研究》被美国情报机构刊物 AD 全文转译；在我国《科学通报》英文版上发表的“掺钕磷酸盐激光玻璃”的研究成果早于国外同类成果；由干福熹编写、邓佩珍收集资料并参与写作的《光学玻璃》和《硅酸盐玻璃物理性质变化及其计算方法》两部专著，由科学出版社出版。

1967 年夏，邓佩珍又怀孕了。两口子本想不再要孩子了，于是到上海医院申请流产。一位慈眉善目的老医师接待了他们，见夫妻两个都 30 多岁了还不想要孩子，很奇怪。问明缘由后，老医师调阅了此前两个早夭孩子的病历，再检查夫妇二人的身体，老医师说，邓佩珍停止放射性工作已经超过 5 年，可以生育了。两口子的热泪哗地下来了！

1963 年 3 月，他们的儿子干效松呱呱坠地并茁壮成长起来。

后来他们又有了第三个男孩干效宁。老大干效东 1986 年毕业于国防科技大学，进入航天系统工作，成为研究所领导干部；次子干效松读高二时进入复旦大学少年班攻读物理专业，大三时考入澳大利亚的大学，24 岁获光学博士学位；老三干效宁于 1988 年被保送到华东师范大学计算机系，一年后考入美国堪萨斯大学，后转入威斯康星大学。干家被评为上海嘉定区“五好家庭”，邓佩珍荣获“上海十佳巾帼奖”。

“玻璃王”领衔主演

无论寒冬怎样漫长，春天终会到来。1978 年，45 岁的干福熹接替王大珩，出任上海光机所第二任所长，王之江、邓锡铭为副所长。他为国家和上海光机所做出许多重要贡献。

此前光机所承担着一项重大军事科研项目——“100 号任务”，由王之江总负责，以激光反导为长远目标，以发展高能量激光器为主攻方向。历经十余年的攻关，许多技术虽有重大突破和创新，但高能固体激光器效率较低、激光发射时被大气吸收、偏折和抖动等难题久攻不下。王之江经慎重考虑，提出下马。这可是国家高层十分关注、军方寄予厚望的国防重大项目啊！继续上，还是马上下？身为所长的干福熹不能不负有重大责任。经过充分的民主讨论，干福熹和班子决定同意王之江意见，暂缓激光反导研究，集中力量转向邓锡铭领导的“71 号任务”，即激光核聚变。

1979 年 12 月，应美国光学和量子电子学会邀请，干福熹和中科院学部委员吕保维赴美参加国际激光会议，与会者 400 余人，当时盛况空前。会上，干福熹和吕保维分别做了“中国科学院激光研究”和“中国的气体激光器”的特邀报告，这是我国科学家第一次在激光领域国际会议上与国外同行进行的公开交流。大会主席对干福熹说：“听了你们的报告，知道你们仍在坚持工作并取得很大进步，对此我深感欣慰。”

会后，两人参观了从事高功率激光和核聚变研究的美国国家实验室和海军实验室，访问了主要从事激光研究的哈佛大学、加州理工学院、麻省理工学院、斯坦福大学和几家大公司，会见了制造出世界第一台激光器、诺奖获得者汤斯和肖洛。外行看热闹，内行看门道，此行让干福熹眼界大开，思路大开，称自己是“满载而归”。

经中科院和干福熹等人积极斡旋，1980 年 5 月，国际激光会议首次在中国召开，共发表论文 113 篇，大会主席王大珩和副主席干福熹分别做了主题科研报告。这次会议标志着中国激光研究在世界上有了一席之地。1983 年和 1987 年，国际激光会议又在中国召开了两次，中国科学家提交的论文明显增多。

在领导岗位上忙忙碌碌，风风火火，干福熹越来越留恋自己的实验室——许多设想中的攻关项目仍在设想中，像量子纠缠一样缠绕着他的心，这让他深感苦恼。经再三思考和申请，1984 年 8 月，52 岁的干福熹毅然辞去一切行政职务和社会职务。当“无官一身轻”的他回到自己的实验室，觉得那里的空气都是甜的！

他抖擞精神，再次向科学王国进发。

正当中年的干福熹和邓佩珍由此进入科研攻关的第二个黄金期。

邓佩珍不顾年轻时受到 X 射线的伤害，再次主导建设了一个 X 射线实验室，并开发出新型的掺钕石榴石晶体，其有关“激光晶体缺陷”研究于 1988 年获得国家科技进步二等奖。在她提供的经验和技术基础上，上海光机所研制出大尺寸（直径100毫米）、高质量的蓝宝石晶体，获2003年国家科技进步二等奖。后来邓佩珍小组又研制出掺钛浓度高、光学均匀好的大尺寸钛宝石晶体。1990年在美国国际光学工程会议上，邓佩珍做了相关学术报告，引起与会者的震惊和赞叹。美国、日本等国的相关科技公司纷纷提出，希望与邓佩珍进一步合作。自此，上海光机所研制的钛宝石开始提供小批量的钛宝石给国内外使用，该成果再获国家科技进步二等奖。

干福熹一直致力于掺钕光学玻璃研究，在材料、配制、工艺和检测等方面创造了整套的奠基性技术成果。该项目于1978年获得中国科学院重大科技成果奖，自此"玻璃王"的赞誉闻名遐迩。

从光学玻璃、激光玻璃再到光子学玻璃的三次飞跃，干福熹和玻璃打了一辈子交道。1981年，他的专著《无机玻璃物理性质计算和成分设计》出版后，在国内外玻璃学界得到广泛应用。他研制的掺钕硅酸盐激光玻璃，仅比美国晚了不到一年。他领导建成的第一台钕玻璃激光器，使我国激光技术跨入世界先进行列。1980年，干福熹当选中国科学院院士（学部委员）。2001年，国际玻璃协会授予干福熹"终身成就奖"。

1984年，干福熹把钕玻璃研究工作交给姜中宏等其他同事和他带的研究生胡丽丽等人，自己却把目光投向更新的科研领域：在国内还是一片空白的光信息数据存储技术开发。当时国际上刚刚出现光盘存储技术，经干福熹多方游说和争取，国家决定给予支持，投入2000万元科研经费——在当时这无疑是一笔巨大的投资。但有的领导对此很不理解："磁盘还没做好，就要做光盘，你是闹着玩的吧？"

1987年，干福熹牵头组织了全国10家科研单位，在中科院成立了光盘联合实验室。3年后，团队成功研制出合成光盘介质材料、制盘工艺、光盘成品以及一整套检测设备，从而奠定了我国在国际光存储技术领域的大国地位。该项目获得国家科技进步二等奖，世界银行资助的国家光盘及应用工程研究中心也得以挂牌成立。

进入古稀之年，干福熹先生把目光投入更为遥远的历史深处，其源起于20世纪60年代他读到的国外古代玻璃史专家所写的专著，文中说，中国古代玻璃制作技术是在西汉时期从丝绸之路传入中国的。这个说法确实吗？带着几丝疑惑，他特意参观了中国历史博物馆，看到战国时期一粒不透明的蓝色珠子——琉璃。他想，如果这就是玻璃，那么古代中国玻璃的产生就应该更早了。

这件事引发了他的浓厚兴趣。此前科研工作太忙，无暇顾及，临到晚年，他下了决心："20世纪我研究了玻璃的今生，21世纪我要研究玻璃的前世。"此后，他不顾年迈体衰，长年奔波于全国各地，考察了几十所地方博物馆和上千种带有古代玻璃性质的出土文物。大家说："干老，年纪这么大了，别到处跑了，歇歇吧。"

干先生笑眯眯地说："你们别劝我。祖国的每一处山水我都爱，每个地方我都想看看。"

经广泛考察，干福熹认定，出现在战国时期（公元前400年前后）的铅钡硅酸盐玻璃是中国最早的古代玻璃，主要产于河南、安徽和湖北，后来扩散至长江以南。他还特别查验了20世纪80年代出土于湖北江陵望山的越王勾践自用的青铜剑。历经2400多年沉埋，此剑依然寒光四射，锋利无比，稍一用力就可以把12张A4纸划断，号称"天下第一剑"。其剑格上镶有两颗浅蓝色玻璃珠。干福熹会同复旦大学现代物理研究所对这两颗玻璃珠做了无损检测，确认其为钾钙硅酸盐玻璃。经广泛考察，可以基本确定，古代玻璃最早出现于公元前20—15世纪的古巴比伦和古埃及，距今已有四千多年历史。中国古代玻璃最早出现于公元前200—400年的战国时期。正如马克思和恩格斯所说："在历史发展的最初阶段，每天都在重新发明，而且每个地方都是单独进行的。"

晚年，干福熹和邓佩珍儿孙满堂，生活十分安逸幸福。两人一直在坚持科研和著书工作。2007年，邓佩珍因积劳成疾去世，享年72岁。干福熹深感悲痛，整理编写了《邓佩珍影集》一书以表怀念之情。如今干福熹年近九旬了，身体尚可，只是语言表达上有些困难。

干福熹和邓佩珍的一生，就像他们制作的光学玻璃一样，炽热、坚定、纯净、透明，辉耀着那颗赤子之心的所有光芒。

"百人计划"

回首改革开放初期，中国一大群中青年科学家应当庆幸，他们遇上了一位伟大的科学家、一位能够广揽天下雄才的主帅——中国科学元勋周光召。

1929 年，周光召生于长沙一个高级知识分子家庭，其父周凤九是著名的建筑工程专家，抗战期间设计并主修了川滇公路。中华人民共和国成立后，周光召成为北大、清华的“双料”毕业生，后来，成为国际知名的物理学家、中国理论物理的代表人物，多次获国内外科学大奖，是世界公认的赝矢量流部分守恒定理的奠基人之一，也是“两弹一星”元勋之一。他的一生获得难以计数的国际荣誉，有纽约大学荣誉博士、香港大学科学荣誉博士、美国科学院外籍院士、欧洲科学院外籍院士、苏联科学院外籍院士、捷克斯洛伐克科学院外籍院士、罗马尼亚科学院外籍院士、保加利亚科学院外籍院士、蒙古国科学院外籍院士、意大利“共和国爵士勋章”，等等。后来，香港“求是科技基金会”授予他“中国杰出科学家终身成就奖”，在颁奖仪式上，基金会主席发表致辞说：“无可争议的科学成就，高山仰止的科学精神，悲天悯人的人文性情，这就是我们全票决定授予周光召先生终身成就奖的三个因素。”

总之，周先生有许多后来，一个比一个精彩。

但是在我看来，周光召最伟大的建树发生在 1994 年：时任中国科学院院长的周光召，亲手制订了影响深远、惠及中国今天和未来的“百人计划”。

那时，周光召已经预见到，虽经改革开放十余年的着力培养，人才紧缺的情况有所改观，但优秀的学术带头人十分缺乏，真正一流的、在国际上有一定知名度的中青年科学家寥寥无几。那时，中科院研究员的平均年龄为 55 岁，如果后继人才跟不上，中科院就成“老人院”了。尤为令人忧虑的是，受 20 世纪 80 年代“出国潮”的影响，大批优秀青年纷纷出国留学，长期滞留海外。在中科院领导班子的一次会上，周光召说：“现在的这一代青年是跨世纪的一代，是中国实现现代化的第二步、第三步战略目标过程中关键的一代人，下决心把他们吸引回来，应当是我们着重考虑的战略性任务，而且是迫在眉睫的任务！”1994 年，周先生毅然决定，从中科院有限的经费中拨出专款，设立“百人计划”：即到 20 世纪末，从国内外吸引并培养百名优秀青年学术带头人，每人提供 200 万元经费支持，其中包括科研经费、仪器设备费和住房补贴费。

这是何等果决又富有远见的重大举措啊！

在当时，200 万元无疑是一笔骇人听闻的巨款。草案一拿出来，争议多多，疑虑重重，压力之大可以想见，但周先生坚定不移。他说："凡是优秀的人才，一定是有追求有志向的。但我们号召他们回来，不是一句'爱国口号'就可以解决的，必须尽一切可能，为他们创造更好的工作条件和生活条件！"

这个建议受到国家高度重视。1998 年，"百人计划"上升到国家层面，经国务院批准，财政部对"百人计划"每年特批 2 亿元专项资金，从此在中科院历任领导的坚持下，"百人计划"得以具体实施。截至 2013 年底，"百人计划"共引进优秀人才 2145 人，入选者平均年龄 37 岁，主要来自欧美发达国家，近三分之一来自 100 所世界顶尖大学和 59 所世界著名科研机构。其中有 28 位后来成为中科院和工程院院士，524 位成为"国家杰出青年科学基金"获得者，培养出一大批担任"973""863"等国家重大科技任务的首席科学家或学术带头人。许多杰出人才后来在北大、清华等一流高校或国家有关部门担任重要领导职务，全面提升了中国科学的国际化水平。

可以说，没有当初的"百人计划"，就没有今天"可上九天揽月，可下五洋捉鳖"的中国科技。

仅此一项，周光召先生功在千秋！

中国的"哈利·波特"们

科学研究就像行走在房间环环相套的一座迷宫里。

面对一扇扇紧闭的大门和一个又一个钥匙孔，科学家找出钥匙，打开门，却发现里面又有一扇锁住的门，一扇接一扇，永无止境。

在上海光机所，我看到很多年轻人，他们都是来攻读硕士、博士学位的学生，自愿选择了这条艰辛曲折的道路。他们与大门外面来来往往的时尚青年有鲜明的不同。因为长年不见天日、不经风雨，他们的小脸很白，是天生白。光机所的年轻人从不大声喧嚷、聚众哗笑，总是静悄悄来去；他们出了门，一定挎着双肩背包，里面装着书或电脑；男孩总是那么衣着朴实，从容淡定，女孩总是素面朝天，不事雕琢，以青春的天然美走过这个世界。他们的英朗，她们的秀美，来自基因和内心，来自梦想和追索；可以想见，他们的青春、人生、道路，一定与某种伟大而恒久的意义和事业相关联，他们的未来也因此属于伟大与恒久的一部分。看到他们，熟悉他们，你一定会相信，无论经历了多少艰难曲折，成功一定会走近他们，让朝霞连接晚霞，让汗水浇灌欢笑，让幸福拥抱人生。他们让我们这些过来人觉得心里特别踏实，对国家的未来充满希望。今天他们是默默无闻的基石，明天必定是伟岸的栋梁。

杰出的科学家，永远在一线。现在就让我们来看看上海光机所里的年轻人，那些神奇的“哈利·波特”们。

“在城市里寻找一粒砂”

一位养蚕姑娘——“80后”，坐在我面前，端庄、淡定、从容。她从遥远的江苏省海安县一个农家走来，走到今天，走到上海光机所，走到科学最前沿，走到我面前。海安县隶属南通市，东临黄海，南靠长江，靠海靠江靠上海，是苏中著名的富庶之乡。但朱美萍记得，小时候家里日子过得很是艰难，乘着改革开放，政策放开，父亲在村里开了一个榨油小作坊，母亲在家养蚕。朱美萍是家里的独生女，从懂事时起，她就跟着父母下田插秧，夜里两三次起床，帮着母亲喂蚕。一双灵巧的小手摘着桑叶，摘着摘着就睡着了。一年四季不停歇的劳累中，瘦弱的母亲病越来越多了，父亲也常常咳血，让小美萍很心痛很担忧。她下决心好好学习，长大做一名医生，给父母看病。1999年高考时，她瞄准的是一所名牌医科大学。但考试完了一估分，好像不够，遂改报浙江大学光电信息工程系。她说，她之所以做这样的选择，完全不是因为什么远大抱负和理想，而是因为当时有关“第三次科技革命浪潮”“信息高速公路”“互联网时代”之类的宣传铺天盖地。她想，学这个专业毕业后一定好找工作，挣了钱好给父母看病。大学头两年，她完全是为父母学的。再后来，越来越丰富的光电信息工程知识为她打开了一扇瞬息万变、绚丽多彩的科学之门。女孩子总是爱美的——她无比神往地走了进去，一时间觉得自己好像增添了一双翅膀，在奥妙无穷的星系之间和原子之间飞了起来。她学得越来越投入，做一名科学家，成为她的新梦想。

2001年，品学兼优的朱美萍从浙江大学被保送到上海光机所攻读研究生。从此，她开始与我们日常生活和科学事业中不可或缺的薄膜朝夕相处。

这意味着，朱美萍和梦想之间，只隔着一层薄膜。

如今，我们整天拎着薄膜做成的塑料袋在街上走来走去，一个小小的塑料袋，几乎装得下我们的全部生活和整个世界。殊不知，千奇百怪、千差万别的种种薄膜，也装下了整个科学王国。甚至可以说，没有薄膜，就没有科学，没有高端技术，也没有现代生活。

通俗地说，薄膜是一种薄而软的透明薄片，用塑料、胶粘剂、橡胶或其他稀有材料制成。科学的解释为：薄膜材料是指厚度介于单原子到几毫米间的薄金属或有机物层，是由原子、分子或离子沉积在基片表面形成的二维（平面）材料，其分类为光学薄膜、复合薄膜、超导薄膜、聚酯薄膜、尼龙薄膜、塑料薄膜等等。为了解薄膜的意趣，我们可以自己动手做一个简单的试验：把两块干净的玻璃片紧紧压叠，玻璃片之间的空气层就形成空气薄膜。若玻璃内表面不很平，所夹空气层厚度不均匀，我们观察到的将是空气膜形成的一些不规则的同心环。如果用很平的玻璃片，空气膜便会出现一些平行条纹。如果我们用力压紧玻璃片，随着空气膜厚度的变化，条纹也随之改变。根据这个原理，我们就可以此为工具，来测定玻璃包括各种材料平面的平直度，而且测定精度很高，甚至几分之一波长那么小的隆起或下陷，都可以通过条纹的弯曲度检测出来。

朱美萍和她的师长们研究的则是一种神奇的薄膜——高功率激光薄膜。

高功率激光薄膜是激光聚变装置、超强超短激光系统中最重要的元件之一。它附着在高等级光学玻璃的基底上，犹如一面面特殊的“镜子”，通过各种角度的反射，指挥只会直线前行的激光束在激光装置中按指定路线传输。试想，高功率激光具有何等强大的杀伤力啊！一束光射出去，削铁如泥，切钢如菜，入眼即盲，杀人成烟，飞机坦克顿成废铜烂铁。如此令人胆寒的“死光”，在装置里如闪电般横冲直撞，有什么材料能抵挡它的杀伤力并让激光束保质保量地通过呢？朱美萍和师长们研制的高功率激光薄膜，就面对一系列这样的挑战：

首先，它必须非常薄。我等文字匠常用的“薄如蝉翼”来形容物体的厚薄，但在高功率激光装置里，“蝉翼”的厚度简直就像一道水泥墙一样厚。我必须另外打一个更准确的比方：一张标准 A4 复印纸的厚度为 100 微米，而高功率激光薄膜的厚度一般在 4—8 微米，最薄的仅为 0.1 微米，即相当于A4纸厚度的千分之一。这是人眼根本无法发现的厚度啊！

其次，它必须非常坚韧，具有极强的抗击打、抗烧灼能力。面对激射而来的强激光冲击，它不仅能够保障自身的安全，还能像铜墙铁壁一样（这只是一种形容，实际上把铜墙铁壁搬来也会受伤的）保护装置相关部件的安全，同时还要保证它们以反射的方式，指挥一束束强激光有次序地射向同一靶点。

最后，高功率激光装置结构复杂庞大。比如我们的“神光-Ⅰ”“神光-Ⅱ”和“神光-Ⅲ”，长度都在近百米，其需要的薄膜种类成千上万，口径不同、性能各异。有些像真正的“镜面”，必须对激光进行全面、彻底、近乎绝对的反射；有些“镜面”则需要程度不同的通透性和过滤性。只有进行这样的科学组合，才能保证整个装置系统最终把激光能量完整、完美、完全地护送到靶点，实现最大功效。

高功率激光薄膜就是这样神奇！

“蜀道难，难于上青天”；薄膜难，难于腾九霄兮！

薄膜由此成为一切高精尖科学仪器、武器装备、人类“上天入海”的“引导窗”。薄膜技术，由此成为西方国家高度保密并对外严密封锁的核心技术之一。

1964年，上海光机所成立之初，在第八研究室内就成立了镀膜组，开始了中国激光薄膜研究的艰辛征程。第一个元件、第一台设备都是自己造的。第二年“十八般武器”凑齐之后，有点实验室模样了，组员们也有点科学家的气质了，镀膜组升格为薄膜光学实验室。如今年近八旬的范正修，当年还是30岁出头的小伙子，成为实验室首任主任。随着国家发展进步和国防建设需要，上海光机所承担的科研项目越来越多，各种各类的激光器直至“神光”系列相继问世，对光学薄膜的需求也越来越广泛和复杂。“兵马未动，粮草先行。”——有了薄膜才有仪器，为了保证供应，范正修很早就累成了“少白头”，也就是说，他年纪轻轻就有了大科学家的“模样和风度”了。20世纪90年代，建设中的“神光-Ⅱ”需要直径近1米的激光反射薄膜，林尊琪找到范正修，说这种薄膜要能够承受纳秒级的激光冲击，那可是超快超强的打击，“你能不能做？你要不能做，我没别的出路，只能跳楼了”。

范正修瞅着林先生忧郁而又充满期盼的眼神，笑说：“我之所以选择姓范，就是要给你做一个示范。”

有外国友好同行知道了这件事，说：“没有西方国家的精密设备，你们根本做不到。”范正修礼貌地说了半句话：“谢谢你的提醒。”不过下半句他没说——“那些精密设备都是西方对中国严格禁运的啊！”

半年后，范正修的“示范”做出来了，直径1米的“大镜面”镶进了“神光”装置，西方的技术封锁和产品禁运被打破了。

与此同时，他的学生邵建达也成长起来了，先后出任薄膜光学实验室第二任主任、光机所党委书记。回顾跟随范正修从事薄膜技术研究的那些时日，邵建达颇有些悲壮地说：“由于西方国家的严密封锁，我们这个团队没有一个海归，因为在国外根本学不到；也没有一个在海外获得学位的，因为老外根本不对外招生。此外，我们这个团队贡献虽然很大，发明创造不少，但写的论文最少，发表的论文更少，因为我们自创的新技术新工艺也要严格保密，只能光做不说，当闷嘴葫芦。”

2001年，“养蚕姑娘”朱美萍进入光机所薄膜光学实验室，先是师从易葵（第三任主任）攻读硕士学位，后来师从范正修和邵建达攻读博士学位。薄膜技术的攻关、实施和寻找瑕疵，特别需要细腻、沉静、耐心的性格。镀一次膜常常需要10个小时以上的时间，在经过纳秒、飞秒级的激光冲击之后，通过仪器在薄到微米级的膜上寻找分子级的靶点，这可是难上加难的工作啊！朱美萍在实验室常常一待就是十几个小时，有时不知天是什么时候黑的，过后又不知天是什么时候亮的。有了女儿以后，朱美萍就把女儿带到实验室跟她一起“加班”。孩子困了，她就在沙发上铺个被单让孩子睡下。同事们笑说：“美萍的母爱都是在实验室里完成的。”

“我们一直在无人区”

冷雨欣，看起来好冷的名字啊！其实不然。大概因为命里缺水，父母便让大雨中雨小雨天天浇着他，这样才能让他欣欣向荣。

结果就像命中注定，襁褓中的他，两三岁的他，上学前的他，就像一个流浪儿，跟着父母顶风冒雨，颠沛流离，横跨半个中国。那双稚气而好奇的眼睛张望着这个世界，很长时间不明白：我的家究竟在哪儿呢？

这与时代和父母的命运有关。冷雨欣的父母在上海是高中同学，学业优秀，定情月下时对未来充满玫瑰色的憧憬。没想到大学毕业之际，父亲被分配到贵州六盘水一家国企，母亲被分配到重庆一家药厂，二人婚后长期两地生活，1975年生下冷雨欣后，不得不把他交给在上海的外公外婆抚养。在冷雨欣童年的记忆中，最快乐的日子是父母到上海探亲的日子，最痛苦的日子是父母假期结束告别的日子。小雨欣使劲扯住父母的衣襟，哭得震天动地，一直哭到在泪水中睡去——他命中的雨，原来就是泪雨啊！

改革开放后，政策宽松了，父母很想调回上海，但很难。当时安徽铜陵有一家大企业，是“建设大三线”时期上海在铜陵创办的，从干部到工人全是上海人，从吃到穿全是上海风格。

上学后，冷雨欣被老师精准地评价为“好学生中的坏学生”。他贪玩好动，上课不注意听讲，放学不用功，经常不交作业，打架斗殴的事儿也少不了他。但奇怪的是，每逢考试，冷雨欣的成绩竟然总是名列前三！尤其是数理化之类，他好像有天生的领悟力，过目不忘，一算就会。1992年，全国搞了一次中学物理竞赛，冷雨欣笔试成绩不错，但现场实验他没能及时做出来，因此未能进入决赛。还有一次超难的数学竞赛，冷雨欣只做出半道，还得了个三等奖。

高中毕业，冷雨欣被保送到武汉大学物理系。1998年毕业后进入上海光机所，师从徐至展院士攻读研究生，主要从事超强超短激光技术、光学参量放大、光子晶体光纤等激光技术的研究。“可能很多人认为科学家的生活很枯燥，其实不对。”冷雨欣说，“科学家就是探险者和冒险家，他们从来不做没有意义的重复劳动，他们总是渴望进入那些‘未知、未闻、未见’的领域，你永远不知道明天会遇上什么，这就是科研工作的魅力。你一旦有了重大发现或发明，一定会在某种程度上改变人类生活的面貌。”

超强超短激光，是现代物理学中一个非常重要且竞争激烈的前沿领域。进一步开拓发展强场超快、具有一系列综合“极端物理”特征的强场超快激光科学技术，必将推动一大批基础学科与前沿交叉学科的发展，为高技术领域的创新发展提供原理依据和科学基础。

在导师徐至展的指导下，冷雨欣很快开始了对新一代超强超短激光的独立性研究，通过深入的理论和实验研究，参与提出并实施了比国际同类研究更为先进的创新方案，在国际上首次建成小型化的1064纳米波长、10太瓦级的（1太瓦=1瓦的12次方，即1的后面要加12个0）超短超强激光装置，得出世界最高水平的实验结果。他参与研究的部分关键单元技术与基础实验，也达到国际领先水平。通过该团队研制的激光装置，飞秒激光激射而出，在空间里像绷直的丝线一直闪闪发光，故被誉为“激光成丝”。

2015 年，年仅 40 岁的冷雨欣出任强场激光物理国家重点实验室主任。同时他还是国家 973 项目课题负责人、中科院知识创新工程重要项目课题负责人、上海市基础重点研究项目负责人，已获批准和受理发明专利 10 余项。

冷雨欣说：“我们的团队一直在‘无人区’，面对的都是未知领域。每天早晨起床，我都会问自己三个问题：还有什么未知可能存在？已知的还有什么用？怎么把已知的做得更高更快更强？”因此他忙得天天加班，“哪天要是不加班了，回家会坐立不安，就像丢了钥匙。”

改造“太上老君炉”

著名物理学家皮耶·居里在追求玛丽·斯克沃多夫斯卡（即居里夫人）时，曾在日记中这样写道：“才华出众的女子甚为罕见。因此，我们若违反本性，全心专注地投入工作，疏远了周围的人，我们就违抗了女人。这种对抗是不公平的，因为女人有很正当的理由：为了美满生活和符合人性，她们极力拉我们回去。”

不，人类中还是有许多具有博大情怀并肯献身于伟大事业的女性。

胡丽丽，头发灰白，步履轻盈，微笑着走过来同我握手，眼中闪耀着一种沉静而自信的光亮。她的讲话语速很快，声音低沉且有活力，像她的内心一样充满热情。

1963 年，胡丽丽出生于江西南昌一个农村教师之家，爷爷是泥瓦匠，为乡亲们盖房子，从旧社会盖到新社会。奶奶帮乡亲们洗衣服，从旧社会洗到新社会。父亲给乡亲的孩子们当老师，从代课老师到中学校长。一家三代就这样泽被四方，赢得了乡亲们的尊敬。

好家风一定出好孩子。不过胡丽丽小时候很淘，小学毕业前，父亲领她下地插秧、挑肥、拔草，她嚷嚷累，父亲也不瞅她，喝一声“继续干”！胡丽丽哭了。回家路上，父亲严肃地跟她说：“现在你面临两种选择，要不好好学习，将来进高中考大学；要不就别念了，这辈子在家当个农民，嫁人生孩子。两条路你选吧。”

父亲的话把她吓着了。那天晚上，胡丽丽第一次打开课本，做完题然后写作文，作文的题目是《爸爸的教诲》。一夜之间，她懂事了，长大了。从初中到高中，她成了学校里最优秀的学生之一，1980 年考入浙江大学金属材料系，毕业后接着读研究生，读博士。在她的影响和带动下，妹妹考入上海交通大学，获硕士学位；弟弟考入天津大学，获硕士学位。三个孩子个个金榜题名，轰动全县。县教育局局长要给她家送匾，以引领全县教育。父亲连连摆手，说："我家那个破房子，匾挂上去会把房子压塌的，要不你先给我盖三间大瓦房吧。"

局长大笑说："怪不得你能培养出三个小状元，脑子够转儿！"

1987 年，胡丽丽考入上海光机所，做了干福熹的博士生，指导老师是姜中宏。

小时在江西老家，放眼四望，周围山清水秀，莺飞蝶舞，风景那个美呀！进了光机所，打开那些神妙的光学仪器，胡丽丽霍然看到星河灿烂的浩瀚宇宙，风驰电掣的原子和粒子世界。"我的天！原子那么小，原子核更小，而围绕原子核飞旋的电子小之又小。如果把原子想象成一座大教堂，那么电子就像大教堂里的几只苍蝇，其空间如此阔大，简直太美妙了！"

姑娘总是爱美的，胡丽丽从此全身心投入她的科学世界，并在实验室同时"俘虏"了未来的老公。

从 1987 年师从干福熹先生，10 多年里，她天天盯着那台热气逼人的坩埚，一锅接一锅地出钕玻璃液，好似太上老君一直辛苦地守着烟熏火燎的炼丹炉。我笑说："今天我才发现太上老君是个女的。"她不好意思地笑了。

进入 21 世纪，在地处绵阳的"两弹基地"，中国工程物理研究院和上海光机所等单位通力合作，开始研制"神光-Ⅲ"，急需数百片大尺寸、高性能的钕玻璃。胡丽丽深知国家"火眼金睛"之急需，半连续的坩埚熔炼跟不上需求了，于是她领导一个 90 多人的庞大团队，向钕玻璃连续熔炼技术工艺发起了冲击。

她的日月星辰几乎全部进入实验室。她的一头青丝迅速变白。她的外部世界渐行渐远。她越来越瘦，脊背渐渐弯曲。她因一次次失败而痛苦不堪的日子越来越多。她的视力因为总盯着显微镜和各类光学仪器而日渐昏花。而解决那些技术和困难就像坐跷跷板，这个问题解决了，那个问题又上升了，难上加难，难上更难。上学的孩子因为见不到妈妈，有一次写了一封信放在妈妈枕边，说："妈妈，我想你了!"

整整9年，胡丽丽就是这样熬过来的。

2014年，一系列惊叹号纷至沓来，精彩迭出。

在胡丽丽团队的手上，钕玻璃生产从"锅"变成"线"，"熬一锅是一锅"变成了"小河流水哗啦啦"——一条30多米长的熔炼生产线!

坩埚中的高温钕玻璃液像"热粥"一样黏稠，对内壁的耐火材料会产生侵蚀，导致杂质难以避免，质量难以保证。故而必须对坩埚材料定期更换，这既耗时费力，也直接影响了产量。经过胡丽丽团队的创新改造，中国去除钕玻璃中的杂质、气泡、铂金颗粒等新型工艺，进入世界先进行列。

如今，钕玻璃生产线一次性连续熔炼，超过此前单埚生产5年的供应量！中国产量大增，一些西方国家遂停止了自家的钕玻璃生产，转而从中国进口。

迄今，上海光机所的钕玻璃连续熔炼技术达到国际最好水平，部分指标国际领先。除美国之外，中国成为第二个掌握高性能、大尺寸激光钕玻璃连熔工艺技术的国家。上海光机所研制的高功率超强激光器"神光-Ⅰ""神光-Ⅱ"，中国物理工程院和上海光机所等单位共同研制的"神光-Ⅲ"，其"光激发"用的就是一代代"玻璃王"制造的钕玻璃。

光机所的大院落绿树成荫，花草芬芳，其间有一条曲径通幽的紫红色小道，是用大块小块碎裂的钕玻璃铺就的，那也是干福熹、王之江、张俊洲、胡丽丽等一代代科学家用毕生心血铺就的。我特意去看了看走了走。淡紫、深紫、暗紫、亮紫，阳光下闪耀着奇异的光彩。那是举世无双、独此一条的小径，刚硬得像钻石，昂贵得像钻石，美丽得像钻石。那哪是玻璃啊！那是中国科学家从失败到失败、从成功到成功的奋斗精神的高贵象征啊!

通过这条小径，中国激光抵达世界。

成功了，更忙。生产线一次点火，七八个月不能熄火。从科学家到技术工人，四班倒守在现场。生产线内部温度高达1000多度，室内热浪灼人，一旦出现了什么小事故，胡丽丽和大家穿着防护服一块往上扑。

她笑说，这叫“热修”。

采访结束，胡丽丽送我一块光亮夺目的形如一座微型纪念碑的淡红色钕玻璃。我把它摆在家里最显眼的地方，与它做伴的有中国“复兴号”高铁机车模型和中国核潜艇模型——这都是我写过的。作为一个作家，你说我能不有一点点小骄傲吗？

告别时，胡丽丽交给我一份打印的有关激光钕玻璃科研情况的参考资料。我注意到，纸的另一面是用过的。

她进行着如此重大的科学研究，却又如此节省！

她笑说：“我上小学时，作业本就是正反两面都用的。”

这就是从那条紫光小径走来的她。

（选自《鄂尔多斯》2022 年第 11、12 期合刊，有删节）

好大一张网

——中国铁路12306客服网探秘

王　雄

提起中国铁路12306客服网，大家都非常熟悉，几乎每一个中国人都与它有关。只要您坐火车，您就与它关系密切。

这是一个无比庞大的网络，近10亿人的“户口”都在这个网络里。亿万人通过它购买火车票，省去了挤在售票窗口彻夜排队的焦急与劳累。这个无边际的火车票发售和预订网络，单日售票达2000万张以上，高峰时每秒出票量达1300张，年售票量超过40亿张，占中国铁路售票量的85%以上，单日最高可达到90%以上。这些车票首尾相接可以绕地球9圈。中国铁路12306客服网是名副其实的世界上规模最大的铁路互联网票务系统。

说起票务，这可是一门既古老又现代的生意。

从古代中国的曲苑杂坛，到美国纽约的百老汇剧院，都离不开票务与票房。20世纪中期，随着计算机科学的发展，一些富有创新精神的企业家开始使用最新科技为百老汇音乐剧、体育赛事观众，提供更好、更便捷的购票服务，计算机售票成为一道耀眼的风景。

长期以来，中国铁路供需矛盾突出，火车票成为最紧俏的商品，回家的路漫长而艰辛。特别是春运期间，人们为了买到一张回家的火车票，不惜昼夜在火车站广场排队等候。然而，往往是空手而归。一票难求，成为许多人心中永远的痛、永远的乡愁。

随着科技的发展进步，互联网出现了，高铁出现了，火车的速度越来越快。高铁以其快捷、安全、大运量的优势，极大地改善了中国人的出行条件，成为人们出行首选的交通工具。“互联网+高铁网”，给中国铁路客运带来了深刻变革，2011年6月12日，京津城际铁路率先开始试行互联网售票，中国铁路 12306 客服网应运而生。自此，旅客告别了烈日下、风雨中排队的煎熬，坐在家里就能实时查询并购买火车票，铁路售票进入现代电子商务时代。

此前，人们出行都是依靠嘴巴询问、手写、脑记列车车次和发车时间。或《列车时刻表》不离手，或事先查好资料，特别是发车时间，要誊抄到小本本上。每到一个城市，一出火车站就会重复以上动作，即使再优美的风景，也冲不淡对赶火车的牵挂。

如今，人们通过手机就能上 12306 客服网查询车次，实现网上购票。人们再也不用像以前那样，在广场上排着长长的队，购买纸质火车票进站了。取而代之的是，通畅地穿过冬暖夏凉的候车大厅，刷身份证或刷脸进站上车，一切都变得舒适、便捷、有尊严。

2019 年 10 月 25 日，中国铁道科学研究院电子所副总工程师兼 12306 技术部主任单杏花，在中外记者见面会上自豪地说："正因为中国高铁的迅猛发展和铁路 12306 售票系统的强大功能，中国人'通宵达旦排长队购票'之痛，彻底成为历史。"

这一重大的历史性变化，极大地方便和丰富了中外旅客的出行体验，也让国际社会和境外媒体对中国智慧感到震惊。好大一张网，这其中的奥秘是什么？我们不妨走进这个神秘的网络世界，一同去探寻和感受。

火车票里的时光印记

火车票，是旅客乘坐火车的凭证。

从我记事起，就对那张小小的纸板火车票，充满了向往。火车票曾带着我们走向远方，也带着我们返乡归家。故乡，永远是每个人魂牵梦萦的所在。火车票代表了外面的世界，也代表了回家的路和浓浓的乡愁。

纵观人类交通发展的历史，火车票伴随着火车的诞生而问世，一直被沿用至今。火车票见证了社会的进步，最早的纸板火车票，距今大约有 180 年的历史；而电子火车票则是近两年的事情，一经问世，就受到了广大旅客的喜爱。从纸板火车票到电子火车票，我们实现了时代的跨越。

电子火车票的出现，一方面宣告了火车票无纸时代的到来，曾经一票难求的纸质火车票，迅速告别历史舞台；另一方面也预示着新的出行方式和生活方式的到来。

时尚的电子火车票，以无形的方式延续着绵绵不息的乡愁。

火车票的变迁

2015 年 2 月 4 日，这天是春运首日。

西安火车站在候车大厅组织了一次很有意义的活动，售票员屈伟琴向广大旅客展示了四种不同时期的火车票，参观者以一种特殊的方式听到了中国铁路发展的铿锵脚步声。

屈伟琴首先展示的是一张纸板火车票，长 57 毫米，宽 25 毫米，票面印有中文、盲文。火车有快车、慢车之分：票面上的一道红杠表示快车，两道红杠表示特快，没有红杠的表示慢车。票面底纹的颜色分别代表座席、列车档次：软座车票为浅蓝色，硬座车票为浅红色，市郊车票为浅紫色，简易车票为浅绿色，棚车车票为橙黄色等。

屈伟琴介绍说，从中华人民共和国成立起，一直到 20 世纪 90 年代，我国都在使用这种纸板火车票。纸板火车票，需要手工加注乘坐信息，即用手动机械轧票机，给一张张车票标注日期，既费时又费力。直到 20 世纪 80 年代末至 90 年代初，虽然纸板票的形式没有变，但加注票面日期和编号的任务改由电动轧票机完成。当时火车站的检票方式，就是在火车票上剪掉一个小口，名曰“剪票”。

火车票的历史，最早可以追溯到 1830 年 9 月 17 日，英国利物浦—曼彻斯特铁路正式开始运送旅客，随之售出了世界上第一张火车票。这是一张小纸条，长 88 毫米，宽 60 毫米，水车票上只印有站名，发车时间、乘车日期及发行者签名均由售票者书写。这天开启了旅客凭票乘坐火车的历史。

1875 年，英国人在中国上海铺设了长 14.5 公里的吴淞铁路，这条铁路成为中国第一条营运铁路。1876 年 7 月 3 日，吴淞铁路上海至江湾段开行旅客列车，众人观之，乘客颇多。当时的乘客都拿着一张小纸条上车，名曰“旅客路运单”，上面写着旅客姓名、座位号、行李、起讫站名、付款总数等。这是中国最早的火车票。

而后，外国列强在中国修建了好几条铁路，大都是各管一段，车票也是五花八门，大小不一，而且要分段买票。清政府被推翻后，铁路收归国有，1912 年元旦，民国政府公布了全国铁路统一章程，统一了火车票的内容、式样和颜色。

大约从这个时期开始，中国纸板火车票问世，长 60 毫米，宽 40 毫米，用硬纸板制作。从民国年间开始，至 20 世纪 90 年代结束，这种纸板火车票在中国整整用了 80 多年。

现年 70 岁的张修民老人，退休前是常州火车站的一名售票员。1978 年，他开始干售票员，几十年来，他收藏的一万余张火车票，见证了改革开放以来铁路的发展变化。

老人告诉我，20 世纪七八十年代，售票员需要用针孔机或钢印，一张一张地在车票上打上日期，还要贴上座位号的小便条。在那个手工添注乘坐信息的纸板火车票时代，不仅售票速度慢，差错率也很高。

那时火车站售票窗口背后，都立着一排有着若干个小木格子的票架子，预备好的纸板车票按照不同的方向，放在小格子里。售票员拿票时就像“抓中药”，在上百个小格子里找对应的车票。旅客要买去哪个站的车票，售票员就会从票架上找到相应的车票，然后手工打上钢印和日期。如果旅客购买的车票到站点超出事先准备的站点，火车票就要由售票员现场制作，根据到站的里程、票价、时刻、停靠站、票种（成人票、儿童票及残疾人票）等不同信息，计算车票的有效期和价格。售票员如果没有经过专业的培训，很难完成这些复杂的计算。

如今，网上订购一张火车票最快只需要几秒钟。但在 2011 年以前，人们往往要为一张回家的车票，在售票窗口排上几小时甚至两三天的队。当时，售票员卖一张票，快的要两三分钟，慢的要十多分钟。烦琐的手工活、复杂的流程，导致旅客购票时间长。

2008 年的春运，中原大地接连下了几场大雪，银装素裹，冰天雪地。郑州火车站前的广场上挤满了排队购票的人群，人们绕着广场转了一圈又一圈。队伍里有位穿着铁路制服的老大爷，抱着一个三岁左右的小女孩。孩子说：“姥爷，我都好久好久没有见到妈妈了，我好想好想妈妈。”姥爷说：“丽丽是个乖孩子，我们马上就会见到妈妈了。”

两个小时过去了，爷孙俩跟着队伍在广场一圈圈地转着。他们终于来到窗口前，丽丽抬头一看，窗内正是妈妈。她高兴地大喊道：“妈妈，你怎么还不下班啊？”妈妈从窗口伸出手来，亲热地抚摸着女儿的脸，眼圈红了。

这位售票员名叫李华，当年 29 岁。

每年春运开始，郑州火车站的售票员就会集中住在站上的休班室，方便工作连轴转。春运开始后，李华就没有回过家。她想女儿，女儿想她，于是老父亲想了一个法子，抱着孙女排在买票的队伍里，就为了让孙女与售票员妈妈见上一面。

我当时在郑州铁路局党委宣传部担任部长，得知这个故事后，特地带了一些记者去郑州火车站售票室采访。李华对记者说，望着窗外看不到尾的购票人流，售票员们口干舌燥却不敢多喝一口水，因为怕上厕所耽误时间，引起旅客的埋怨。

“有些旅客性子特火爆，好不容易排到了窗口，如果没票了，或者售票员要上厕所，说不定就会破口大骂。”曾经的郑州火车站党委办公室主任郑秀梅回忆起往事，仍然觉得有些委屈。

郑秀梅说，许多旅客买不到票，他们不会认为是铁路运力不足，而误认为有人开后门把票弄走了，于是把怨气撒向了无辜的售票员。譬如说，黄牛党手中的票从何而来？绝大多数旅客都认为，黄牛党的票是从铁路内部流出去的，可铁路人则感到比窦娥还冤。铁路规定售票员有“几不准”，其中就有上班不许带手机、不许离开窗口，等等，柜内的车票是插翅难逃啊。

不离身的小册子

这是一段难忘的记忆：直到 21 世纪初，一些经常坐火车出门的人，兜里都会装着一本《列车时刻表》，出门前都会翻一翻，查找自己想坐的车次和开车时间。随着车次越开越多，这个时刻表就越来越厚，去什么地方、坐什么车，一翻便知。小小的册子，有着字典般的神奇和方便。

有人形容道，《列车时刻表》与古代的结绳记事差不多，密密麻麻的数字堆积起来的《列车时刻表》，考验着你的眼力，稍不留神，就会谬之千里。

据中国铁道出版社有限公司副总经理杨新阳回忆，他当年担任《列车时刻表》编辑室主任，那是他工作生涯中最红火的一段日子：一本小小的《列车时刻表》，发行量超大，不断再版，供不应求，是出版社的主要收入来源。

相信年纪稍大的人都会记得：车站附近的问询处、服务所、售票处，甚至是书报亭、小卖部等场所，最打眼的位置必然摆放着《列车时刻表》。在每年四月、十月和春运期间，列车新图调整后，中国铁道出版社都会以最快的速度，将《列车时刻表》印刷成页，一元一份；或装订成册，五元一本。生意相当红火，乃至经常出现脱销的情况。

几十年来，《列车时刻表》是交通行业持续时间最长、发行量最大的服务性工具书。1987 年，一本《全国旅客列车时刻表》发行量达到 360 万册，发行量创历史之最。

据铁路职工邵志勇回忆，20 世纪 70 年代中期，他上小学，在火车站上班的老爸，总喜欢在家里“月份牌”的底板上记“列车时刻表”。这个“列车时刻表”分列于“月份牌”的左右两侧，竖向排列，分为“上行”和“下行”，记载着列车的车次、开行方向和时间。

邻居们要坐火车，不方便跑到火车站去查询，就到他家的“月份牌”前端详和揣摩一阵子。幼小的邵志勇不明白，如果老爸直接写上“济南方向”“青岛方向”岂不更加简单明了。后来他明白了，这样写，或许是老铁路人的职业习惯。

20 世纪八九十年代，连续的几次铁路大提速，使车次的变化成为常态，《列车时刻表》也是一个版本接着一个版本地变换着。邵志勇的一个同学在火车站上班，属于窗口单位，每逢列车调图，他就会很神气、很及时地把各式各样、花花绿绿的《列车时刻表》送给邵志勇，有 32 开的、64 开的，有长条形状的，还有临时调整的纸条形状的。当然，每次他来送时刻表，邵志勇都是好烟伺候，并陪他一通神侃。

一次，邵志勇和同事坐火车，习惯性地拿出随身带着的一本《全国旅客列车时刻表》，想查一下火车的到站时刻。同事咧嘴一笑，说了一句“你落伍了！”拿出手机，划拉了几下，各次旅客列车的发车、到站时间，一目了然。这时，邵志勇才知道网络上有多种列车时刻表的 App 包含车次、发车时间、到站时间、票价，预订车票、换乘车站等，可以按照车次、车站等检索，十分方便。

原来，在不知不觉中，我们进入了大数据时代。进入 21 世纪后，随着互联网的迅速发展，《列车时刻表》的发行量逐年下降，2016 年仅发行 1

万册。自 2017 年起，中国铁道出版社不再出版发行《列车时刻表》，自民国铁路开始，使用了近 100 年的纸质《列车时刻表》退出了历史舞台。

开启计算机售票先河

20 世纪 80 年代末，改革开放的前沿阵地深圳，一派欣欣向荣的景象。那时，一些单位、部门的办公桌上，出现了一个小电视机模样的东西，还有一个键盘，工作人员不停地用手指敲打着。这个小电视机模样的东西就是计算机，这种办公方式，彰显了深圳特色，让人耳目一新。

很快，这种办公方式延伸到了铁路系统。铁道部选择深圳火车站作为试点，率先使用计算机打印和出售火车票。为了方便打印，纸板火车票也改为软纸火车票。尽管只是单机作业，也只是试验田性质，而且速度不会比手工出票快多少，但其意义重大。由此，铁路开始告别纸板火车票时代，拉开了电脑出售软纸火车票的帷幕。

最早的深圳火车站计算机售票，是通过在没有联网的计算机里设计制作统一的票样，然后通过各自的打印机打印出软纸火车票；然后，由售票员向旅客出售。软纸火车票上呈现给旅客的信息有起止城市、车次、时间、票价以及条形码。早期的软纸火车票上还会标注“含软票费 1 元”，不过随着铁路行业的发展，“软票费”在火车票上很快就消失了。

到了 1996 年，互联网已在中国大地得到广泛应用。尽管这时铁路人工售票依然是主流方式，但互联网的种子已经在铁路悄悄萌芽。同年 5 月，铁道部部长办公会提出，尽快建成中国铁路客票互联网发售和预订系统，决定以中国铁道科学研究院（以下简称“铁科院”）为主要研发力量，集中全路的技术资源，团结协作，合力攻关。

很快，由铁科院牵头组织，联合北京交通大学、华东交通大学、上海铁道学院、长沙铁道学院、西南交通大学、兰州铁道学院、大连铁道学院等 7 所铁路院校的 28 个硕士研究生和青年教师，组成了“客票总体组”。领衔者是时任铁科院电子所所长马钧培。

当时在这个团队里，有一位刚入校的华东交通大学硕士研究生，她叫单杏花，专业是交通运输工程与控制。后来，她成为铁路计算机售票系统研发领域的领军人物。

作为铁路计算机应用领域的知名专家，马钧培早在 20 世纪 70 年代就开始了对计算机售票的关注与研究。20 世纪 90 年代后，他领衔研究、制订了中国铁路客票系统总体方案，创造性地提出了集中与分布相结合的三级系统结构，研制、开发出具有中国自主知识产权和国际领先水平的中间件软件产品，取得了一系列科技创新的重大成果，先后荣获 1999 年铁道部科技进步一等奖和 2000 年国家科技进步一等奖。

当时网络信息技术尚不成熟，客票系统还十分脆弱，需要针对每个车站的实际情况，进行优化调整。单杏花小组被派到南昌铁路局九江站试点，他们将九江站售票窗口的几台计算机连成一体，运用自己设计的软件，在几个窗口同时开始计算机售票的试验。专家称之为“九江站 1.0 版本”。

九江站试点的成功，让业内人士看到了希望。南昌站很快请求上马计算机售票系统。南昌站使用计算机售票第一天，早晨 6 点开窗卖票，刚卖了两个多小时，系统就卡了壳。拥堵在售票窗口的旅客们情绪激动，敲窗、喊叫，不绝于耳。“这是什么破计算机？分明是售票员想偷懒！”“机器不可靠，还得指望人啊！”

无奈之下，售票员只得急吼吼地把计算机搬了下来，把票箱重新搬了上去。后来问题找到了，是数据库参数没配好，造成系统内存耗费过大，需要重新建库。专家们忙了一天一夜，重新建好了数据库，问题得到了解决。

1997 年，客票系统 2.0 版本实现了地区联网售票，也就是，在北京站可以买到北京西站出发的火车票了。很快，旅客可以在广州站，买到从深圳站返回的火车票。自此，一次只能买“始发站至终到站一张票”的历史被改写。

这一年，粉红色的软纸火车票在中国铁路正式全面投入使用。实行计算机售票，将窗口的售票速度从几分钟压缩到几十秒，同时极大地降低了售票差错率，排队人数迅速减少。计算机打印的软纸火车票，是中华人民共和国历史上第二代火车票。严格地讲，还是纸质火车票，只是将纸板变成了软纸，在出售方式上融入了计算机的先进技术。

2007 年 6 月 30 日 24 时，我国边远地区的最后一批火车站停止发售纸板火车票。沿用了 100 多年的纸板火车票，在中国退出历史舞台，完全被全国联网的计算机发售的软纸火车票所取代。

全路“一张网”构想

1997年底，马钧培团队提出了全国铁路售票“一张网”构想。

1999年，客票系统3.0版本推出，正式提出了“异地售票”概念。其意义在于，旅客可以在北京站买到从上海站去广州站的火车票。由此，为全国联网售票打下了坚实的基础。

这个时候，铁道部因势利导，统一了计算机软纸火车票式样。这种软纸火车票不是事先印制好的，而是在售票时采用非击打式打印技术，热转出票，现场打印。票面美观，打印速度快。

当时，世界上还没有哪个国家实现全国联网售票。虽然美、法、德、日等国家铁路客票计算机系统的应用都比中国起步早，但这些国家的铁路网和票种远不如中国复杂，它们的铁路的主要客流一般以城际为主，类似中国的城际铁路或地铁，行程短，票种简单。日本铁路更是票种单一，对号入座率只有20%。

长期以来，各铁路局统筹管内客运资源已成为定式和惯例，“窗口无票，车上空座”的情况经常出现。我的客票，就是我的奶酪，别人不能染指。譬如，郑州站至北京西站的火车票，传统意义上讲，就是郑州站的资源，只能由郑州站出售。也就是说，只有郑州站的窗口有郑州去北京的火车票，旅客只能到郑州站去排队购票。这样会产生两种情况：一是造成资源浪费，如果郑州站有郑州至北京的余票，其他车站的窗口仍然显示无票，必然导致车上空位；二是旅客服务面小，如果不能亲自到郑州站排队购票，你就无法买到票。

由此，必须在计算机售票系统上进行一次改革和优化，用具有革命性的系统规范售票行为。2002年，售票系统再次升级至4.0版本，适应客运体制改革和收入清算需求，实现了提前180天预约，铁路客票信息化得到进一步发展，前景一片光明。

2005年，单杏花从导师马钧培手中接过了接力棒。单杏花研究生毕业后，被分配到铁科院，一直跟随马钧培从事客票系统研发工作。

几年来，单杏花带领团队相继主持客票系统5.0、5.1、5.2版本的升级研究与开发推广工作，实现了自动售检票、电话订票、实名制售票等技术的研发。特别是5.0版本实现了票额共用、复用剩余票调整等一系列售票组织技术的创新，在售票组织策略、席位控制等方面取得了一系列理论成果和技术上的突破。

这种拾遗补缺的车票优化系统，大大减少了旅客列车座位虚糜问题，在铁路没有增加列车运力的情况下，每年多卖出近3000万张车票。

从2006年4月起，客票系统实现全国联网售票功能，发售全国各站车票。这成功破解了4.0版本中票额共用不够灵活、短途票额无法再利用的问题，创新了一系列的售票组织策略，有效避免了“火车上有座却买不到座位票”的现象。

紧接着，从2008年开始，一些大中型城市的火车站陆续开始发售磁卡式火车票。这种闪烁着银色金属光泽的磁卡式火车票为一次性车票，它利用磁介质记录票面信息，票面硬度比软纸火车票要高，车票正面印有动车组图案，车票背面印有铁路旅客乘车须知，正面和背面分别被植入热敏信息和磁性信息。

这时，一些大型车站的自助验票闸机通道相继投入使用，乘客拿磁卡火车票可实现自助刷票进站，旅客检票乘车的速度大大加快。

2009年12月10日，中国铁路售票系统升级换代，车票下方的一维码防伪标记变成了二维码防伪标记，防伪功能更加强大。车次、价格、售出地、购票类型等信息，都能被加密成二维码打印在车票的票面上。因此新版火车票具有更高的防伪性。

2011年6月12日，12306客服网开始试水联网售票，成功售出第一张“北京南站至天津站”高铁电子客票。当天，12306客服网售票1000多张。中国铁路网上售票业务开通运行，标志着铁路售票进入令人憧憬的电子商务时代。

从此，12306客服网与十几亿人的出行紧紧连在了一起。半个月后，京沪高铁开通前夕，12306客服网站开始发售京沪高铁车票。到2011年9月底，全国动车组列车全部实现互联网售票。到2012年春运，全国所有列车全部实现互联网售票。

中国铁路12306客服网功能的不断优化，极大地释放了客运生产力，铁路客运至少每年增收30亿元以上。除去新线新增客运能力的因素，客运收入年增长率都在30%左右。

“无票乘车”的快乐

朋友对我说：“当你乘高铁出行时，刷脸进站，一路畅通无阻，这种‘无票乘车’的方便与快乐，是难以言表的。”

电子客票也叫“无纸化客票”，旅客通过互联网订购车票之后，仅凭有效身份证件直接到车站办理乘车手续即可成行，无须纸质票，实现了“无票乘车”。

铁路电子客票是以电子数据形式体现的铁路旅客运输合同，与普通车票具有同等法律效力。电子客票将购票信息与身份证进行绑定，旅客从进站安检到检票乘车再到出站，全程都可以通过直接刷身份证完成，不需要提供任何其他的证件及车票信息。进出站时，旅客可以凭购票时所使用的本人身份证原件，或凭借 12306 手机 App 生成的动态二维码，通过自助闸机验证，就可以快速、自助进站或出站。

1993 年，世界上第一张电子客票在美国一家航空公司诞生。2000 年，中国南方航空公司推出了内地首张电子客票。到 2007 年，电子客票已经 100% 地覆盖了中国民航票务。

2011 年 6 月，铁路部门开始尝试“刷身份证进站”，预示着中国铁路无票时代的来临。乘坐京津城际、京沪高铁列车，旅客只需要带着二代身份证，就能在自助机上刷证直接进出站。

紧接着，其他高铁线的刷身份证进站功能也在加紧推进。2015 年 1 月 20 日，西安—宝鸡的高铁开始实现刷身份证直接进站，无须再使用任何车票。当时西安的媒体记者在报道这则新闻时，曾在文章中感叹道：“也许再过十年，我们上火车都不再需要车票。小小的车票将永远被定格在历史中，成为大家年轻时的记忆。”

然而，只花了四年时间，铁路就告别了纸质火车票，电子客票登场了。

2018 年 11 月 22 日，中国铁路总公司宣布，将在海南环岛高铁实行电子客票服务试点，刷身份证+扫码即可进站乘车，旅客不用再拿着车票乘车。当日，许多乘客表示“非常方便快捷”，这一服务节约了取票时间，提升了出行效率。

消息一经传出，许多人不禁连连感叹时代变迁之迅猛、我国铁路客运发展变化之快……

2019 年 7 月，电子客票扩大至上海—南京、成都—重庆、广州—珠海（湛江西）、昆明—大理—丽江 4 条高铁城际铁路试点。2019 年 10 月，高铁、城际线路开始大面积普及电子客票。到 2020 年 4 月 29 日，中国高铁和城际铁路实现了电子客票全覆盖。这年 6 月 20 日起，中国电子客票全面取代纸质火车票，在全国普速铁路推广实施。至此，中国铁路全面进入电子客票时代。

截至 2021 年 1 月 4 日，电子客票已在中国 2878 个高铁和普铁车站普及，覆盖了 95%以上的铁路出行人群，极大地优化了旅客的出行体验。

自此，“无纸化车票”成为铁路迈入新时代的一个标志。实行电子客票后，旅客购票、检票、乘车等过程将更加方便快捷。就购买火车票而言，旅客不仅买票不需要排队，而且只需动动手指，几分钟就能完成火车票的购买，十分快捷和方便。

就在 10 年前，买到一张回家的火车票，唯一的方式就是去火车站的售票窗口，传统的购票方式给人们的出行带来诸多不便。旅客为了买到票，春运期间要冒着严寒，暑假期间要忍耐酷暑。不仅如此，有时轮到自己购票时，还会因为买不到火车票，不得已改变出行计划。

电子客票检票程序的简单化，促进了车站进出的畅通，加快了人员进出站速度。从系统中直接读取身份证号对应的车票信息可以防止车票丢失，杜绝假冒车票的情况发生。

电子客票彻底取消了闸机检票部分的机械结构，大幅度降低闸机的采购和维护成本，降低故障率，相应减少了大量维护人员。车站可以用同样多的资金购置更多的闸机。车站闸机数量的大幅度增加，又有效地减少了进站排长队现象。

通过实地测试，检票进站由过去的“身份证件+车票”，简化为只需持有效身份证件即可完成实名制核验、检票、验票，闸机平均检票速度由约 3.8 秒/人缩短至 1.3 秒/人，提高了约 3 倍，极大提升了进出站效率。

阳光总在风雨后

1978 年，改革开放的春风吹遍大地，唤醒了这片古老的土地。茁壮而美丽的新芽，在这广袤的大地上破土而生，焕发出春的气息和生命的力量。

四十多年来，中国春运人数从初期的1亿人次，增长到2018年的30亿人次。这个数字相当于除亚洲以外，全世界其他地区所有人迁徙一次。

火车票的供需矛盾，加上黄牛党倒卖车票的恶劣影响，一票难求的情况曾遭到社会舆论的诟病。人们呼唤公平正义，呼唤阳光般地享有公共资源。搭建公开公正的网络售票平台，已经成为广大旅客的共同期盼。

阳光总在风雨后，“互联网+出行”客票系统的建立，历经坎坷与艰辛。经过十多年的努力，拥有完全自主知识产权的中国铁路12306客服网，经受住了潮起潮落的考验，成为全球交易量最大的票务系统，造福于广大民众，促进了铁路客运的深刻变革。

这个客票系统，日最高点击量超过2600亿次，相当于中国人每人每天访问票务页面100多次。以12306客服网为代表的中国高铁客运服务信息系统居于世界领先水平。

然而，曾经有一段时间，中国铁路12306客服网也遭受过网民的疯狂吐槽：登录网页难，提交订单难；有的吞了钱不吐票，有的身份信息被盗用……围绕着12306客服网的是是非非，一时成为网络上的社会热点话题。

实名制售票问世

这是一个递进式的二元论：一方面，社会呼唤公平公正，呼吁实名制售票；另一方面，实名制售票为网络售票打下了基础、提供了可能。

长期以来，本着公平公正原则，借鉴发达国家的经验，社会一直强烈呼吁铁路推行实名制售票。早在2009年春运期间，铁路部门就开始有条件地在部分地区试行实名制售票。由于成本高、人力紧张等原因，实名制售票一直是艰难前行，没能在全国各火车站铺开。

其实，铁路内部也一直争论不休。反对方认为，实行实名制售票不可能多产生一个旅客席位，却要投入大量的财力和人力，得不偿失。倡导方则认为，实名制能为铁路运输保驾护航，能够解决公平公正售票问题，赢得民心，防止黄牛党。

毫无疑问，“一票难求”的供需矛盾，庇护和滋养了黄牛党这一畸形的群体。黄牛党或通过代理方式获得票源，或通过雇用流动人员排队抢票；然后，根据火车票需求程度，采取不同的加价手段，谋取个人利益。这种违背市场规律的行为，严重损害了广大旅客的利益，触犯了法律，构成违法行为。

有限的铁路运力与庞大的出行需求，始终是一对矛盾。铁路客票系统解决了车票资源不合理配置和售票速度慢等问题，但紧张时期和紧俏线路的“一票难求”问题，仍然不可能从根本上得到解决。当时的铁道部一直把提高铁路运能，当作主要矛盾来抓。然而，推行实名制售票不力，导致黄牛党猖獗，旅客怨声载道。

公平地享有公共资源，已经成为一种时代的呼唤。

2011 年春节过后，铁道部党组召开专题会议，认真分析了铁路实名制售票的基础和开展互联网售票的条件，决定全面推行实名制售票。借助互联网这一现代化手段，搭建全国联网售票平台，真正实现公开、公平、公正地出售车票，并决定对 18 个铁路局（公司）现有的客服网站进行系统扩容改造，增加网上售票这个重大功能。

人名、身份证号、购票记录等信息的加入，使庞大的数据顿时拥入了系统中。再将这些数据与既有的系统和数据兼容，那无疑会形成一个天文量级的数据库。如何编写这些庞杂、复杂数据的代码，如何保障如此庞大的客服网有序高效运行，成为铁科院单杏花技术团队的首要任务。

单杏花团队开始攻坚克难，不断理清思路，摸索规律，完善售票系统，分区域推进互联网售票工程。从需求分析、流程梳理到结构设计，再到研发、测试、部署、调试，相继建成了长沙、重庆、贵阳、昆明、乌鲁木齐、兰州、福州、武汉、上海等 23 个区域中心，开始分区域中心尝试联网实名制售票。

全面实行实名制售票，这一划时代的进步，引起社会各界的强烈反响。许多媒体纷纷撰文评论，铁路实行互联网实名制售票，以方便、快捷与公平的姿态，与风驰电掣的高速列车一道，组成了又一道“和谐”风景线。

2011 年 12 月，在全国动车组列车全部实现互联网实名制售票的基础上，12306 客服网相继推出了网络订票、扩大电话订票范围等新的服务功能，好评如潮。

火车票实行实名制后，票面上加了二维码、购票人姓名、身份证号码等信息，其中身份证号码中有 4 位号码用星号替换，以保护个人信息。

自此，乘坐动车组的旅客无须到车站排队，坐在家里通过互联网即可完成购票、退票和改签业务。12306 客服网立刻火爆起来，迅速成为全民关注的焦点。

走进各车站售票处，看到的是一排排自动售取票设备，铁路 12306 客服网的二维码随处可见，用手机扫一扫便可实现网上购票。人工窗口内，一排排的电脑，银行卡、支付宝、微信支付等多种形式的付款方式一应俱全，智能外显设备提醒旅客随时购买返程票。售票窗口前长长的购票队伍消失了，售票大厅的旅客寥寥无几。

孔子曰："不患寡而患不均。"实名制本身是在火车票供给不均衡的背景下，追求相对的公平。火车票实名制体现了公平公正，虽然铁路部门多了一点麻烦，但乘客少了一点烦恼，社会也就更和谐了。

说起 12306，很多人好奇："这个代号是怎么来的？有什么寓意吗？"单杏花解释道："这是国家工信部给的电话号码，政府服务咨询的电话号码都是 123 打头，2011 年时铁道部还是政府部门，后两位是原铁道部挑选的。至于说寓意，六六大顺嘛，就是希望每位旅客都出行平安顺畅。后来想想真是 123 相加得 6，12306 真是六六大顺呢！当中的这个'0'当然就代表着一个'圆满'和'顺畅'……"

12306 客服网曾经瘫痪

让人始料不及的是，2012 年春运刚开始，12306 客服网就遭遇了"滑铁卢"。

12306 客服网设计的高峰日售票量是 100 万张，系统各环节的能力都是按高峰日售票量设计的。从 1 月 5 日起，12306 客服网连续 5 天点击量超过 10 亿次，高峰时超过 14.09 亿次，访问量环比激增 10 余倍，其中 1 月 9 日点击超过 14 亿次，瞬间成为全球最繁忙的网站之一。由于互联网接入带宽明显不足，网站几度发生拥堵。处在风口浪尖上的 12306 客票团队，面临着巨大的压力与考验。

霎时间，12306 客服网成了一个让人又爱又"恨"的网站。它免去了上亿人起早贪黑、顶酷暑冒严寒的排队购票之苦，但网站堵塞、刷不出票也让许多人一次又一次失望、着急与抓狂。

回忆起当时的情形，单杏花团队的一名成员至今心有余悸地说："前台抓狂了，我们后台也抓狂了。服务器跑到一定负荷后，访问者还在源源不断地进入，我们不得不进行限流。"

专家测算，如果 12306 客服网登录高峰期的并发量达到 1G，那么，同时在线访问人数可能已达到 500 万。500 万是一个什么数字？

安天实验室总工程师张栗伟解释道："同时在线达到 500 万，已经超过百度空间的规模。如果同时交易 500 万笔，这个规模大约是淘宝最大促销 2011 年'双 11'时第一小时总成交量的两倍，无论从哪一个方面看，这都是一个巨大的数字。"张栗伟认为，这种定点放票的机制容易造成访问量剧增，出现明显的洪水效应，一旦超出服务器的承载能力，响应时间就会显著变长，交易失败率就会增加。

12306 客服网售票的第一步程序是余票查询，只有查到余票后才能继续购票，但春运时的余票查询请求像海啸般汹涌而来，想进的人进不来，进来的人没法查。由此引起的连锁反应是，刷到余票的用户提交订单总是提交不成功，订单提交成功的人看不到车票，看到车票的人无法点击支付，支付成功的人看不到成功的订单，系统出现了一种雪崩式和多米诺骨牌般的连锁故障。

有人不禁要问："为什么要设计每日 100 万张的能力？当初为什么不设置得高一些呢？"单杏花坦诚地说："中国铁路客票系统模式是世界上绝无仅有的，没有成功经验和现成模板，只能'摸着石头过河'。当时我们也经过周密的市场调研，并借鉴了德国、法国、日本铁路的经验。这些发达国家铁路互联网售票率仅占 17% 左右，按我国当时的日均售票总量推算，互联网售票比例占到 25%，即每天有 100 万张左右的售票量。谁也想不到预设能力与实际需求竟然有这么大的差距，当时真的是山呼海啸一般让人猝不及防啊。"

这次教训让单杏花明白了一个真理：中国的事情和外国不一样，外国的经验只能是参考，中国的事情必须立足中国的实际。

12306 客服网不给力，买不到火车票的人纷纷上网吐槽，网络媒体花式讽刺和调侃铁路，加上不少不明真相的人推波助澜和恶意炒作，12306 客服网一下子被推到了风口浪尖。调侃 12306 客服网刷不出票来的《嘻唰唰》视频，风靡大江南北。

面对网上铺天盖地的嘲讽乃至谩骂，单杏花团队感到很委屈。其实，一般旅客根本不知道铁路票务系统的复杂性，尤其是剩余车票计算的复杂程度，比淘宝、京东等电商的商品剩余数计算还复杂很多。

无论从信息计算的复杂程度、请求的数量，还是从计算时间的要求以及逻辑模块的设置等，航空、公路售票系统和电网、电信等缴费系统等，都无法和铁路 12306 售票系统相比。也难怪，现如今除了 12306 客服网，世界上还有哪个网站的点击量达到高峰日 2600 亿次？

譬如说，同一段线路，有普速和高铁，同一列车上又分不同的席别，同一条线路还分若干区间……仅仅一次余票查询，可能就是几万次甚至是几十万次的计算……

这些复杂问题，单杏花团队没办法更没时间去向广大网民说清楚，即使能说清楚也没有用：对民众和旅客来说，只有买到票，才是硬道理。

面对压力，单杏花团队只得背水一战。针对带宽不足的问题，单杏花当机立断，迅速将带宽由 600M 上调至 1000M，不久又上调至 1500M，后来调到了 30G；针对系统程序问题，他们重新开发设计，从架构等关键环节上寻求突破和创新。

在那段时间，单杏花团队骨干人员白天跟踪系统运行状况，分析压力最大的环节，思考解决方案，优化系统。待晚上 11 点系统停售之后，他们就上线用白天优化的内容完善系统，然后再进行全面的测试，直到凌晨三四点才休息一会儿。早晨 6 点半开始售票后，再来观察前天晚上升级和完善的效果。一天连着一天，几乎 50 多天都是这么度过的。

内存计算、读写分离、售取分离、异构数据同步、弹性扩展、双中心双活、异步交易排队、分布式缓存等核心技术，都是在这个时期、在巨大的压力下自主研发出来的。

单杏花说，当时没能优化系统架构，只是依靠铁路技术队伍进行有限的优化。

2012 年 1 月 20 日，12306 客服网创造了 119.2 万张的日售票最好成绩，顶住了日点击 14 亿次的压力。一年后，即 2013 年 1 月 15 日，当天总共发售客票 695.1 万张，网络售票 265.2 万张，占到近四成；全天超过 1700 万人次登录系统买票，点击次数高达 15.1 亿次，比 2012 年春运期间网络最高日售票 119.2 万张，增加了 1 倍多。

2013 年 3 月，中国铁路总公司成立后，公司加大了对 12306 客服网的投入改造，扩充了网络带宽，提高了系统交易处理能力，优化了网络购票操作流程，升级了手机客户端，使旅客对 12306 客服网的访问更顺畅。

同年 12 月 8 日，春运前夕，12306 客服网顺势推出列车信息查询等服务，同时，还增加支付宝购票、退票以及退票实时到账等服务。猛然间，12306 客服网人气急剧攀升。到当天 15 点，共有 15.2 万人下载并使用 12306 手机客户端，售出 16183 张火车票。

2014 年 9 月 18 日，铁路单日售票量首次突破千万大关，达到 1039.9 万张，其中互联网售票比例高达 61.2%，创造了铁路网上售票的最高纪录。

经过一系列的技术攻关，12306 客服网的承载能力有了质的飞跃，单日售票能力从 1000 万张提高到了 1500 万张，高峰时段 1 秒可以售出近 700 张票。2017 年铁路春运，网上售票占比超过 60%，社会满意度明显提高，旅客在车站窗口通宵排长队购票的情景消失了，黄牛党倒票猖獗的现象，得到有效遏制。

“刷脸进站” 新时尚

视力是人类与生俱来的能力。

科学实验证明，要从 1 万个人中快速找到目标人物，这个任务对于人类来说，就显得力不从心。随着 AI 技术的发展，机器的视力已经可以超过人类。现代社会中越来越多“看”的工作已经可以由机器来完成，比如刷脸支付、刷脸认证等。

2017 年 1 月 13 日，北京西站率先开通了人脸识别验票系统，也就是“刷脸进站”，开启了铁路检票服务新时代。只需三秒钟，旅客就能通过人脸识别仪“刷脸”快速进站，火车站内为旅客提供问询服务的不是工作人员，而是机器人。这些并不是科幻片中的虚拟场景，而是如今火车站的真实场景。

车站进站口的自动检票闸机上，都安装有摄像头，当旅客走近闸机时，它会抓取旅客脸部信息，与身份证芯片里的照片进行比对，当票证信息无误、人脸与证件照比对通过时，闸机就会自动放行。

2018 年春运期间，俗称“刷脸进站”的火车站自助实名制核验通道成为一大亮点。全景导航、智能询问机器人、智能翻译机，“人工智能+铁路”服务，如今已不是新鲜事。

“背上背着东西，手里抱着孩子，能刷脸进站实在是太方便了。”在广州南站春运的人流里，年轻的母亲文静第一次体验刷脸过闸机，对“解放双手”的感觉赞不绝口。

这年春节，“精准售票”让更多期盼团圆的人们能够买到回家的车票。而让人们开心的不只是“刷脸进站”，微信作为人们最常使用的 App，也成为铁路服务旅客的好帮手，人们可以通过绑定手机号实时接收退改签等通知，把出行信息真正掌握在手中。

毫无疑问，“刷脸进站”是 12306 客服网功能的延伸。经过十多年的探索，12306 客服网从一个单纯的售票网络，逐步发展成提供全方位服务的综合网络，旅客的体验和感受越来越好。

12306 客服网日益成熟起来。网站功能的不断优化升级，反映出铁路售票组织的不断完善。在传统的车站窗口、客票代售点和自动售票机的基础上，12306 客服网全面推行互联网售票、手机购票、电话订票。很快，便捷的 12306 客服网，成为旅客购票的首选。

12306 客服网不断推出新功能、新服务。2012 年，旅客持第二代身份证在 12306 客服网购票后，可以刷身份证进出高铁站。2012 年到 2017 年间，12306 客服网又新增了列车正晚点查询服务，推出接续换乘、动车组选座等新功能，实施“铁路畅行”计划，极大提升了旅客的购票体验。2018 年春运，一大批车站实现“刷脸进站”。

2019 年 5 月，12306 客服网扩大候补购票列车范围，全部旅客列车都可候补购票。2021 年 1 月，12306 客服网售票服务时间，由每日的 6 点提前到每日 5 点，退票业务办理时间调整为全天 24 小时……

经测算，铁路 12306 客服网每年为铁路节约售票成本至少 3 亿元以上；每年为全社会节约购票的直接交通成本，至少在 100 亿元以上。

抢票软件遭遇战

正当 12306 客服网人气大增之时，半路却杀出个程咬金。

2013 年春运，多家网络公司瞄准了中国铁路 12306 客服网。针对铁路春运推出的抢票软件雨后春笋般冒了出来，从网上抢票中谋利。尽管12306客服网一再表示抗议，但这些抢票软件一直非常活跃。

这也印证了互联网时代一个人尽皆知的真理：巨大的访问量带来巨大的市场和商业空间，其中蕴藏着巨大的商机和利润。

随着购票实名制的实行，车站窗口对旅客购票实行一对一的验证，逼迫黄牛党迅速撤退，从车站广场转移到网络空间。于是，各式各样的抢票软件纷纷登场，在12306客服网兴风作浪。

这些不同名号的抢票软件，都以官方网站的名义，向12306客服网发起大量访问请求，实施“抢、占、囤、代”等行为，利用网民急切购票的心理，加价收取费用；还有的利用旅客隐私，进行不法行为。

诸多抢票软件的猖狂举动，肆无忌惮地对12306客服网的无序访问，一方面大幅增加了网站负载和带宽压力，另一方面带来了个人信息泄露风险，破坏了公平和公正的网络售票秩序。一些抢票软件还可能存在钓鱼网站链接、木马病毒等，给用户的信息安全和12306客服网的平稳运行带来极大的风险。

“天使”还是“魔鬼”？

自从网络购票全面普及后，抢票软件也成了一门“好生意”。

特别是一年一度的春运大幕开启后，一些热门车次的车票一票难求，很多平台上的抢票软件再次成为“香饽饽”。一时间，大大小小的抢票网站、软件，可谓琳琅满目，导致大量车票仍有可能集中在代人刷票的网络“黄牛”手中。他们利用抢票软件批量刷票，伺机捡漏，设置套路、陷阱，在多个社交平台出售，以此赚取高价服务费。

当时市场上的抢票软件主要分为两种：一种是各大浏览器内置抢票插件；另一种是各大电商平台、在线旅游平台推出的抢票功能。

表面上看，对网民来说，多一件抢票利器自然是好事，可以方便抢票。但是，问题并不是那么简单。抢票软件可不是白给的，需要用户支付额外的费用。许多抢票软件都提供过类似抢票加速包的服务，抢票加速包大致分为低速、快速、高速、极速、光速、VIP等，售价10元至80元不等。抢票加速包并不保证一定能抢到票，抢票成功率也只作为参考，并不作为承诺或保证的依据。

一位名叫刘丽的年轻人告诉我，她在网上看到有人推荐抢票软件，就抱着试试看的态度用了一下。果然，抢票非常顺利。但是账单出来后，她傻眼了："我之前没看明白它的计费规则，以为每张票大概只需要 5—10 元的'手续费'。没想到各种加速条件累计在一起，再加上绑定出售的保险，两张票要比正常购票多花 76 元。"

抢票软件把旅客填报的需求，用机器不断地提交到 12306 客服网的系统中，机器点击速度是人的几十倍、甚至上百倍，人点击一次查询是秒级的耗时，机器模拟人点击查询则是毫秒、微秒级的耗时，海量的高并发请求会把系统堵死，导致 12306 客服网不能为正常上网购票的旅客提供服务。据悉，这些软件一次刷新的速度仅 100 毫秒至 500 毫秒。

中科院计算技术研究所博士张星洲分析，抢票软件的基本原理是所谓的"爬虫技术"，根据 12306 客服网官方的出票信息，计算机以极高频率（毫秒级）提交刷票请求。再加上有些抢票软件背靠大公司，可以使用极高速网络、高性能的计算机来抢票，由此大大提高了成功率。

我们不妨打一个形象的比方，如果说把旅客登录 12306 客服网看成"敲门"的话，抢票软件就是设计出各式各样的"敲门机器"高频次不停地敲门。这样一来，"敲门机器"敲开门的概率和机会自然比用手敲门要多得多。如此这般，抢票软件就像排队加塞和霸占窗口一样，可以占据有利地形，在网上不停地刷票、购票，严重地破坏了网上售票的公平秩序。

在网络上，经常可以看到一些第三方抢票软件承诺，如果选择一些付费的抢票套餐，将更有机会抢票成功，即在群雄逐"票"的竞速赛中，出钱越多胜算越大。有 App 直接在括号里写小红字提示道：买到票的概率将从 50% 提高到 88%。

明知抢票软件是强盗行为，但一些着急购票的人，还是不得不求助抢票软件，这导致抢票软件市场活跃，旅客怨声载道。很快，抢票软件就沦为黄牛党囤积车票、大发不义之财的帮凶。

铁科院研究员朱建生曾表示，抢票软件影响了整个网络售票的公平性，同时大量消耗 12306 客服网的网络资源，给系统造成负担。不仅如此，旅客将自己的账户和密码交给第三方，安全也是未知数。

2018 年春运前夕，中国铁路总公司有关负责人表示，12306 客服网售票系统一旦识别出有非人为速度购票的风险，就会立即将疑似机器或外挂抢票的用户列入慢速排队队列，让符合常规购票速度的用户在正常速度中排队，以此来防范各类恶意抢票软件。

然而，依托社交平台兜售火车票的“代刷业务”依然火爆。一位代刷车票的卖家在网上公开说：“我们使用的 IP 一直在变，系统识别不出来，这两天抢票都正常，一秒刷 10 次，保证 80% 抢票成功率。”

采访中，一位代刷车票的卖家向我透露，他们使用的抢票软件是向软件开发者单线购买的，软件租金一个月 2200 元，一年 8800 元。

《科技日报》的数据显示，2017 年 12 月至 2018 年 2 月，各种抢票软件活跃用户环比增长近三成，抢票功能加速包费用从 10 元到 50 元不等。据业内人士估算，第三方抢票软件每年获利约几千万。

一场不对称的“战斗”

每当春运临近，炫酷的抢票软件，对于急于回家的人们来说都是致命的诱惑。

抢票软件问世以来，确实帮助部分旅客抢到过车票，提供过方便。然而，这“方便”的背后存在着很大的安全隐患。

采访发现，新一代黄牛党抢车票，除了运用先进的电脑和更高速的宽带外，最重要的工具就是专业版的抢票软件。这种专业版抢票软件比网络免费抢票软件更高级、更快速，抢到火车票的概率也更高。

抢票软件不仅影响 12306 客服网的平稳运行，还要额外收取旅客更高的退票手续费和改签费。另外，抢票软件留存的旅客信息，很可能被拿来进行旅客并不知道的商业行为，存在一定的安全隐患。还有推荐买短途票乘长途车的行为，直接影响着铁路运输秩序。

如果将 12306 客服网比喻成一个网络游戏，那么广大旅客就是普通玩家，车票是玩家们过关必不可少的珍稀道具，而抢票软件却是不折不扣的外挂。如果没有抢票软件这个外挂，众多旅客都在同一起跑线上公平竞争，共同争抢车票这个珍稀道具，由于机会均等，因此无论胜负，大家都能心平气和接受这个结果。但是，一旦抢票软件这个外挂强行介入，必然会打破原先的公平环境，让拥有外挂者抢先起跑，而众多普通旅客自然慢了一拍，抢到车票的概率大幅减小，此举有何公平可言？

面对突如其来的挑衅，铁路部门义无反顾地与抢票软件开始了持久的攻防较量。

2015年3月16日，12306客服网在登录界面推出了全新的验证方式，将验证码从简单的数字字母组合升级成海滩、香蕉等图片。用户在登录时，除了要填写好登录名和密码，还要准确地选取图片验证码才能登录成功。

媒体撰文分析认为，抢票软件是旅客回家的“拦路虎”，铁路部门与其斗争是坚定不移的。升级的验证码系统予以抢票软件重创，但面对庞大的利益诱惑，抢票软件公司不惜重金聘请技术团队再次攻破此技术。难道要任由抢票软件肆意横行？遏制抢票软件还需多措并举。

初始的验证码设置比较简单，就是字母数字组合，精明的抢票软件很容易就识别通过了。为此，单杏花团队研究出了图形验证、慢速队列、短信验证等，让那些抢票软件识别起来有了一定的难度，由此触及了一些人的利益。他们在网上公开编造谎言调侃12306客服网，任意诋毁图形验证码。如网上曾经流传着这样一个视频：一个相声演员，说他在12306客服网图形验证码中看到两杯白酒，让他看图选出哪杯是茅台、哪杯是五粮液；又说12306客服网图形验证码中显示几个明星脸，让看图认出哪位是演员白百何。单杏花气愤地说：“这都是没有影儿的事，我们选择的验证码图片，都是日常生活中常见的东西。”

“道高一尺、魔高一丈”，就在网友“再也不怕黄牛党抢票”的声音刚落，也就是图片验证码推出的当天，部分抢票软件和抢票网站已将其破解。单杏花团队与抢票软件的“战斗”再次陷入胶着状态。

其实，单杏花团队与抢票软件的攻防，本身就是一场不对称的“战斗”：由于职能的限制，铁路方注定只能是见招拆招、被动防守；抢票软件和抢票网站依托强大的利益后台，会聚足够的资金和专业人员，从容应对12306客服网的一次又一次保卫战。

单杏花团队又推出了人工识别的验证码，给抢票软件多了一道障碍。然而，也让网上购票的旅客感觉到了麻烦。单杏花解释道：“你若防范门槛太高，在挡住黄牛党的同时，也挡住了众多的正当购票者。如果门槛太低，形同虚设，谁都可以翻过去，也就失去了意义。”单杏花团队换了一种思路，不能“头疼医头，脚疼医脚”，而是综合施策。

正是在与抢票软件斗智斗勇的过程中，单杏花团队研发出了12306客服网风险控制系统。其技术特点是，利用海量大数据来做基础信息，进行规则判定后，将疑似的抢票流量予以拦截，从而有效遏制网上购票的“霸门者”和“加塞者”，保障系统稳定运行。风险控制系统分为风险分布、风险策略命中分布、风险拦截报警、拦截走势等几大功能板块，通过内外联动、多维度大数据分析、多样化控制等手段，分层防控，盯控重点，围堵疑似者。

2018 年春运期间，12306 客服网首次启用风险防控系统，加大防范力度，对访问请求实施安全风险识别和分级控制，效果十分明显。单杏花团队用科技的力量维护了公平公正的售票环境，保障 12306 客服网的平稳运行。

“候补”就是希望

2019 年 5 月 22 日起，12306 客服网在前期试点的基础上，悄然推出候补购票功能。这种候补式的网络自动排队，让没买上票的旅客有了新希望；同时，也巧妙地打击了抢票软件。

当旅客在 12306 客服网（含手机客户端）购票，输入乘车日期、发到站等信息查询到没有余票时，相关车次的席别余票显示列表中会出现“候补”字样，旅客可根据需求点击相应车次、席别对应的候补区域，系统将该需求自动加入当前候补购票需求列表。

网民惊喜地发现，在 12306 客服网候补购票功能购票的成功率高于抢票软件。如果网上车票售完，旅客只需在 12306 客服网平台登记购票信息、支付预购票费用，一旦有退票、余票，12306 系统将自动为其购票，并将成功购票消息通知旅客。由于候补是自动补位，无论是购票速度还是成功率都将领先于抢票软件。这样一来，退票和临时调整增加运力客票“捡漏”，就不再是善于“不停敲门”的抢票软件的优势了。

有网民分析，与抢票软件相比，12306 客服网的“候补”毕竟是内部排位，在候补订单兑现之前，网站是不会把退票放到公共票库销售的，也就是说抢票软件连票都还没见到，候补订单就已经完成兑现了，这不是让抢票软件抓瞎了吗？

候补购票功能的出现，在一定程度上缓解了旅客抢票难的问题，不仅可以及时、有效地将旅客需求与余票信息配对，还可以保障旅客购票更加公平公正。

12306客服网候补购票服务全面上线后，不到一个月时间，累计兑现近200万张候补车票，提升了购票体验，使旅客感到便捷轻松。同时，各种违规抢票软件渐渐被人们冷落。

乘势而上，12306客服网验证码得到了进一步优化，图形验证码大大减少，95%售出的车票不再需要图形验证码了，少量的验证码，只会在最热门车次的售票中出现，最大限度地方便旅客登录购票。

与此同时，12306客服网开始实行人脸识别身份认证，有效保护旅客隐私不被侵害，把抢票软件的危害降到了最低限度。

十多年来，通过架构调整以及开源、云计算、大数据等技术的应用，12306客服网功能不断完善，综合能力大幅提升，用户体验明显改善。手机售票、自动售取票机、自助人脸识别进站系统、二维自动安检报警系统、人体智能快速云安检暨数据采集系统、互联网订餐、重点旅客服务预约、遗失物品查找、机器人问询、动车组选座、商务座接待等功能相继推出，极大地丰富了旅客购票和旅途体验。高铁智能化设施，为旅客出行提供了更加舒适便捷的服务，让人们坐火车出行更为方便，多了几分潇洒与从容，有了更多的获得感和幸福感。

12306客服网持续应用和优化数据处理、挖掘、增值等环节的模型、算法及应用技术，构建起铁路客运大数据平台，形成了铁路客运大数据产业链，有力支撑了铁路客运的创新发展。

同时，与其他交通运输方式及交通以外行业密切合作，构建交通大数据业务生态圈，推动行业互联互通及数据共享，优化运输资源配置，为公众提供更加优质、便捷和高效的智慧出行服务。

我以为，探索中国铁路12306客服网的奥秘，就如同欣赏一个变幻无穷的魔方，每一个转动，都是一个惊喜，都是一道美丽的风景。

（选自《北京文学·精彩阅读》2022年第9期，有删节）

社会焦点

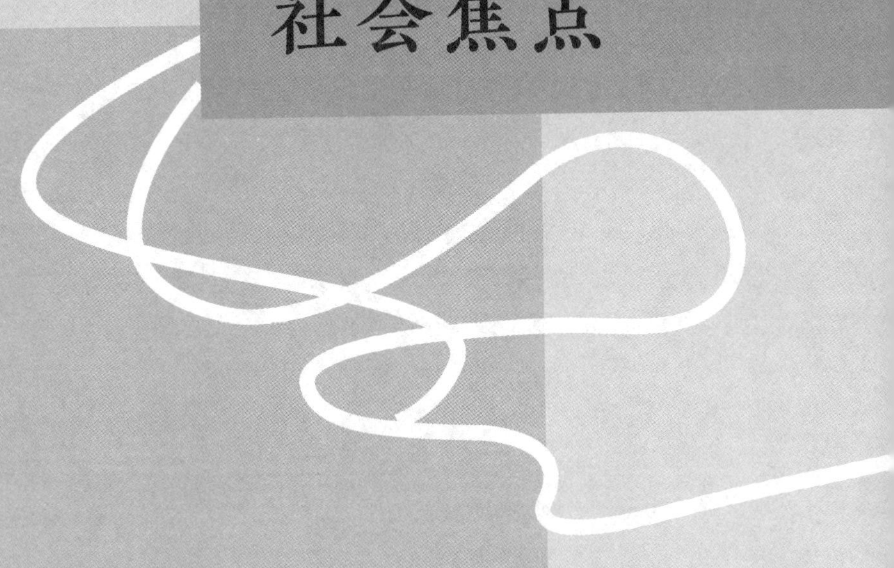

改　航

马淑琴

南疆和田，四月的最后一天，春光在明媚中交班，天地转换成初夏的繁盛，辽阔地域上的道路也显得分外通透和敞亮。路边的钻天杨笔直茂密，追着阳光，把高高的枝叶伸进天上的白云。一路盛开的各色月季高举手臂，鲜花的队伍，夹道迎送着南来北往的旅人和大美南疆的风。

一

拉伊喀乡在和田县城西南，2.3万人口中99.8%是维吾尔族。托万拉依喀村，是乡里的一个行政村，维吾尔族村民苏迪乌麦·伊敏托合提就住在村内一座宽敞的院子里。这是政府专门为村民修建的富民安居房，典型的维吾尔民居风格，红色雕花门窗，雕花柱顶，亭廊开阔，半敞的门露出厅里紫色沙发的艳丽与温馨。院子里一溜水泥砌筑的矮花墙，上面摆放着盛开的盆花，木条搭建的天棚把疏朗的影子清晰地印在地上，印成阳光的笔记本。

这里盛产核桃，村边田地里，到处是茂盛的核桃树。几十年至上百年的老树，承载着岁月与乡愁；更多的是风华正茂的新树，昭示着新时代的生机和希望。核桃树下，墨绿墨绿的小麦，正以喜人的长势迎候丰收的季节。

正是农忙时节，苏迪乌麦正在地里给核桃树打药，一台拖拉机停放在田间东西走向的土路上，红色机头上镶嵌着两盏白色车灯，像是停落地头的一只大大的蜻蜓。一只装农药的水箱放在拖拉机后身，接着长长的管子，打药人可在方圆500米的范围内随意喷洒。司机掌控着拖拉机，随着发动机发出的有节奏的声响，机身中间的传动杆飞快地旋转。苏迪乌麦一边喷药，一边看了看在地边玩耍的儿子小麦（化名），眼睛里闪烁着幸福的光。这是她的小儿子，今年6岁半，圆圆的小脸上一双大大的眼睛，煞是可爱。幼儿园下午6时30分放学，苏迪乌麦刚把他接了出来，让他在家玩。儿子不肯，非要跟到地里玩，等妈妈收工一起回家。小麦看着砰砰响的拖拉机，觉得很好玩，司机叔叔连连摆手，让他不要靠近。一块地的药打完了，司机叔叔坐到驾驶位，掉头，把车开到另一块地。刚停稳，突然，背后传来尖利的哭声，回头一看，眼前的情景让他大吃一惊：小麦倒在车后，空空的右肩之下淌着血，整条右臂像是被折断的一截树枝，落在旁边的土地上，毛衣还卷在传动轴里。

听到哭声，苏迪乌麦冲了过来，看到血泊中的儿子，几乎崩溃。她从司机手里接过儿子，一屁股跌坐在土埂上，搂着儿子号啕大哭。她后悔，不该把孩子带到地里来，她恨自己，没有看护好儿子，她的心如被撕扯般疼痛，眼里的泪和心里的血流到一起。茫然的司机小心翼翼地捧起孩子的右臂，不知如何是好。这时，对面干活的组长图尔荪麦麦提·图尔荪托合提跑了过来，赶紧找来布，把伤口和断臂包了起来。几个电话打过之后，孩子的婶婶来了。看到小麦的伤情，也心疼得哭了起来。这时，小麦却不哭了，他对妈妈和婶婶说："你们都别哭了，你们哭我会更伤心的。"看着如此懂事的孩子，所有人的眼泪都强忍着。图尔荪麦麦提·图尔荪托合提一脸凝重，他想到自己的脚，就是因为当年受伤以后，没有及时治疗，从此少了一根脚指头。怎么能让这么小的孩子失去右臂呢？那可是遗祸终生啊。他果断地说："谁都别哭了，眼下最要紧的是赶紧送孩子去医院！"他接过孩子，用他的一只手抱着，另一只手扶紧摩托车把，箭一样冲了出去。妈妈抱着断臂，焦急地等待着另外的车辆。图尔荪麦麦提·图尔荪托合提的摩托车刚开出，对面驶来的一辆红色福特汽车停下来，车上跳下小麦的哥哥和舅舅，他们接过孩子，又去接妈妈和断臂。

简单的商议之后，哥哥开车在公路上疾驰，目的地是和田华新团结医院。

二

21 时整，和田县公安局拉伊喀乡派出所 3 号便民警务站站长阿迪力·托合提铁木尔正带着人在路上巡逻，走到拉依喀乡卫生院门口，见一辆红色汽车疾驰而来，马上将车拦下。车停了，看到眼前的一幕，这位年轻的维吾尔族站长警惕的心渐渐变得柔软。“喂，110 指挥中心吗？我们这里有个情况……”他赶紧向和田县公安局 110 指挥中心汇报，为了保持联系，又记下小麦哥哥的电话，然后，迅速放行。

小麦哥哥的车刚开出，图尔荪麦麦提·图尔荪托合提赶紧掏出手机，给村干部打电话。拉伊喀乡托万拉伊喀村村委会副主任阿卜杜拉·伊敏正在值班，他接到图尔荪麦麦提·图尔荪托合提的电话，立即用对讲机联系村党支部书记、第一书记，连同会计和协警，开上自己的私家车，问清地点，直奔医院。

和田县公安局 110 指挥中心，楼道里挂满了汉、维两种文字的鲜红锦旗，还有一块蓝底白字的宣传牌，最上方的标题大字是“危难见真情，请拨 110”。接警大厅内，一面蓝色的背景墙上，挂着庄严的国徽，国徽下面，“和田市和田县接处警中心”几个白色的大字十分醒目。干警们在有号位标志的接警席紧张有序地工作着。21 时 19 分，值班接警员接到 3 号便民警务站站长阿迪力·托合提铁木尔打来的电话，紧急报告了那辆红色的小车拉着断臂儿童赶往医院的情况，并说路上车多，影响车速，请求协调卡点放行。没过两分钟，孩子的舅舅也打来电话。这时，110 指挥中心的报警方、接警方、处理方三方通话功能为了断臂儿童的救助，迅速有效地发挥着作用。“喂，喂！听到了吗？现在通报一个紧急情况，一辆红色的……”接警员手持对讲机，呼叫沿线所有车巡组和警务站，无一遗漏，在最短的时间内，为这辆拉着断臂儿童的红色福特车开辟了一条畅通无阻的生命通道。几乎同时，另一位接警员接通了 120 救护中心的电话，没过几分钟，一辆闪着蓝光的 120 救护车从楼下呼啸而过。这一天正好是周五，交警中队在巴扎附近巡逻执勤，遇到这辆疾驰而来的车，中队长留下两人指挥交通，自己亲自开车，为拉着断臂儿童的车带路。警车开道，一路绿灯。

车子开到一个丁字路口，120 救护车追了上来，车上的医护人员立即把抱着孩子的妈妈接上了救护车，哥哥的车紧随其后，径直开到了和田华新团结医院。这是一家民营医院，坐落在和田市北京西路 157 号，楼道里张贴着一些断肢再植典型病例的照片。听到救护车进院，王旭副院长马上迎了出去，看到孩子处于昏睡状态，伤口还在渗血，随即在一楼换药室迅速安排检查，扎了止血带，对伤口进行加压包扎。检查后发现孩子生命体征正常，这位 32 岁的副院长意识到，必须在有效时间内抓紧手术；但孩子失血过多，必须输血，医院血库里没有血，必须马上转院。他拨通了和田地区人民医院骨二科艾尔肯主任的电话。从救护车进院，到做完检查和处理，前后不到 10 分钟。王旭副院长心里的唯一想法是，绝不能让孩子残疾。

蓝灯闪烁，警笛声声，又一辆 120 救护车在和田的夜晚呼啸前行，把断臂儿童送往和田地区人民医院。和田地区人民医院在和田市文化路 103 号，前身是新疆省立第七医院，1950 年改为和田专区人民医院。近年来，国家开启援疆大业，和田地区人民医院得到多方面的支持，由北京市援建了和田地区人民医院西院区。经过七十多年的建设和发展，加上援疆注入的血液，这所医院不断焕发新的青春，成为目前和田地区唯一一所集医疗、教学、科研、预防、保健、急救为一体的综合性医疗机构。

救护车很快到了医院，看到楼顶上的闪着亮光的红十字和医院的名字，车上的人紧绷的心情稍微舒缓了一点，因为那红十字的光就是生命和希望的曙光。

艾尔肯·日介甫是和田地区人民医院骨二科的主任，教授。他中等身材，两道浓眉之下，深深的眼窝里的眼睛黑亮有神。这位和田本地出生、成长的骨科专家今年 55 岁，毕业于新疆石河子大学医学院，又在新疆医科大学进修了硕士，已经工作了 32 年，具有扎实的理论基础和丰富的临床经验。21 时 45 分，艾尔肯主任接到华新团结医院王旭副院长打来的电话，并且收到他发来的微信照片，基本了解了断臂儿童的情况。22 时 10 分，孩子一行就到了骨二科的诊室。艾尔肯主任本是二线值班，此时，他和一线值班主治医师荣宽、急诊值班医师张涛，连同值班和加班护士，所有人都成了一线。护士李小艺本应 20 时下班，但她加班一直没走，断臂孩子到了以后，她立即投入紧张的救助。

孩子被安置在换药室那张蓝色的诊疗床上，艾尔肯主任指挥大家分头行动。护士忙着测血、吸氧、开通静脉通道，医生忙着检查处理伤口。孩子一直哭闹，艾尔肯主任哄着孩子说："娃娃，不要哭了，你一哭就出血，出血就还要打针。"他在检查时发现除了右臂的伤口，整个前胸也有大面积擦伤；看血压在正常范围，就扶着孩子坐起来，拆掉原来的简单包扎，用纱布泡上碘伏，进行全方位的消毒包扎止血。伤口包扎好了，孩子真的不哭了。

接着，艾尔肯主任到另外一组，指导医护人员用生理盐水对断臂进行清理消毒；发现断臂肘部有骨折，随即进行了包扎，接着用冰块镇住断臂，进行低温保存。全部过程，每一个决策都正确无误，每一个环节都细致入微，每一个动作都争分夺秒。家属们看着忙碌的医护人员，感激得不知说什么好。小麦的舅舅阿卜杜麦吉提·伊敏一口一个"哥哥"地叫着艾尔肯主任，眼睛里闪着感激的泪光。

在处理过程中，艾尔肯主任随手拍了片子，并发给了乌鲁木齐中医医院骨科的黎立副主任，并拨通了他的电话。艾尔肯主任很清楚，断臂在保存好的情况下，必须在6—8小时之内进行手术，才有可能再植成功，否则断臂细胞坏死，孩子就会终身残疾。他也清楚，黎立是做再植手术的一把好手，曾多次来和田合作。黎立医生接到电话，看了片子，马上给艾尔肯主任回复："情况紧急，必须马上手术，但我这里已经没有到和田的班机了，赶快把孩子送过来吧。"对！必须尽快把孩子转到乌鲁木齐中医医院。但是，和田距离乌鲁木齐1400公里，艾尔肯主任查了一下，还有最后一班从和田飞乌鲁木齐的航班。他的心揪得很紧，一个个问号也随之而来：时间来得及吗？孩子的情况能顺利登机吗？但他马上意识到，孩子的断臂、孩子的人生以至于生命，不能有半点犹豫。他马上向家属做了最明确的交代，必须尽最大努力，把孩子转到乌鲁木齐中医医院，那里有人接，都已经协调好。又马上给家属开了两份证明，一份是给乌鲁木齐中医医院的转院证明；一份是给和田机场的孩子可以乘坐飞机的证明。证明都是艾尔肯手写的，每一个笔画，都凝结着医者的仁心。但能否赶上时间，能否坐上飞机，他心里没有底。

这时，小麦舅舅说："哥哥，能找车送我们去机场吗？"艾尔肯和荣宽互相看了看，他们都有上下班代步的私家车，都想去送。但转念一想，在这个和时间赛跑的关键时刻，只有120救护车最有保障，不仅可以抢时间，还有医疗设备，于是又立即拨打120。几分钟之后，120救护车就开到了楼下。艾尔肯主任向医院领导汇报了情况，医院领导马上联系和田机场。但情况不妙，飞机已经关闭舱门，马上就要起飞了。

这时，早已等候在这里的村党支部书记、第一书记、副主任等人把在路上凑的2500元塞到小麦舅舅手里。小麦舅舅不要，他们急了："你快拿着吧，多少能管点用。"

艾尔肯主任留下了小麦舅舅和120医生的电话，以便随时联系。送走了他们，他又给黎立打了电话，然后和两位医师一起投入对另外两名患者的救治中。

三

进入和田机场大门，左侧有一座小楼，门口挂着和田地区公安局机场分局的牌子。分局端庄美丽的维吾尔族女政委艾莫拉古丽·吾加布拉告诉我们，机场分局是2019年7月6日成立的，干警都来自和田地区公安局。成立之后最大的感受是各种案件大幅度减少，机场治安越来越好，机场分局的职责更多的是为民服务，为旅客办实事、解难事，帮助旅客抱孩子、拿行李、扫手机二维码，"有困难找警察"已成常态。机场分局成了为民服务的窗口，老百姓看警察的眼神都越来越亲切和温柔。

21时许，机场分局民警麦麦提江·麦麦提敏和赵威正在值班，接到了110指挥中心打来的电话，说是有个小孩右臂断了，需要乘飞机到乌鲁木齐去治疗，如果赶不上飞机，孩子就残废了。两位民警感到事情万分火急，立即去找机场地服人员协调。没过几分钟，家属和孩子就到了机场。赵威继续协调，麦麦提江·麦麦提敏心急火燎地跑去找机场领导，他知道这件事非同小可，就直奔总值班室。机场党委书记、总经理田炜正在值班。一天时间，4934位南来北往的旅客，在和田民航人的保障下平安起落，夜幕笼罩的机场，机坪上停着最后一架出港飞机，它像一只闪着银光、马上展翅高飞的雄鹰。田炜透过落地大玻璃窗，凝视着1号廊桥那架正准备飞往乌鲁木齐的南航CZ6820飞机。

登机口旁，服务员武丽娟通过对讲机播报："CZ6820和田—乌鲁木齐航班已客齐，准备关舱门。”机务员刘三强和监护员何飞正在进行起飞前的绕机检查。飞机关上舱门，撤下廊桥，缓缓往外推。在田炜看来，这是他眼中最美的场景，是永远看不够的风景，是融进他生活乃至生命的美好画面。正是在他眼前的这块平地上，通过无数次的起飞和降落，南疆这块昔日的边远封闭土地，这块祖国不可分割的一部分，和祖国母亲紧紧连接在一起，走上了飞跃发展的复兴之路。他在沉思中，突然，一个人气喘吁吁地跑进来，定睛一看，是机场分局的警长麦麦提江·麦麦提敏。看到他急切的样子，田炜心里咯噔一下：莫非出什么事了？麦麦提江·麦麦提敏停住脚步，以最快的语速讲述了那件十万火急的事情，由于激动和着急，还一边说，一边抹着眼泪。这时，他又接到客服主管助理何亮亮打来的电话，说断臂孩子一行已进候机楼。田炜一把扯下衣架上挂着的反光背心，套在身上，赶紧往外跑。他想，飞机已经推出，不到 5 分钟就要起飞了。人的生命只有一次，孩子断臂再植的有效时间只有几个小时，飞机必须停下来，这是孩子唯一的机会。出门前，他又回头看了一眼那架马上就要起飞的飞机，想用目光把飞机稳住。

“我们要坐飞机，我们要去乌鲁木齐救命！”一阵哭喊声打破平静。这时，众人正推着一辆担架车进了候机楼。田炜和麦麦提江·麦麦提敏赶紧迎上去，看到担架上躺着一个维吾尔族男孩，满脸泪痕，身体被被子裹着，右肩处裹着厚厚的、还在渗血的绷带。男孩家属手里攥着一张手写医院证明，带着哭腔跟安检喀哈曼·买买提说着情况。田炜简单问过，决定马上协调，让飞机暂缓起飞。他最清楚，飞机一旦起飞了，再落地就很困难，而且也会错过时间。他抓起对讲机，立即向塔台喊话。

此时，塔台和周围都听到了一个浑厚的、略带嘶哑的男中音：“这里有个小孩儿，胳膊受伤了，如果不做手术，胳膊就保不住了，跟机组说一下，看能不能上飞机……”所有人都听得出，田炜的声音是从一颗诚挚炽热的心里流出来的，每一个字，都带着温度。“塔台收到！塔台收到！”这时，赵威去找的地服人员迅速赶到现场，安检人员也陆续赶来。影响飞机正常运行是要被严肃追责的，已经滑出的飞机能叫回来吗？飞机能像汽车一样掉头吗？围在孩子周围的人们心里七上八下，听着田炜带着喘息的指令从对讲机公频中传出，大家都绷紧了神经，随时待命。

机场塔台管制员王丰恺刚刚发出“南方 6820，跑道 29，可以起飞”

指令，就听到田炜的呼叫，马上呼叫机组：“南方6820，和田。”“收到，请讲。”“和田有个小孩胳膊受伤了，如果不能及时到乌鲁木齐做手术，胳膊就要保不住了。看能不能通融一下，让小孩上飞机，我尽快跟你家里（南航新疆运行指挥部）沟通一下。”“那你尽快沟通，我先不起飞。”南航当班机长汤辉忠坐在飞机驾驶室里，正在做着起飞的准备，接到塔台呼叫，马上回复，并及时向南航签派报告。

此时的情景，像是上演一部大片，这部真实的大片，却无人导演。

距离孩子受伤已过去近4个小时。王丰恺把对讲机紧贴耳边，左手拨通了南航新疆运行指挥部的电话。穿过塔台玻璃，他紧盯着1号廊桥。候机楼内，何亮亮拨通了南航新疆分公司和田营业处机场站站长吴靖祺的电话。“纸质票一时出不了，我来进行后方保障。”田炜果断地说：“票先不要管了，开通绿色通道，先保障小孩上飞机。”这句话像是定盘星，各个岗位又开始紧张有序地忙碌起来。机场医师祝熔炙对断臂创面进行了检查，确认旅客可以乘机。武丽娟重新开启设备，做好与乘务组的交接准备。登机口服务员苏雯雯奔上二楼，打开1号廊桥处的隔离带，开通了道路。安全员陈阳阳打开绿色通道，做好安检准备工作。

为确保孩子顺利登机，各保障单位很快达成一致，迅速连接起一条紧系生命保障的链条。

“1号位南方6820，麻烦你拖回来一下。”23时45分，和田机场运行监管部的吴梦婷下达指令。2号安检入口紧邻大厅，出口正对楼梯。安检员王勇凯从孩子舅舅手里接过两张身份证和孩子未贴照片的社保卡。看到王勇凯有些迟疑，“特事特办！”田炜嘴里吐出的这四个字，个个冒着火星儿，掉在地上能砸一个坑。

由于孩子行动不便，安检人员采用手检方式，配合成像技术，快速过检。田炜一直在用眼睛搜寻，搜寻孩子的那只断臂。直到掀开孩子身上的被子，他才看到那个装着孩子断臂的黄色专用袋，就放在孩子脚边。3位旅客、1位和田地区人民医院的医生和8位工作人员依次过了安检，但担架车无法进入电梯，怎么办？大家连想都没想，将30多公斤重的担架车，连同躺着的孩子，一起抬起来，挤进1米宽的楼梯，一步一步稳稳地，一口气抬到二楼候机室。9分钟后，孩子被送抵登机口。抬孩子的时候，赵威看了一眼，一起发力的朋友，既有汉族，也有维吾尔族。他深切感受到，在和田，大家从来不分民族，总是心往一块儿想，劲儿往一块儿使。

机坪上，机务员叫回拖车，刘三强小心翼翼地将剪切销与飞机连接。此时，他和很多人都在看着，看着27吨重的拖车拖着近60吨重的飞机稳步启动，不断发力，一直往回拖。在大家的眼里和心里，这是多么不同寻常的一拖，又是多么庄重和神圣的一拖！23时49分，飞机被拖回，廊桥二次到位。站在机下的何飞，透过玻璃和廊桥的缝隙看到同事们正推着担架车匆忙走向登机口。他知道这是一起特情事件，必须快速把飞机推出。23时53分，乘务长赵燕打开舱门。5月1日0时，飞机舱门重新关闭。

正在和田地区人民医院忙碌的艾尔肯主任，心里一直惦记着孩子的情况。此刻，手机响了，是孩子的舅舅打来的："哥哥，我们坐上飞机了，孩子的胳膊有救了……"听得出，他的声音在颤抖。艾尔肯主任也很激动，眼睛里含着泪，他想，只有在共产党领导下的中国，飞机才有可能为一个孩子掉头，这才是真正的生命至上，才是真正的以人为本。他马上又拨通了黎立的电话，告诉他，孩子已上飞机。

0时9分，"头朝东，刹车松，可以启动"。CZ6820航班稳步拉升，这只从和田起飞的雄鹰，径直朝着天空飞去。从接到消息到孩子上飞机，一共用了22分钟。

田炜从廊桥跑下来，从员工通道走上机坪。目送飞机飞进云层，田炜兴奋地在机坪上跑了好几圈。这位朴实憨厚的机场老总，是百分百的"疆二代"，刚过满月，就跟父母来到了新疆，把根扎在了新疆。4年前，他搭乘航班到和田机场任职。

第二天，和田机场公安分局那位维吾尔族女政委带着民警，给田炜送来一只大花篮。这件事情被报道之后，一位素不相识的维吾尔族农民，打车从七八十公里以外的策勒县赶来，给田炜送来三盆鲜花，让田炜感动不已。

四

飞机起飞前后，1400公里以外的乌鲁木齐机场，也在紧张忙碌着。

4月30日23时42分，南航新疆运行指挥部运行调度室值班主任宋会杰紧急汇报情况后，得到了值班领导的回复："立即拖回飞机，二次开门，确保受伤旅客到乌鲁木齐，同时协调机场各部门做好保障。”乌鲁木齐机场运行指挥中心（AOC）带班主任陈焕接听着一个个接连打来的电话。“CZ6820航班已在和田机场滑回、二次开门，可能无法于5月1日2时前在乌鲁木齐机场落地，协调酌情考虑延迟机场关闭时间。”23时52分，陈焕向AOC值班领导冯锐汇报，在请示乌鲁木齐机场分公司副书记穆强后，当即批示，同意延迟机场关闭时间。

“和田，起飞还需要多久？”“最多半个小时。”“0时30分拉起来也是卡点回了。卡点行，你们这个航班多晚我们都接了！”23时55分，乌鲁木齐机场做出延迟关场的决定，为了孩子，他们愿意等！听到这些声音，每个人的心都会掀起激动的热浪。

5月1日0时19分，飞机上升至4500米高度，与和田机场塔台脱波。“南方6820，乌鲁木齐，上升到101（10100米）保持。”“乌鲁木齐，收到。机上小孩需要在黄金3小时内到乌鲁木齐中医医院接胳膊，有没有可能直飞乌鲁木齐？”这是南方6820机长汤辉忠的声音。“南方6820，收到，我们现在申请。”为了孩子，他们试图在万里高空茫茫云海中，寻找一条新的最佳航线，为孩子断臂成功再植找出一条时间的捷径。因为，1400公里，整个航程至少需要1小时40分钟，留给地面的时间不多了。

新疆空管局区域管制一室（区管）的王梓睿和李虎瞬凭着多年经验，迅速在脑海中“调”出航路结构、地形、安全高度等飞行数据。和田到乌鲁木齐航路途经LESVI、龟兹导航点，大致呈梯形。如果避开LESVI直飞库车，最大偏航距离为110公里。如果直飞乌鲁木齐，最大偏航距离将达到195公里，飞机将脱离航线安全保护范围，操作难度非常大。王梓睿快速模拟了飞行过程，发现尽管直飞航线要跨越天山山脉，但经纬网安全高度完全没有问题。重要的是，将直接省下85公里的飞行距离，大约可节省10分钟时间。虽然只有10分钟，但对孩子的断臂手术来说，是多么宝贵的10分钟。0时25分，在两度与空军协调后，区管下达指令：“南方6820，右转直飞地窝堡上空。”不多时，CZ6820航班便已飞到了两个航班之前，其中包含一架外航货机。随后，王梓睿将直飞信息传达给进近管制代班主任陈麒仰，并提醒他“这个航班要重点关注”。

很快，陈麒仰就接到了南航运控的电话：“南方6820飞到哪儿了？你知不知道孩子手臂断了，情况比较紧急?”在陈麒仰看来，晚上收飞机的时段，进近席位对空指挥和监控任务很重，很少有电话打进来，更没出现过航空公司为了一位旅客专门打电话询问的情况。但这一次，他认为情况极不一般。0 时 12 分，乌鲁木齐机场急救中心急救站副站长张晓琴在确认患者信息后，马上与乌鲁木齐中医医院对接，并第一时间与 AOC 沟通调整机位。

此时的乌鲁木齐机场一派繁忙，有的飞机落地停靠机位，还有 20 多架飞机准备进场。临时调整机位并不是简单的事，一动就是一串。要保障车辆，客梯车、摆渡车、救护车、机务员、接飞机的引导车，监管部门，方方面面都要协调好通知到。但陈焕还是做了紧急协调，将最接近 1 号道口的 103 机位预留给了 CZ6820 航班。各岗位的新疆民航人，进行着一场生命的接力，不管哪一棒都没有半点迟疑。宋会杰说："但凡有一个环节没有衔接上，飞机到位后，迟迟开不了舱门，就白白浪费了时间。"

0 时 22 分，张晓琴与乌鲁木齐市 120 确认在 1 号道口进行交接。

距离 CZ6820 航班落地还有一个多小时，分分秒秒都牵动着人们的心。在乌鲁木齐机场、塔台，在新疆空管局流量室、运行监控中心、区管中心，陈焕、王梓睿、李虎和陈麒仰在航线图上重点标记了 CZ6820 航班，随时关注着……

五

23 时 43 分，飞机从 1 号停机位推出，汤辉忠正要松电门，传来了王丰恺请求飞机拖回的声音。

飞行如果二次开门，起飞前的准备工作都要"清零"，还要重新核准人数重量，重新考虑配载、燃油。但这扇"希望之门"，必须向孩子和他的家人打开。

"尊敬的各位旅客，接地面通知，有一位旅客需要紧急前往乌鲁木齐进行救治。飞机现在需要滑回停机位。感谢您的配合。"乘务长赵燕进行了客舱播报，希望得到旅客的谅解和支持。并提前将距离舱门较近的明珠经济舱 33 排座位调整出来，铺好毛毯、放好枕头，将应急医疗箱、卫生防疫包等急救用品放在最近的行李架上。

23时53分，飞机二次停靠廊桥，赵燕打开了舱门。孩子的舅舅阿卜杜麦吉提·伊敏抱着孩子冲进舱门，手里拿着那个黄色的袋子。赵燕赶忙接过袋子，姚宇高举两个输液吊瓶，侯倩洁先用塑料手套装好冰块，打了死结，又套上三层塑料手套加固备用。安全员和乘务员交替举着输液瓶，这时，一位旅客站起来，说："我是医生，可以帮你们，输液瓶一定要挂起来固定好。"这位旅客是新疆维吾尔自治区卫生监督执法局的干部，叫董先杰。

姚宇开始想用演示用的安全带系吊瓶，发现太粗，又把干净垃圾袋的抽绳抽出来，绑在了隔帘横梁上，解决了挂吊瓶的问题。孩子头朝窗户，脚上挂着点滴。

这时，地面医生向赵燕等仔细交代注意事项："孩子注射了镇静剂，千万不要让他睡着。飞行中要避免大出血，一旦出现大出血，要快速加压包扎。"然后指了一下黄色的袋子，"断开的胳膊需要用冰块降温处理，但不可以放入冰箱……"赵燕猛然低头，才知道手里拿的是孩子的断臂。

舱门再次关闭，机舱里又响起赵燕亲切甜美的声音："尊敬的旅客朋友们，病人已经登机，舱门已经顺利关闭，我们将再次起飞，感谢大家的理解和支持。"这时，空姐教孩子的家属怎样系好安全带，赵燕让安全员坐在孩子的前一排，及时提醒家属，如有颠簸该怎么办。

赵燕启动应急预案，二次确认各号位的工作职责。这时，她发现，乘务员的眼神中流露出慌张。她看了一眼乘务员，大家的眼神都集中在她身上。于是，赵燕忍着眼睛里的眼泪，换成一副坚定的神情。很快，大家又打起精神。

驾驶舱内，何亮亮与机长一同手动修改了舱单。"南方6820申请直飞乌鲁木齐。"平飞后，汤辉忠深感责任重大，他说："我们肯定要争分夺秒，争取顶风的高层、飞得更快的方案。"35岁的汤辉忠是个阳光健壮的小伙子，当机长4年，已有10年的飞行史。他在南京航空航天大学上学期间就入了党，他总爱说，一个党员一面旗，任何时候都要发挥先锋模范作用。此时的他聚精会神，快速提升飞机的高度，同时使飞机保持在相对平稳的高度层，载着断臂男孩儿生命与健康的希望，掠过云的海浪，飞在万里高空。

汤辉忠始终没有离开驾驶室，开始对孩子情况并不很了解。平飞之后，三号位进来替换副驾上厕所，才告诉机长孩子不满 7 岁，是维吾尔族。汤辉忠是两个孩子的父亲，此时，他想到父母和孩子的痛，想到一只手臂对孩子一生的重大影响，心里很不是滋味。飞机飞到一半，赵燕进入驾驶舱，确认救护车是否到位，很快得到了肯定答复。这时，机长把手伸进衣兜，把身上的所有现金都掏了出来，正好 1000 元，交给了赵燕，请她代转给孩子家长。赵燕说："您要不要当面给？""不用，我在这里盯着，以最快速度把孩子送到医院。"

孩子第一次坐飞机，睁着一双大眼睛，不哭不闹，静静地看着赵燕，看着他面前这位美丽的阿姨。美，不仅是魅力，而且也是创造力。赵燕一米六七的个头，身材修长匀称，有一副古典美人的容貌，她的温柔、慈爱和干练融合在一起，显出不凡的气质。

看到面前受伤的男孩儿，赵燕想起自己 5 岁的儿子，人们都说她的儿子长睫毛、大眼睛，很像少数民族，她又仔细看了看跟前这个维吾尔族男孩儿，强忍着眼睛里的泪水，微笑着说："宝贝别睡，你好勇敢……"乘务人员不停地为黄色袋子更换冰块。安全员王文涛则找来一个空瓶子，两次为小孩儿接尿。自报医生家门的董先杰仔细盯着孩子的输液瓶，因为吊瓶小，管子细，整个过程客舱灯光一直都亮着。侯倩洁最后一次进行客舱巡视时，发现孩子眼皮开始打架。"怎么办？快点儿想办法！"赵燕让乘务员放下小电视，并从他的角度试了试，发现他的角度看不到电视，于是，就把声音调到最大。所有乘客没有一点意见，都默默配合着，还有的上前询问是否需要帮忙，能够做点什么。乘务组几人轮流用湿毛巾给孩子擦脸，孩子终于又强打起精神……

5 月 1 日 1 时 18 分，CZ6820 航班进入乌鲁木齐上空 100 公里内的范围，新疆内外的其他飞机也陆续飞来。"空中所有进场航空器注意，CZ6820 航班上有需要紧急救治的病人，需要优先落地。"乌鲁木齐机坪管制员刘帅配合陈麒仰进行航班调配。从北京、上海、广州等东线，从塔城、阿克苏等西线飞来的几架飞机在空中配合避让。

1 时 32 分，CZ6820 航班距离乌鲁木齐地面仅 1500 米。"塔台，你好！CZ6820，建立 25 号盲降。""CZ6820，你好，地窝堡塔台，继续盲降进近，跑道 25，可以落地，落地后沿 A3 脱离。""塔台，脱离了，CZ6820。"1 时 36 分，CZ6820 航班在乌鲁木齐国际机场落地。汤辉忠看了一下表，自言自语道："提前17分钟到达。男子汉，你要加油！"赵燕组织乘务员捐款，将1600元交给家属。孩子舅舅阿卜杜麦吉提·伊敏看到赵燕递过来的钱就哭了，眼睛也红红的。赵燕说，钱不多，你们出门急，就当应急吧。然后硬塞到舅舅手里。赵燕还让组员把冰块放到一个袋子里，又把机上的酸奶、水果也放进一个袋子，让他们带走。

1时40分，飞机滑行到位。1时44分，飞机开舱门。乌鲁木齐机场急救中心的工作人员将孩子接下飞机："家长抱好，慢一点儿，小心台阶，旁边的人保护一下……"又是赵燕的声音。1时48分，乌鲁木齐机场急救车从103机位驶出。1分钟后，孩子已坐上乌鲁木齐市120急救车，被送往乌鲁木齐中医医院。那位医生董先杰一直盯着孩子打点滴，观察孩子的情况，直到送上救护车。

赵燕送走孩子，回到机舱，舱内的101名旅客都在静静等着，她非常感动。旅客走了，赵燕最后巡视了一下机舱，填报了航务单据，交接之后，回到自己的车上，伏在方向盘上痛哭。此时，她的哭，与悲伤无关，她哭得壮怀激烈，哭得酣畅淋漓。

新疆民航人对孩子的救助前后用了127分钟，这是怎样刻骨铭心的127分钟啊。

六

孩子即将抵达乌鲁木齐中医医院，"生死时速"的最后一棒落在黎立医生的手里。他内心激动，为孩子庆幸，同时感到担子沉重。飞机降落之前，黎立请示孟庆才院长和医务部周斌主任，院党委书记韩荣高度重视，他们给出一致的回复："不惜一切代价，为断臂儿童建立绿色通道，保证孩子的手术顺利进行。"有了领导的指示，黎立又抓紧与各个部门的负责人沟通，落实手术的一切准备工作。急救中心一切准备就绪；手术麻醉科曹兴华主任和王小娟护士长安排了专门的负压手术间和麻醉护理团队；输血科李清主任也承诺在最短时间内出血型结果和配血；检验科及放射科人员均已就位。黎立通知他的手术团队所有人员来医院备战。

5月1日凌晨2时12分，孩子到达乌鲁木齐中医医院的急救中心。在待诊区域，黎立看到这孩子精神状态很差，一直在哭泣，嗓子都嘶哑了；

但又看到和田地区人民医院艾尔肯主任等对病人的处理非常到位，从伤口的包扎到肢体的储存都非常正规，为手术成功奠定了基础，又很欣慰。事后，黎立在自己的朋友圈里生动地记述：“现在该我们开始这场接力赛的最后一棒了：陈子豪医生立即将离断肢体带到手术室开始清创、标记重要血管神经，为再植术争取宝贵时间，李靖扬主任处理病人，周泓宇医师负责护送病人到各个部门完成手术前必须的检查，我负责协调让整个过程更加顺畅。当孩子只剩下最后两项检查时，我立即赶往手术室处理断肢，我们发现肘关节附近有骨折，一起切开予以固定。”

孩子凌晨3时15分进入手术室，两盏硕大的无影灯下，“麻醉师张旭和陈宝军、护理团队王丽霞和丁杰熟练地建立静脉通道。完成麻醉后，输血科已经完成了交叉配血，备血已经送入手术室。我们可以安心进行手术了。虽然此类的大手术我能很熟练地完成，但我还是一刻都不敢放松，用了半个小时的时间接通了肱动脉，终于在极限时间内建立了离断肢体的血供。接下来我们分别修复了骨骼、神经、肌肉，手术终于在6时26分完成，断臂接上了。在这个特别的劳动节，我们感受到人间温情，生命无价，大爱有‘疆’”！

下了手术台，黎立用仅有的照片发了一条朋友圈，抒发一位外科医师在顺利完成一台高难度手术时的心情，立刻引起广泛关注，评论区迅速出现点赞和留言的长龙——“太棒了！超级正能量，大爱无疆，感动到泪奔。”“一夜没睡，感动，泪流不止。”“医者仁心，真正的白衣天使。”“为所有参与者点赞，幸运的孩子，行云流水般的处置。”“虽不懂医疗术语，但读懂了善良的爱心。”……每一句留言都热得烫人，每一缕情感都催人泪下。

和田地区人民医院的艾尔肯、荣宽和张涛，收到黎立发来手术成功的消息，激动得热烈拥抱。

“今天是术后第三天，也是肢体肿胀最高峰时期。目前孩子病情稳定，生命体征平稳，饮食正常，情绪平稳。离断肢体肿胀明显，可见散在周围的张力性水泡，远端的皮肤颜色红润，张力尚可，返白实验明显，桡动脉搏动正常，这一切都表明肢体通血是正常的……”黎立在朋友圈继续介绍孩子的术后情况。因为，孩子的情况牵扯着越来越多人的心，感动的热浪迅速扩散，从和田到新疆，从新疆到全国。

这台手术是黎立医生从医十几年来印象最深刻也是最特别的一台手

术。他动情地说："犹如电影里面描述的情节一样环环相扣，一切都是那么惊心动魄，而一切都能完成得那么精彩……"

托万拉依喀村里的乡亲惦念着孩子，从党员干部到普通村民，都积极给小麦捐款，已经捐了 3.8 万元；和田各界为小麦捐款 8 万元；一家保险公司向小麦赠送了 25 万元的意外伤害保险。

小麦的妈妈苏迪乌麦·伊敏托合提由于伤心和着急，一连病了几天。5 月 6 日，身体刚恢复的苏迪乌麦就赶到了乌鲁木齐，看到儿子在医护人员的精心治疗和护理下，恢复得很快，心里非常感激。晚上 11 时，已在病房里等了一个多小时的苏迪乌麦终于见到了刚从手术台下来的黎立医生，把从家里带来的干果，塞到黎立手里，她说，感谢医生救了她的孩子。她把另外两大包从家里带来的干果送给了其他参与救治的医护人员。

5 月 8 日下午，中央政治局委员、新疆维吾尔自治区党委书记陈全国来到乌鲁木齐中医医院，亲切看望正在接受术后治疗的和田维吾尔族断臂再植男孩小麦和家属，感人的场景历历在目。

陈全国说："断臂儿童的救助救治，是一场惊心动魄的生命接力，是一个挑战极限的生命奇迹，是一次正气充沛的能量汇聚，是一本手足相亲的生动教材。"

而这样一场撼动人心的重大事件，却无人策划与导演，没人组织和指挥，涉及的每个部门和每一个人，都是发自内心的自愿和主动，都是心甘情愿的奉献和担当。所有的一切，都是那样自然而然，就像一株小麦生长到成熟那样天经地义。因为，今天的和田，今天的新疆，早已不是昔日的荒漠。今天的土地是那样肥沃，今天的风雨是那样和谐，今天的籽粒是那样饱满，今天的秧苗是那样茁壮，今天的良好生态为小麦的生长备足了墒情，致使所有的拔节都铿锵提速！

也正如陈全国准确生动的总结："这是以人民为中心思想的充分体现，这是生命至上、人民至上的有力诠释，这是人性光辉、道德力量的最美闪耀，这是亲如一家、手足相亲的骨肉深情，充分彰显了在习近平新时代中国特色社会主义思想科学指引下中国特色社会主义制度的优越性，集中体现了新疆坚如磐石的民族团结。"

（选自《北京文学·精彩阅读》2022 年第 5 期）

冬奥来了，中国蓄势待发[①]

——北京冬奥会参与者掠影

孙晶岩

北京是奥运史上唯一一个既举办过夏奥会又将举办冬奥会的城市，这令中国人自豪。从2008年奥运会至今已经13年，中国体育事业蓬勃发展，2022年冬奥会的举办将再一次让北京走向世界、走向未来。几年来，为冬奥服务的人员不胜枚举，组织者、建设者、设计者、教练员、运动员、科研保障专家、中外制冰师、志愿者、新闻记者等，他们有些是冬奥会的“幕后英雄”，在其间做了大量细致扎实的工作，将为冬奥会的成功举办提供坚实保障；有些则是赛事的参与者，将在冰雪场上绽放他们的夺目光彩。冬奥会拉开帷幕在即，他们将以冰雪晶莹之心，倾力奔赴这场世界盛会。

“雪飞燕”的忙碌者

北京冬奥延庆赛区有两个竞赛场馆，国家高山滑雪中心和国家雪车雪橇中心。北控京奥公司是这两个场馆的建设单位，并负责两个场馆赛时的设备设施保障。国家高山滑雪中心也叫“雪飞燕”，由北京城建集团及中交隧道工程局建设；国家雪车雪橇中心也叫“雪游龙”，由享有“冶金建设国家队”美誉的中冶集团下属的王牌公司——上海宝冶承建。延庆赛区场馆是建设难度最大的。

罗进是北控京奥公司总经理，毕业于太原工业大学，后去英国诺丁汉

① 本文写于北京冬奥会开幕之前。

大学攻读建筑设计，到爱丁堡攻读项目管理专业，取得两个硕士学位。

延庆赛区的场馆建设是罗进迄今为止干得最难的工程。挑战远远大于雁栖湖国际会都工程的难度。他长年住在延庆，周末加班也是常事，经常拉着总包、监理和施工方负责人开会。

冬奥工程标准要求更高，京奥公司按照国际标准采购。罗进到新西兰、瑞士、德国、加拿大等国家，考察世界先进的滑雪场，发现欧洲冬季雪大，到夏季雪都可以存住，阿尔卑斯山是天然的滑雪场。他觉得首先要做雪务实验，万一举办北京冬奥会的时候遇到暖冬，气温偏高造雪不利，存住雪就是个大问题。

2017 年正月十五，家家户户都在挂灯笼、猜灯谜、闹元宵，罗进一行冒着严寒来到延庆区的石京龙滑雪场，借地盘进行造雪实验，给雪覆盖保温材料并跟踪观察。可喜的是 3 月份造完雪，到当年 10 月份雪还保留有 50%。

随着赛事日益临近，小海陀山，一座矗立在北京市延庆区与河北省交界处的山峰，将进入世界的眼帘。该山峰海拔 2198 米，山南是北京市延庆区，山北是河北省赤城县。设在莽莽山谷中的北京冬奥会延庆赛区建筑群落，在山水森林间既和谐又现代，一派诗情画意。这里不仅是国际一流的高山滑雪中心和雪车雪橇中心、国家级雪上训练基地，还是体现绿色、生态、可持续发展理念的典范工程，未来将是北京区域性山地冰雪运动、休闲度假以及冬奥主题公园旅游的胜地。

2008 年北京夏奥会时只有一个奥运村，2022 年北京冬奥会的场馆布局规划却包括三个区域：一是北京赛区，城北部的奥林匹克中心区、城西部的首都体育馆和五棵松体育中心，届时将有 5 个冰上项目在这里举行；二是延庆赛区，北京西北部距离市区约 90 公里的延庆区小海陀山，将举行雪车雪橇和高山滑雪项目的比赛；三是张家口赛区，除了首钢园跳台滑雪和延庆高山滑雪外，所有的雪上项目将在张家口举行。

2017 年是个设计年、磨合年。延庆赛区的建设特点是难上加险，高山滑雪赛道是世界上最难的赛道之一，雪车雪橇赛道是国内第 1 条、亚洲第 3 条、世界第 17 条赛道，360 度的回旋弯，是世界少有的雪车雪橇赛道设计，比赛速度可达每小时 135 公里。为了尽可能做到延庆赛区核心区的土方平衡，减少对植被的破坏、对环境的影响，北控京奥公司积极优化设计，尽量减少挖方，经多轮积极斡旋，得到了国际雪联的理解和支持。北控京奥公司提出的雪道优化方案，减少了挖方，保护了植被。

雪车雪橇赛道由德国戴勒（Deley）公司设计，包括氨制冷系统。这是一个家族企业，有着德国人干事情向来的认真、严谨、精益求精。李兴钢工作室的任务之一是把德国戴勒公司的雪车雪橇设计落实到施工图。2007年，12年前的那个猪年，我在北京中国建筑设计研究院采访过李兴钢，当时他担任鸟巢的中方设计师，为奥运建筑呕心沥血；2019年，12年后的这个猪年，我在北京延庆小海陀山采访冬奥会建设有关工作人员，又见到了李兴钢的冬奥设计作品。北京冬奥组委任命他为延庆赛区的总规划师。该项目核心部分由戴勒公司设计。通常国际上的高山滑雪和雪车雪橇赛道一般都在北坡，阴面没有太阳直射，雪不容易融化。但是延庆赛区的赛道在小海陀山的阳面，南坡阳光充足，经常被晒。为解决太阳直射的问题，李兴钢坚持在雪车雪橇中心做气候调节系统，设计了遮阳棚，根据太阳照射的角度用遮阳棚把赛道挡住，这样一来，也节约了能源。

世界雪车雪橇一共有16条赛道，中国建设的这条是第17条。雪车雪橇项目体现了科技力量，施工环境特殊，作业面是封闭环境，不能用机械挖孔，必须用人工挖，千根桩最浅的8米，最深的达21米，人进去挖，加拿大混凝土协会专家来指导。喷枪空枪30斤，喷射手必须身体强壮，上海宝冶公司挑选了30名体能好、技术好的喷射手。54段，结构复杂，桩基、U形槽、绑扎，赛道主体结构长1.9千米，落差121米，带混凝土作业，混凝土喷射技术是毫米级，不能有丝毫马虎。

国家高山滑雪中心有着高落差、长坡面的特点，整体酷似一只飞燕，故名“雪飞燕”。我在“雪飞燕”的茫茫飞雪中见到了北控京奥公司总经理罗进。他有时候一天要接到十几个会议通知，光应付会议就忙得焦头烂额，只能挑最重要的会议参加。采访期间，我亲眼见到几个他的工作瞬间：

2019年11月23日，蔡奇书记和陈吉宁市长到延庆区双调研，对延庆赛区的工程提出质量、工期、进度、生态修复的要求。

2019年12月9日，罗进陪同北京市重大办于德泉主任和李书平总经理沿着赛区走了一遍，对施工状况、生态修复和工程场容场貌提出要求。

2019年12月14日是个周六，罗进在延庆开了一天会，晚上才回到北京市区的家里，从天气预报得知周日晚上下雪，他担心小海陀山有事，心里横竖不踏实。安全总监韩小炎当时在山上盯着，但罗进觉得自己必须在一线坚守。周日下午4点他又从家里出发，开了一个多小时的车赶到延庆。只有待在延庆，对冬奥工程看得见摸得着，他才感觉心里踏实。

雪在周日晚上10点如约而至，飘飘扬扬覆盖了小海陀山，道路非常滑，通往赛区工地的松闫路被延庆区重大办封路了。周一上午，罗进上山查看赛区道路除雪铲冰的情况，忙得筋疲力尽。当时造雪已经完成了80%，他看到山上还有很多建设者，其中有40多个老外在忙碌，有的在挂滑雪防护网，有的在造雪，有的在压雪。

冰雪运动是富有挑战性和观赏性的运动，高山造雪彰显出劳动的欢乐。离开延庆赛区建设者的那天晚上，我一气呵成，写下了一首小诗——《七律·题北京冬奥会海陀高山造雪》：

> 寒潮刺骨朔风吹，延庆鹅毛扑面飞。潇洒银蛇争晓月，奔腾骏马竞朝晖。高山玉骨喷霜絮，白壁冰肌照翠微。壮士拼搏双测试，加油奥运鼓声威。

一晃一年过去了，牛年的春节，延庆赛区的建设者注定不能休息。2021年春节，我再次来到延庆赛区蹲点采访，看到罗进总经理更忙了。春节期间领导干部值班，大年三十和大年初一罗进依然在延庆一线坚守。阖家团聚的日子里，千家万户都流淌出幸福的欢笑，而他的家里却只有半轮月亮。

延庆赛区的外国制冰师

2021年春节，我冒着寒风驱车来到延庆赛区，见到了8个外国制冰师，他们分别来自拉脱维亚、俄罗斯、法国和加拿大，每个国家有两个人。他们很年轻，充满朝气，当我给他们拍照时，一个制冰师把腿跷起来抱着另一个制冰师，做出滑稽的动作，显得活泼俏皮。在这群制冰师中，有一对来自拉脱维亚的兄弟，哥哥叫作马丁斯·绍赛斯，弟弟叫作奥斯卡斯·绍赛斯。哥儿俩长得很像，但是哥哥比弟弟高一头。马丁斯今年32

岁，出生于拉脱维亚，家中有父母和弟弟，一家四口其乐融融。

马丁斯是一个美男子，一双鹰眼显得机敏睿智，鼻梁高挺，嘴唇很薄，络腮胡子，栗色的头发在后脑勺上扎成一个发髻，用棒球帽套住，看起来比他的实际年龄要大。

马丁斯高中毕业后考取大学，学的经济专业。东北欧国家气候寒冷，冬季运动普及，他酷爱冰雪运动，大学期间到冰场勤工俭学。他特别喜欢雪车，觉得那是战车，滑行起来时速 130 多公里，呜呜的风声震耳欲聋，很刺激，于是就在雪车赛道跟着师傅学习制冰。

热爱是最好的老师，他很快就上手了，每天制冰、刮冰、修冰，从 20 岁开始干，一干就是 12 年。由于制冰技术好，他被邀请到拉脱维亚、加拿大、俄罗斯、奥地利、韩国制冰，名气越来越大。制冰的一技之长使他有机会去到世界上很多国家，眼界变得开阔了。

中国成功申办冬奥会后，冰雪运动蒸蒸日上，有关方面向马丁斯抛出了橄榄枝。2019 年 8 月 23 日，他应邀来到中国西安。他喜欢西安的文化底蕴，那是座古老的城市，那时他在西安的冰场制冰，在炎热的夏天给古城人们带来清凉的欢乐。

2020 年 1 月，他应邀来到北京冬奥会延庆赛区雪车雪橇场馆，精心制冰，一直干了三个多月。4 月份雪季结束，他回国休假。

延庆赛区国家雪车雪橇中心是国内首个雪车雪橇场馆，各项工程于 2020 年全面完工，并通过国际雪橇联合会、国际雪车联合会专家的认证，已经具备办赛条件。这里的竞赛内容有雪车、钢架雪车、雪橇三大项目，将产生 10 块冬奥会金牌。

雪车雪橇赛道建好了，运动员到位了，“万事俱备，只欠东风”，需要优秀的制冰师来维护赛道。中国邀请了世界顶尖的制冰师，有俄罗斯索契冬奥会雪车雪橇竞赛部部长卡萨特金 · 尼古拉、制冰师格奥尔基 · 弗洛塔尔金；法国制冰师罗曼 · 扬 · 查马耶、阿诺德 · 阿尔宾 · 法比安 · 杰卢安；加拿大制冰师马克斯韦尔 · 托马斯 · 安德森 · 麦克阿瑟、托马斯 · 詹姆斯 · 林福德；拉脱维亚制冰师马丁斯 · 绍赛斯、奥斯卡斯 · 绍赛斯等人。

2020 年 8 月，马丁斯和弟弟奥斯卡斯再次来到北京小海陀山，马丁斯觉得延庆赛区的雪车雪橇赛道是世界上最大的赛道，技术含量很高，制冰对自己而言也是挑战。有人说“教会徒弟，饿死师傅”，马丁斯却不这样想，他觉得技术无国界。他的手很巧，带领中外制冰师一起制冰。修冰刀在他的手中仿佛一把魔刀，所到之处冰变得格外平整。他从冰面结霜厚度、冰面洒水气阀调整、大型进口设备的使用、修冰刀等方面，通过实地操作手把手毫无保留地对徒弟进行传帮带。

延庆雪车雪橇赛道全长 1975 米，垂直落差 121 米，共有 16 个弯道。赛道包括出发区、弯道区、高坡度区和结束区，他对赛道了如指掌，力求不断造出理想的冰型，冰制得好，滑行者才能节约时间。

我问道：“马丁斯先生，360 度回旋弯难修吗?”

他眨眨眼睛，一本正经地告诉我：“360 度弯不是最难的，我担心的是第 14 至 15 弯，是赛道的最低点，有 4 段上坡路，经常有人在这里翻车，只有制冰理想、修冰平整才能保证运动员的安全。”

雪车和钢架雪车有刹车，而雪橇是没有刹车的，在结束区赛道运动员需要用上坡控制速度，滑行一轮，雪车雪橇的冰刀会在冰面上造成划痕，制冰师必须用修冰刀及时修冰。

欧洲人在双休日是必须休息的，圣诞节更是隆重的节日，可是为了保证北京冬奥会备战，从 2020 年 8 月至今，马丁斯一直奋战在延庆赛区，圣诞节、元旦新年和中国的春节，他都坚守在工作岗位，履行着自己的职责，没能与家人团聚。

2021 年 2 月 16 日是中国的大年初五，“相约北京”冬季体育系列测试活动 2020—2021 赛季全国雪橇邀请赛，在延庆赛区举行。这是北京冬奥会的热身赛、模拟赛。我看到马丁斯和他的团队正在一丝不苟地工作，他们没有节假日，没有休息，仍然奋战在一线，与运动员并肩作战。他们来自不同的国度，有着不同的背景，拥有不同的技能，从不同的角度观察世界，却为了奥运这个相同的目标聚集在一起。

在拉脱维亚，拉脱维亚语是官方语言，俄语是通用语言，但马丁斯会讲一口流利的英语，只要一谈起雪车雪橇赛道，他的眼睛就直放光。他告诉我：“奥林匹克是一个大家庭，奥林匹克的意义就是世界各国人民友好相处。我爱制冰，我要竭尽全力帮助中国制造最好的冰面，让运动员在延庆赛区创造好成绩!”

双奥人的一世匠心

首都体育馆建设时间较早，设施陈旧。2018 年，为迎接北京冬奥会，国家对首都体育馆进行了改造升级。场馆节能改造，力图达到绿色建筑二星级标准，实现废弃物减量，让旧场馆老树开出新花。目前，该馆实现了 5G 全覆盖，灵活可爱的电力巡检机器狗、不怕撞墙的无人机、智能体温贴……赛场内外，科技冬奥的身影无所不在。场馆内布设了 40 台 4K 摄像机和 3 台 8K VR 相机，观众通过它们可体验到 360 度自由交互观赛。

北京赛区设有 6 个竞赛场馆，分别为国家游泳中心（冰壶比赛）、国家体育馆（冰球比赛）、五棵松体育馆（冰球比赛）、首都体育馆（短道速滑和花样滑冰比赛）、国家速滑馆（速度滑冰比赛）、首钢滑雪大跳台（单板滑雪比赛）。其中，前面 4 个是旧场馆改造再利用，后面两个是新建的冬奥场馆，新建的国家速滑馆是北京冬奥会的新地标。

2019 年 11 月 21 日，我与国际滑联的专家一道走进正在建设中的国家速滑馆，只见到处都是建筑材料，到处都在叮叮当当地施工，橘黄色的起重机高扬起“手臂”伸到顶棚，仿佛在呼唤什么。馆里像个迷宫，我和北京冬奥组委会速度滑冰竞赛主任王北星沿着看台走，居然走错了路。

2021 年 3 月 19 日，当我再次走进国家速滑馆采访时，新建的场馆已经今非昔比，旧貌换新颜。精致的顶灯酷似一只只钻戒，镶嵌在天幕上；椭圆形的冰面宛如凝固了的牛奶，使人忍不住想上冰滑行；玻璃幕墙外有 22 条由高低盘旋、似环绕飘舞的“冰丝带”，其设计灵感来自冰雪运动与速度的结合，象征速度滑冰竞技时优美的冰刀轨迹，同时 22 条“冰丝带”又象征北京冬奥会举办的年份——2022 年。“冰丝带”表面涂有晶莹剔透的超白玻璃彩釉，平均每条丝带长约 620 米，总长度约 13640 米。

国家速滑馆南北长、东西短，主席台设在东侧，约 12000 个座椅从低到高，由乳白、浅蓝到深蓝，置身场馆中，仿佛头顶一片悠远的星空，格外舒适温馨。速滑馆外立面 2 层以上为高工艺曲面幕墙系统，有玻璃 3360 块，面积约为 18462 平方米。幕墙玻璃面板采用半钢化双超白双银低辐射双夹胶中空玻璃，由 4 片 8 毫米厚超白弯弧半钢化热浸玻璃组成，中空层为 12 毫米，内填充氩气。

该馆屋面索网结构采用国产高钒封闭索，索网结构平面投影尺寸约198米×124米，是世界上最大的索网体育馆屋面。索网结构索体紧密，表面平整，防腐性能高，承载能力强。屋面索东西向为承重索，南北向为稳定索，均采用双索。承重索直径64毫米，共49对（98根）；稳定索直径74毫米，共30对（60根）。索体总长度约为18564米，屋面索体总重量约为581吨，在承载力不变的情况下大幅度降低了屋面结构用钢量。

作为北京2022年冬奥会新建的标志性场馆，国家速滑馆有很多亮点：世界上首个采用二氧化碳跨临界直冷制冰技术的冬奥速滑场馆，拥有亚洲最大的约12000平方米的多功能全冰面，冰面采用分模块控制单元，可以根据不同项目分区域、分标准制冰；国家速滑馆屋面单层双向正交索网结构的钢索，充分体现出集约化建设的理念，全部使用中国制造的高钒密闭索，填补国产索在大型体育场馆屋面应用的空白；“冰丝带”幕墙完美展示了速滑馆的速度与激情；规划选址采用2008年北京奥运会曲棍球、射箭临时场馆用地，规划建设时充分保护场内原有生态系统，充分利用既有资源、功能、空间……

这些设计的背后都凝聚了一个双奥人的无限匠心。

每年最后一天的下午，北京景山万春亭上常常会有一个男人站在那里向远方眺望，他要盘点这一年自己究竟干了什么，他要好好地看一下北京中轴线。

这个眺望落日的男人叫作武晓南。武晓南是北京市国有资产经营公司有限公司副经理，国家速滑馆公司党委书记、董事长，国家速滑馆运行团队主任，曾任国资公司奥运办公室副主任，北京奥运会曲棍球场、射箭场项目部总经理，国家体育场总经理。

从中国人民大学毕业后，他被分配到北京市政府办公厅工作。北京申奥成功的那天晚上，他正在北京市委办公厅加班，凌晨两点走出位于正义路的办公室来到长安街，满大街都是举着小红旗的人，人们高呼着：“人民万岁！中国万岁！”

参与冬奥场馆建设寄托了他10多年前的记忆和情怀。北京奥运会期间，他担任国资公司奥运办公室副主任，参与奥运会场馆建设。2006年，在建设鸟巢、水立方的基础上，他又接到要建设网球、曲棍球、射箭场馆的任务。

当时，武晓南作为业主，需要高效、节俭、廉洁地建设好奥运场馆，建设时需要考虑怎么保障奥运会的需求，这是庞大的工作体系。他经历过奥运会情绪上的高低起伏，亢奋、累并快乐着。

武晓南是一个智慧型的带头人，他负责建设的曲棍球场和射箭场在奥林匹克公园的西北角，建设好场馆后，他提出让专业射箭运动员试一试场地的建议。他举着一个蓝色的夹子，身后跟着40多位射箭运动员，带他们熟悉场馆线路，听取他们的意见和建议。走到主场时，他停住脚步，对大家说："现在我们走到主场了，未来的决赛场，会有6个人站在这里参加比赛，期待这块场地能创造出奥运佳绩。"

场馆是有灵性的，只有熟悉场馆才能热爱场馆，只有热爱场馆才能发挥潜能。武晓南的导引貌似漫不经心，其实绝非可有可无，他的充满人情味儿的京片子在运动员心中起到了定海神针的作用。

2008年8月14日，中国运动员张娟娟在女子射箭个人决赛中以110环的成绩夺得女子个人射箭冠军，夺取中国射箭项目上的首枚金牌，冲破了韩国队在射箭项目上的垄断。

天空飘洒着雨点，那是老天流出的喜悦的泪花。张娟娟射箭夺冠时，别人在热烈欢呼，武晓南却热泪盈眶地在场外踱步，在这里他洒下多少汗水，只有太阳知道；在这里倾注了他多少心血，只有月亮晓得。与他朝夕相处的场馆给张娟娟带来了好运，接下来在这里还有女子曲棍球比赛，他期盼中国女曲姑娘也能在这里为国争光。

中国女曲的教练班子是中韩合作的，主教练是韩国的金昶伯，他对队员要求非常严厉，故有"魔鬼教练"之称。2007年，"好运北京"国际曲棍球邀请赛在北京奥林匹克森林公园曲棍球场举行。当发现曲棍球场地有一块草地发黑时，武晓南在比赛结束后追到了上海女子曲棍球队员驻地，问金昶伯为什么曲棍球场地有一块草地发黑，金昶伯说那是菌的原因。

听了金昶伯的话，武晓南茅塞顿开：铺塑料草时铺快了，草地被雨水沤了就会发霉变黑。回到北京，他带领团队及时对发霉的草坪进行了重新处理，草地顿时变得绿油油的。经过精心维护，北京奥林匹克公园的曲棍球场馆得到了国际组织专家的认证。

2008年8月22日晚，还是在这个场馆，中国女曲与世界排名第一的荷兰女曲进行了北京奥运会冠亚军争夺战，虽然中国队以0比2不敌对手，最终获得银牌，但这是中国曲棍球奥运历史上的第一枚奖牌。武晓南的心里乐开了花，曲棍球场馆是露天的，场馆草地的平整性、透水性、保水性的数据都达标，他和建设者为参加比赛的运动员提供了优质场地，得到了曲棍球队队员的褒奖，他为自己参与建设了达标的奥运场馆而自豪。

一晃七年过去了。2015 年，北京冬奥会申办成功的那天晚上，武晓南参与了北京奥林匹克公园广场庆典活动的筹办。凡事预则立，不预则废，为此他做了几个预案：1. 申办冬奥会成功；2. 申办冬奥会失败；3. 下雨怎么办；4. 不下雨怎么办。他想好了，成功了就热烈庆祝，失败了就悄悄收场；下雨了就将队伍撤到水立方，不下雨就在奥林匹克公园广场举行庆祝活动，组织游行庆典。他的心紧紧地揪了起来，期盼着决定命运的时刻。

2015 年 7 月 31 日晚上，国际奥委会第 128 次全会在马来西亚吉隆坡举行，将投票决定 2022 年冬奥会的举办城市。他目不转睛地盯着电视机屏幕，激动人心的时刻终于到来，2022 年冬奥会举办城市在马来西亚吉隆坡揭晓，中国北京和张家口获得举办权！北京成为奥运历史上第一个既举办过夏季奥运会，又将举办冬奥会的城市。看到国际奥委会主席巴赫先生用汉语说出“北京”时，他的心仿佛要跳出胸膛，那份紧张、激动、荣耀与自豪，百感交集。他太热爱北京这座生他养他的城市了，得知北京成功申办冬奥会，北京人将与冰雪来一场激情的约会，他怎么能不热泪盈眶呢？

2016 年底，有关方面面向全球组织了国家速滑馆建筑概念设计方案的征集活动，武晓南担任国家速滑馆建筑概念设计方案初评运营组组长，他反复对比掂量各方呈现的十几个方案，着重看设计理念是什么。突然，“冰丝带”的设计理念让他眼前一亮，22 条丝带环绕椭圆形的滑冰馆，象征着速滑运动员在椭圆形的冰面上滑行，冰刀产生轨迹，丝带在飞舞环绕。

在中外 12 个设计团队提供的 12 个设计方案里，澳大利亚博普勒斯公司提交的“冰丝带”方案无疑是最抢眼的，中选亮相时，吸引了众多的目光。国际奥委会主席巴赫说：“国家速滑馆这个设计我特别欣赏，每当看到它就想到速度滑冰，感受到速度与激情。”

北京建筑设计院的设计团队承担了后续的施工图设计工作。武晓南觉得未来的场馆应该是一个以体育运动为中心的城市综合体，“冰丝带”以冰雪运动为中心，凝结了老百姓对冬季运动的美好向往。北京奥运会给人印象最深的场馆就是鸟巢和水立方，冬奥会后，人们再回忆起来就应该是“冰丝带”。未来的国家速滑馆内，可以看到冰雪为特色的体育竞赛、展览展示、群众健身、文化休闲等不同经营业态。他不希望“冰丝带”仅仅靠卖票来营利，靠视觉感知来吸引人，最好是能为老百姓提供深度参与的服务。他用6个词语来描述这座场馆：精耕细作、拔地而起、编织天幕、丝带飞舞、最快的冰、智慧的馆。

作为北京冬奥会的标志性建筑，国家速滑馆用不到半年的时间完成地下结构，在此之前是规划设计和基础建设“精耕细作”的阶段。2018年9月完成主体结构，国家速滑馆真正“拔地而起”。随着钢结构环桁架滑移就位，2019年3月屋面索网结构编织张拉完成，实现了“编织天幕”。2019年，国家速滑馆封顶封围，“冰丝带”正式亮相，实现“丝带飞舞”。2021年1月首次制冰调试成功，同年4月“相约北京”系列测试活动举办，国家速滑馆的大道冰面得到各方一致好评，向“最快的冰”迈进一大步。与此同时，国家速滑馆与科技部、北京市科委、北京理工大学等单位强强联合，努力打造“智慧的馆”，迎接北京2022年冬奥会的检验。

国家速滑馆的建设是业主牵头，总包、监理、设计共建，大家集思广益，互相沟通，各团队密切配合，不断磨合。场馆建设完成后，参与筹办冬奥的运行团队进驻，最熟悉场馆的业主武晓南在其间做了不少工作，帮助团队的同事们熟悉场馆环境。

而今举办冬奥会，办赛要出彩，参赛也要出彩，运动员是最重要的客户群之一。武晓南邀请速度滑冰冠军王北星来场馆坐镇出谋划策，“冰丝带”的第一块冰刚刚铺好，他就请王北星上去试滑，耐心倾听她的意见。以运动员为中心是本届奥运会提出的口号之一，武晓南把服务好运动员作为自己的首要目标。国家速滑馆制冰团队里还有一群年轻的身影，他们是来自“双冰场馆制冰人才订单班”的学生。2019年，在国资公司统一部署下，国家速滑馆、国家游泳中心与北京电子科技职业学院联手开设了“双冰场馆制冰人才订单班”，学生进入冬奥场馆实习被写入培养计划。

作为双奥人，这些奥运场馆倾注了武晓南的一世匠心。奥运舍我其谁，劳动舍我其谁。

响箭鸣镝英如镝

受伤是工作的一部分

2018 年 5 月，在荷兰蒂尔堡举行的世锦赛冰球比赛中，中国冰球队与塞尔维亚队交锋，塞尔维亚队员用肘部恶意犯规，中国运动员英如镝倒在地上，满脸是血。裁判紧急叫停，医生带着诊疗包向他跑来，他诧异地问道："你们怎么这么快就到了？"

其实从他受伤到医生赶来已有一段时间，只是他被撞蒙了，满眼冒金星，脑子一片空白。坐在观众席上的英达和梁欢向儿子跑来，夫妻俩望着满脸是血的儿子没有掉一滴眼泪，英达劈头就问："巴颜，你能不能接着打？"

英达是满族，有着马背民族勇猛征战的特性，在他的潜意识里，只要儿子能够坚持，就一定让他打完比赛。然而英如镝伤得太重了，颧骨断裂，满脸血迹，左眼上眼睑乌青，他摇了摇头，教练紧急换人。英如镝被拉到医院处理伤口，随后被父母带回国治疗。在飞机上，高空压力和气流颠簸使他头晕目眩，但他没有吭一声。

在北京一家著名国际医院，X 光和 CT 显示，英如镝五处颧骨断裂性骨折，左上牙松动，轻微脑震荡。

我学过解剖学，深知颧骨和颧弓是面部比较突出的部位，这种凸起的地方在受到暴力伤害的时候容易发生骨折。颧骨与上颌骨、额骨、颞骨都相互连接，其中与上颌骨的连接面最大。所以当颧骨骨折时，容易合并上颌骨的骨折，如果上颌骨骨折，会对脑组织造成伤害。他必须立刻手术！

英达忧心如焚。英如镝躺在了手术室，在全麻状态下做了四个多钟头的手术。颧骨手术既复杂又精细，医生在他的颧骨上打了四根钢钉才完成了手术。这四个钟头对英达来说每一分钟都是煎熬，父子连心，他在手术室门口来回踱步，恨不得替儿子去挨这一刀。

初夏的北京气候逐渐变热，疼痛折磨着英如镝，术后左脸浮肿，外面的伤口缝合了，嘴里还有伤口，骨头愈合也有一个过程，每天洗脸、刷牙、吃饭、喝水都要活动颧骨，痛苦可想而知。这已经不是英如镝第一次受伤了，为了冰球，他的左耳被打断过，缝了八针。他觉得作为职业冰球运动员，无法离开冰场，只要一段时间不上冰就找不到感觉，看到冰场上那只纵横驰骋的雄鹰，谁能想到他的颧骨还在隐隐作痛？

把一件事儿整明白了

1998 年 8 月 16 日，一个男婴在北京呱呱坠地，体重 9 斤 3 两，医学上叫作巨大儿。婴儿倒是又重又欢实，可是母亲在怀孕和分娩中却没少遭罪。这个胖小子属虎，狮子座，从属相和星座看，绝非等闲之辈。

贾谊在《过秦论》中写道："收天下之兵，聚之咸阳，销锋镝。"

曹植在《名都篇》中有"揽弓捷鸣镝，长驱上南山"的名句。镝是箭头之意，也指箭。锋镝、鸣镝，就是内部有三个小空洞的箭头，射出时会发出响声。英达给心爱的儿子取名英如镝，寓意要他带着响声一往无前、所向披靡。

2001 年的一天，英达和妻子带儿子去逛国贸商场。那里有一个冰场，是加拿大冰雪运动专家柯路奇修建的北京市第一个室内冰场。一群孩子在滑冰，滑得好惬意。小如镝像钉子似的铆在那里，死活不肯离开。他跟爸爸说："我想学滑冰。"

最开始学花样滑冰，他平衡力好，觉得冰上世界太美了，滑得如痴如醉，像模像样。

一年之后，一个教练见英如镝身体壮实，建议他改练冰球。当时中国的冰球教练不多，国贸冰场有很多滑冰的教练，却只有两三个冰球教练；在北京冰球运动不普及，只有 200 多个孩子打冰球；场地也很少，只有国贸、西单和亦庄三个冰场可用。然而冰球的魅力无法阻挡。英如镝的冰球启蒙教练是王泽民，打过几次冰球后，英如镝就着了魔般爱上了这项运动。冰球太酷了，这是男子汉的运动啊，守区、中区、攻区，每个区域都有谋略；九个争球点，每个争球点都有剧烈的对抗；仅一个射门就有拉射、弹射、大力击射、反手射门、垫射五种；瞄准就有左下角、左上角、右上角、右下角、中间五个点。冰球是团队运动，进球和助攻价值相等，需要有高超的技术和清醒的头脑，还要善于配合。在教练的指导下，英如镝突飞猛进。

上苍眷顾这个男孩儿，既给了他一双长腿，又给了他一双修长的手，这是练习冰上运动和弹钢琴良好的先天条件。此时的英如镝也在学习弹钢琴，钢琴与冰球是完全不同的两门技艺，一个需要静如处子，一个需要动如猛虎，两门技艺都需要投入大量的时间和精力。父母觉得既然这孩子对钢琴和冰球都有兴趣，家长就应该做出牺牲，全力以赴支持孩子发展爱好。

热爱的未必擅长，擅长的则必定是热爱的。英如镝把钢琴和冰球两门技艺都掌握得得心应手。2004 年，6 岁的英如镝在北京市“希望杯”钢琴比赛中夺得第一名。同年，他又荣获日内瓦—瑞士钢琴大赛特等奖。

按照英家、梁家书香门第的家庭传统，文质彬彬的英如镝选择弹钢琴也许更加适合，但是在儿子的职业选择上，父母从来不替他包办。

一件事儿能整明白就算烧了高香，英达对 8 岁的小如镝说：“巴颜，钢琴和冰球都要投入大量的精力，作为专业你只能选择一样，你究竟想学什么？爸爸和妈妈尊重你的意见。”

英如镝考虑了一会儿，果断地说：“我想选择冰球。”

雏鹰向北美飞去

英达把儿子送进了北京一家业余少儿冰球俱乐部练球。这家俱乐部有一支少儿冰球队名叫虎仔队，小如镝是其中的一员。冰球是烧钱的运动，练冰球的费用相当昂贵，一套普通的装备最少 6000 元，贵的超过万元。而且每月的训练费用相当贵，一般工薪家庭承受不起。虎仔队很多小队员都是外籍孩子，他们的家庭收入不菲。为培养儿子练冰球，英达几乎倾其所有。

为了更好地照顾儿子，英达义务出任虎仔队的领队，英如镝担任队长。英达每天开车送儿子去练球，再接他去学校上文化课。英如镝曾经发过一张照片，爸爸蹲在地上给他系鞋带，他配了幽默的文字：“这个小孩儿是谁我不知道，蹲在地上给他系鞋带的是他的跟班英达。”

为了儿子，导演英达成了称职跟班，既当司机又当领队，每天往返接送儿子。为了儿子的爱好，不擅长体育的英达成了体育迷，说起冰球历史和技术战术一套一套的。每当儿子参加比赛，他总是拽上几个好友为儿子助威。

2007 年 4 月，英如镝所在的虎仔队，参加北美少儿冰球世锦赛，在

108 支参赛队伍中，出人意料地夺得了 U8 段冠军，英如镝当选为最有价值球员。这是中国人获得的第一个冰球世界冠军，英如镝也因其出色的表现获得了那届比赛的“得分王”称号。正是那场比赛，激发了英达送儿子出国学习的决心。

世界冰球强国在北美和欧洲，加拿大、美国、俄罗斯、捷克运动员都打得不错。虎仔队夺冠，加拿大国家冰球联盟下面的波士顿棕熊队向英如镝发出邀请，想将他作为球队的重点苗子培养，希望他过去练球。那时英如镝才 8 岁，梁欢很不放心。英达则认为这是个难得的机会，父母得狠下心来。

英达的姐姐住在芝加哥，她积极联络芝加哥少年冰球队和当地的公立学校，英如镝由于有世锦赛冰球 U8 段冠军证书，被当地冰球队顺利录取。

2007 年 8 月 16 日，在英如镝 9 岁生日那天，梁欢带着英如镝登上了飞往美国的航班。为了心爱的儿子，一个美好的家庭拆成了两半，英达带着 1 岁的女儿在中国生活，梁欢带着 9 岁的儿子在芝加哥冰球队训练，再送到公立学校读书。

美国的小学教育很开放，英如镝在那里学习英语和文化知识，比较轻松；但是打起冰球就不那么轻松了，美国的冰球运动十分发达，球员水平高，打法彪悍凶猛，比赛意识强。英如镝在国内同龄人中打冰球是佼佼者，可是他坦诚地对我说：“我们家没有搞体育的，我运动天赋不好，爆发力、耐力不行，不善于冲撞。”

刚到芝加哥的时候，英如镝幸运地遇到了美国冰球教练瑞恩·泰勒（Ryan Taylor），他给英如镝上冰球私教课，发现这个中国男孩悟性很高，便耐心地教给他技术、战术，给他提供了很多上场训练的机会。这些一对一的私教课使英如镝受益匪浅，也使他在异国他乡领悟到新的冰球打法和理念，至今他在场上打球，都能用到瑞恩·泰勒教练教给他的绝活儿。

英如镝到了美国一度感到力不从心。国内的打法多注重个人技术；而美国的打法讲究速度、技术和团队配合。由于训练方法不同，英如镝跟美国运动员不是一个量级，当时很难赢球。

为了给儿子创造良好的打球条件，英达加大工作量，除了在电视台主持节目，还当导演并出演电影。他拼命工作，全家四口人的生活费用压在他一人肩头，顶梁柱必须撑起这个家。

父亲的艰难付出被小如镝看在眼里，记在心上，他暗下决心：我得对得起老爸的付出。他很节省，除了打冰球的开销，从来不大手大脚花钱。英如镝小时候是一个性格内向的孩子，不敢坐过山车，不敢跟生人讲话。刚到国外时，英语不太熟练，尤其是英语冰球专业术语有的听不懂，身为华人在异域打球，打法不凶猛，不擅冲撞，难免遭受外国小队员的挤对。他很懂事，受了委屈从不向父母诉苦，总是报喜不报忧。

他 10 岁那年要跟 11 岁的美国孩子一起打球。在冰球这项运动中，孩子相差 1 岁能力差距很大。与这些比自己大 1 岁的高水平冰球队员拼杀，英如镝学会了什么是先进的打法，增强了冰球意识和进取精神，懂得了什么叫作天外有天。那时候英如镝几乎场场输球，国内的朋友来电话询问英如镝的打球情况，英达不好意思说总输球，机智地搓着装薯片的纸袋打岔："哎呀，你说什么，信号不好，我听不见。"久而久之对方心知肚明直接戳穿："我不问巴颜打球的情况，一问就该信号不好啦。"

作为一个职业运动员，要学会输球，三天两头输球并没有把英如镝击垮。这个倔强的中国男孩儿不服输，他尝尽了输球的滋味儿，也被激起了战胜对手不甘沉沦的决心。镝是带着响儿的箭头，他一定要咬牙，无愧于这个名字，成为一支响箭。

如何能够成为一支响箭，唯有吃别人吃不了的苦，拼别人拼不了的命。当同龄的孩子还在父母身边撒娇时，英如镝已经独自在异国他乡的冰场上打拼。第二年，他已经学会了美国冰球的进攻意识和先进打法，当 11 岁的英如镝与同龄的孩子较量时，他觉得如鱼得水，游刃有余。那些年真难为了梁欢，她为了儿子做出了巨大牺牲，从一个优秀的编剧变成了优秀的司机和厨师，一心一意地给儿子做饭，加强营养，接送儿子上下学、打冰球。在妈妈的精心照料下，英如镝长得很结实，体能好，他既是技术型队员，也是冲撞型队员，在跟美国孩子和加拿大孩子打球的过程中没有吃过亏。

唯有舍得，才有获取

正如乒乓球是中国的国球一样，冰球是加拿大的国球。从体质人类学上看，北美的运动员和欧洲的运动员适合打冰球，他们身材高大，尤其是 12 岁以上的运动员在比赛中允许冲撞，中国人对此很不适应。中华民族以内敛、含蓄、谦恭著称，打球依靠技术战术取胜，不擅长冲撞别人。然而冰球就是这样一项残酷的运动，冰球运动员比赛和训练时很容易伤到牙齿、面部、肩肘和膝关节。12 岁后，英如镝发现美国孩子打冰球时喜欢在比赛中冲撞，那个赛季他极不适应，不愿意去冲撞别人，也不敢去迎接激烈的撞击，个人得分狂跌到 12 分，在对手强悍的冲撞和身体对抗下，他的技术完全被压制，自信顷刻间灰飞烟灭。

我在加拿大近距离观看过世界一流的冰球比赛，感觉冰球运动员戴着头盔、护肩、护胸，手握冰球杆在场上滑行，就像巨大的钢铁侠迎面扑来。冰球运动的直面对抗对于中国孩子来说极具挑战，对于中国家长来说更是考验。孩子是爹娘的心头肉，哪个家长舍得自己孩子在拼抢中被激烈撞击？按照在国内学过的打法自然轻车熟路，但是要想更上一层楼就必须融入欧美的打法。在改变打法和被淘汰两种结果面前，英如镝和父母一起选择了前者。唯有舍得才有获取，满族作为马背上的民族的勇猛血统鼓舞了英如镝，他也迎来了职业生涯中的一个重要转折点。

在芝加哥练了五年球后，英达在康涅狄格州租了个小房子，英如镝在那里打了一年冰球；后来，英达在波士顿买了房子，又举家搬迁到波士顿。英如镝喜欢匹兹堡企鹅队，喜欢克罗斯比，在芝加哥住的时候支持黑鹰队，在波士顿居住后又喜欢棕熊队。

2014 年，国家体育总局冬运中心的段菊芳带领中国女子冰球队到美国巡回打冰球，向高手学习。得知段菊芳一行到了波士顿，英达热情地邀请中国女子冰球队到家里做客。英如镝给中国女冰队员端茶倒水，彬彬有礼，给大家弹钢琴，给段菊芳留下了很好的印象。国外学冰球的私教费用很高，段菊芳就让英如镝跟中国女冰队员一起练球。这样既节省了学费，又开了眼界。英如镝比妹妹英闻笛大 8 岁，哥哥在冰球场上驰骋，妈妈经常带着妹妹观看，慢慢地，妹妹也爱上了冰球，担任守门员，打得十分勇猛。

英如镝在北美打冰球后进步飞快，加拿大向英如镝抛出橄榄枝。2015 年，17 岁的英如镝来到加拿大安大略省多伦多市打青年冰球职业联赛，他在那里屡创佳绩，学到了很多新东西。

冰球改变了英如镝的生活，使他在性格上、身材上、职业上都发生了改变，他深有感触地对我说：“我欠冰球很多东西，我很开心当年选择了冰球。如果我当时选择了上学、弹钢琴考音乐学院或者早点进入演艺圈，今天的我不会是现在这个样子。”

人生能有几回搏？

2015 年，北京获得 2022 年冬奥会举办权。英如镝心花怒放，申奥成功对于中国冰雪运动来说是极大的促进。

2016 年，18 岁的英如镝在祖国最需要的时候毅然回到祖国。他真是与 9 有缘，人生第一个 9，9 岁生日当天，告别故乡登上了飞往美国的飞机出国打球；人生第二个 9，在 18 岁生日当天与昆仑鸿星奥瑞金冰球队签约，参加大陆冰球联赛。雏鹰的心中充满了渴望。

大陆冰球联赛前身为俄罗斯冰球超级联赛，与北美冰球联赛并列为世界顶级的两大冰球联赛，同时也是全球国际化程度最高的职业冰球联赛。此前，英如镝没有打过职业冰球联赛，上场坐冷板凳在所难免。队友都是 20 多岁的队员，有的都结婚了。而他是 18 岁的球员，没有校园生活，参加职业联赛时特别孤独。尤其是一个人出去吃饭时，之前在学校从来都是跟同学和伙伴在一起说说笑笑，可如今一个人孤单地坐在餐厅吃着寿司，为了掩饰尴尬，只好拿一张报纸边看边吃。

英如镝的成人礼是在冰上迎来的，年仅 18 岁的他在大陆冰球联赛当中度过了步入成人社会最关键的一年。那个赛季，他又爱又恨，无论是陆地还是冰上训练，他的技术提高很快，那是他整个冰球生涯中提高最快的赛季。但很多时候要坐冷板凳，一场比赛只能上两三分钟，那个赛季对他来说不是享受而是磨炼。好在俄罗斯教练弗拉基米尔 · 优特孺（Vladimir Yurzinov）对他很好。弗拉基米尔是一名退役的冰球运动员，曾经在苏联冰球联盟效力，经验丰富。在他的指导下，英如镝的冰球技术有了长足进步。同时他也渐渐学会独立生活，自己看好护照、钱包，自己动手整理房间，生活能力得到提高，变得自律。

冰球运动由苏联传入中国，在昆仑鸿星，英如镝还认识了俄罗斯教练亚历山大 · 巴尔科夫（Aleksander Barkov）。这是一个苏联化的老教练，带着两个俄罗斯教练教学。2016 年，中国曾经邀请他担任青年冰球队教练。

一般来说，冰球运动员的身高体重和灵活性是相悖的，身高体壮的人往往灵活性欠佳，而灵活性强的人往往又比较瘦，冲撞力量不足。英如镝身高 1.85 米，块头较大，但在场上灵活机敏，速度很快，敢于冲撞。他打球不吃独食，不搞个人英雄主义，经常在场上控制球佯装进攻，骗过对方球员，然后突然把球传给队友，让队友进球。他很享受给别人创造进球机会的瞬间，因为冰球是团队项目，助攻和进球同样重要。执教经验丰富的亚历山大·巴尔科夫（Aleksander Barkov）一眼就看出英如镝在冰球事业上前途无量，欣赏英如镝的冰球意识和冰球风范，因此毫无保留地教给他职业打法，鼓励、支持他，并推荐他当副队长。

2018 年，英如镝参加大陆冰球联赛的跨国联赛，见多才能识广，冰球运动锻炼了他的意志，他作为出色的前锋敢打敢拼，打法发生了改变，能从气势上压住对方，同时头脑非常灵活。这个腼腆内向羞涩的男孩儿长大了，敢于与人沟通，也敢于“坐过山车”。他曾经在一个赛季内凭借自己优秀的技术和战术狂揽 98 分，成为队里的核心人物。

2017—2018 年，他参加俄罗斯冰球超级联赛，打了 40 场比赛后进了两个球，队友们为他鼓掌，他的心和球队贴得更加紧密了。

2018 年，他的球衣上多了一个“A”字母，这是球队副队长的意思。在其位必须谋其政，他在职业联赛中要起到领导的作用，得为整个球队负责。他意识到必须不断学习，“副队长”不仅是荣誉，而且是责任。他成熟了，在教练的指导下，经过多年的努力，他成为一名职业冰球运动员。他的性格也发生了改变，小时候害怕与生人打交道，如今变得活泼开朗。2018—2019 赛季，他主要在俄罗斯冰球联赛打球。他出生于 1998 年，自命为 98 号球员，穿 98 号球衣。他在队里虽然年龄小却不可小视。那个赛季，他的技术突飞猛进，在 50 场比赛中得了 20 分。随后一个赛季，他在 50 场比赛中得了 16 分，在当时的联盟里破了中国球员的纪录，这个成绩在联盟成员里也是突出的。

英如镝在昆仑鸿星奥瑞金队担任副队长。昆仑鸿星是在俄罗斯打比赛，同时他还加盟北京体育职业学院队（以下简称“北体职队”）冰球队，实际上就是北京队，主要在国内打比赛，两个队伍的比赛并不冲突。

在北京冰球主场奥众冰上运动中心，丝路超级冰球联赛（SRHL）的比赛现场总有一个忠实的观众。这个人就是英达，他是英如镝的忠实粉丝，更是他的坚强后盾。

2018 年 8 月，刚刚痊愈的英如镝又戴着头盔出现在冰球场上。四根钢钉在颧骨里，阴雨天会难受，咀嚼硬东西会难受，喝啤酒撸羊肉串会难受，然而，英如镝向我讲述这段经历时却显得云淡风轻，好像只是腿上擦破了块皮那么简单。我心疼地问道：“你妈妈当时一定哭了吧？”

他说：“没有，我妈当时看我满脸是血，还拍照发朋友圈呢。”

把冰球种子播撒在青少年心田

作为2022年冬奥会的主办国，中国男子、女子冰球队直通2022冬奥会，这是唯有主办国才有的待遇。冬奥会对于中国来说百年不遇，中国冰球队作为弱队，能够在冬奥会上与世界强队决一雌雄更是百年不遇，英如镝非常珍惜这个机会。

当年与英如镝一起打球的宋安东到美国康奈尔大学打球去了，当初到美国打球，没有十年签证，英如镝必须在美国住3—6个月就回国一次，来回折腾，有人说：“真麻烦，干脆改成美国籍算了。”

父亲坚决不同意：“儿子，你是中国人，老爸培养你是为了有朝一日能够为国效力！”他也觉得父亲的决定是正确的。

回国效力是一条艰难的路，中国队的冰球水平较低，在强手如林的冬奥会赛场会输得很惨。但是人生能有几回搏？他能够为中国冰球做的贡献是提高自己的水平，在中国推广冰球这项运动。

为了支持儿女学习冰球，英达家设置了健身房和冰场，冰场设置了一个球门，英如镝、英闻笛兄妹可以随时穿冰刀上冰练习，哥哥练习射门，妹妹练习守门，英家的冰球场留下了兄妹俩顽强训练的身影。

英如镝说：“从北京申办冬奥会成功的那一刻起，我就开始真正为国家荣誉而努力，今天的职业球员身份，让我更有信心和责任去肩负这份重任。从小在国外学习冰球，让我有不同于国内队员的训练模式，我愿意为国效力。”

从先天条件来看，英如镝身材高大，体格健壮，他在冰球运动上的天赋是与生俱来的。他对我说：“现在想起来，在国内陆地训练教练老让我跑步，在国外训练教练老让我蹬车，其实应该练蹬车，因为冰球运动员应该有良好的蹬冰能力，而蹬车更能增强腿部力量。我出国还是晚了点，我要是再早些到加拿大和美国学冰球，应该会有更大进步。”

英如镝无疑是幸运的，9岁就受到了美国正规的冰球训练，接触到北美最先进的冰球打法，加上后天的努力，他被锻打成一块合金钢。他所具备的冰球技术，在场上所表现出的综合能力，已经超出了那些从小接受少年体校培训的国内同年龄段的孩子，他的出现是中国冰球运动的幸事。

丝路超级冰球联赛北京主场第二轮第一场刚刚结束，昆仑鸿星奥瑞金冰球队就迎来自己主场的第一场胜利，以 5∶3 战胜对手，全队振奋，全场欢腾。刚刚走下赛场的英如镝脸上还淌着汗珠，一些刚刚结束观赛的冰雪特色学校的孩子们簇拥着他，很多孩子是因为他认识了冰球运动，把他当作偶像。英如镝给北京乃至中国的青少年树立了榜样，他是许多热爱冰球运动孩子的偶像，他多次将自己的冰球杆送给那些孩子，把冰球的种子播撒在青少年的心田。

国家冰球队的主心骨

2020 年 7 月，天降大任于是人也，英如镝入选国家体育总局冬运中心男子冰球集训队。22 岁正是冰球运动员的最佳年龄，他担任中国男子冰球队队长，带领 28 名运动员在沈阳体育学院进行封闭式训练。

在体育界，要想让别人服你，首先你的技术要好，其次还要会团结人，知道把球传给谁，传到什么位置能发挥最佳作用，知道如何组织进攻。英如镝在虎仔队担任过队长，在青年队担任过队长，在昆仑鸿星奥瑞金职业队担任过副队长，在中国男子冰球队又担任队长。首先是因为他球打得漂亮，是核心球员；更重要的是他素质好、脾气好，不辱骂队员，在场上有清醒的头脑和进攻意识，善于团结队员。

太阳是孤独的，月亮是孤独的，但凡优秀的人都要品尝孤独的滋味。他的孤独时常与枯燥为伍，每天早晨 7 点多起床，上午进行陆地训练，练习举重，在拳击房一遍又一遍地练习拳击，在操场上一圈又一圈地跑步，每次要跑 6000—8000 米。下午还要进行冰上训练，手拿冰球杆在冰场上的冰球间画龙，手拿冰球杆对着球门做不同角度的射门，在冰上练习飞快滑行，汗水把运动服湿透了。

国家冰球队队员来自五湖四海，一个球队是一个团队还是一盘散沙，决定了在场上能否打得出色。英如镝努力与队友建立良好关系，像磁石一样把大家紧紧地团结在一起。他既要每个球员都具有高超的个人技术，更要让大家拧成一股绳，形成一个拳头。

冰场上那个蓝色的背影

2020年冬天，全国冰球锦标赛于12月2日至13日在云南省腾冲市启迪冰上运动中心举行，这届比赛是全国冰球锦标赛首次在长江以南地区举办，是中国冰球协会年度最高级别赛事，也是2020年度唯一的全国性成年冰球赛事。一直在国家队训练的运动员回到各代表单位参赛，英如镝回到了自己的母队北体职队。

本次男子组比赛吸引了8支队伍的240名队员参赛。比赛分为A、B两个小组，A组包括哈尔滨、重庆、北京、北京体育职业学院，B组包括齐齐哈尔、上海、安徽、佳木斯。第一阶段进行小组单循环赛，第二阶段则将根据小组赛成绩进行排位赛。

中国冰球运动的强省是黑龙江，不仅哈尔滨队很强，而且齐齐哈尔也是全国冰球城市，实力不容小觑。哈尔滨队和齐齐哈尔队被誉为东北传统强队，东北虎威风凛凛。果然不出所料，首场比赛，哈尔滨队对阵北京队。比赛一开场，双方就展开激烈对抗。第8分钟，哈尔滨队左闰丞首开纪录。哈尔滨队是上届冠军，实力雄厚，打法剽悍，进球后，哈尔滨队越战越勇，接连几次威胁对方球门，虽然北京队在进攻端更加主动，但哈尔滨队门将夏盛戎高接低挡力保球门不失。这场比赛，哈尔滨队最终6：1战胜北京队。

英如镝心里很清楚：哈尔滨队和齐齐哈尔队都是强手，与哈尔滨队分到一组是碰到冤家了，跟他们打第一场不要拼抢得太激烈，小组能够出线就行。于是，他使了一个眼色，队友心知肚明，大家悠着打，2+1的打法，就是英如镝和一个强手带一个年轻队友去打，最终以A组第二名出线。

12月12日下午，北体职队对阵B组第一名齐齐哈尔队。齐齐哈尔队是一支冰球劲旅，北体职队必须使出百分之百的力量去打，只有打赢了B组第一名，才能参加冠亚军决赛，否则只能拿个第三名。英如镝下了战令：今天的战术是不顾任何私人目标，不在乎自己进球得分，只在乎球队能否赢；冲撞要凶猛，拼抢要紧，要给对方压力，不要怕消耗体力，上去就得压住他们，比赛必须拿下，每个球都必须打好！

球员们上场了，第一局0：0；第二局是规整的进球；第三局就开花了。英如镝在场上虎视眈眈，拿到球就让对方害怕，用强大的精神力量震慑对方，他的眼神冒火，进攻凌厉，球员们犹如猛虎下山，气势太猛了，终于以 5∶1 打败齐齐哈尔队。但是他和队员们体力消耗很大，比赛结束，这个 1.85 米的汉子一屁股坐在凳子上，连脱护具的力气都没有了。

当天晚上，他浑身的骨头架子都酸痛，睡了一个囫囵觉；13 日，他一整天都躺在床上睡觉，必须养精蓄锐，保持体力打决赛。

12 月 13 日晚上，北体职队与哈尔滨队在决赛中狭路相逢。哈尔滨队个人技术水平高，不可小视。英如镝带领的队伍出师不利，一个球员被禁赛了，后卫受伤了，前一天和齐齐哈尔队拼抢太激烈体力不充沛，以 2∶1 的落后比分进入第三局。英如镝拿出老虎般的威风，率领队员敢打敢拼，勇猛冲撞，但是哈尔滨队也不是吃素的，他们身体强壮，打法老到，到终场仍然是平局。打加时赛，双方互不相让，又打成平局，只好靠点球大战决定胜负。最后是 5 打 5，谁先进 3 个球就赢。哈尔滨队进了两个球，北体职队也进了两个球，按照场上队员的技术，很多队员都是可以进球的，但是压力太大了，场上无数双眼睛盯着球员，此刻就看心理素质了。轮到北体职队发点球了，这个发球的运动员平时技术过硬，但是场上的气氛太紧张了，空气仿佛都凝固起来，英如镝敏锐地捕捉到那个发点球队员的眼神有些慌乱，毫不犹豫地顶了上去。多年在国外打球的经验帮助了他，他放下包袱临阵不慌，沉着地击球，打中了！

此时，还不算大功告成，哈尔滨队员上场了，那可是技术高超的强手啊！英如镝背对着，没有看他，随着一声巨响，英如镝用眼睛的余光看到队友们热烈地欢呼，知道对方最后一个点球没有打中。

北体职队在 12 月 13 日举行的男子冰球决赛中，和哈尔滨队之间展开激烈争夺，火药味十足。最终，以戏剧性的点球大战，5∶4 击败卫冕冠军哈尔滨队，创下了北京队在全国冰球锦标赛上的历史最佳战绩。

腾冲有个大滚锅，此刻腾冲冰球馆也像一口大滚锅，英如镝最后一个进球一锤定音，启迪冰上运动中心沸腾了，身穿蓝色冰球服的队友滑行着冲到冰上，将冰球杆扔到冰上，将手套抛向空中，在冰上抱成一团。英如镝背对着观众，不敢看大家的眼神，他的脸上挂满了泪水。他用背影朝向观众，球衣上那个醒目的 98 号格外引人注目。北京体育职业学院队荣获冠军，英如镝感慨万千，他为自己的球队骄傲，为生他养他的城市北京骄傲。这一天等得太久了，这个球队等待了 4 年，这个城市等待了 64 年。

赛后，国家体育总局冬运中心的王宁说："这次北京夺冠，我们感觉既在意料之外，又在情理之中，具有偶然性，同时也具有必然性。虽然我们这次做足了准备去冲击冠军，但是没有想到真能把奖杯带回来，因为我们自身感觉和齐齐哈尔、哈尔滨还是有差距的。北京这座城市等待这座奖杯等了 64 年，北京第一次参加全国锦标赛是在 1956 年，2020 年终于拿到了全国冰球最高荣誉，非常不容易。这使北京引领中国冰球项目的发展成为一个趋势。北京的冰球队员真的代表了首都精神，他们把顽强拼搏的精神在赛场上发挥得淋漓尽致。正是因为有了北京的这两支队伍，2020 年的全国锦标赛才可以载入史册。昨天晚上那场决赛，我不敢说是中国冰球史上最激烈的比赛，但一定是之一。"

比赛结束后，英如镝心怀感激："这次比赛如果少了这个队伍的任何一个人，不管是球员、教练员、管理人员还是工作人员，今天都不可能是这个结果。谢谢你们每一个人，谢谢你们的付出、你们的坚强和你们的牺牲。在此还想对所有支持我们、看好我们、鼓励我们的人说一句'谢谢你们，我们没有让你们失望！'"

1994 年，在英如镝出生的前四年，中国男子冰球队排名世界第 20 位；1998 年，在英如镝出生的当年，中国女子冰球队在日本长野冬奥会上获得第 4 名的佳绩。也许，他是为中国冰球而生，他向我讲述了自己今后的梦想，那是一个无比美妙的梦想。虽然中国冰球队在世界上是弱队，但是英如镝初生牛犊不怕虎，率领中国男子冰球队顽强训练，点燃了中国青少年的冰球梦，激起了中国青少年对冰雪运动的热爱，这是他最大的成功。为了能在 2022 年向祖国交出一张满意的答卷，他卧薪尝胆，力争在北京冬奥会上创造佳绩，为国争光。

孙杨：一个冬天的童话

梅花香自苦寒来

中国的冰雪运动强省是黑龙江和吉林，每年有五个月的雪季，这是上苍对东北人的眷顾。黑龙江有亚布力雪场，吉林有松花湖雪场、北大湖雪场和长白山雪场，条件都很好。文明其精神，野蛮其体魄，如果东北的孩子都能够成为冰雪运动健儿，中国3亿人上冰雪就大有希望。

我走进长春新区吉大慧谷学校，看到有的孩子在模拟滑雪机上练习滑雪，有的孩子在滑行垫上练习滑冰的基本动作。我摸了一下一个小姑娘的腿，股外侧肌肉发达，腿部线条很优美，显然是长期训练的结果。看到孩子们全神贯注，十分享受冰雪运动，我不由得感叹他们太幸福了。

冰雪项目是烧钱的，为了推动3亿人上冰雪，长春市教育局通过市财政拨给长春新区冰雪实验区1276万元专项款，作为启动资金。给6所学校买了6台机器装备，建立仿真冰场。吉大慧谷学校2016年由吉林大学和长春新区合作办学，注重项目、资金和师资培训。2018年，学校对冰雪运动尤为重视，课堂上对全校近7000名学生进行冬奥知识、体育文化的普及。小学六年级以上的上滑雪课。学校配备了200多名教师，体育组有40多名老师，仅小学体育教师就有37名。

吉大慧谷学校小学组体育组长叫孙杨。1982年，孙杨出生于长春第一汽车制造厂。1991年，9岁的孙杨到长春业余体校学习短道速滑，是体校年龄最小的学员。她每天上午在学校上课，下午两点半到晚上七八点在长春胜利公园练习速滑。她当时很瘦，爆发力好，赵斌教练相中这棵好苗子，教她滑冰技巧。她悟性很好，经过苦练加巧练，练了一年就在长春市短道速滑春芽杯比赛中获得全能冠军。

教练爱徒心切，看她练得不好有时候会打她，父母经常为她练滑冰吵架。爸爸看她挨打不忍心，心疼地说："闺女，咱不学了，老爸都舍不得打你一根指头。"

她咬牙坚持了下来。当年的冰刀鞋帮太软，质量差，滑冰者穿上后踝关节立不起来，教练就用锉刀锉鞋帮，糊一层纱布，抹一层哥俩好牌胶水；再敷一层纱布，抹一层哥俩好牌胶水，一共糊上30—40层，鞋帮终于变硬了。孙杨的家在长春第一汽车制造厂宿舍，冰场在五环体育场，俗称"大锅底"，父亲摸黑骑着自行车带着女儿来到大锅底野冰场，孙杨穿着这双千层帮的冰鞋上冰，从月挂树梢头滑到星星满天眨眼。冰鞋穿着不舒服，她的脚跟被鞋子磨出血泡，父亲心疼地剪了海绵垫在冰鞋里，帮助女儿减轻疼痛。海绵在冰鞋里是活动的，血水把袜子都染红了。她的脚变形了，走路疼得钻心。短道速滑重点在于练习弯道超越，教练找了一个男队员给她当陪练，她在弯道超越陪练时，陪练不小心摔倒了，他的冰刀划过孙杨的腿，她穿的连身滑冰服被割破了，腿上被尖利的冰刀削掉一块肉。为了滑冰，她甘愿吃尽天下苦。

“梅花香自苦寒来”，1998 年，吉林省运动会召开，女子短道速滑 500 米、1000 米、1500 米、3000 米、3000 米接力五枚金牌，全部被孙杨收入囊中。

1999 年，17 岁的孙杨入选吉林省体工队，师从金梦鹤教练。一年之后，全国短道速滑锦标赛在沈阳八一队滑冰场举行，王濛、李坚柔、朱米乐等一批滑冰高手都来了。专业运动员被分成一二三线，吉林省把吉林市短道速滑运动员李坚柔和市体工队运动员孙杨分在第一线，刘国力教练看到孙杨爆发力好，就以大力量训练为主。冰场一圈是 111. 12 米，教练让她滑 7 圈×10 组，练一场吐一场，练完一摘头盔，汗水从头上扑簌簌滴落下来，连体服都湿透了。凭着刻苦训练，2001 年，她在哈尔滨荣获全国运动会短道速滑第七名、全国短道速滑锦标赛 1000 米季军。

呕心沥血培育冰雪蓓蕾

孙杨热爱滑冰，但是滑冰专业运动员是吃青春饭的，2005 年，23 岁的孙杨退役，先后到长春南关区东四小学、平泉小学当体育老师，到一汽四小幼儿园当幼师。2018 年，她应聘来到长春新区吉大慧谷学校担任体育组组长。

她格外珍惜这份工作，把全部心血扑在学生身上。刚开始孩子连冰刀都不会穿，孙杨就手把手地教；冰刀要经常磨刀，正常的冰刀请人磨一次需要花 100 多元，孙杨就自告奋勇给学生磨冰刀，磨了两天累得胳膊都抬不起来了。

练习滑冰要抓紧点滴时间，每天早晨 6 点，她在学校门口的停车场组织学生练习轮滑、出早操，一直练到 7 点 15 分，7 点 30 分孩子们到学校上课。每周她要教 12 节冰雪课，每天上午要教 2 节滑冰和轮滑课。

2019 年 5 月，学校成立了校滑冰队，下午 3 点至 4 点 30 分，她要带校滑冰队训练；晚上 9 点，运动员不练了，孙杨就带领校队学生到长春市冬季运动管理中心滑冰场练习滑冰，那可是专业运动员的滑冰场，孩子们能够在这里上冰太幸福了！

家长们理解学校为学生争取这个专业的滑冰场有多么不容易，他们非常支持，下午从学校接回孩子，盯着他们做作业、吃晚饭，晚上 9 点之前准时送到滑冰场。从学校到冰场单程 22 公里，大家如痴如醉，一直滑到晚上 10 点 30 分才离开冰场。滑冰出一身臭汗，孩子们回家洗洗涮涮后临近子夜才能睡觉。

滑冰能够使股直肌、股外侧肌、股内侧肌、胫骨前肌、臀大肌、腰肌得到锻炼，学生在训练前腿部肌肉没有力量，经过训练，腿部肌肉有了记忆，线条优美。四年级学生刘纯伊父母离异，没有人接送她去冰场，孙杨就让她放学后到自己办公室写作业，给她买面条吃，晚上亲自开车接她去冰场。“吉林省百万青少年上冰雪”在长春市南岭体育场举办，刘纯伊没有辜负孙杨老师的付出，顽强训练，获得长春新区首届轮滑比赛 500 米冠军、“吉林省百万青少年上冰雪”短道速滑第七名。

10 岁的武楚博上四年级，喜欢短道速滑，孙杨手把手地教他，给他做示范。孙杨的腰和膝盖受过伤，讲示范动作需要弯腰蹲低，一堂课下来，腰和膝盖都很疼，但她咬牙坚持，一招一式做得非常到位。孩子们每周都要通过手机钉钉软件上网课，在家练滑冰。

功夫不负有心人，吉林省举办“滑启 100”轮滑比赛，全国各地的高手都来参赛，武楚博获得第七名。孙杨带出的吉大慧谷学校小学生首次参加全省青少年短道速滑 U10 比赛，与专业运动员同台竞技，取得了第七名、第八名的可喜成绩，激励着每一位冰雪教师。

中国的冰雪运动强省是黑龙江和吉林，迄今为止，中国 13 枚冬奥会金牌获奖者全部是黑龙江籍和吉林籍运动员。黑龙江省是全国开展冰雪运动最早的省份，更是冰雪运动冠军的摇篮。中华人民共和国成立后，黑龙江省举办了第一届全国冰上运动大会，培养出第一个速度滑冰世界冠军罗致焕、中国第一个冬奥会金牌获得者杨扬、第一个冬奥会花样滑冰金牌获得者申雪—赵宏博、第一个冬奥会雪上项目金牌获得者韩晓鹏、第一个冬奥会速度滑冰金牌获得者张虹以及独揽冬奥会短道速滑四枚金牌的王濛等一大批优秀的运动员。

黑龙江省是中国冰雪运动成绩最好的省份，黑龙江运动员获得了 600 多个世界冠军，在中国夺得的 13 枚冬奥会金牌中，有 9 枚是黑龙江籍运动员斩获的。在全国举办的 14 届冬运会中，黑龙江省先后承办了 7 届，成绩占金牌榜首位。

吉林省的冰雪运动也很发达，这得益于良好的冰雪资源和优秀的教练。中国首个冬奥会冠军杨扬亲口告诉我：她当年从黑龙江省选调到国家队时，全队除了她以外，其他女队员全是吉林选手。

北纬42—46度是世界冰雪黄金带。吉林省的冰雪资源非常丰富，现在已经建好了59个雪场，未来还要建设100个雪场。吉林省处在世界三大粉雪地域，地处冰雪黄金带。加拿大的惠斯勒雪场、美国西雅图雪场在北美的落基山上，欧洲瑞士、奥地利、德国、法国、意大利等国的雪场在阿尔卑斯山上，中国吉林省的优质雪场则在长白山上。在吉林省滑雪体感温度适宜，中国达到国际化标准的前10个雪场中，吉林省就占了3个：长白山万达国际雪场、万科松花湖雪场和北大湖雪场。

吉林省先后培养出周洋、李坚柔、武大靖三位冬奥冠军（武大靖是黑龙江籍，后进入吉林市冬季运动管理中心）。2014年索契冬奥会，孙杨曾经的队友李坚柔获得女子短道速滑500米金牌；陈德全在长春练习短道速滑，进入国家队后参加了2014年索契冬奥会，获得短道速滑男子接力5000米铜牌、1500米第五名。孙杨发挥曾经是专业滑冰队员的优势，把奥运大使击剑冠军李娜、孙玉洁和孙伟请到学校与同学们互动，还把李坚柔、陈德全的冬奥会滑冰视频在学校的演播厅放给同学们观看。她把冰雪课上得有声有色，极大地调动了孩子们的学习热情，学生们纷纷询问："老师，啥时候轮到我们班上冰场啊？"

疫情期间冰场关闭，但是滑冰训练不能停，尤其是青少年的滑冰训练，坚持下去才会突飞猛进，停止训练就会半途而废。孙杨就用钉钉软件把自己录制的视频发给学生家长，学生家长在家督促孩子用滑行板练习陆地蹬冰动作，家长拍视频发给孙杨，孙杨点评后再发给学生。

为了教好孩子，孙杨整天与冰雪打交道，冰场是极寒之地，她就是在极寒之地成长。为此她患有宫寒症，39岁都没有怀孕。

2020年，她的母亲不幸患晚期肺癌，孙杨把母亲接到自己新买的大房子里照顾。但她每天早晨6点要给学生上课，不能时时陪在母亲身边。为此她也十分愧疚、纠结，母亲却说："你去吧，咱不能耽误学生。"

每年的12月都是学校的冰雪文化艺术节。冰雪文化艺术的节日，所有的内容都跟冰雪有关。老师积极动脑，研究发明创造，孩子们在雪地上放风筝、将矿泉水瓶子装满水冻成冰打雪地保龄球，玩雪地爬犁、雪地拔河、雪地球、雪合战、越野滑雪、陆地轮滑打冰球、地板冰壶……孩子们踊跃参加吉林省和长春市的比赛。

孙杨给整个长春新区的体育老师做培训，邀请奥运大使。在雪场上，孩子们飞舞驰骋，睫毛上凝结了很多冰珠，仿佛一篇冬天的童话。当体育课成为孩子们翘首盼望的课程，当学生把冰雪课当成极大的精神享受，当祖国的花朵在冰雪运动中强身健体时，孙杨实现了人生的梦想。

科研助力冬奥

严力是北京体育大学体育生物科学专业的高才生，1992 年大学毕业被分配到黑龙江省冰上训练中心，1997 年被调到黑龙江省体育科研所。这个科研所与哈尔滨工业大学、东北林业大学、中国电子科技集团公司第四十九所、东信同邦信息技术有限公司合作，利用高校、院所、企业的优势共同研发了 7 年，研制出一套科技设备。这套设备于 2018 年在亚布力滑雪场和哈尔滨滑冰馆安装，针对竞技体育，记录运动员运动学、动力学、生理生化、环境场的数据，将运动场的冰温、雪温汇总成大数据，经过密钥分析，用于加强冬奥科技智慧冰雪场的建设。

冰壶是一项有智谋的运动，投手和扫冰员是两个人，冰壶队员在比赛时，科技设备通过分析将冰面的信息传递给四垒，观察员往往由四垒担任，冰壶既有前进的方向，又有自转，跟冰之间有摩擦力。冰壶投掷出来后究竟擦冰还是不擦冰，投手不知道冰面的变化，观察员知道信息后会及时告知投手，使投手对如何打球心知肚明。

在滑冰训练中教练员常常会说：“我想知道运动员是怎样滑的？”

滑冰馆安装了这套设备，在 1000 米速度滑冰项目中，一个运动员从 G 点到 H 点，56 米区间内发生降速，滑行速度慢。运动员和教练员通过智慧冰场系统数据分析和蹬冰效果分析图发现，左右脚蹬冰产生的速度不一致，左脚优于右脚。他们一下子茅塞顿开，明确了下一阶段训练的方向。

智慧冰场是一个在早期数字冰场基础上，为了切实解决运动员滑行过程中的薄弱环节，集多学科先进科技于一体、自主研发的一套体育科技监控系统。2009 年至 2018 年间，数字冰场帮助黑龙江省运动员高亭宇在全国第十三届冬运会上获得冠军。平昌冬奥会前，高亭宇在青年组比赛，有优秀潜质但是并不拔尖，进前六名都困难。严力通过数字冰场测速、Dartfish 视频分析等手段，对高亭宇与世界高手的战术特点进行比较，肯定了高亭宇的优点，即起跑技术合理，节省体能发挥稳定，蹲屈前弓角度好，直线蹬冰效果好、速度快，身体协调性好，心理素质好，状态稳定；也找到了他与其他高水平运动员在专项力量和体能方面的差距。

严力说："高亭宇这个运动员未来肯定能出成绩，但他现在弯道力量差，怎么来解决这个问题，科研设备知道他的蹬冰速度和力度是多大。"严力与教练反复探讨，总结出高亭宇入弯道点的选择、步伐控制以及入弯道与出弯道点右腿蹬冰的果断性和力量需要加强，弯道滑行技术的合理性和滑行路线的经济性需要提升的问题。严力利用高科技对运动员的动作进行数据分析，用科技助力冬奥，找出症结后，教练能有针对性地为运动员制订训练方案。拉皮筋是弯道专项力量训练，至少需要三个人进行，教练给高亭宇拽着皮筋，高亭宇奋力蹬冰，加强腿部力量训练。有针对性、有效的专项力量训练方案，提高了高亭宇的专项能力。

大量的体能测试数据，对于中国体育科学研究来说，是十分宝贵的。根据生理生化的测试，严力得知高亭宇肌肉发达的程度、营养支持状况，提出如何训练和加强营养的建议，教练如法炮制，两三个月后高亭宇的成绩突飞猛进，训练一年就备战平昌冬奥会。当时俄罗斯好几个世界纪录保持者没有参加平昌冬奥会，严力预测高亭宇能够进入前八，结果高亭宇获得季军。

智慧冰场与数字冰场相比，在速度的精准性、采样频率和滑行轨迹描述方面有了质的飞跃。2021 年哈尔滨承办全国速度滑冰比赛，大量体育精英会集黑龙江。美国、荷兰的科研人员见到这套科研设备很佩服：智能化、3D 数字沙盘，屏幕可以电视转播，眼镜可以提示运动员应该怎样超越对手。

体育科研人员好比核磁共振医生，教练员好比外科主刀医生，运动员好比病人，科技是催化剂，有了设备很快就能明确诊断运动员得了什么病，外科医生就明白应该在哪儿开刀，教练员就能有的放矢指导运动员怎么滑冰。

2020—2021 赛季全国速度滑冰冠军赛，高亭宇比赛状态不佳，以前 100 米跑 9 秒 5 左右，这次跑了 9 秒 7 左右。他滑冰时在弯道摔跤了，血液监测显示他的体能、肌肉力量处于低谷期。摔跤只是冰山一角，科研人员通过监测知道他的身体状况，才能及时调整训练。

结 语

中国能够举办夏奥会和冬奥会，北京能够成为“双奥之城”，是国家昌盛所致。体育无国界，当今世界，和平与发展是主流，中国筹办冬奥会就是在为和平与发展做贡献。

几年来，北京筹办冬奥会遇到了前所未有的困难，但是我们万众一心从容面对，全力以赴，冬奥新地标在北京崛起，运动员卧薪尝胆备战，冬奥会火炬已经点燃，“双奥之城”北京将再次闪耀世界，绽放出绚丽的冬奥之花。

奥运赛场是争取荣耀、成就梦想的舞台，办好北京冬奥会既是中华儿女的心愿，也顺应了世界和平的时代潮流，让我们携手一起奔向未来！

（选自《北京文学·精彩阅读》2022 年第 1 期，有删节）

万鸟归巢

何建明

金鸡湖上的“苏州鸟”

现在的苏州，如果你不去东隅的工业园区，等于是枉到一次人间天堂。因为“小桥流水”是往日姑苏的代表，而今天的苏州，不仅有老城的石桥、水河与玲珑别致的园林了，更有林荫与湖泊之间拥有万千气象与生机的工业园区。听起来，这里是“工业”之地，可你根本看不到任何高耸的烟囱，听不到隆隆的马达声……你所见到的是鲜花簇拥的宽阔道路、恬静安宁的园林和飞鸟欢鸣的绿林与湿地，以及精美各异的亭楼和错落有致的住宅……还有无边无际的绿坪与波光潋滟的湖面。

几乎没有不爱园区的人，几乎所有置身此处的人都愿意留下，留在这片如诗如画的地方……因为，这里有一片代表着新苏州气息的湖，它的名字叫“金鸡湖”。

金鸡湖是与众不同的。它从一开始就有一个美丽的名字，并且带着一个美丽的传说问世。苏州城郊的人们在很小的时候，就知道关于它的传说。

很久以前，有一艘满载稻谷的小船在湖面滑行，一只全身闪光的金鸡忽然之间从天而降，落停在船上。那金鸡跳到稻谷堆上，开始啄谷。渔夫猜测金鸡一定饥饿至极，便好心捧起大把大把的谷子喂给金鸡。吃饱了的金鸡，顷刻张开翅膀向高空飞去，在离开湖面时，它突然撒下漫天的种子……后来，这片湖中长出了一种苏州人从未见过的植物——芡实。芡实在苏州当地又称“鸡头米”，有“水中人参”之称，食、药两用。旧时，它是姑苏城里有钱人家筵席上的美味珍馐。父辈告诉我们，家乡人为了感恩金鸡，所以将这片水域称为“金鸡湖”……

然而，在我们童年的记忆里，金鸡湖畔这片与苏州古城仅一步之遥的土地千百年来的命运却与号称“人间天堂”的姑苏恍若两重天：一面是小桥琴声，流光溢彩，富足有余；一面是田野纵横，血吸虫横行，百姓生活贫困……小时候，我们的母亲绝不许孩童单独在湖边游玩，只有到了冬季，待到湖底见天，方让我们与小伙伴下去捕鱼捉虾。

能亲睹湖面的天空突然飞出一只会撒金种子的雄鸡，是我们童年的梦想。

“金鸡”何时报晓？这声报晓鸣啼一直等到了20世纪90年代一位伟人——中国改革开放的总设计师邓小平进行了一番深情而深刻的南方谈话之后，聪明的苏州人一下子进入了“觉醒年代”，他们与新加坡开始了前所未有的合作。于是，这片昔日“金鸡独鸣”的湖畔展开了一幅改变姑苏格局、影响江南大地的全新画卷，它甚至在中华民族伟大复兴的历史进程中，带来了一种可供借鉴的建设模式和发展潮流。

1994年2月26日，中国和新加坡正式签订合作协议。园区选定地址，就在苏州东部紧挨昆山的那片地域，以金鸡湖为中心点的8平方公里范围为首期开发地……

苏州工业园区的英文为Suzhou Industrial Park，简称“SIP”，而它最初的名称却是“新加坡软件项目”。

苏州工业园区就这样顺着中国改革开放的第二波大浪潮诞生了，它诞生的时候就是按照高质量的“国际标准”运营的，它踏上起点的那一瞬就心无旁骛地朝着“世界一流”的目标进发……

何谓“世界一流”？首先是人才的一流！有了一流的世界级人才，才可能创造出中国一流、世界一流的奇迹来，否则就是徒有虚名。

何谓“世界一流”人才？当然是那些在发达国家的世界一流领域学习和工作的人才！

那他们应该是谁呢？应该是在那里的科学家、学者或已经具有企业和产业经营经验的实业家。

具体点，再具体点……他们应该是什么人呢？

在这一问题上向部属追问最多的是时任园区管委会主任、党工委书记王金华。这位与吴克铨、章新胜并称“园区三杰”的昆山人，曾经与吴克铨一起成功开创了“昆山之路”。他接任苏州工业园区党工委书记和管委会主任时，也是中方正式接手这个中新结合体的管理权（占股权65%，绝对控股）的那一年，即2001年。

此时的苏州工业园区，正在面临一个独立运营下如何“国际化”的问题——产业自然是最主要和根本的。产业国际化不是简单的有几家外资和世界500强企业入园就可以达到，产业国际化其实是瞄准世界科技产业的最前沿领域，比如生物医药、纳米科技、电子信息技术等，这些产业在当时的中国几乎是空白。

泱泱大国，巍巍华夏，人类绝症发病率高却无药可医，手机普及却无核心芯片一枚，可将卫星送上太空却造不出一台超精密机床……尴尬的状况，尴尬的产业，尴尬的“工业园区”！

苏州工业园区的决策者王金华与他的团队在行使园区管理权的第一天，就面临世界产业的新一轮冲击波：优质外资纷纷从中国撤资，原本作为“世界工厂”的中国，开始陷入“用工难、成本高”的发展瓶颈之中。

苏州园区怎么办？原先“新加坡软件”留下的优势，渐失魅力，而替代它的“中国软件”似乎尚未出现。之后的道路如何走？这一超级挑战摆在了以王金华为首的苏州工业园区新决策者们的面前。

代表中国经济和产业前沿水平的苏州人，再一次站在金鸡湖畔凝视着远方的天空，翘首盼望那些从湖边“金鸡”蜕变成云间“大鹏”的赤子回到金鸡湖边，归巢创业，谱写人间诗篇。而这，也正是苏州工业园区在21世纪以来的二十年间所呈现出的历史性的辉煌篇章——

飞来的第一只“布谷鸟”

陈文源是我见的第一位“海归”。他是地道的苏州城里人。家在干将路。

他说话办事如他的名字一样，具有苏州人特有的性格和气质，有板有眼，细致入微，且讲究缘由，不愧是干将路上练就的“工匠”。

20世纪90年代初，出国留学成为一种潮流。陈文源就是这群“出国鸟”的其中一只，考虑到家庭等种种因素，他“飞”到了邻近的日本，学电子专业。

“那个时候，世界的电子信息技术迅速发展，但我们中国还没有真正起步。所以在日本留学的几年，我学的电子专业应该算是当时的前沿学科了。但这不是最重要的，最重要的是我在日本学到了他们的工匠精神。”陈文源说。

在日本读书时，陈文源经常利用假期到日本各地旅游和开展社会调查。他听说日本神户有一位名叫冈野信雄的修复旧书的小工匠，这位工匠三十多年来只做一件在他人看来完全“没意思”的事：枯燥无味的旧书修复。然而冈野信雄乐此不疲，并且常常利用自己的功夫，给人们带来一个个惊喜，创造着奇迹：任何污损严重、破烂不堪的旧书，只要经过他之手，即刻恢复如新，仿佛施了魔法似的神奇。在日本，类似冈野信雄这样的工匠灿若繁星，只要你说得出的行业，都有一批对自己的工作有着近乎神经质般追求的匠人。他们对自己的出品几近苛刻，对自己的手艺充满骄傲甚至自负，对自己所做的事从无厌倦，永远力求尽善尽美，而这又与收获和利益无关。“这是让我最为感动和感慨的。”陈文源说。

“工匠”一词在日语中被称为 Takumi，从词义上看，它被赋予了更多精神层面的含义。用一生的时间钻研、做好一件事在日本并不鲜见，有些行业还出现了一个家庭十几代人只做一件事的传奇。而这些经典故事，成了陈文源留日几年中烙印在脑海里最多的“知识”。“我把它视为成功的经验，”他说，“这比上大学读书更能影响人生。”

“我在日本生活，尤其是在学习了电子信息专业之后，回头再看日本社会的‘工匠精神’，受益匪浅。其实‘工匠精神’的核心是，做生意、从事科技实业的人，不能只把工作当作赚钱的工具，而是要树立一种对工作执着、对所做的事业和所生产的产品精益求精、精雕细琢的精神，促使整个企业上上下下形成一种共同的文化与思想上的价值观，这样的企业才有内生动力。所以我回国后的最大变化就在于思想和认识上的这种巨变，即把做人看得比做生意、做事业重要，因而才有了今天。”陈文源抬起手，指着他的屋顶花园说，“园区的精神实质也处处体现了工匠精神，这是我愿意留在此地的原因之一。就说这花园平台，这是因为我们的厂房原本是按五层设计的，后来因为园区规划的协调统一而只建造了四层。为了能够建设一个花园式工厂，我们便把地面上的绿化搬到了房顶上，这样既使厂区生产面积不受影响，也改善了企业的环境。我很喜欢这样的变化，在寸土寸金的苏州城里，如果要在地面打造一块上千平方米的绿化地是很不容易的，现在我们在这里可以尽情享受美景和舒适的环境，何乐而不为?”

看来，陈文源的骨子里都已渗入了“工匠精神”。

“离开苏州时，工业园区还没有形成，老城又是拥挤破旧的状况……那个时候‘走出去’的心态特别重，不想在‘螺丝壳里做道场’，想到外面的‘大海’里蹚一蹚。我跟当时许多苏州年轻人一样，选择了离得比较近的日本。其实一百多年前中国知识分子第一次觉醒时，所选择的出国地也是日本。”

留学归国回到故乡苏州，陈文源没料想到的一件事是：“家乡变化太大了！简直不敢相信。”

“想一想，1999 年、2000 年时的苏州是个什么样！到处是全国学习的‘昆山之路’‘张家港精神’，在苏州城区，东有正在进行基础建设的工业园区，西有已经风起云涌的高新区，整个苏州一改以往干事左右前后看三分的作风，到处是工地，到处是经验，好像有股力量催逼着你必须往前走!”陈文源留学归来时，苏州工业园区正在平整地下设施，广阔无边的施工现场已经露出“新加坡软件”的端倪。“不过当时我们苏州普通百姓确实还不太清楚东边的那一片未来到底是干啥的，或者说到底能干成啥?大家等候着、观望着它的未来。”陈文源的话反映出当时苏州本地人对移植而来的“新加坡模式”仍感陌生。

这个时候的陈文源选择了到深圳闯一闯，但他后来马上纠正了自己的方向，很快回到苏州，认真地踏上了家门口那片正在热火朝天施工的土地——已经被正式改名为“苏州工业园区”的“新苏州”领地。

“虽说我喜欢你们苏州精致巧妙的园林，但我更喜欢大气、洋气和具有世界先进国家品质的园区。”一天，陈文源留日时的老师来苏州后，向陈文源直言，“你若不抓住机遇在自己家门口的土地上创业，你将失去这辈子最宝贵的机会。那是块未来最有希望的土地……”

老师的话让陈文源如梦初醒，他立即想起了一个词语——“春天的布谷鸟”。

小时候跟着大人到过城东的那片农耕之地，即现在的园区，陈文源喜欢聆听春天布谷鸟的啼鸣。“布谷鸟不仅惹人喜爱，而且它发出的声音就像一曲催人奋进的旋律，‘布谷、布谷’，我听着就觉得它在邀我到园区创业！”陈文源这回的兴奋来自对欣欣向荣、蒸蒸日上的园区的向往。

从那一刻起，他便仿佛成了一只布谷鸟，飞翔在园区这片热土的上空。

春天是播种的季节，陈文源这一年加入了日本一家著名的环境试验设备制造企业，这家企业的主要业务是制造显示器，即电视机的液晶屏。“进了人家的生产车间，我太震撼了：那流水生产线上，全部是日本进口的装备与部件，生产的产品在中国市场供不应求……想想近二十年前，我们中国老百姓口袋里刚刚有点钱后，就想买一台二三十英寸的液晶平板电视机。那种在家里能够看上图像清晰、颜色逼真的彩色进口电视的感觉，甭说有多开心！”当时的中国人确实没有太多奢望，如果家里有一台进口的二三十英寸的平板液晶彩电，就算是提前“小康”了，因为中国自己还生产不出来这样清晰的平板液晶彩电。

“为什么我们就不行呢？钱都被人家赚走了，我不甘心！”在日企工作的日子里，陈文源看透了“资本主义的本质”，也认识到科技对生产力和一个国家经济发展的影响。“我是学电子专业的，我必须要做点事！尤其是在自己家乡的土地上……”

“布谷！布谷！”布谷鸟啼鸣了，清脆而响亮的啼鸣回荡在苏州古城的东方。

播种从何开始？陈文源需要冷静而开阔的思考，这将是决定他创业成败和未来前程的大事。

“既然是播种，就该给自己的祖国和家乡播种最优良的品种！”陈文源看上去文质彬彬，是一个标准的苏州男人，但他也有种不服输的硬骨头精神。

2003 年至 2005 年，他在苏州工作的与韩国的一家同类企业发生了纠纷。“我想是时候了，我决定自己干！就做他们争得热火朝天的液晶显示器检测设备。”陈文源果断决定，并且选择了这一领域技术环节的“七寸”。

何谓液晶？它是一种有规则排列的有机化合物，是一种介于固体与液体之间的物质。其特征是通电时导通，分子排列变得有秩序，光线容易通过。“高质量的液晶，肉眼不容易分辨，所以对液晶平板的检测是个关键技术。当时我国的液晶平板也在生产，但由于检测技术和液晶材料等方面技术没有过关，所以市场一直被日本等技术强国所垄断。我觉得自己应该在液晶检测这一项高精尖技术上寻求突破，这样才有实现在液晶技术方面弯道超车的可能……”

心所向，业将至。陈文源的“布谷”啼鸣确定了方向性的选择——液晶平板检测设备。

技术何来？难题在哪儿？

“当时的LCD，即平板液晶技术，是世界上的顶尖技术，被日立、三星等少数电子产业的巨头垄断着。所以我们想突破封锁，掌握他们的核心技术，不下几番上天揽月的功夫，几乎是不可能的事。况且苏州园区的那些外国公司其实对我们一直防范着，即使只想‘打听’点相近的技术类资讯，他们也会警惕万分。更何况我的想法是，一定要在LCD领域超越他们，最终有一天替代他们，难度自然更大了！”陈文源回忆当时的情形时，这样说道。

那些把“海归”创业看得简单，认为他们回国创业就能大把大把赚钱的认知，其实都是有偏差的。陈文源虽有日本老师的指导，但他在创业之初与所有白手起家的企业家一样困难重重，尤其是他从事的是高精尖的产业技术。当时的他仅有两把枪：电烙铁和螺丝刀。这绝不是陈文源的夸张，因为所有可能涉及平板液晶检测的核心技术绝不会有人白白送给你，只能靠自己摸索。

“检测电子产品的设备，其实如同检测人体的温度计，它感应那些敏感的电子产品中最灵敏的分子状态，你需要用特别的技术和心神去感知和感应它，你必须调动每一根神经与其液晶物质的分子结构和不断变化的形态进行‘交流’，并从中获取它的‘性格’，这就像盲人听音乐，完全依靠感知和感觉，然后嫁接到自己的想象与音乐的天赋之中，最后形成自己的乐感……我们的检测技术大概就是这么个玩意儿！”陈文源说得很生动，但对我们这些外行来说，仍然等于在听天书。

“但我们有优势，有中外两方面的背景与知识。”陈文源独立创业后的日子里，将在日本留学时学习的工匠精神和苏州本地人“软绵绵”的处世与待人态度结合在一起，很快赢得了客户的好感和认可。

“口碑很重要。”陈文源说，在这一点上他应该感谢在日本留学时学到的做事原则，“讲究口碑，就是保证自己的生存。每一单生意、每一次业务，我们都得做到让对方满意为止，而且是十分满意，九分都不行。”陈文源在创业之初就为自己和企业制订了苛刻的要求和规范，后来证明这是他事业成功的一条最佳法则，有百益而无一害。

“从被别人拒之门外，到整个 LCD 领域的技术检测市场被‘华兴源创’占领，我们总共走了十年。整个旅程中我们并没有走过任何捷径，都是一步一个脚印走出来的……”那天，陈文源深远的目光穿过露天花园玻璃亭，注视着一片娇艳如火的玫瑰花丛，转眼又深情地远眺郁郁葱葱的园区，紧接着双眸中闪现出一丝泪光。

这一刻，这只从苏州大地上飞起的“布谷鸟”一定被触动了心绪，回想起他在创业之初“求千家、走万户”的艰难历程。

“是的，我们今天之所以能在全球的液晶显示产业检测领域独领风骚，是因为一开始就瞄准了世界最强大的企业去做好自己的服务，主动地在他们后面追赶最先进的技术，这个过程花费了整整十年时间。”陈文源补充道，“其实这个追赶时间并不算长，得益于园区这块让我沉心扎根、熟悉温暖的土地，我们执行的就近服务、就近设计、就近制造的战略对‘华兴源创’的发展与壮大非常有利。”

“华兴源创”，这名字起得好啊！这个时候，我们不经意地说出了心里默想的话：“中华兴业，原创做起，这‘源’也一定是取于你名字中的一个字吧？”

“确实，我当时就这么想的，虽然以前不敢这么说，但心里一直有这样的目标。现在，我可以大胆地说出来、说明白了：从我回国后独立开公司，与妻子一起来到园区的那天起，就是想着能够让我们国家也能制造出世界一流的液晶显示检测设备和相关系列产品！这个目标我们现在完全实现了！我由衷地感到骄傲，因为我们中国企业，能够在世界同行面前挺着胸膛走路了！”这位一向低调自谦的苏州人难得有这样的豪情。

“布谷！布谷！”呵，此时，一群好看的布谷鸟正从我们和陈文源畅谈的房顶上飞过，带着悦耳的啼鸣声向远方飞去。

我看到陈文源格外兴奋地从椅子上站起，昂首目送那熟悉而亲切的布谷鸟……

后面的故事就更精彩了。2011 年起，智能手机革命开始席卷全球。陈文源的“华兴源创”再次把握机遇，跻身苹果公司的合格供应商，短短数年，公司迎来了前所未有的高速发展。

“华兴源创”仅用了八十三天时间，就成功上市，成为苏州园区首批登陆科创板的公司之一。

而在成功上市的背后，是陈文源多年的努力。他用十五年时间，使公司从成立之初的“螺丝刀加电烙铁”发展成为全球工业自动检测设备与整线系统解决方案的重要提供商，闯出了一条为国争光、争气的“布谷鸟”腾飞之路。

“我们的目标就是要打通平板、可穿戴、半导体、汽车电子检测行业，成为世界检测领域顶级的中国企业，而且要牢牢地站稳在世界顶端的位置上!”儒雅文气的陈文源，骨子里有着大鹏展翅的雄心壮志。而今天，他和他的公司，已经证明了这一点。

“布谷!”

又一年春天到来，一群矫健而美丽的布谷鸟盘旋在金鸡湖上空，它们唱着自信与自豪的歌，开始了新一年春天的播种……

那片云霞里闪耀着“王者”光芒

苏州人爱苏州是乡情所致。见了陈文源后，我们很想再见一位苏州人。

“我是苏州人呀！土生土长的苏州人……不信你看身份证!”一见晶方科技的王蔚，他就直喊自己是苏州人，而且迅速改口，用一口标准的吴语证明了他是十足的“老苏州”。

身份证就不用看了，他和他的晶方科技大名鼎鼎，在百度上搜索一下就全部出来了：

王蔚，男，中国国籍，苏州人。1966 年 2 月出生，大学本科。晶方科技董事长……有丰富的通信、电子、等领域的工作经验。2005 年至今，创办苏州晶方半导体科技股份有限公司，任苏州市集成电路行业协会理事长。1999 年至 2004 年曾在 Camtek 公司工作，担任大中国区总经理。

王蔚的晶方科技，致力于研发、生产、制造、封装和测试集成电路产品，销售公司所生产的产品并提供相关服务，2014 年在上海证券交易所挂牌上市，2019 年营业额达 56036 万元。

从这些公开资料便可以一眼看出，王蔚和他的晶方科技在集成电路背面硅穿孔的晶圆级芯片尺寸封装领域拥有王者地位。

然而，令我们感到意外的是，与文质彬彬的陈文源相比，王蔚看上去太不像苏州人了。可他明明就是一个标准的比陈文源还要多吃了几碗饭的“老苏州”，而且他是“60后”。

“我老婆骂我说：‘你整天累得像条狗，能不老吗？’”王蔚乐呵呵地“公开”了他“老”的缘故。

哈，他就是个乐观派。

“但我命好！”王蔚说。

他的命确实好，在他身上，有些关键性的好事真的是“推都推不开”。

“别看我是光头，但我从不靠钻营，是个本分的苏州人，是靠运气、靠努力才命好的……”我们没有问王蔚年轻时是否秃顶，现在的他头光溜溜、个头矮矮的，怎么也看不出像陈文源那样的“苏州人”气质。

王蔚习惯性地摸摸自己的头，还是一个劲儿地说“我命好”。“我命好，”他说起自己第一次作为“老外”时就“长了中国人的骨气”，“1999年至2004年的近五年中，我在以色列的一家大公司中任职，学着他们的经商经验，发挥着我们中国人的诚信与善良，还有我们苏州人的勤奋与细腻，最后我成为这家公司的大中国区‘一把手’，可以说干得风生水起……”

这家名为Camtek的公司于1987年在以色列注册，在半导体和印刷电路板及IC基板等行业具有权威性技术支持。当20世纪末21世纪初全球半导体产业进入疯狂式增长时，该公司在全世界包括中国的业务也蓬勃增长，王蔚就是在此时成为这家公司大中国区的总经理的。

“我的英语和做生意的本事，就是这个时候跟世界上那些大公司的对手们在吵架和谈判中练出来的。”王蔚如此坦言，又哈哈大笑起来。

“到2001年、2002年时，我的业绩在这家公司已经没有其他人可以超越了，销售额达到了全公司总销售额的68%。在这种情况下，我的雇主觉得压力太大了，感觉已经无法控制我了。发生这种状况，最好的办法就是我离开这家公司，否则就是我当CEO了——可这是以色列的公司，因此结局只能是我主动离职。”说到这儿王蔚皱起了眉头，“其实我之所以辞职，内心还有另一个原因……”

“是什么？”

“我感觉当时他们只想赚我们中国市场的钱，但骨子里有时候却瞧不起咱中国。”王蔚说。

“所以我想自己出来干，比他们制造的还要强，超越他们!”王蔚说这句话时我们突然发现，他那颗光秃秃的脑袋瓜十分可爱。“我的头发就是从那个时候开始掉的……”他又接着说道。

原来这只“苏州鸟”为了自己和国家的命运开始啼鸣，最初是“啼血”的鸣叫。

“我的命好，头顶上的那片云霞一直照着我……”王蔚不像其他创业者一说起过去就“往事不堪回首”，相反，他口中总是跳出满是幸福感的“命好”二字。

他似乎确实“命好”。

2005 年的苏州园区还没有一家由中国人主导创立的电子信息企业，王蔚是最早一批“吃螃蟹的人”，用他自己的话说，他就是“笨鸟先飞者”之一。

“因为我是从以色列人手里买了专利技术授权而逐步进入半导体行业的。”王蔚说，他独立创业后获得的第一桶金，就在于注重知识产权，这也成为帮助他一直获益的重要经验之一。

在苏州园区注册的晶方科技公司里，王蔚并不是大股东，“当时美国人、以色列人以及苏州园区的国资都是公司的股东，这个格局对企业后续的发展起着重要作用，因为一开始就建立的现代化的股权机制对公司各方面产生了重要影响。”王蔚说他“命好”，是因为 2004 年第一次来到园区“探水”时，就遇到了园区管委会一位专业敬业的领导。

“啥事情吗?”负责招商的管委会副主任杨建中很热情地问王蔚。

“我有个以色列商人朋友想在中国成立风险投资基金，通过基金运作，把以色列的技术、资金和中国的市场、资金结合起来……”王蔚说。

“太好了！我们现在就缺这，你把他介绍来，我跟他谈谈。”

王蔚带着以色列朋友来到园区，结果与杨建中见面后，一拍即合。事情谈成了。

“这是我们国家成立的第一家中外合作非法人制基金，签字仪式在北京人民大会堂举行，规格很高……”王蔚说，虽然后来他没有参加这家投资基金的营运，但这个过程让他学到了不少东西，尤其是了解到资本市场的一些逻辑。

“我没有参加那个投资基金的实际工作，却成为该基金的第一个受益人——基金投资引入了以色列SHELLCASE公司的实验室技术。”自此，王蔚和他的公司赚钱赚得盆满钵盈。

“大家以前用的手机是没有拍照摄像功能的，而我们的技术一开始就被应用于手机拍摄方面，并且让手机拍摄能力得到快速提升。之后又不断升级，达到了过去传统卡片式数码相机无法达到的摄影艺术效果。这让很多老牌数码相机企业全部一边倒地倒向了具有拍摄功能的手机市场……”王蔚说，他在苏州注册的晶方科技一开始就碰到了挡也挡不住的“好命”。

王蔚确实够聪明，他不仅在当时把以色列公司的芯片封装技术移植过来，而且很快让这种实验室技术实现量产，也就是说，让一个先进的科技成果迅速转化成了生产力。王蔚就这样在半导体领域的封装环节上一跃而起，一次腾飞就飞到了天上……

他笑了，笑得连声高喊：“命好！命好!”

“国际市场就这么怪，你要是穷光蛋，就不会有人理睬你；你如果赚了大钱，所有的资本和有钱人就围着你转，天天问你要不要钱了，好像你不要他的钱你就会成为他的冤家对头……”王蔚认真地说道。

“真这样?”

“就是这样。”王蔚说，“尤其是这近一二十年间，手机市场迅猛发展，我们搞手机芯片封装的科技产业公司就成了香饽饽。从2006年开始一直到金融危机的2008年的两三年里，给我‘送’钱、要加入我公司的大老板不计其数，而且以世界500强企业中的前100强居多!”

“好啊，有钱当然好嘛！有钱我就可以让技术不断提高、提升。于是，我们针对影像传感器的封装技术产品一代一代地迅速发展，一代一代地往市场上推，直推到消费者们半夜在商店门口排号买手机，而传统的相机企业和相关产业链彻底崩溃了……这就是我到园区后创业前几年所经历和看到的情况。”王蔚说，他是这个过程中的赢家，在所执掌的技术层面甚至还是王者。

其实，王蔚“命好”的背后自然也少不了惊心动魄的历程：从以色列人手中买来的专利技术并不是一开始就在市场上红火的。“当时手机摄像头技术还刚刚起步，我在买它时，首先调查研究了它是不是全世界独一无二的，其次调查它是不是已经被市场接受，比如有没有重复订单。当时它有一定市场，但极少，在全球市场上的占有率不足1%。”王蔚说，他看中的就是首创的前沿技术，而且是引领性的先进科技，对于市场他并不担心。经过几年在国际市场上的摸爬滚打，尤其中国又拥有全世界最大的手机消费群体和手机制造基地，王蔚相信，只要把中国市场做好，就可以把全球份额做到50%以上！

后来的故事证明他的预测和判断是正确的，当然这也得益于王蔚在商海中的搏击能力。

王蔚现在的企业做得很大，在园区创业者中，他属于21世纪初崛起的“经济大鳄”了。从他企业的厂区就知其实力：一片辽阔的绿荫间，有山（堆垒出来的人工小丘）有水（庭院间营造的小桥流水），他把姑苏老城里的美景复制到了他的“王国”内，算是一种新式乡愁的表达。“我是苏州人嘛，还是喜欢老姑苏的事物，生意上的老外来了，也不用专门到老城区逛游一趟。他们很喜欢这里，所以就花了些钱，建了这么个环境。”别看王蔚外表大大咧咧的，其实心还蛮细，而且很会算账。

“我原来是苏州二中的数学教师嗨！”原来如此。

“你运气好，不仅‘下海’没沉下去，而且还是发财后‘海归’了！”我们跟王蔚开玩笑道。

“命好！命好！我命好！”王蔚一听，又连说了几个“命好”。

开始王蔚说“命好”时，我们还真以为是他在生意场上总顺风顺水的缘故，后来通过几个细节才知道，原来是他“守”的这块“风水宝地”好。

“有求必应，无事不扰，这八个字是园区给我最深的感受。而且，园区领导一直是以赞许的态度和欣赏的眼光来对待每个创业者、企业家的。”王蔚说道。

苏州园区的成功，确实是落在了无数“细无声”处，这与苏州人传统的特性有着密切关联。

王蔚一直挂在嘴边的“命好”，与其说是他的运气好，倒不如说是他赶上了苏州园区的政策在国家关怀下不断向完善市场经济的方向努力与奋进的结果。当然，市场经济的国际化是一个开放型国家的基本特征。苏州工业园区一直走在了全国的前头，这也是国家所赋予它的任务。

“任何一个园区的创业与开发初期，政策自然很重要，但还得有一颗真正崇商、爱商、帮商的好心肠。”王蔚说到这里有些激动了，他的眼神变得格外认真起来，“我跑遍了世界各地，要找出第二个有苏州园区的服务举措和服务水平的地方，其实不多，这是我为家乡感到无比自豪的。我可以拍着胸脯说，恐怕不会有比苏州园区给做生意的商人、做科学研究的专家所搭建的‘窝’更好的了！因为他们除了奉献热情、关切和服务，始终一碗水端平。他们是真心地欣赏你，只要你在这块土地上留下来真心实意地干事业，他们会掏心窝地凝聚实力财力帮助你起步、腾飞……在这样的环境和氛围下，你不去努力，不去拼命干，就觉得过不去！这就是我们的苏州园区！”

王蔚说他自己之所以能走到今天，走得这么成功，是因为晶方科技是一家本分加勤奋的企业，创立十五年来始终务实专注，持续创新；同时，晶方科技又是一家定位于全球视野，具备整合全球资源能力的企业。当然，也因为“命好”的他赶上了园区这样的好环境、好人文和高水平服务。

“你们千万别以为我是苏州人，所以占了特别的便宜，其实一般人包括园区的工作人员，他们并不知道我是苏州人，园区里大家平时不讲苏州本地话，一律是普通话或英文……所以在这里的创业者都是平等的，园区则像父母一样关照我们。”王蔚指着他美丽如画的厂区说，“大家千万别觉得这块地方原来就是这么美好，过去这里是不会有人敢涉足的，此地原是一家麻风病医院，连当兵的都不敢来。现在这么好，就是因为园区发展了，又帮助我们企业发展，我们才能把这片荒芜的土地变美……”

“鸟儿想要展翅高飞，遇到乌云密布是飞不起来的，只有在有阳光的好天气，鸟儿才能飞起来，飞得很高很高。那个时候飞起来的鸟儿，在云彩的映衬下变得很美、很神气，我就是这样一只苏州本地鸟……”

（节选自何建明著《万鸟归巢》，江苏凤凰文艺出版社 2022 年 5 月出版）

人物菁英

张桂梅

李延国　王秀丽

为母则刚

做妈妈

群山叠翠，森林茂密，水源丰沛，孢子植物在阴暗潮湿的土地上肆意生长，动物自由地在林间穿行，天气长年湿热——这大概是史前华坪的样貌。5000 万年前，随着地壳运动，大片森林被埋在地下，这些绿色植物长期与空气隔绝，并在高温高压下，经过一系列复杂的物理、化学反应，变成被誉为黑色的金子、现代工业之粮的煤炭。

无烟煤的发现将华坪煤炭的形成期前推到了古生代的石炭纪和二叠纪，在历史无声无息的演进中，这些黑金一直静静地眠于地下，静待机遇到来。

2001 年至 2011 年，在国家宏观经济高速发展的环境下，作为工业动力之本的煤炭需求大幅增长，同时带来产量、价格、利润的飞速上升。这十年，被称为“中国煤炭黄金十年”，亦是煤炭资本的一场盛宴，同时也是华坪这个西南边陲小县城经济高速发展的 10 年。

彼时，华坪人口不足 16 万，作为全国 100 个重点产煤县之一，兴盛时期，采煤大军达十余万人。很多人带着资本或借贷当起了煤老板、挖煤人、伐木者、运输者……“黑金”吸引了各行各业的投入，高峰时民营煤矿企业达 270 余家。外来资本和人口纷至沓来，地处西南边陲的小县城一度繁荣兴旺，拉动了酒店、餐饮、交通、房地产、机械维修、劳务中介、娱乐等相关产业的发展。

煤炭经济的大发展背后隐藏着辛酸的眼泪。

财富引发的家庭剧变、矿难造成的伤亡、重男轻女的传统观念等造成了弃婴和孤儿人口的增加，他们需要被救助。

2001年，一家国外华侨慈善机构的工作人员在昆明听到了你张桂梅的事迹，心动不已，专程赶到华坪找到你。一番交谈考察后，他们当即决定：在华坪县创办一所公助民办的儿童福利院，聘你为兼职院长（不领薪酬）。县领导也认为你是最合适的人选，只是担心你的工作负担过重，怕你身体吃不消。但你竟然用一句“让我来做一次妈妈吧”，接过了这个担子。

福利院甫一成立便收养了54个孩子，年龄从2岁到12岁不等，其中还有残疾儿童。未曾做过母亲的你，一夜之间成了54个孩子的“妈妈”。

“儿童之家”开办时借用消防队的跑道建了食堂，同一个地方还有一家养老院。“儿童之家”从社会上招聘了四个生活老师：两个初中生，一个高中生。四个年轻人充满活力，活泼能干，好奇心强，但都没有学过幼儿教育。

作为院长的你，育儿水平和四个生活老师在同一条起跑线上。

每一个孩子被你领进来时都喊你“妈妈”，你兴奋、感动，却又无所适从。你从来没有给婴儿喂过奶，没有洗过沾了屎的裤子，不知道他们为什么突然哭泣。他们都是被生活遗弃的小天使，是失去了父爱和母爱的孩子，他们迷茫、无助、戒备、自卑、恐惧的表情令人怜惜。

他们有的刚牙牙学语，还不会走路；有的则在满院子大小便；有的开始互相打架。

养老院的老人便过来告状——“吵死啦”“烦死啦”“快搬走”……

你第一天就尝到了“妈妈不是那么好当的”的滋味。

儿童之家每顿饭是两菜一汤，顿顿有肉，有时还加香肠、鸡脚、水果。山上的孩子们没见过这么好的饭菜，开始几天饭菜老是加个不停。

你被吓坏了。募捐得来的钱，这样吃下去，不久就会吃光，那穿衣、看病，还有读书要怎么办？你的工资还供着几个中学生、小学生，钱包已经瘪了，怎么办？怎么向社会交代？

你是一个刚强而又脆弱的“妈妈”。你竟像儿童一样哭泣起来。看到

“妈妈”在哭，首先是小些的孩子被吓哭了，接着大些的孩子也跟着哭起来。孩子们像在抱怨命运的不公，这边哭完了那边又接着哭起来。

人们都以为这些孤儿在儿童之家吃饱了饭就会很听话，其实他们心灵饱受创伤，对谁都不相信。

一天夜里，男生宿舍里闹了起来，生活老师来告诉你：“这些孩子说有鬼呀。”

咄咄怪事。你走进屋子，大家都不叫了，你看看周围，没什么怪异。

你问他们：“鬼在哪儿？”

就听有个孩子说：“他吐。”往地下一看，有一个孩子真的吐了很多。

“吐了就是鬼吗？”

“他妈妈就是吐死的。他妈妈来找他了，他才吐的，他活不成了。”

“你们都老实睡觉，我送他去医院，回来再说。”

到医院一检查，医生说是吃多了。

此后，“鬼”的事件没再发生。

有一个小男孩，来的时候，穿的是长袖衣服，他胳膊上长了个血管瘤，有鸡蛋大，等天热起来，穿短袖衫时才被发现。问他是怎么回事，他说早就有了，一直没人管。你把他领到了中医院。中医院外科大夫与院领导商量了一下，同意免费手术。

你把他送进了手术室，告诉他：“忍着点，别哭，别动。叔叔为你免费治疗，一定要听话！”小男孩感受到了人间的温暖，顺从地点了点头。

一个小时后，他从手术室走了出来，胳膊用绷带缠着挂在脖子上。他看见你，流出了眼泪。你心里不是滋味：如果他父母在，他会大声叫疼，也肯定不是自己走出来，而是被大人抱出来的。你抱不动他，只能给他穿上衣服，搂搂他的脖子，用语言来安慰他。

你认为，对这些缺少爱的孩子，只要对他们加倍关怀，他们一定乖乖的。错。

有一个小女孩，原来住在山上亲戚家，从来没人约束她，到了这里，还是脸不洗、脚不洗就上床睡觉。生活老师一批评她，她就要从楼上往下跳，要不就跑出去。她见商店里有那么多吃的，就要买。

如果她因为不服管理而逃跑，一是要四处找她，增加工作负担；二是影响儿童之家的声誉。为了稳住她，你就悄悄地给她零花钱，让她买零食吃。一开始，她还能正常上学，可后来你发现，她不做作业。你问她为什么，她说没有作业本。你马上给了她作业本。她拿走后却背着你把作业本撕了。你得知后很生气：本子是叔叔阿姨捐来的，她竟这么不珍惜。你拉着她到办公室进行教育，她却抱住你的胳膊狠狠咬了一口，你的胳膊当时就肿了起来。你明白了：无原则的爱，早晚会被咬一口。

许多人都骂她“忘恩负义”，可是，这么一点儿大的孩子，她懂什么叫“恩”，什么叫“义”？

看着胳膊留下的伤痕，你的心头涌出一股苦涩：二十几年的教师生涯，什么样的顽童没教过？自认为已经有一套了，没想到竟“栽”在了这个小女孩儿身上。

你原谅了她咬的那一口。她不讲卫生，头上长了虱子也不理会。你要把她的头发剪短一点，以便她自己梳洗，她坚决不同意。结果那一头虱子几天就传遍同屋的女孩儿。你好言好语地把她领到了你的屋里，领她到镜子前，夸她长得真好看，又聪明，又问了一下家里的情况。她说着说着就流了眼泪。你趁机又提出了虱子的问题，跟她说：“如果不弄掉，我们这么大个家，人人头上都会有虱子。那样，别人会怎么看我们？再说，也影响你的美丽呀！”

说话间，你顺手把她搂在怀里。她终于不好意思地点了点头，同意剪短头发。

这件事让你记住：对孩子进行教育是不能迁就的；教育，从要求开始；没有要求，就没有教育。

对孩子要有爱，但是不该让步的地方就不能让步，该严格的就一定要严格。

一天，你去学校上课回来，听说孩子们打群架了。先是两个人打，周围的孩子不但谁也不拉，反而在旁边加油喝彩，更有帮忙的，有的帮这个找刀，有的帮另一个找棍。几个老师都拉不开。正赶上一位男老师来看你，费了好大劲才把他们拉开。

你出了一身冷汗，如果不做好教育引导，这些孩子长大了可就成了警察的对手。

“人之初，性本善”，孩子们是由于失去双亲，没人疼爱，没人管教，加上在颠沛流离的生活环境中耳濡目染，变得顽劣。他们当中，有的父亲因罪入狱，母亲离家走了；有的父亲死于矿难；有的父母死于疾病；有的父母死于喝酒打架；有的父母死于自杀。来自这样的家庭，孩子在心理上很难健康成长。

半夜，一间屋里传来了哭声，听起来非常凄惨。你赶紧跑过去，是一个小女孩在哭，问她哭什么。她说："一只眼睛突然看不见了。"

"疼吗？"

"不疼。"

你晃晃手，有只眼睛果然没反应。赶紧找车，把她送到了县医院，眼科医生诊视后肯定地对你说："她这眼睛早就看不见了，不是现在才发病。"

你听了很是生气：她为什么不说实话，莫非是想赖你负责，骗你给她出钱？

你没有批评小姑娘，反而向她许诺："等捐款来了，我就领你上省城检查。如果能恢复视力，就想办法治疗。"你没向任何人讲这件事。

两个月后，她悄悄递给你一封信。当面不好意思说，用书信来表达，这是少数民族孩子的特点。打开一看，是讲眼睛的事。她写道："是小时候上山干活，摔倒碰到了树杈上，扎瞎了的。"

孩子天性善良、诚实。冲着这份真诚，你也要为她治眼睛。

还有一个小女孩，慈善机构用17万元募捐款，在北京一家医院历时半年治好了她的病。回来后，到学校不学习，不做作业。一开始，谁都不敢批评她，生活老师给她擦澡，给她洗衣服，她从未说声"谢谢"，似乎是别人应该做的。考试成绩只有几分。一天，老师给她讲了一些道理，她就要跳楼自杀。你走到楼顶把她拉回屋里，讲大家的钱来之不易，别人救了我们的命，我们应该懂得感恩。谈得关系和缓了，你夸她唱歌很好听，让她唱《为了谁》这首歌，唱着唱着，她流下了眼泪，一屋子小女孩都开始抽泣。借此机会，你告诉她："人的生命只有一次，要珍惜生命，要珍惜时间。"从此，她再也没说要跳楼，学习成绩也逐步上升。

妈妈是人生的第一个老师，而缺少母爱的孤儿们无法补上为人之初的最重要的课程。

日复一日，你凌晨即起，匆匆赶到民族中学执教，下午放学，拖着疲惫的身体回到"儿童之家"，你辅导孩子们做作业，开生活会，纠正他们的缺点，引导他们的言行。周日教孩子们唱歌跳舞，美育是最好的素质教育。你和孩子们一起把院子变成了美丽的花园，种上了玫瑰、月季、鸢尾、米兰、剑兰、夹竹桃、夜来香，你和孩子们一起浇水、施肥，孩子们的生命之花也随之盛开——54 个孩子在母爱的呵护下全部完成了九年义务教育。有些幸运的还考上高中并升入大学，费用仍旧由“儿童之家”提供。

为此你感谢华坪县委、县政府、民政局和社会各界人士的捐助和关心，让你行使了做妈妈的使命。

母亲对孩子的养育之恩不可忘，但母亲的伟大更在于诞下新生命，你作为 54 个孩子的母亲，不能诞下一个婴儿，却在此诞下了一个梦想。

是梦想还是天方夜谭

你的梦想是在华坪办一所免费女子高级中学。

今天，一拨接一拨的记者、媒体人拥到华坪采访你，探询你办“女高”的初衷。

2021 年夏季，国内著名剧作家王宝社先生创作了话剧《桂梅老师》，公演后引起轰动，场场爆满，甚至你自己去观看也流下了眼泪。

王宝社先生 2009 年有缘认识了你，并创作了情景短剧《感恩的心》，在中央电视台播出后，打动了无数观众，也打动了身为当事人的你。他因此成为你的挚友，他向笔者讲述了关于你办“女高”的六个因素，笔者甚为认同：

1. 空课桌。你在民族中学当班主任时，上着上着课，有个课桌空了，你知道，这个孩子辍学了。去家访，看到的要么是因家庭困窘，孩子成了一个牧羊女，帮衬家里的生计；要么是家里收了彩礼，孩子小小年纪准备嫁人了。你和孩子们目光对望，感受到锥心的痛，这种痛，变成你梦想最初的种子。

2. 黑眸子。有一次你去山里家访，在一个山坡上，你看到一个女孩身边放着草筐、镰刀，破旧的衣服掩饰不住她美丽姣好的少女面孔，她有着一双美丽的黑眸子，却用手托着下巴，呆滞地望着大山那边。你登上山坡坐下来和她攀谈，问她：“孩子，你在想什么？”女孩儿回答："我想上学。"你当即哭了，含泪走下山坡。你梦想的种子，拼命要拱出板结的土壤，朝着阳光生长。

3. 慈母心。至今你仍是华坪"儿童之家"的院长、"妈妈"，为了尽到做"妈妈"的责任，你再苦再累也没有舍弃这份没有薪酬的工作。第一批54个孩子大都是女孩儿，你作为"妈妈"已经和她们之间有了超越血缘的爱，在相处的日子里，你目睹了由于母爱和家庭之爱的缺失，她们的心理日渐扭曲，无知、敌意、谎言、冷漠取代了童真、活泼、善良、诚实。如果她们拥有受过良好教育的母亲，何至如此？你用爱救赎了她们，她们在重塑健康人格的同时，全部完成了九年义务教育，可是她们没有父母，没有亲人，继续升学的话有谁来关照？那么多的孩子啊，要是有所免费的女子高中有多好！

4. 华坪恩。你来到华坪工作不久就被查出患有重疾，是华坪县委、县政府、县政协组织一次次捐款帮你治病，一位领导甚至说：张老师，放心治病，我们决不能捧着骨灰盒来赞美你。尤其那次妇代会捐款，那位来自大山深处的村妇联主任连车票钱都捐了出来，说"只要张老师病好了，能上课了，我就是爬十座大山也心甘情愿"，这句话你将铭记终生。还有县政协领导到学校视察工作，听了你的事迹，非要见见你，当你进门时，政协主席一声口令："全体起立，向张桂梅老师三鞠躬。"为报华坪大地之恩，你也要把"女高"办起来。

5. 女儿泪。你的一个学生在中考之际，她的父亲病危弥留却告诉家人，不许告诉孩子，回来送葬没有用，读书才有用，让她好好跟张老师读书吧。她考上高中，却因家庭变故上不了，这样的女孩有多少？为了老一辈的期盼，你一定要让"女高"的梦想生根发芽。

6. 战蒙昧。对待贫穷和愚昧，空口说教是解决不了问题的。在男尊女卑思想观念根深蒂固的山村，男人无节制的酗酒、匪夷所思的家暴是家常便饭，由此导致家庭破裂、女人"破罐子破摔"。他们女儿的命运便照此循环下去。你把这一切概括为两个字——蒙昧。改变蒙昧靠什么？靠教育。改变一个女孩的命运，相当于改变三代人甚至无数代人的命运。"女高"势在必办！

你要实现这个梦想。

戏剧家王宝社先生还讲了你能办成“女高”的性格因素：

1. 党性强。面对困难，总是越战越勇，不为困难所折服，身上总是会迸发出强大的力量。

2. 有伟大的同情心悲悯心，更有回报他人的感恩心——这是你性格的底色，从你身上能看到中国历朝历代巾帼英雄和伟大母亲的身影。

3. 坚韧不屈。你拥有超越常人的坚韧和顽强，在追逐梦想的路途上，能屈能伸，甚至能够忍气吞声。

4. 智慧。自私的人很难拥有真正的大智慧，你永远是个利他主义者，是一个纯粹的人，所以才会有超越常人的思维方式。

5. 刚正。你的眼里揉不得沙子，一旦碰触到你的底线，你就毫不留情面，因诚而威，因信而威，所以有的学生私下称你为“大魔头”。

6. 既坚强又脆弱。做事果断，认准的路走到底，但心软，好独自哭泣。你承认自己只是一个普通女人，爱打扮，也爱“作”，你的脆弱表现在：宁愿去死，也不让人看笑话。

在贫困地区办一所免费女子高级中学，国无先例。现实远比梦想复杂得多，但你是无知者无畏。

也许你最初设想办一所免费女子高级中学，一是需要资金，二是需要教师；资金方面可以向县里申请，找一个旧厂房改造装修一下，再招聘教师，不就可以开课了吗？

你开始一趟趟跑教育局，说出你的梦想，许多人听后认为这简直是一个“童话”。

教育局领导倒是挺客气地对你说：“张老师，那你就打一个报告，往县里报一下吧。”

你看到当时由于煤矿产业的发展，县里财政状况好转，房地产业也在兴起，如果领导支持，办一个学校不成问题。

你信心满满，把多年酝酿的梦想写进了报告中，包括资金的预算、师资的招聘、教学的规划等详之又详。

教育局领导看了报告，十分谨慎。

你是全国十大女杰、优秀教师、劳动模范，你的想法不能被轻易否定，教育局把报告送给了县委、县政府。

县领导出于重视，邀请了相关教育专家、心理学者专门召开了论证会。

让你失望的是，论证会全盘否定了你的梦想。

主要理由是当时华坪县总人口数不足16万，县城已经有一所高中，第二所高中因为招生人数不足，师资力量不够，办了没几年就关闭了，再办一所女子高中只能重蹈覆辙。何况办一所高中需要的资金数额太庞大，免费高中的经费问题无法解决。

局长问你："张老师，不说别的，就说建一个实验室你觉得要多少钱？"

你回答："两万元差不多吧？"

局长说："你在后面再加两个零都不一定够啊。你教书可以，办学校是妥妥的外行。"

由于"想得简单"，你丢份了，极少有人相信你的梦想会成真。问题是，你痴了似的，没完没了找相关单位和领导陈述、说明。有的人烦了："这是个什么人哪，把她赶走……"

你的梦想没有因此而破灭。

2002年暑假来临，你安排好福利院的孩子，把历年来所获得的荣誉奖章、证书装在包里，出门直奔省城。

你不是个拜金主义者，今天你却要去"拜金"了。金钱是商品交换的产物，只要有足够多的钱，就能换到你想要的东西，比如一所学校。

在繁华的省城，你像一个小商贩，在热闹的街头铺展开一块塑料布，把你历年获得的奖章、证书摆得满满当当，立起"筹资办学"的纸板，一开始确实吸引了不少人围观。

你很兴奋地给围观者们讲起了你的梦想。

围观人群中有人好奇，有人冷漠不屑，有人指指点点，有人摇头不置可否地走开。

你宣讲得精疲力竭。大山离城市太远，人们像在听一个寓言，人群渐渐散尽，你只募到些小钱，最大面额10元。

你挎着包，在人群密集的闹市把奖章和证书一次次递到陌生人面前，讲述着自己的梦想。

一天，你把证书递到一个穿着体面的人手里时，他看看证书，又看看你，说：“你是骗子吧？用‘全国优秀教师’、五一劳动奖章骗钱，稀罕。”

有人说：“这么多的荣誉还用得着出来要钱吗？”“这证书去广告店，要多少能做多少。”

你忽然明白，同样是金钱，人们对它的认识和使用是多么不同。你几乎视金钱如粪土，以用金钱帮助有困难的人为乐；为帮助有困难的学生和家庭，你的工资月月光；而今当你办学需要资金时，却不能得到社会的理解，这是怎么了？

你不气馁，走进一家企业，企业是要负担社会责任的，你提出要见总经理。保安把你拦住，你拿出“兴滇人才奖”证书和“全国优秀教师”证书，进行自我介绍，要和企业领导谈办学项目。保安见你是个女老师，信赖你，用对讲机叫出一个年轻白领。这个白领是企业广告部的，他把你领进一间办公室，看了你的证件，他也知道你的名字。但当你提出为建免费女子高中，来找投资时，当即被婉言拒绝，他说企业是做电子的，目前尚未考虑给教育投资。但他热情地留你用午餐，你道声谢谢便离去。

这还算一家善良的企业。另一家企业听了你的想法，却放狗咬你，资本生怕善良的人们看到他们巧取豪夺、追求利润最大化的罪恶。

你又累又饿，走到一个挂了许多政府机关牌子的大门口。正是午休时间，机关的工作人员已经下班，你便靠在大门边歇脚，准备下午上班时闯进去试一试。冬日暖暖的阳光洒在你身上，你不知不觉睡着了。

下午两点半，上班的人陆陆续续走进机关大门。其中一位领导看到大门一侧躺着一个灰头土脸的女人，以为是遭受家暴的上访者，上前呼唤，竟然发现是你张桂梅：“桂梅老师，你在这里做什么？”

你揉着疲惫的双眼，一下认出了对方，礼貌地站起来回应。

你随着领导乘电梯上了办公楼，看到走廊里挂着“向十大女杰张桂梅学习”的标语，心中五味杂陈。

一杯热茶递到你手里。

“桂梅老师，你来昆明有事吗？为什么不打个电话？”

“你工作忙，怕麻烦你。”

“我还以为是遭受家暴的妇女来告状呢。”

“我没有家，也不会有家暴发生。”

多少人劝你，你已经拥有了那么多荣誉，做出那么多成就，养好自己的身体，不要再揽那么多事了。

误解不断。一次你应云南省电视台之约赴昆明录节目，你早到半天，见缝插针在火车站人多处拉开横幅募捐，执勤的警察当即要把你带去派出所，怀疑你是“诈骗犯”，你只好把电视台工作人员的电话告诉了警察。你在警察的敬礼中离开了车站。

也有人在会议上讲，说你竟然拿着荣誉去社会上骗钱，这种误解最令你痛心。

也有朋友劝说，国家现在鼓励学生上职高，没有钱，可以上职高啊，国家还有补助，建什么免费女子高中，出力不讨好……

你忽然觉得自己很无能，很无奈。五年的假期，你筹得的钱不到两万元。算起来，要75年才能凑足你一甩手捐出的30万“兴滇人才奖”的奖金数额。75年后，你还在世吗？

你曾乐观地想，每一个人都会有和你一样的金钱观。

猴年马月才能筹够建一所学校的钱，放弃吗？

没着正装的十七大代表

2007年10月，你当选为中国共产党第十七次全国代表大会代表。

县委办给你送来7000元，作为你参加会议的费用。

你在领款条上签完名后，县委领导郑重地对你说：“张老师，你去买一套像样的衣服，你代表的不仅是我们华坪，也代表丽江，更代表云南，从你走进人民大会堂的那一刻起，你的形象就是我们全云南的形象。”

这样隆重的会议，你一生唯有一次，你要把自己整饬出最正式的样子。

按通知，你需要10月13日到达昆明，在驻昆办工作人员的陪同下购买正装。但就在当晚，你接到市委办公室的电话，说给你准备了一套纳西族服装出席会议。

纳西族服装很漂亮。你是个爱美的女人，有了这套纳西盛装，你就不用担心要考虑买什么样的衣服了。

那7000元怎么用？你开始打这笔钱的主意了。

办免费女子高级中学的梦想已经在你心里盘桓了多年，这笔钱，可以为梦想添置一些什么东西呢？

当时电脑已开始普及。也许应该为学校添置一台电脑。它可是现代化的标志之一。

你不知道一台电脑多少钱，但你知道，留 1000 元买衣服备用足够了。那你就可以有 6000 元买电脑。

你马上找到了一家电脑专卖店的联系电话。

销售人员很快就带着一台手提电脑上门了，他打开手提电脑给你演示，你看不懂，但你看到了一个全新的世界——只要你想知道的，电脑上都可以显示出来。

“这东西好神奇啊！”你由衷地感叹着。

“张老师，把它用熟练了，能做的事更多。”卖电脑的帅小伙笑着介绍。

“我要买最好的。”你完全动心了，人类已经进入 21 世纪，电脑打开了你的眼界。

小伙子给你选了一台配置最好的台式电脑，价格大大超出了你的预算。

“8600。”小伙子报价。

“这么贵？”

“张老师，我是按成本价给你的，不赚你的钱。”

你一咬牙买下了它。你买的是信息时代，买的是与时俱进！买得值！

13 日，你囊中羞涩地到了昆明。驻昆办的工作人员很热心地要陪你去买衣服。

你很尴尬，又不能说自己把钱花没了。支吾了半天，终于说服了女办事员别跟着你，你会自己去买。

女办事员还是百般不放心，临出门又扭头问你：

“张老师，还是我陪着你去吧，我对昆明更熟悉些。”

“不用了，我不会走丢的，你们跟着我会让我觉得不自在。”

你向她保证一定会买一套合乎会议要求的衣服，她才千叮咛万嘱咐地离开。

她一离开，你就如释重负地躺到床上，把头埋在被子里笑出了声。

天还没黑你就睡下了。这一夜，你睡得很香很沉。

15 日，你穿着纳西盛装如期走进人民大会堂。

56 个民族，56 种服饰，美不胜收。

大会结束，分组讨论的时候，大家自由着装，你换下纳西族服装，穿上自带的深色西服、浅蓝色牛仔裤。

牛仔裤耐脏耐穿，便宜经洗，既然自由着装，你就穿牛仔裤呗。

当你进入分组讨论的会场，所有人的目光齐聚在你身上，你赶紧低头打量了一下自己的着装。衣服扣子都在呀，裤子拉链也没开呀，抬头看，发现还是有人用怪异的目光盯着你。

你觉得好尴尬，你对大家笑笑，狼狈不堪地自我介绍：

“大家好，我是来自云南丽江的张桂梅。”

“张老师，你好。”

“你好，张老师。”

与会的人开始笑着跟你打招呼，你松了口气。找到自己的位置坐下，悄悄问身边的一位女代表：“刚才我进来你们为什么都那样看着我？”

“看你的衣服呢，你怎么穿成这样？”

你环顾了一下四周，才发现所谓自由着装并不是没有限度的自由，只是大家换下了民族服饰，穿上了西装或者其他比较正式、质量上乘的衣服。

你低头瞥了眼自己身上那件褪色严重的西服，你甚至记不起这件衣服在你身上穿了多久，现在它泛着一种陈旧的亚灰色，蓝色的牛仔裤被洗得发白，膝盖处还有两个小破口，它们唯一还能示人的就是干净，除此之外几乎无可取之处。

你的额头、后背都在冒汗，忽然产生了自卑感。

县委领导曾对你说过：“你代表的是我们华坪、丽江，还有云南的形象。”

早知道这样，借钱也要买一套像样点的衣服。

你做客央视，刚到达演播室，尴尬的一幕又发生了——导演看着你，皱着眉头说：“张老师，您这身衣服不合适，赶快回去换一身正装来吧，节目马上就要开始了，您快点。”

幸好还有丽江市委送给你的纳西盛装。你马上回去换了出来，才算过了这一关。

会议期间，一位与会代表买了一件新西服送给你，衣服很厚实，颜色很低调，你非常喜欢，马上就穿在了身上。

你谢天谢地，穿着它参加了好几个电视频道的节目录制。会议结束回华坪时也穿着。

而你穿着褪色西服、牛仔裤的形象被一位敏锐的记者发现。她就是新华社党代会驻云南组的记者林红梅，她在你下榻处采访至深夜，你把多年来想说的话都倾诉给她。

林红梅是一个“快手”，第二天就和同事一起写了一篇通讯发表，题目是《“我有一个梦想”——访云南省丽江市华坪县民族中学教师张桂梅代表》。《人民日报》等各大报纸都在显著的版面上转载。

一石激起千层浪。

那个在你心里埋藏多年、困难重重的梦想开始破茧而出了吗?

生命的转折点

党的十七大提出了“教育是民族振兴的基石，教育公平是社会公平的重要基础”。

路标一样的话语，让你兴奋得彻夜难眠。

这意味着每个孩子在人生道路上都将拥有公平的起跑线。而从边疆少数民族山区教育实际出发，创办一所全免费的女子高级中学，让大山里的孩子享受到教育公平，无疑和会议上所提到的教育精神相契合。

成功就是从失败到失败，依然不改初衷。

你怀揣着美丽的梦想，走进各大媒体的演播厅。

你被党和国家的发声鼓舞着，你觉得生命里充盈着力量，心中从来没有如此踏实。

你在访谈中提出办学梦想：用知识改变山里女孩子的命运、不让低素质的母亲带出低素质的孩子、阻断贫困的代际传递，让大山深处因为党的阳光照耀而亮起来，为中华民族的伟大复兴培育出更多的优秀人才。

你的梦想产生了辐射效应。教育频道、人民网、央视网、新华网等众多媒体都对你的梦想进行了报道。

回到华坪后，省委、省政府批复了你的想法，丽江市委、市政府和华坪县委、县政府均划拨了100万元建校经费。县政府协调土地，进行规划，并成立了女子高中筹建领导小组。

然而，就在一切进入预定轨道时，你接到来自东北老家的电话：哥哥病危，想见你一面。

你自从来到云南后，只回过两次老家，跟老家的哥哥姐姐们几十年没有相聚。但他们一直没有忘记你这个流落在外的“小老五”。

就在你悲痛不已准备返乡时，又接到中央电视台财经频道的电话：要为你的办学梦想录制一期节目，一位想赞助的企业家也要参与这期节目录制。

你极其矛盾，你曾经自欺欺人地让一个病危的姐姐坚强地活着，等你忙完了回去看她，姐姐没有等到你。如今，你还能再让哥哥坚强地活着等你回去看他吗？

你忽然想到，去北京、回老家都是一路向北，你去北京录节目，也可以顺道回去看哥哥呀。

你先赶到北京，约好节目录制时间，老家的电话打了过来。姐姐在电话里哽咽着说：“哥哥一直不肯咽气，人都不清醒了，还在喊着你的名字，你快点回家吧。”

从北京乘飞机回家，只需要两个小时，只要你愿意，你一定能见到哥哥最后一面。可是，已经约好了录制时间，你回家就要错过，错过了他们会再让你录一次吗？企业家还会和你对话吗？那笔钱他还会捐助给你吗？错过了，你要通过什么渠道才能筹到这笔钱呢？

纠结中，你哭泣着对姐姐说：“姐姐，我真的有件重要的事，走不开，只要等两天……”

没等你把话说完，姐姐就挂了电话。你的心窝一阵阵绞痛，全身无力地瘫软在地上，把头伏在手臂中，由抽泣变为号啕痛哭。

第二天，你含着眼泪走进了演播室。

企业家被你打动，捐赠给学校50万元。

走出演播厅，你身体无力地倚在路边，摸出电话打回老家：

“姐姐，哥哥怎么样？”

你好希望姐姐说哥哥还在等着你。但对面传过来的是抽泣声，然后是姐姐哽咽的声音：“哥哥走了，我们已经送他到殡仪馆了。”

你的心碎一地，你不知道怎样结束了通话。回到住处的路变得漫长难行，双脚似乎踩在棉花上，感受不到大地的厚实。

你用一些苍白的理由来欺骗自己，不敢再打电话回老家。你对自己说："人总有生老病死，病榻间的亲情缠绵，必是万分不舍不忍，而去的人，终究要去，无力回天，与其如此，不如为活着的人努力。"华坪，那个善待了你的小县城，给了你包容与温暖的城市，你需要用毕生来拥抱她。

你订了飞机票，回到了华坪。

负罪感使你害怕和家人通电话，自然规律使亲人逐一离去，你也会死，并且怕自己撑不到学校建成就会死。所以你要利用好每一次机会，让学校能尽快建成，让山里女孩尽快入学，这样你才死得安心。

与在外面募款的艰辛不同，华坪县委、县政府和全县人民给予了这所学校极大的帮助。全县所有机关和事业单位都发起了捐款倡议。

当时华坪是全国一百个重点产煤县之一，虽然国家煤炭政策逐步收紧，一些小煤矿面临生死存亡关头，但都慷慨解囊，募捐金额最后达 106 万元。

华坪有着良好的人文生态、政治生态，爱你的人远远多于淡漠的人。

一切是不是都如你所愿了？

招生波折

你的梦想破茧成蝶，一座五层教学楼在狮子山下拔地而起。

教学楼与民族中学仅一路之隔，预计 8 月建成，9 月 1 日正式开学。

学校定名为"丽江华坪女子高级中学"，面向全市一区四县招生。

你站在繁忙的工地上，想象着大山里走出来的青春的女孩子们，在校园里学习、奔跑的场景，孩子们的未来，将从这里起飞，她们的命运将由此改变。那是多么激动人心的景象啊。

你没有料到，梦想与现实有着遥远的距离。高中录取分数线下来后，你满怀希望地贴出了招生广告。

你想象山里的女孩儿们会奔走相告、结伴来报名，结果你望穿秋水，来询问报名者寥寥无几。

你让已到职的老师们将桌子摆到热闹的街市、广场上。你则带上一个老师走遍了丽江的一区四县，想尽量招收一些达到录取线的贫困女生。

你们把招生简章贴到各县学校门口，回到车上扭头一看，有人手脚利索地把它撕掉了。

你奔走招生的初衷是希望尽量招收一些学习优秀的“尖子生”，起码分数达到录取线。但是，你失望地铩羽而归。

回到华坪后，招生慢慢有了起色。有少数高分学生来打听相关情况了。但绝大多数报名者没有达到分数线，有的分数甚至低到不可想象。家长对她们考上大学也不抱希望。

毕竟“免费上学”四个字，对于家境贫困的女孩儿们太有吸引力了，这四个字像长着双腿，很快跑遍了大山的旮旮旯旯。她们面有菜色被家长带着来询问：“是不是真的不交学费？”

得知一切承诺都是真的，家长们瞬间喜笑颜开。

有一位老父亲，听到学校不仅不收费用，还发放衣服被褥时，便在破旧的衣服兜里抠搜出一大把零钞和钢镚放在你面前：

“张老师，这么大一所学校，娃都不交钱怎么办啊？你多少还是收点吧。”

你拉着这位父亲黝黑皴裂的手，把钱塞回去说：

“你真的不用担心，孩子上学的费用政府会解决，穿的、用的都有社会好心人捐助，你就给她带点生活费就行了。来，我带你去看看她们的衣服和床。”

你带着这位父亲去了教室改成的临时仓库，里面整齐堆放着已收到的校服、被褥。他站在屋里脸上露出了笑容，泪水滚入了脸上的沟壑。

“党和政府太好了，能这样关心我们山里人。”

“让你的女儿好好读书，那样才对得起党和政府啊。”

老父亲一会儿哭，一会儿笑，他感受到了公平和希望。

还有一位残疾父亲，带着两个女儿来到学校，半信半疑地问你是不是真的不用交钱。得到肯定的答复后，他同样泪流满面：

“张老师，两个孩子的妈妈死得早，我不识字，又有小儿麻痹后遗症，我这两个孩子从小读书就努力，可她们同时考上高中，我根本没有能力供她们一起上学。”

姐妹俩也在一边抽泣着。你抱住两个孩子对她们说：

“孩子别哭，到这里就是到家了。”又对父亲说，“大哥，你不用担心，我一定把两个孩子管得好好的，让她们都能考上大学。”

“我受够了没有文化的苦，二姑娘小时候生了一场病，我不知道送医院，在家找草药给她吃，结果耽搁了病情，娃娃有点残疾。”

一对老实的夫妻在带着女儿报完名后，无法表达感激之情，当即挽起衣袖帮助学校打扫卫生。父亲一边俯身用抹布擦拭着教室地面，一边嘴里念叨着：“共产党的天下啊！共产党的天下啊……”

那一瞬间你意识到：你的选择、努力，是正确的；如果没有这所学校，她们初中毕业后就没有机会继续读书，她们的一生都走不出魔咒。

一传十，十传百，学生陆续来报到了。但她们的成绩都不理想，80%左右的学生中考分数不够普高录取线。但她们的父母太希望她们通过读书来改变命运，太希望她们能借由女子高中走出大山。

看着这些父母焦急渴盼的眼神，你无法将她们拒之门外。

一天，一个特殊的学生被送到你面前。

她的父母在县城里有工作，家境宽裕，孩子并不符合女高招录的“贫困”条件。那对夫妻很为难地对你说：

“张老师，我们这个姑娘，肯定是考不上大学的。其他高中都不要她，成绩有点差，我们只想把她放在一个还能管束她的地方，不要混社会、当小太妹。”

你断然拒绝了这对父母的请求。

小姑娘的父母坐在你面前抹泪。

“女子高中不收费，你们来这所学校就是占用学校资源，我收了你们的孩子，就对不起党委、政府，对不起全社会的好心人。”

夫妇俩哭着对你说：“张老师，我们知道学校不收费，但我们交费用，全都交，请你收下她吧，不然我们管不了，她的一生就要被毁了。”

看着这对父母在你面前相对而泣，你最后还是心软了，把她看成是一个精神“特困生”。

你有点蒙：社会对女子高中的印象是什么？难道这里是混岁数的地方？

虽然成绩参差不齐，但终于招满了100名学生，其中没达到普高录取线的占大多数。

法国社会学家布尔迪厄认为，文化资本具有连续性，其内容往往取决于原生家庭的经济收入、社会地位、文化教育程度和权力状况。

现实中，经济资本与文化资本常常达成一种合谋，通过家庭教育的差异性、制度的不公平、教育资源的有限性、证书制度的权威性，有优势文化资本的人持续处于上层，有劣势文化资本的人持续处于下层；二者之间的流动越来越小，逐渐形成阶层固化。社会的不公平由此产生。

要消除这种不公平，首先就要让两个阶层之间有畅通的流动渠道；让贫困家庭的孩子能通过努力、奋斗改变自身命运，感受到社会、制度的公平性。

这个渠道，就是公平、普惠的教育。

只有通过教育渠道提高贫困地区人口综合素质，使其产生穷则思变的精神动力，才能彻底拔出穷根，真正阻断贫困代际传递。

因此，教育公平，是社会公平最重要的基础。

在破土而出的丽江华坪女子高中，你带着一群刚放下牧羊鞭的姑娘站在了教育公平的起跑线上，以破釜沉舟的姿态向文明冲刺。

你将在狮子山下书写属于你的《钢铁是怎样炼成的》!

艰辛办学路

2008 年 9 月 1 日，丽江华坪女子高级中学正式开学。

一座五层高的孤楼矗立在狮子山下。

时间仓促、资金有限，尚没有硬化的操场上堆满了各种建材和建筑垃圾，学校没有围墙、没有宿舍、没有食堂，甚至没有厕所。

很多人劝你第二年 9 月 1 日再开学，你拒绝了：等一年，对大山里的女孩子来说，这一年也许就是她们的一生。

8 月 30 日下午，全校师生都在忙着打扫卫生，以迎接第二天的开学典礼。下午，县教育局干部职工全都来到女高，教育局局长拉着你的手说："张老师，不要着急，学校的事就是我们教育局的事。"

处于极度劳累中的你，感动于这一句温暖的话。

一直到次日凌晨，学校卫生才打扫完，教育局干部连夜在花坛里种上花、浇好水，使开学典礼如期举行。

100 名正值花样年华的女生穿着整齐的红色校服、提着学校免费配发的统一被褥包站在操场上，你的眼眶湿润了。

学生代表上台讲话，她叫何先惠，是你在民族中学的学生，学习成绩很好，是那年女高录取学生中的第一名：

我的父母都是农民，他们长年靠种地为生，从来没有走出过大山，他们把走出大山的希望寄托在了我的身上。

今年7月，我以优异的成绩为初中三年的学习生活画上了圆满的句号。

正当全家人为我的成绩感到高兴时，随即又陷入了深深的焦虑：读高中的学费从哪里来？

就在我因筹集不到念书的费用准备放弃高中学业时，由张桂梅老师任校长的女子高中建成的消息传来，让我重新燃起了读书的希望。我毫不犹豫地在志愿表第一栏中填报了丽江华坪女子高中。

不久之后，我就收到了一张红色的录取通知书，上面写着免收书费、学杂费等一切费用，甚至连行李也是免费的。这无疑给我们的家庭减轻了很大的负担。我深知读书的机会来之不易，作为一名贫困家庭的女孩，能成为丽江华坪女子高中的第一届学生，实现自己读高中的梦，我感到无比激动和喜悦。这是一所在党和政府以及全社会好心的叔叔阿姨们的关心和帮助下建起来的学校，在今后的学习中，我将更加努力，以优异的成绩来回报社会。

何先惠在民族中学上初中时，天天从窗里往外看着路对面的建筑工地，她知道在建的是一所免费女子高中后，希望学校早日建好——因为她家境困难，没有钱念高中，初中毕业就可能要辍学。如今她也圆了自己的梦想。

食堂、厕所暂时要和民族中学共用。没有围墙，没有保安，学校背后全是荒山，是一所女子学校面临的最大问题。

为了保证学生安全，你带着女老师们住进了由教室改成的学生宿舍，吃住和学生在一起。男老师则在一楼用砖头和木板搭建起简易床铺，兼职保安。

老师基本都是从大学招聘而来，80后、90后占绝大多数。

为了给学生们安全感，凌晨你是第一个打开电灯的人，晚上也是最后一个关灯的人。

每天处理完学校的事，差不多都是午夜了，给值守老师交代完后，你才拖着精疲力竭的身体走回儿童之家。

第二天你 4 点半起床，从儿童之家走回女高差不多 5 点左右。学生和老师都还没有起床，你打开办公室的灯后，天地之间一片静谧，你开始打扫学校卫生，让老师、学生们一起床，就看到清爽、干净的校园。

做这些事情，你心里充满着欣喜，你期盼孩子们能喜欢上这所学校，爱上这所学校，在此改变她们的命运。

面对学生基础太差的问题，你做了个决定：早上的卫生由老师们打扫，学生们则读书、背书。17 位教职员工每天早上要 5 点多起床扫一个很大的操场。

但他们都太年轻了，大多是独生子女，在家里也没吃过苦，晴天扫完一身灰，雨天扫完一身泥水，学校没有可以洗澡的地方，有时要一两天后才能离校出去洗一次澡。

恶劣的环境让部分老师打起了退堂鼓。冬天的一个早晨，几名老师相约着不再打扫卫生，想到华坪县教育局联名投诉你。你什么也没说，背着福利院最小的孩子“小萝卜头”，拿着扫帚默默地清扫校园。

“小萝卜头”受不了灰，在你背上哇哇大哭，用手抓扯着你的头发表示抗议。你只是背过手轻轻哄拍着背上的“小萝卜头”，坚持扫地。看到被灰尘笼罩的你和“小萝卜头”，大家沉默了。

他们慢慢聚拢在你身边，闪着启明星微光的校园里，响着沙沙的扫地声。

想去县教育局投诉你的人最终没去。老师们想出一个办法，用尺子量了操场，按人头平均分割，还买来油漆画上线，每人去认领一块。

学校卫生在这样的不情不愿中解决了。你哭笑不得，甚至感到了一丝幽默。你无法苛责他们，毕竟条件这样差的学校，全县仅此一所。何况在你眼中，他们也是刚毕业的孩子啊！

9 月的华坪多雨。一下雨，学生老师出入都极不方便，但更为不便的是学校没有厕所。老师学生都借用民族中学的厕所，或是去学校外的公共厕所。

夜间为保证学生安全，你规定学生上厕所必须要一名女老师和一名男老师陪同。如果遇到学生拉肚子，频繁地上厕所，护送她的两位老师基本就无法安睡了。天一亮，老师红肿着眼睛又要进教室上课。

你心疼老师，也从心底觉得对不起他们。但歉意还没有持续多久，你就发现学校洗漱间里总有一股怪味，这是怎么回事？

一天早上，你到校后决定先去洗漱间看看。当你推开洗漱间的门时，一位女老师慌张地提着裤子站了起来。因为厕所离学校远，她们把洗漱间当成了厕所。

"我天天这么辛苦打扫卫生，你们天天把洗漱间当成厕所。你们这样做，是给学生带了个好头吗？"

你毫不客气地痛斥了这位老师，直到她哭着离开洗漱间。你平息了怒气之后，又觉得这也不能全怪老师，都是年轻小姑娘啊，也许她半夜不好意思叫醒别人陪她上厕所，才不得已想出这样的解决办法。

想到这里，你回到办公室找来桶和扫帚，开始冲刷洗漱间。

冲洗的过程中，留校值守的老师们几乎都来了，没有一个人说话，只是默默地干着活，直到洗漱间被冲洗得干干净净。

学校地势较高，自来水经常压不上来，只能先保证生活用水。学校后面有一条农用灌溉渠，每隔十天半个月水渠里会来一次水。这时，全校便停课去抢水用：洗完衣服，再端去浇灌花木，整个学校忙乱不堪。

灌溉渠里每次的淌水都非常混浊，学生的白衬衣只要洗一次就变黄。而且要把水渠堵截起来才能取用，这就使得下游农民灌溉用水受到影响。他们便堵在水渠上不让学校用水，也会集合很多人到学校讲理。出于理亏，你无法辩解，你讲到学校的难处时，他们也不能理解。每次用水都会被老百姓骂得狼狈不堪。

你只能在挨骂后开校会做老师、学生的思想工作，告诉大家，只要再坚持一下，我们的蓄水池修好后就不会这样被动了。你对学生讲要发扬井冈山"小米饭、南瓜汤"的革命乐观主义精神，所有的困难都只是暂时的。

免费办学远不如你想象中那么美好。这些刚从大山里出来的女孩没有时间观念、懒散、不自律，初次离开大山，看到城里的一切事物都觉得新鲜，三天两头溜到街上买各种垃圾食品，一个星期甚至一个月的生活费，被她们两三天就花光，接下来的日子她们完全无法应付。上课时间，教室里总有空位，有时课上了半节还有学生气喘吁吁地从街上跑回来。到吃饭时间，有的学生不吃饭，到下午上课时就无法集中精力，一会儿胃疼、一会儿恶心。

有一个孩子每天早上还要花20分钟敷面膜，这让你觉得不可理喻。你问她哪来的面膜，她说买的，3元一张。你问她钱是哪儿来的，她说一天少吃一顿饭就省下来了。

你记得她父母送她来学校时，曾说起家里的贫穷，可为什么父母才一转身，她就要敷面膜呢？

这些都是你始料不及的，这跟你原来预想的完全不一样。你想象中的贫困孩子都会珍惜上学的机会，她们会拼尽全力地努力，学习风气会好得让你感动。面对事实，当了几十年教师的你才觉得，自己还是太天真了。

对年轻老师们来说，面对这样的艰苦条件和看似不可救赎的学生，他们对学校失去了信心。当激情消散，他们的理想从现实的悬崖上跌落下来。

接着，就发生了不该发生的事。

党旗所在

你决不放弃。

你制定了女子高中的校训：刚强、勤敏、宽厚、慈惠、知礼、质朴。你把学生集中起来，一个词一个词地讲给她们听，要求她们背下来，并要求以此自律自戒；你在学校实行封闭式管理，要求老师们统一备课，实行坐班制，学生有不懂的地方随时都能找到老师解决。

三年，是刚好送走这批孩子的时间，你希望所有的老师都能和你一起，把全部精力放在这些孩子身上，帮她们打开通向外面世界的道路。

开学后不久，17名教职工中有9名因学校条件差相继找理由辞职离开。

接着有学生转学。有一个学生父母来接女儿时，带走了学校免费发放的被褥、行李箱和衣物，还不屑地对你说："如果我们稍微有点钱，都不会让娃在你这儿耽搁时间。"

一个月内，4名学生转走了。

局面似乎失控：剩下的老师人心惶惶，学生精力不能集中，校园内外流言四起，学校又出现经费短缺。一切都呈现出最糟糕的状态。

一天早上，你为学校的经费跑了好几个部门都无功而返，疲惫不堪地坐在旗杆下，看着开学才升起来的鲜艳的五星红旗，心里有说不出的苦涩。

“张老师，你还好吗？”一位老师关切地问你。

“也许学校办不下去了，没有钱，一分钱都要不来，不知道接下来怎么过。”你强忍着眼泪对他说。

“老师也走了这么多，都无法正常上课了。现在从哪儿可以快速地招到老师？也许，学校真的要黄了。”

一阵心酸直涌上心头，你紧紧咬着嘴唇，怕一开口就会哭出声来。

这位老师坐在你身边也沉默着。

因为过度焦虑，你身体上出现了各种毛病：全身浮肿，额头鼓起多个小包，去医院检查，是骨瘤。肺上也有了结节，加上长期服用各类药物和一些强效止痛药，肌体损伤很大。你经常感到呼吸困难，全身像被针刺一样痛，剧痛过后还会出现眩晕和虚脱感。

随后，相关部门把你叫到办公室，说为了照顾你的身体，让你提前办理退休吧。

你的退休立刻变成了现实。

甚至有传言：“女高将被接管……”

绝望来得那么突然、那么真实。

疲惫感如潮水将你淹没，支撑你的力量消失殆尽。周遭突然变得空旷，你无物可依。

寂寥的天地间，一串银铃般的笑声从云间传来，你依稀看到，原野上，跑着穿红花袄的小姑娘，小辫子在春风中摇荡，洒下一串清脆的歌声；对着妈妈唱着“大麻子”的小姑娘，被爸爸抽了一耳光；唱着《红梅赞》、演着江姐的小姑娘，被观众一遍遍叫出来谢幕；走出车站的少女，伏在父亲背上，热泪滑落在父亲颈窝；新婚之夜被落下的新娘；苍山上那块孤独的石碑；民族中学里辍学的姑娘；儿童之家可爱又可怜的孩子；还有那些要钱的屈辱、拼尽所有建起来的女高，那里面有你的梦想，你的希望。

这一切，都真实地存在过，又虚幻得不可触摸。所有的人和事，都远离了你。你拼尽一生心血，最后不过一事无成便已年暮。

“不能供自家孩子上大学的家庭就不要去强求了，每个人都有自己的命运，打工也需要人。”有人这样对你说过。

你想改变她们的命运，但是你没有做到，曾经豪情万丈，如今只落得绝望凄凉。你最终辜负了大山的希望和贫穷家庭的期盼。

自责和绝望将你完全笼罩。

你闭上眼睛进入冥想的世界。

丽江著名的风景区虎跳峡山高峡深，水流异常湍急，暗礁林立，失足掉下去的人会尸骨无存，听说死在虎跳峡的人会到一个叫“玉龙第三国”的地方，那里鲜花遍地、四季如春。

你似乎恍惚地坐在观景台上。

发源自青海格拉丹东雪山的金沙江千里迢迢奔波到此，因突遇玉龙雪山、哈巴雪山的阻挡，原本平静祥和的江水变得怒不可遏，咆哮着从两座雪山之间的夹缝中硬挤过去，形成了世界上最深、最壮观的大峡谷之一。虎跳石横踞中流，将江水一分为二，传说中猛虎从玉龙雪山起跳，在这块石头上稍微点一下，就能跃到对面的哈巴雪山上，虎跳峡便因此得名。

江水在脚下咆哮、翻滚，卷起重重浪花，狠狠摔打在石壁上，水雾氤氲上卷，扑得你一脸、一身。你不在乎，对心无所念的人来说，没有什么能让你在乎了。

踏歌而来的小姑娘在对你招手，红扑扑的小脸满是幸福的笑容。

永别了，那些如花朵般的笑脸、那些曾经或不堪或光荣的往事、那些你曾深爱过的人、那些也深爱着你的人。

对不起，那些对你寄予厚望的人们，你最终没能达成他们的愿望：“让你们失望了，下辈子我再努力吧！”

脚下的江水咆哮翻滚，你轻轻一跳，立即会被暴虐的江水卷走，不会留下任何痕迹。你会被浪花抛砸到石壁上，全身骨头会碎成齑粉；会在浪涛的裹挟下，不停地撞向一个又一个巨石；会随着湍急的水流，跌下一道又一道的瀑布——你却不会感觉到痛。灵魂感受到释放的快感，所有束缚肉身皮囊的一切都会在暗礁的碰撞中被撕裂、被江水洗刷殆尽，无拘无束的灵魂便会展翅高飞，得到真正的自由！

怒吼的江水卷起千堆雪，向你发出呼唤：

“来吧，只要投入我的怀中，你的灵魂将得以解脱!”

“张老师，你还好吗?”一声焦急的呼唤，一双温暖的手扶起了你。

“你头晕吗?”一位老师问。

“我只是打了个盹儿。”

你拒绝了老师送你去医院的提议。

虎跳峡为什么能成为世界最深、最壮观的大峡谷之一?因为金沙江水毫不犹豫地硬挤过看似最不可能的那一条路，造就了最狭窄处仅 30 米宽、峡谷内礁石林立、21 处险滩、7 处约 10 米的跌坎、10 条瀑布。

这种壮美缘于金沙江从来没有选择改道!

然而，如今的你，还能坚持自己的选择而不改初心吗?

但此时放弃，是最好的选择。

你吃力地站起来，步履蹒跚，走进办公室开始整理档案，准备学校的后续事项。却忽然发现留下来的八名老师中，竟有六名是党员!

那一瞬间，一丝亮光如利剑劈裂了黑暗，你顿时觉得，学校有希望了，党员们没有离开!

你当即打报告向县委组织部申请成立党支部，很快得到批准。你被任命为党支部书记。

有党员在，学校就不会垮，你要举办一次特别的宣誓仪式。

你让美术老师找来红黄油漆，在教学楼二楼墙壁上手绘了一面巨大的党旗。

你带着六名党员在党旗前重温入党誓词，由你领诵：

“我志愿加入中国共产党，拥护党的纲领，遵守党的章程，履行党员义务，执行党的决定，严守党的纪律，保守党的秘密，对党忠诚，积极工作，为共产主义奋斗终身，随时准备为党和人民牺牲一切，永不叛党。”

每一个宣誓人眼中都涌出了滚烫的泪水。

你的耳畔响起熟悉的旋律：“我把党来比母亲。”

你张桂梅是党的一员，是党的组成部分，是一位母亲，你能承担起党员的责任!

为母则刚，你将为理想扛起一切!

战斗堡垒筑成了，阵地守住了。

教学楼共有五层，你把办公室设在三楼，方便上下照看学生以及应对每个楼层发生的突发事件。学校没有围墙，你就每天五点半准时把教学楼的灯打开，并赶走很多来夜栖的小动物，甚至蛇、蜈蚣等。学生起床时，你已经安静地站在教室门口微笑着等待她们。山上还有很多坟茔，在深夜发出幽幽磷火，令人毛骨悚然，你便等学生们全部都睡下后，才一个人慢慢地关掉所有的灯。

静谧的校园里，最早的人和最晚的人都是你。

你带着老师们重新开始了学校的工作：除了正常的教学任务，你要求党员必须佩戴党徽上班，每周开会让党员轮流读党章、重温入党誓词、唱革命歌曲，把《为人民服务》《纪念白求恩》《愚公移山》作为必读文章，组织师生每周看一部红色电影，讲长征精神、延安精神等老一辈革命家艰苦奋斗的事迹。

只有记住来时的路，恪守入党的初心，才能把“要我干”转化成“我要干”。

党员必须要明确自己为什么入党、坚守信仰，这不仅是为了女高的发展，更是为了党的肌体的健康和民族复兴的事业！

你告诉他们，党员不仅仅是一个称谓，而是要用各种形式让大家真正把“党员”外化于形，内植于心。

你把毛泽东诗词作为必修课，每天让学生朗读、背诵，让她们时时“与经典为友，与伟人同行”。

在学习背诵毛泽东诗词的基础上，你精心挑选传统经典名篇作为全校师生的必修课，让他们在名篇佳句、锦绣华章的书香中得到熏陶浸染，感受汉字内涵之深厚，领悟人生哲理之睿智，用雅言传文明，以经典润人生，把传统文化和红色经典相结合，作为陶冶情操、激励斗志和传播社会正能量的有效载体，让老师和学生们从中寻找到真善美，汲取力量，修身律己，摒除浮躁之气，安心静神而向学。

而原来的晨跑，经过深思熟虑后，你将之改成了练太极，你忘了谁说过：“太极拳是中国的一种优秀传统文化，内涵十分丰富，充满着哲理，与中国传统医学有着血缘关系。学练太极是一项很好的健身运动，可以强身健体，可以防身自卫，也可以陶冶情操，是一种美的享受，还可以给人们的生活带来无限情趣和幸福。”一招一式发乎心，她们渐渐领悟到其中的精妙，也许，多年后会对她们的人生产生影响。

各种校规的重新修订，让整个学校都发生了很大的变化，老师们对学生的言传身教和学校严格的要求以及传统文化的感召力，很快在学生身上看到了成效。

大家渐渐上课准时了，有了纪律观念，很多小毛病改正了。你终于舒了口气。

你治校的严格中透着浓浓的母爱。高一年级新入校的女孩们在大山里没听说过“奶茶”，见城里女孩喝奶茶，趁你心情好时便向你撒娇：“我想喝奶茶。”

“喝空气去吧。”

“喝空气也行。”

你扑哧笑了。你让办公室主任去给高一新生每人买了一杯奶茶。高二高三的学姐们也撒娇要喝奶茶，为了公平正义，你狠下心给每人买了一杯，作为她们缺失的童年的集体补偿。一杯奶茶，让人品出了浓浓的人情味，这笔钱都是从你工资里扣的。

你的事迹通过媒体渐渐为世人所知，各级领导和公众敬佩你一心扑在教育事业上，积劳成疾而不抱怨，创造了生命与工作的双重奇迹。

省委发出了《中共云南省委关于开展向张桂梅同志学习活动的决定》，号召全省广大党员干部和大中小学教师向你学习：牢记宗旨、坚定信念、对党忠诚的优秀品质；淡泊名利、无私奉献、不求回报的崇高境界；热爱生活、艰苦奋斗、乐观向上的优良作风；爱岗敬业、教书育人、为人师表的高尚品德。

活动迅速在各州、市、县掀起了高潮，并很快形成了全国学习的态势。这给学校带来了极大的转机。

来自全国各地的捐款飞向校园：一个化名为“一滴水”的志愿者，每年定时为学校捐款，一直到今天。很多人给你写信、打电话，要求来学校支教。

你开始有选择地接受自愿支教的老师。一对来自南方的退休老教师夫妻，不适应云南的高海拔气候，批改作业只能坐在地上，晚上睡觉也只能打地铺，但坚持支教了三个学期；两名来自北京的志愿者，原定支教时间为一年，可一年过去了却不愿意离开，要求再留一年。

一切都在你的坚持下发生了改变。

你喜欢种花，你和师生共同在校园里种下了玫瑰、月季、白玉兰、海棠、长寿花、网球花、夜来香、三角梅、桂花、君子兰、芭蕉、芒果、橡皮树、小叶榕等花和树。

你是一个真正的护花使者。

又闻歌声

为了保持学校干净整洁，你规定老师每天早中晚打扫三次卫生。一天中午，老师们将扫帚放到操场上，在四楼天台准备唱完歌后再下楼继续扫操场。

跟往常在天台上唱歌一样，有些老师耷拉着眼皮、不情愿地唱着。可没唱几句，楼下操场便传来了响亮的歌声，正准备上中午课的学生经过操场时，自觉地站好队，“无缝对接”地唱起了同一支歌，声音完全盖过了楼上的歌声。

楼上的歌声仅一瞬间，就由微弱变得洪亮。楼上楼下相呼应，革命歌曲激昂的旋律飘扬在校园上空。

唱完歌，没等老师们下楼，楼下的学生主动捡起地上的扫帚开始打扫卫生。楼上的老师们奔下来，抢夺着学生手里的扫帚，学生们抱着扫帚不放，说老师你们辛苦了，以后卫生就由我们来打扫吧。

此后，只要看到操场上有杂物，老师们都会主动去打扫。那些油漆划分的区域标志成了“文物”。

老师和学生之间的关系越来越好，师生关系的融洽带来的是课堂效率的提高。

短短三年，学校就形成了师乐教、生乐学、知礼崇文的良好氛围。

在师生们的共同努力下，2011 年，第一届毕业生以本科上线率 73%、综合上线率 100% 的好成绩，全部考上了大学。

在党旗下宣誓的全体教职工，手挽着手，终于给党交出了一份满意的答卷。

“感时思报国，拔剑起蒿莱。”

学校沸腾了，老师们笑着笑着哭了，哭着哭着又笑了。梦想之路曲曲折折，终于迎来了希望的曙光。

那个叛逆少女的父母拿着女儿的录取通知书，带着厚厚一沓钱来到学校，和老师们一样，笑了哭，哭了笑，激动得说不出一句完整的话。

那些原本家贫无法让孩子上学的家长，甚至跪在教学楼前表达感激之情。

96名大山里出来的女孩儿将走向诗和远方！

整个县城和丽江市都刮目相看，有的学校拿“女高”说事：“那帮乌合之众都能教育好，我们教育不好说得过去吗？”

唉，这是什么话啊！

（选自《中国作家·纪实版》2022年第3、4期，有删节）

农民院士

李春雷

马铃薯种植，起源于8000年前的印第安人。

16世纪，马铃薯进入欧洲。此后，这个宝贝儿便快速传遍全球。

17世纪，马铃薯登陆中国。最初，它属于蔬菜类。民国以后，才逐渐被纳入粮食系列。

经过千百年的发展，马铃薯已成为世界头号非谷类食品。2007年，其全球产量更是达到3.25亿吨的创纪录水平。

世界上消耗马铃薯最多的国家，定然是中国。

合欢的笑声

科技小楼的后面，有一棵高大的合欢花，柔枝撒开，花儿球状，猩红猩红、粉紫粉紫，梦幻一般娇俏。

窗子里，总有一双瞳仁，紧紧地盯着合欢花，久久不曾离开。

这是朱有勇的眼睛。

一双沉思的眼，一颗沉重的心。

自从2015年11月进驻澜沧县蒿枝坝村以来，朱有勇一直在观察，在调研。

澜沧县8000多平方公里，其中河谷地区占15%、山区占50%、半山区占30%，到底应该发展什么致富产业呢？

这里是全国唯一的拉祜族自治县。该民族历史上以打猎为生，彻底告别狩猎仅仅几十年时间，而且不少农民文化程度偏低，甚至不会说汉语，所以对农业生产不够精通，也缺乏热爱。最开始，朱有勇曾设想组织他们外出务工，发展养殖业和种植业，但几经努力，均不适合。

调研中，他突然发现一个极为奇特的现象：此地没有马铃薯！

本地不太适宜种水稻。有史以来，春季种植只以玉米、甘蔗为主，秋天玉米和甘蔗收获之后，便不再生产，直到第二年春天。大片土地，就成了冬闲田。

朱有勇想，自己这些年的一项重要研究成果就是冬季马铃薯种植，技术早已成熟，亩产可达三四吨。这项技术已经在别的地区推广，只是未能到达这里，真是可惜啊。

马铃薯的特点就是生长季节最怕下雨，而澜沧县的冬天，温度最低12摄氏度，几乎无雨。这样的气候，更适合马铃薯生长。而且，马铃薯是懒庄稼，田间管理要求不高，正适合这里的群众。

他越想越兴奋，这些条件简直是为马铃薯量身定做的！

想到这里，朱有勇不禁对着合欢花笑出声来……

哑巴与喇叭

蒿枝坝村的冬天，暖融融。

有多暖呢？如同北方的阳春。

但在澜沧县农家，拉祜族兄弟们就休息了，顶多是往地里撒一把油菜籽，任其随意生长。

于是，冬闲的日子，男人喝几杯自家酿制的苞谷酒，坐在墙根聊天。女人聚在一起做针线活，带带孩子。孩子们呢，则追着公鸡乱跑，或骑着肥猪当大象。公鸡受惊了，“咯咯”地叫着，从东家门口飞到西家屋顶；孩子们也跟着飞过去、飞回来……

科学与传统，开始了一场拉锯战。

什么？冬天种马铃薯？村民们说什么也不肯相信。

他们吃过马铃薯，但从来没有种过，叶片长啥样也不知道。于是，一致表示反对。

扎丕说：“澜沧种马铃薯，不可能！”

娜努说：“冬季种马铃薯？从没听说过！”

……

别说蒿枝坝不相信，整个澜沧县都不相信。因为这片土地上，从未种过马铃薯。

2015 年 12 月上旬，朱有勇在村党支部的协调下，租种农民 5 亩地，开始示范种植马铃薯。

他带着两名学生，除了亲自干活之外，还发动村民打工，人工费每天 80 元。

12 月中旬，从昆明运来种薯，放在温暖处催芽。几天后，薯芽萌动，用刀将薯块儿切开，每块儿各带一个芽眼；草木灰搅拌，晾干后种下。

入土半个月，种薯发芽儿。叶呈卵圆形，类似蒿子叶。

一个月后，株苗像儿童发育一样，迅速长至少年，三四十厘米高。

2 月，地温渐高。马铃薯开花了，一簇簇，像喇叭筒，或紫或白，十分烂漫。但这些花啊，只是绽放美丽，却与果实无关。每一朵花凋谢之后，蒂结成一枚青胎，似珊瑚球，又像青樱桃，要及时掐掉。

3 月，阳光正好，暖气熏人，正是马铃薯们长身体的时候。娃子们在地下日日夜夜地歌唱着、膨胀着。只需一个多月，俱已成年。

4 月上旬，原是当地人开始春耕的时候，而现在却破天荒地要收获了。

全村人都来围观。

朱有勇和学生们热情地招呼着村民们，唯恐人不热闹。

果然，一镬头下去，白白黄黄的马铃薯滚出来，圆圆的、胖胖的，像葫芦、似倭瓜。

选一个最大个头的家伙，过磅，接近 2 公斤！

亩产量，竟然达到 4.47 吨！

天啊！

往日将信将疑的村民们，此时全变成了哑巴。

旋即，哑巴又变成了喇叭……

我们都是“博士后”

2016 年 11 月，蒿枝坝二组组长刘扎丕接到通知：朱院士将在村里举办马铃薯培训班，要他上门组织村民前去旁听。

马铃薯班学员60名，来自全县。

朱院士能种出葫芦大的马铃薯，这消息在县里疯传开了。他免费举办培训班，报名者蜂拥而来。这60位学员，都是朱院士亲自面试选择的“进士”。

寨子里有人开起玩笑，说这是考上了“云南农业大学”。

为了能“考中”，学员们都颇费了一番脑筋。酒井乡坡头老寨的马正发带来一个他种植的重达三斤的芒果。轮到他面试时，他便向院士展示“成果”；竹塘乡大塘子村的李娜努面试没有通过，硬是不离开，在门口兜兜转转，最后感动了朱院士，最终成为培训班的一员。

……

刘扎丕接了任务，便早早起床，挨门告知。

走过三五家，让他意外的是，家家空无一人，莫不是还没有起床？

房前屋后寻了一遍。他发现，有人喂鸡，有人扫地。原来，个个都在干活儿，哪有人在睡懒觉？

这朱院士真不得了，把寨子几百年的“懒气”一扫而光。

以往哪，晒太阳的、磕瓜子的、喝酒的、睡懒觉的，除了不干活，什么都干。现在完全颠倒过来了！

最后一个旁听学员，找了好久才找到。原来，他跟着朱院士晨跑去了。

开班之前，朱院士给每位正式学员发放了一套仿军装的迷彩服。

大家齐刷刷穿上，顿时面目一新，感觉自己变成了一个“战士”。

朱院士请乡政府武装部干部给学员们进行军训：“立正、稍息、向前看、齐步走！一、一二一、立定！”

口号响亮，脚步齐整，精神大振。

往日松散惯了的学员，牢记上课纪律、作息制度。

军训结束后，就是三天理论课，由朱院士和他的博士研究生亲自讲授。而后，课堂就被移到了田间地头。

……

几天时间，学员们与朱院士都混熟了。

有一个小伙子，斗胆开起了玩笑："朱院士，你说比博士更厉害的是博士后。你是博士，你的学生也是博士，那我们跟在博士后面学种地，不就是博士后了吗？"

"哈哈哈，哈哈哈！"田垄上响起一片片笑声，震响着这沉寂了千万年的青山和穷山。

哭与笑

1984 年 3 月，张六金生于蒿枝坝一组。刚刚出世一个月，父亲便因病撒手西去。更加不幸的是，办完丧事的当天，母亲也离家出走了，从此杳无音信。

在此之前，他的爷爷、奶奶也早已去世。

好可怜的孩子！

一位本家大伯心疼这个侄儿，把他抱回家。可大伯家里还有 5 个孩子啊，都吃不饱肚子。更加悲催的是，几年后，大伯也因病去世了。

张六金的苦日子，可想而知。

从 12 岁开始，张六金就外出打工了。先是到一家餐馆，管吃管住不给钱。几年后，他又到一家私人企业。那是一个采石场，悬挂在半山腰，四周都是裸露的岩石。小小的张六金负责引燃雷管炸药的导火索，极其危险。"咚"的一声，石破天惊、地动山摇，张六金死死地捂住耳朵，还是耳膜嗡嗡，撕裂般疼痛。大石块小碎石马蜂般飞过来。他趴在远处的岩石后，瑟瑟发抖。

放炮一天，工钱 5 元。

炸一天岩石，浑身臭汗，满头石粉，好累啊，好险啊，终于又活着回来了。回到窝棚，他和粗犷的工友们一起，抽烟喝酒，放纵一番。

到了结婚年龄，但谁肯嫁给这样一个无家无业的孤儿呢？好在天无绝人之路，蒿枝坝三组有一户人家没有儿子，只有两个女儿。于是，两厢情愿，他便成了上门女婿。

女方也穷啊，岳父有病，不能干重活，常年需要吃药。

家里 5 亩地，一年只种一季玉米。收成稀稀落落，勉强可以维持温饱。

随着孩子的出生，住房紧张。但要盖房，谈何容易啊。

2012 年，张六金东挪西借，终于筹款 2500 元，盖起了三间土坯房。

大儿子 4 岁时，小儿子又出生。孩子都是小天使，可爱极了。可长到两岁的时候，小儿子的右手掌上长出了一个小黑斑。黑斑随着孩子的身体，慢慢长、慢慢长，竟然长到 1 公分大，像一枚饱满的黑豆，紧绷绷，似乎一触即爆。

小心不能触碰，时时痛得大哭。

去乡卫生所，去县里医院。医生摇摇头："这里治不了，你们去昆明大医院吧。"

2015 年 3 月，张六金夫妻再次贷款 1 万元，赶往昆明。上午 10 点动身，一路颠颠簸簸，到昆明的时候已是晚上 10 点了。

第二天，辗转找到医院。医生告知：住院费和手术费需要 3 万元。

3 万元，简直是一个天文数字！

夫妻相顾无言，只好放弃治疗。

回家的路途中，夫妻俩几度抱头痛哭。儿子看着他们哭，更是号哭不止。四面青山同情地看着他们一家人，也在陪着叹息，陪着痛哭……

2016 年，张六金听说村里来了一名科学家，号召大家种马铃薯。他不相信，就没有响应。

第二年，他看到别人种马铃薯发财了，便偷偷跟着种。他没有文化，也没去参加院士的马铃薯培训班，只是模仿别人，起垄挖坑下种。马铃薯收获时，别人每亩赚 1 万多元，可他的 5 亩地，只赚回 1.4 万元。

虽然如此，也比往年收入好多了。

2018 年冬天，张六金下定决心，好好种马铃薯。为此，他东询西问，南求北告，多方取经，掌握了一个个技术要领。

那一天，他翻整了土地，小心翼翼地播下种薯。这时，正好朱有勇从田边走过。

"呵呵，你切种薯的方法不对路啊，我切给你看。"说着，朱有勇走到垄前，接过张六金的刀子，"切一个芽口没保证，最好切两个。"

朱院士低头切薯，单腿跪在垄上。

他说："每株种 20 至 25 厘米深，距离 40 厘米。起垄不能太密，大约在 1.2 米。每亩的株数最好是 4667 株……"接着，又告诉他浇水的注意事项。

这一年，张六金的五亩马铃薯，赚回 2.4 万元。

随着种马铃薯收入的增加，张六金的生活也在发生着一系列根本变化。

他家由于已被确定为建档立卡贫困户并被列入农村危房改造项目户，可获得国家补助。另外，在此基础上，还可以申请无息贷款 2 万元。有了这些，再加上种马铃薯的收入，2018 年秋后，他拆除土坯房，盖起了一座二层小楼。

也是在这一年，村扶贫第一书记告诉他，小儿子的手术可以在澜沧县人民医院进行了，并帮助他联系，办理入院手续。

手术十分顺利，医生诊断是良性血管瘤，共花销 9000 多元。

由于张六金是建档立卡的贫困户，再加上国家医保等优惠政策，这 9000 多元费用，大多可以报销，张六金自己只需要承担 479 元。

“479 元？只有 479 元？”张六金反复问。

对，没错！

夫妻俩，相视而笑，接着又抱头痛哭。

只是这一次，是幸福的号啕。

“得吃了”

酒井乡坡头老寨有 33 户人家，马正发单家独户地住在半山腰。

他有一句口头禅：“得吃了！”

庄稼有了好收成、办成一件漂亮事、儿子考了好成绩，他都会乐呵呵地说：“得吃了！”

可是，这个短头发、高颧骨、黑黝黝的 40 多岁汉子，好久不“得吃了”。

独门独户的房子周围，全是他的土地。山场、旱地、水田，加起来虽然有 100 多亩，但能种庄稼的只有 20 亩左右。其他的土地，租给别人种桉树，每年每亩租金 15 元，简直等于拱手相送。

两个孩子、媳妇、岳父，全家 5 口人，全指望这 20 亩庄稼地。

马正发是一个典型的勤快人。为了改变家境，他在其中18亩地上种苞谷、红薯和蔬菜，另外两三亩地摸索种芒果，早熟的、晚熟的、嫁接的等等，达20多个品种。单是一棵芒果树上，就能长出好几种果子，桂七芒、青皮芒、凯特芒、红象牙芒、贵妃芒，有青色的、鹅黄的、粉红的。

别人称赞他，他笑一笑说："别看我整天都在忙碌，可都是穷忙活，粮食只是够吃，芒果产量不高，而且路又远，卖不动，还不得吃。"

的确，马正发一年的收入，除了供孩子读书和家人看病的开销之外，也仅仅能维持温饱。

两个孩子都肯读书，将要陆续参加高考，如果考上大学，学费和生活费从哪儿来呢？

还有岳父，年纪大了，近两年经常生病住院，更是把家底都掏空了。

朱有勇在蒿枝坝创办马铃薯培训班的消息传出后，马正发听说不用交学费，就主动报名去了。

他是一个精明人，面试的时候，担心院士不肯收留，就带上一只大芒果，以证明自己是一个科学种田人。

果然，竞争十分激烈：每个乡镇录取名额是2人，但报名者都有30多个。

朱院士看着马正发的大芒果，很感兴趣，问：

"你家的地靠近河水吗？"

"是的。"

院士高兴了："你平时喜欢种蔬菜和果树吗？"

"我种了20多年。"

"很好！"院士又赞了一句，"你想致富不？"

"我怎么不想致富？我穷得不得了。"

……

过了几天，通知书到了。

马正发所在的马铃薯培训班共60人，来自全县各乡镇。学时累计100天，刚好是从种植到收获的一个生产周期。

学期内，学员们时而集中培训，时而回到自家田地里实习，理论和实践相结合。所有集中培训的时间，全在马铃薯生长的每一个节点之前，而所有的种子与化肥，都由院士团队免费提供。

……

第一年，马正发就“得吃了”。

他的亩产量2.5吨，虽然比不上别人的亩产2.7吨，但他觉得已经很多很多了。

2018年，马正发下大力气，精心耕种，亩产达3.6吨，最大一个马铃薯1.8公斤，总收入达到6万元。

马正发越干越有劲儿，2019年，收入竟然超过9万元。

收获时节，他的地头引来好几家收购商。这些商人有的来自湖南，有的来自四川。销路呢，除了国内，还有缅甸。

马正发出名了，寨子里的乡亲们经常登门拜师。

朱有勇叮嘱他：“这个片区，你是带头人。你学得好，要毫不保留地教给别人啊。”

马正发高兴地说：“院士不收我学费，我怎么能向别人要钱？只要他们好好学，我肯定分文不取。”

全寨33户，有28户报名了。未报名的有4户在外地打工，还有1户是残疾人。

马正发申请了100亩的免费种薯和肥料。朱院士欣然同意，照单全付。

他拿着花名册，按照亩数，给28户人挨家挨户地送去。

我是薯王

上允镇下允村帮蜡组的卫成金，是一个实实在在的苦命汉子。

他有多穷呢？

父母生下8个娃娃，成活5个。卫成金是老大，生于1976年。在他13岁那年，父亲生病去世。又过了两年，母亲也患癌症，不治而亡。

15岁的卫成金，带着4个弟妹，吃稀饭、住烂房，艰难度日。

房子有多烂呢？前些年云南地震，他家房屋倒塌了。地震过后，当地政府派人来验定灾情、补偿损失。别的受灾户都补贴了七八百元，卫成金却没有。他去申诉，工作人员说：“你家的房子本来就是倒塌的，与地震关系不大。”

千辛万苦，卫成金终于长大成人。

不用说，苦命人卫成金是一个能干的汉子，风里来雨里去，干得一手好农活。

2017 年，听说朱有勇院士在蒿枝坝创办马铃薯培训班，他很想报名，但家里活计太多，脱不了身。

他鼓动邻居去参加，可邻居担心冬天种不出马铃薯。他说：“马铃薯本来就喜冷凉嘛，为啥种不出呢？我试验过的，只是不高产罢了。”

第二年，老卫主动报名。他的态度端正、基础厚实，顺利被录取。

上课了，他认真听讲，老师的讲授，全部刻记在脑子里。

切种薯，每块种薯保证 1—2 个芽口，重量至少 15—20 克。起垄时，土要扒深，土质要细，薯才结得多。还要往土里撒上少许石灰粉消毒，然后才种下去，株距要保持 25 厘米。

种下之后，浇水也有讲究。水分不够，马铃薯就长不大。浇水多少，要看土质，土质粗糙，一周浇水一次；如果天气干热，要一周浇水 3 次。如果下雨了，就赶紧去排水，否则幼薯会烂掉。

下种时一次性下足肥料。如果肥力不够，就要追肥一次。

天天和田地打交道，种地几十年，早已是老手。结合老师教给的方法，再种马铃薯，并不手生。况且，下允村土质好、水源足呢！

冬季马铃薯虽说是懒庄稼，但也有窍门：最好在公历 10 月 10 日至 12 月 20 日之间种下，如果晚于这个时间，由于温度升高，马铃薯要么不结果，要么结果少。

2017 年冬天，卫成金种了 9 分地，收获 3. 3 吨，全县亩产最高。拿到市场批发，每斤 1. 3 元，卖了 7000 多元。第二年，仍是 9 分地，收获 4 吨，依然是全县最高产，得款 9000 元。

别人问他有什么秘诀，他浅浅笑着：“朱院士的经验，都是真经，只要你不折不扣地执行，好好浇水，好好管理，哪有不高产的道理？”

他的几个弟弟妹妹，在他的带动下，也都种起了马铃薯。

这些马铃薯啊，没有让他们失望，个个长得虎头虎脑、敦敦实实。

2018 年 4 月，老卫接到马铃薯班老师的电话，要他去参加“薯王”评比。

原来，朱有勇院士为了进一步鼓励农民种植马铃薯，提出要在全县评选“薯王”，谁能种出全县最大的马铃薯，谁就能获得他亲自奖励的 5000 元。

老卫赶了几十公里山路，来到蒿枝坝。

参赛人很多，来自四面八方，共 120 多人。人人怀抱着马铃薯，像是一个个金娃娃。不用说，都是各自家里最大的那一个。这东西，谁也不能造假，谁也不会造假。

谁的马铃薯最大？

众目睽睽，现场称量！

筛了一遍又一遍，大的，较大的，更大的，最大的——1.75 公斤！

老卫微笑着上台了，古铜色的脸庞上泛着金光，心底更揣着钢铁般的自信。

他举起自家的马铃薯——1. 95 公斤！

薯王！

朱有勇兴奋地走上前，拍着他的肩膀，现场奖励 5000 元。

触网

冬季马铃薯能赚钱！

喜讯传开，马铃薯种植技术在澜沧县推广了 2 万多亩。

短短几年时间，朱有勇带领澜沧县拉祜族群众，形成了从种植、管理，到收获、售卖，再到开设网络店铺、直播带货的一个从生产到销售的完整扶贫链条。

有记者做过调查：每年 3 月至 5 月，北京市饭馆里的醋溜土豆丝，85%左右来自云南。

冬季马铃薯的热销，是因为打了一个时间差：正好在春节前后上市，是独一无二的鲜货。若是 5 月份，山东、福建的春季马铃薯上市，价位就下落了。

往年3月开始，全国各地的经销商纷纷来到澜沧县，收购新鲜的冬季马铃薯。

但是2020年春季，由于新冠肺炎疫情影响，春节已过去两个多月，澜沧县还是不见经销商们的影子。

满地的“金娃娃”们，急红了眼。

疫情期间，云南农业大学与拼多多平台合作，开展“在线实践、直播家乡、助力扶贫”活动，鼓励学生走入田间地头、直播带货，助力脱贫攻坚和复工复产。

朱有勇灵机一动，这不正是一个好机会吗？于是，他主动提出要亲自直播带货，“触网”冲浪。

他的提议让学生们大吃一惊。平时，他基本不接受媒体采访，经常回避记者。去年，中央电视台《春节联欢晚会》邀请他出镜，他也婉言谢绝了。

但现在，这是帮助农民脱贫啊。

大家恍然大悟。

2020年4月7日中午12时55分，朱有勇来到蒿枝坝，直奔田间。

直播地点就选在村民刘长保的地里。这个地块，正好处于马铃薯基地的中间位置。

100多人闻讯而来。

朱有勇和大家一起，开挖马铃薯。

田里的马铃薯都翻身露出肚皮，圆滚滚、肥嘟嘟、白胖胖。

朱有勇抖一抖裤脚上的泥土，戴上草帽，面对眼前的手机，清一清嗓子，开口直播了——

“……你们看，我手中的冬季马铃薯，芽眼浅、皮光亮、个头大……”

拼多多的平台直播上，呈现出朱有勇朴实真诚的笑脸。这张笑脸，面向全国各地。

他俏皮地把两个最大的马铃薯，齐耳举起，与自己的脸庞相比较，几乎不相上下。

院士当主播，为澜沧县冬季马铃薯“代言”，马上在网络上掀起了一阵旋风。

线上线下，纷纷咨询，交易频繁。

……

1 个小时的直播，吸引了 54 万网民观看。

当天挖出的 25 吨马铃薯，销售一空。

其实，作为朱有勇的重要代表作之一，冬季马铃薯技术体系从 2008 年开始，已走入云南省多个州市。截至目前，已累计推广 200 多万亩，而它的市场，已经遍布北方各大城市。

那袅袅的飘香，是云南的问候，是澜沧的味道。

在澜沧县农村，人均收入 3700 元即可脱贫。

而在这里，家家都有马铃薯田，家家都有“金娃娃”！

……

马铃薯、土地、沉默土地上的农村。

太阳、阳光、雪亮阳光下的农业。

生命、生活、现代生活中的农民。

一切都在发生着变化，一切都在变得富裕且美丽……

（选自《长江日报》2022 年 2 月 17 日）

为国铸剑
——记于敏

李朝全

引子　“非著名科学家”

对于我，于敏原先是一个几乎完全陌生的名字。一直以来，我都不太清楚于敏是谁。在看新闻时，常常将他记错，以为是一位教育家，后来才弄清楚那位受表彰的教育家叫于漪。询问身边的亲友于敏是谁，大多回答“说不清”或者“说不准”。2019 年国庆节前夕，国家首次评选表彰了八位杰出人士，授予其“共和国勋章”，按照姓氏笔画，名列第一位的正是于敏。

2019 年 10 月 1 日，国家举行盛大的国庆庆典和大阅兵。一辆辆装饰得华美绚丽的彩车，依次从天安门城楼前驶过，打头阵的是致敬方阵和彩车。

在那辆彩车上，出现了一张许多人并不熟悉的脸庞。他，略显圆形的国字脸，前额的头发已经凋谢，戴着一副黑框眼镜，正微笑地望着欢庆的人群。

这个人是谁呢？

他，就是于敏。

为什么他能享受如此崇高的礼遇？他又做出过何种惊天动地的事业呢？

经过多方调查，我才逐渐地了解于敏。走近于敏，才知道他拥有多个光彩照人的头衔，他确实干过惊天动地事，但始终甘做隐姓埋名人，极少在公众场合抛头露面，也很少在各种媒体上被广泛宣传，难怪芸芸众生如我之辈会“有眼不识泰山”！

第一章　屈辱而发愤的青少年时代

童年，几乎会决定一个人一生的发展走向。苦难的童年，造就了于敏的爱国报国之志和顽强坚韧的品格。

生于乱世

天津市宁河区位于海河的一大支流蓟河流域。蓟河在华北的东北部，蜿蜒曲折，千回百转，最终流入渤海。此地之所以叫“宁河”，大概是因为百姓祈愿蓟河能岁岁安澜，宁静无波，为黎民带来富庶的生活。

这里河汊交错，水量丰沛，冲积形成的平原历来就是一片农耕的沃土。老百姓在肥沃的土地上种植水稻、大豆，几乎每年都能丰收。

这片热土孕育出了许多知名人物，包括不少中国科学院、中国工程院院士。于敏就出生于宁河区芦台镇后来的建国社区十一村200号。

20世纪初期，宁河隶属于河北省（原称直隶，1928年改称河北省），被称为顺天府宁河县，距离唐山市五十多公里，距离天津市中心七八十公里。于敏出生的地方，叫芦台镇。之所以被称为“芦台”，是因为此地襟河面海，沼泽密布，芦苇丛生，“登台四顾，满目皆芦”。

芦台自古便是一个知名的地方，因为靠近海边，所以海水资源丰富，滩涂广阔，数百年来都盛产海盐。

于敏的爷爷名叫于绍舟，少年时曾读过私塾，后就读于通州第一师范学院，毕业后被派往汉沽寨办学教书。与妻子张氏育有两男三女，大女儿和二女儿因病早亡，两个儿子分别叫于振霄和于振远。

虽然家境并不富裕，但是于绍舟还是坚持让两个儿子都去读书，并一直供他们到中学毕业。长子于振霄，即于敏的父亲，曾当过宁河芦台二村的村长。次子于振远，即于确（于敏堂弟）的父亲，曾在宁河芦台十村当老师。因此，于家向来重学。

于振霄娶了妻子王氏。王氏父母早亡，被寄养在舅舅家里，由舅妈抚养成人，不曾读过书。

1926年8月16日，于敏出生。

在他上面，还有一个姐姐，比他大三岁。父亲希望她长大后能够成为巾帼英秀，因此给她起名叫“帼秀”。于敏出生后，父亲给他起名单字“慜”，字敏之，寓意“聪明敏捷”。

不久，父亲在天津市财政局找到了一份小职员的工作，于是离开芦台，独自到天津去任职。

姐姐于帼秀果然没有辜负父亲的期望，刻苦好学，积极上进。于氏家族一向重视教育，而且没有重男轻女的观念，于帼秀后来一直读到了大学。

于敏上学以后，嫌“慜”这个字太复杂也太奇怪，干脆便自作主张，将名和字合二为一，将“慜”的心字底和“敏之”的“之”字都去掉，将名字改作“于敏”。当然，他也没有辜负父亲的厚望，后来通过勤苦攻读，最终考取了北京大学，工作后更是踏实敬业，做出了巨大的成就，当选为中科院院士。

在于敏之后，母亲又生下了一个弟弟和一个妹妹。不幸的是，在兵荒马乱的年代，弟弟妹妹都过早地夭折了。

李津（于敏的外甥）回忆，姥姥对他影响最大。她也是李津学习绘画时的第一个模特。在李津眼里，姥姥长得比较富态，应该是出身于大户人家的闺秀，为人大气，不计较小事，胆子大，酒量也大，和姥爷一样，都喜欢听评书和看戏。姥姥是缠小脚的，却有一种大胸怀。但她生活能力很弱。

于敏姐弟俩都不是母亲带大的，但是，母亲那种大气、不计较的性格从根本上影响了他俩的个性。姐弟俩对于事业都很热衷和执着，但在生活上，即便再艰难也都很放松、不小气，心胸开阔。父母酷爱看戏，甚至一度打算让于帼秀去学习唱戏。父母的这一爱好深刻地影响了子女，于敏姐弟俩毕生也都喜欢听戏、看戏。

于敏的叔叔于振远娶了两房太太。第一房太太特别能干，却未能生育，因为母亲生活能力弱，于敏姐弟俩便被交给于振远的第一房太太去抚养。

在童年时代，于敏生活的宁河县经常遭遇炮火的袭击。有时，为了躲避枪林弹雨，他和姐姐不得不藏到炕下去。

1931年，日本悍然发动“九一八事变”，随后侵占了东北三省，在东北成立了伪满洲国。紧接着，又在唐山宁河一带，成立了冀东特别行政区。

1932年，于敏开始在芦台镇第五小学上初小，随后进入芦台镇完全小学（今天津市宁河区芦台一小）上高小。民国时期，小学修业年限为六年，依地方情形延长一年；小学分初、高两级，分别为四年和两年。

于敏上学时，《芦台完全小学校歌》如此唱道：“绵绵我校，历史悠长。艰难缔造，勿坠勿亡。前程万里，发轫芦阳。孝悌忠信，勤俭是纲。礼义是则，廉耻是方。一本斯旨，勿怠勿荒。完全小学，造福异乡。福颐永护，天地同康。”

后来，在回忆小学生活时，于敏表示：“‘孝、悌、忠、信’四个字是我们完小的校训，一直影响着我，教育着我，在家里要孝顺父母，善待兄弟姐妹；在人生中，要忠于国家，为民族做贡献。”

亡国奴的生活

1937年，日军侵占了宁河县，宪兵队在此驻扎，设立领事馆，成立了汉奸政权伪宁河县公署。

日军严令，所有中国人在经过宪兵队所在军营时，都必须下车、摘帽，向宪兵队鞠躬敬礼。每天，于敏往返于家和学校，都要经过日本宪兵队的军营，都被逼着向日寇鞠躬致敬。这让小小的于敏感受到了巨大的屈辱。

亡国奴的生活，哪里还有什么尊严可言?!

1938年，于敏小学毕业。父亲决定带全家搬到天津去。

在天津，于敏经常目睹日本侵略者的各种暴行。于敏有一个表叔，是他三姑婆的儿子，眼睛高度近视，但是平时却不戴眼镜，每回到他们家里来，一进门总低着头，到每个房间去细细地察看，看看有没有外人或生人，特别地警惕。表叔虽然看起来文弱，却非常勇敢，后来参加了抗日游击队，不幸被日本鬼子捕获，并惨遭杀害。这件事让于敏终生难忘，也让他从小就对日本侵略者充满了痛恨。

生活在日本侵略者铁蹄践踏下的天津，于敏时时刻刻都会感受到作为一个亡国奴的屈辱。

上初中时，有一次，他差一点就惨死在日本侵略者的车轮下。

那是一个夏天，因为海河发大水，人们就在河边的马路上筑起了一道防洪堤。

那时，于敏刚刚学会骑自行车，很喜欢骑车。这天，他骑着同学的自行车上街。当时的交通规则实行靠左行，他正老老实实地在马路左侧骑行，突然对面飞速驶来一辆日本侵略者的汽车，汽车在快要接近于敏时不仅没有减速，也没有打方向盘靠左侧行驶，而是直直地冲向靠边骑行的于敏，风驰电掣般地驶了过来。

大事不妙!

于敏脑子一激灵，迅速地将自行车的车头往左一掰，斜着骑到了堤岸上。

说时迟那时快，就在他的自行车后轱辘刚骑上堤岸时，日本侵略者的汽车就碾着他刚才的那道车辙呼啸而过。真是惊险至极!

倘若他当时稍微迟疑一秒钟，就会被汽车轧到车轮下，幸亏他反应敏捷，才躲过了这场横祸。

这件事过了很多年，于敏每每回忆起来都心有余悸，庆幸自己当时捡回了一条命。这件事也让他认清了这群侵略者嚣张跋扈、野蛮残暴的本质，更加深了他对日本鬼子的仇恨。

于敏的童年和少年是在频仍战乱中度过的。他见证了太多的血雨腥风，也见证了太多的苦难、不幸和屈辱，因此，他从小就立下远大志向：一定要发奋读书，有朝一日要报效祖国，为国雪耻，让中国人能够挺直腰杆做人，不再遭受外敌的欺辱。

1929 年，于敏的祖父于绍舟去世。于敏全家八九口人靠父亲和叔叔的薪水维持生活，倒也还能保持小康之家的水平。

抗日战争全面爆发后，叔叔随同国民党的军队，转移到抗战的大后方，和于家断了联系。从此，全家人只能依靠父亲一个人的薪水过日子，家庭开支总是捉襟见肘。

于敏从小就很懂事，也很好学。从小学开始，他就自己读《三国演义》，读各种史书。上中学后，他仍旧喜欢读各种历史著作和文学作品，像《水浒传》《西游记》《红楼梦》《杨家将》《说岳全传》等，他都细致地读过。那些历史上的爱国将领和英雄豪杰，诸葛亮、岳飞、杨家将、苏东坡、陆游、辛弃疾、文天祥、戚继光、林则徐等等，都对于敏影响很深。诸葛亮的足智多谋、运筹帷幄、忠君报国和鞠躬尽瘁，岳飞至死不渝的精忠报国，文天祥的舍生取义，林则徐的一身正气，都让他佩服得五体投地，也成为他学习效仿的榜样。尤其是诸葛亮，更是让他钦佩有加，尊崇备至。

在阅读了大量的历史书籍后，于敏琢磨出中国历史发展的一个规律，那就是中华民族在数千年的发展历程中，经常会遭遇外族入侵，然后便是举国抗击外敌，总是不断地经历各种各样的战乱，每一次的战争都会造成无数百姓家破人亡；然而在每一次严重的战乱中，总会有一些英雄人物挺身而出，奋起战斗，抵御外敌，拯救国家，复兴民族。就像鲁迅先生所言，这些英雄人物就是中华民族的脊梁。

在那些黯淡无光的日子里，于敏就是从这些历史书，从这些历史上的英雄人物、爱国的仁人志士身上，不断地汲取精神力量，受到激励和鼓舞。

那时的于敏还很小，他知道自己能做的就是好好读书，学好本领。他的性格比较安静、内向，不太喜欢交际和娱乐。因此，他认为自己可能更适合钻研学问，从事科学研究。他决心将来当一名科学家，走科学救国的道路。

幸遇恩师

于敏开始上学时已经 7 岁了。

因为记忆力好，学习能力强，所以他在读小学时各门功课成绩优异，总是排在全班第一名。

初中时，于敏考入了天津市河东中学。从这时起，他便随同父亲到天津上学。

1941 年，于敏初中毕业，考上了天津市第一中学。当时的天津一中被日本人掌控，完全实行殖民化教育。

在天津一中学习了一年之后，于敏便要求转学到姐姐于帼秀就读的木斋中学。这是一所私立学校，由清末直隶提学使、著名爱国教育家卢靖（1856—1948，字木斋）在卢氏蒙养园和木斋小学的基础上，于 1932 年创办。办校的宗旨是“读书兴国”，校训是“诚朴勤勇”。

来到这所新学校之后，于敏如鱼得水。他平时就喜欢大量阅读，广泛涉猎天文、地理、文史、政治、数学、化学等知识。各种学科的图书他都有兴趣阅读，而且他又有很好的记忆力，因此他的知识面是其他同学难以匹敌的，老师们对他亦是喜爱有加。

于敏是一名循规蹈矩的学生。尽管功课优秀，屡受表扬，但是他从不张扬，也不自负，和同学们总能友好相处，而且乐于助人，对同学们的求教，有问必答，知无不言。

于敏第一次崭露头角是在上高中二年级的时候。

有一次，学校组织学生参加全校统考，考查的知识点非常广泛，涵盖了高中三个年级的基础知识甚至课外知识。同学们普遍反映，题目做不完，不少考题都不会做。许多同学都没考及格。

但是，于敏居然全都能应答自如，取得了优异的成绩，摘得了全校第一名。

这，令全校师生都对他刮目相看。

此时，于敏遇到了人生中的第一位恩师——刘行宜。

刘行宜是位优雅的年轻女教师，教的是英语。当时，她的弟弟刘行义和于敏是同班同学。这是一位博爱而富有仁义之心的好老师。

刘老师认为，于敏有着极强的推理能力，当时木斋中学的教学条件还不够好，可能会限制像他这样优秀人才的成长。于是，她通过弟弟找到于敏，劝他转学，并且利用自己的关系，帮他转到了天津市耀华中学。

耀华中学是抗日战争时期天津市最好的中学之一，“尚勤尚朴，惟忠惟诚”是该校的校训。这里教师优秀，图书馆藏书量大，宿舍条件好，校园优美，还有一个宽敞大气的礼堂。但是，这是一所贵族学校，只有富家子弟才上得起。而高三毕业班接受转校生，这在耀华中学的历史上还从未有过。

于敏非常喜欢这所学校，特别是这里的图书馆和老师。所有的课余时间，他几乎都泡在图书馆里，广泛地搜寻感兴趣的图书。耀华中学海量的图书，大大地拓展了他的知识面和视野。

对于敏成长产生终身影响的，是这里的几位优秀教师。

语文老师王守惠就是一位好老师。他给同学们讲解古文和古典诗词时，善于旁征博引，引经据典，把每一篇古文和古诗词都放到特定的历史背景中去阐述，讲述作者的身世、作品的写作背景、作品的深刻内涵、创作的渊源和价值等，讲得综合全面、透彻明了、生动形象。每一堂课都让学生们听得津津有味，如沐春风。

王老师讲课很有特点。他的声音抑扬顿挫，饱含感情，特别有感染力。因此总是能很好地吸引学生的注意力。于敏特别喜欢听王老师讲课。一堂堂的语文课，培养了于敏对语文特别是古典诗词的浓厚兴趣，帮他打下了扎实的古文基础，让他拥有了良好的人文素养。当他读到唐代诗人李贺的诗句“男儿何不带吴钩，收取关山五十州”时，于敏心想，他的“吴钩”就是科学，他要用科学去收取“关山五十州”。

王老师的教诲还启发了于敏思考问题、分析问题的方法，就是要将问题置于一个大的背景与环境之中，站在高处，以俯瞰一切的眼光去考量、揣摩，这让他回想起《三国演义》里的诸葛亮。诸葛亮之所以总是能料事如神，运筹帷幄，指挥若定，决胜于千里之外，正是因为他视野开阔，思路清晰，善于把每一场战事放在大的环境背景中进行分析思考，从而做出正确的判断和决策。

耀华中学的数学老师也非常优秀。于敏的数学老师名叫赵伯炎。数学是一门相对枯燥、乏味和抽象的学科，但是赵老师的讲授却很吸引人。他不仅教学生们解答数学题，同时也告诉他们为什么要这样解答，解题的思路是怎样的。他要让每个学生都学明白学透彻，不仅知其然，而且要知其所以然。

这种步步推理、循循善诱的教学方法让于敏受益匪浅，也培养了他打破砂锅问到底的习惯，不仅探寻解决问题的办法，而且要进一步追问如此解答的原因，善于从中找出逻辑和规律，推演出一些原理性的论断，学会运用开阔视野和战略眼光，从宏观角度处理微观问题。这些，都有力地培养了于敏的抽象思维和综合能力。

于敏本来就是一个勤奋好学、善于思考的好学生，加上又有这批优秀教师的点拨指导，他的学习能力和思维能力都得到了极大的提高。老师们不仅教会了他丰富的知识，更教会了他如何去获取知识，如何去消化知识，如何将自己学到的知识综合起来进行思考，一边学一边思考，让知识融会贯通。

他始终牢记语文老师在课堂上讲到的魏徵劝谏唐太宗的两句话：“求

木之长者，必固其根本；欲流之远者，必浚其泉源。”他知道，强基固本是学习文化、获取知识最可靠的基础。

在耀华中学短暂的一年，于敏逐步地掌握了学习和思考的方法。这些方法的习得，令他终身受益，不仅使他在耀华中学众多优秀学生中迅速地脱颖而出，而且为他未来从事科学研究打下了扎实的基础。耀华中学“勤朴忠诚”的校训，和校歌中所咏唱的“淡泊宁静，守朴率本真，仔肩社会业，忠以宅心”，亦成为他日后的一贯坚守。

于敏不仅好学上进，而且思维敏捷。别的同学花一个小时才能做完的数学作业，他往往只需要一刻钟左右。

在学业上虽然于敏独占鳌头，但是其他同学并不嫉妒他。相反，因为于敏为人诚恳，乐于助人，总是深受同学们的喜爱和老师们的青睐。

那时的人们都崇尚学习。因为于敏的学业优异，数理化文史地门门功课的成绩都独占鳌头，加上他一向与人为善，对同学有求必应，所以大家都佩服他，教师们更是对他喜爱有加。赵老师经常表扬他做题目简洁明了，一下子便能抓住问题的实质，方法巧妙而不拖泥带水。大家都认为，于敏是耀华中学历史上从未出现过的好学生。

然而，于敏却一直都未能学好日语。其实，他从小学六年级开始就被入侵的日寇强迫着学习日语。但因为心里一直怀有深深的抵触，所以他不仅在中学阶段没有学好日语，甚至到了大学一年级，在整整学了八年之后，他的日语仍旧是一塌糊涂。每次日语考试，他基本上靠连蒙带猜。因此，尽管他其他学科的成绩总是名列第一，日语成绩却一直是全班最差的。这不是因为他不聪明，也不是他学不好外语，而是因为他根本就不想学、不愿学。他从小就目睹了日本侵略者的各种暴行，对日本侵略者恨之入骨，“恨屋及乌”，他从骨子里就厌恶学习日语。每次上日语课时，他就心怀敌意和抗拒。这种心理根深蒂固，导致他终生都没学好日语。

多年以后，当与来访的日本科学家交流时，于敏只能依稀记得几个片假名、平假名，无法直接用日语对话。只有到了那时，他才感到非常遗憾：罪孽深重的是日本军国主义者，语言本身并无罪错。

同学相助上北大

就在于敏即将结束中学学业报考大学的前夕，父亲却突然出事了。

父亲在天津是一名小职员，在天津财政局担任稽征股的股长，从事的是财会工作。有一次，他有一笔账可能是弄错了，有人便因此威胁他，说要处分他，甚至要告官，让他赔付差额。

父亲受到巨大的惊吓，神志上出了点问题，开始变得有些神神道道。

后来，父亲病情加重了，最终被辞退，百般无奈地回到老家芦台镇去治病。

这时的父亲，似乎已病入膏肓。家里拮据的经济状况又无法为他提供多少治疗。父亲实际上只是在挨日子，一天又一天地勉强度日，苟延残喘。

原本，学业优异的于敏对未来充满了憧憬，希望自己有朝一日能够进入心仪的大学继续深造，将来学成后回报社会，而如今父亲却突然病倒，失去了工作，也就切断了全家唯一的经济来源。于家陷入了困境，根本没有能力再支持于敏上大学。

大学，突然之间，竟变成了于敏遥不可及的一个梦想。

毕业前夕，全班同学一个个都在筹划着报考哪所学校，学习什么专业。大家都兴高采烈，只有于敏常常是愁眉苦脸，垂头丧气。

老师和同学们都注意到了他的反常情绪，了解了他的遭遇后，都对他抱以极大的同情。

就在这时，同窗好友陈克潜伸出了援助之手。

在陈克潜眼里，于敏素来是一位勤奋好学、聪颖过人的同学，他一向钦佩自己的这位好友。当于敏无意间和他谈及自己的苦恼时，陈克潜十分同情他的遭遇。

这一天放学回家，陈克潜把于敏的情况告诉了父亲，恳请父亲想办法资助他。他的父亲陈范有是天津启新洋灰公司的协理，相当于今天的副总经理。

陈范有（1898—1952），安徽石台人，毕业于北洋大学，是一位著名的爱国实业家，后来主持创办过江南水泥厂。陈范有一向重视教育。在他的培育下，陈克潜后来成为上海交通大学的高才生，毕业后曾担任苏州大学校长。他听说于敏这个优秀的孩子因为家庭困难面临辍学的危机时，当即答应要帮助他。

他把于敏推荐给了公司经理，提出由公司来资助他上大学，让公司和他签订一份资助协议，条件是要求于敏上工科，毕业后就可以为公司服务。

公司经理也是一个通情达理的人，马上就批准了陈范有的建议。

这一天放学后，陈克潜把于敏带到了家里。陈范有告诉于敏，启新洋灰公司决定资助他上大学。

听到这个消息，于敏喜出望外，几个月来愁眉不展的脸上第一次绽放出了笑容。他向陈范有连声道谢。

于敏后来一直非常感念陈范有和陈克潜父子在他最困难时给予的帮助，把他们视为人生中的贵人。他一直尊称陈范有为“陈老伯”，并且和陈克潜终生保持着真挚的友谊。

在启新公司的资助下，1944 年，于敏考进了北京大学工学院电机系学习。当时已是抗日战争后期。

于敏当时上的北京大学，实际上是由日本侵略者操控的华北伪政权所办。这是一所当时不被国民政府承认的高等院校。上这种学校的好处是学费低廉，伪北京大学（简称“伪北大”）的学费每年只有 30 元左右，风险是原北京大学（简称“北大”）有可能不承认其学籍。

第二章　北大岁月

伪北大工学院设在端王府，亦即今天的官园中国少年宫所在地。当时，工学院和北京师范大学（简称“北师大”）女生部毗邻。学校的西边是一个大荒场，人迹罕至，偶尔有人在这里放放风筝、踢球或是在跑道上跑步。

于敏从天津坐车来到北京，走进端王府伪北大工学院。院内处处是长廊回转，藤萝披架，大树参天。一座座建筑雕梁画栋，古色古香。校园环境典雅而优美，令人赏心悦目，心旷神怡。

于敏一下子便喜欢上了这里。他在心里暗暗地下定决心：一定要好好学习，学好本领！

选己所爱改专业

伪北大工学院是由原北京大学的工学院改编而来的。

第一个学期学下来，于敏就对课程教学感到很失望。他原先指望能够学到一些前沿的科学知识，掌握尖端的本领，但工学院注重的是工业制造和实际应用，对于基础理论很少涉及，即便涉及也都讲得非常肤浅，包括数学和物理在内的基础理论课大多是点到为止，譬如数学就讲一些微积分的知识，更高深的内容都不教。老师们的要求不严格，讲课也不太认真。

于敏有时向老师提出一些比较艰深的问题，老师甚至都回答不出来，反而劝告于敏："不用那么钻牛角尖刨根问底！这些基础知识只要会运用就行了。我们这里不是钻研理论做学问的地方。"

学工科的人要的就是动手能力强，心灵手巧。而这一点，恰恰是于敏的弱项。他平时喜欢动脑筋，喜欢钻研问题，但就是不太喜欢动手。

一个学期下来，于敏越来越感觉到，自己恐怕不是学工科的料。于是，他就想改学理科。

但是，如果要改学理科，启新公司就不会再资助他，于敏的生活马上便会面临断炊之虞，也很有可能面临辍学。

无可奈何，他绞尽脑汁找到了一个变通的办法：一面硬着头皮继续学习工科的课程，一面利用业余时间自修理科。他心里盘算着，将来有机会的话，再改行学理科。反正他的精力充沛，学工科又不用费多大劲。

1944 年至 1945 年，于敏一直坚持同时学习理科和工科的课程。他几乎把全部精力都放在读书学习上。同学们有时会出去游玩或打牌聊天消遣，但是于敏很少参加这样的娱乐活动。

炎热的夏天，同学们在外面乘凉聊天，于敏却依旧手捧书本，在树荫下苦读。冬天寒冷的夜晚，同学们聚在宿舍里打牌，只有他一个人披着一件大衣在旁边看书。放假时，同学们呼朋引伴，各自回家度假，于敏因为没钱买车票，便一个人留在学校里，读书度日。他总是手不释卷，目不离书，因此大家都戏称他为"老夫子"。其实，于敏不是不会打牌——他的桥牌打得还特别出色，只是他舍不得将宝贵的时间花在消遣娱乐上。

那时，姐姐于幗秀正在北京师范大学读书。因为家庭经济状况不好，于幗秀中学毕业时报考了不用交学费而且免费提供食宿的北师大。她学的是外国文学。她在学习和研究莎士比亚时，留法归来的戏剧家焦菊隐正是他们的老师。

到了周末，于敏就会走路去北师大看望姐姐。与其说是为了姐弟团聚相见，不如说是为了到北师大去“蹭饭”。从伪北大出发，一直向南，大约要走八九公里路，才能到达当时北师大所在的北京南城（今天的南新华街）。为了打发在路上的这段时间，于敏便不断地在脑子里思考问题，或是背诵数理化公式及英语，不仅一点儿没有耽误时间，也让漫漫路途变得“近了”。

姐姐每次都提前到校门口候着，等到于敏，便偷偷地把他带进学校一起吃一顿免费的午餐。这样，于敏便能省下一顿饭钱，而且也可以稍稍改善一下伙食。

1945 年 8 月 15 日，日本正式宣告无条件投降，中国举国欢腾。

国民政府接管了北平城。

光复后的北京大学对原先华北伪政权遗留下来的北京大学进行了清理整顿。

1945 年 9 月，胡适担任北大校长。在他到任之前，由傅斯年代任。傅斯年提出，要“为北大保持一个干净的记录”，宣布不承认伪北大学籍、旧教员；要求原先入校的学生需要经过甄别补习，经考核合格后方能再入北大。

1945 学年，为安置敌伪时期留下的和当年招收的大学生，设置了北平临时大学补习班（简称“临大”），下分理、文、法、农、工、医、师范、艺术等八个班。学生补习一年期满经教育部颁发证书后，方可转入北大或其他院校各系科相当年级就读。1946 学年，临大分发到北大的学生有 1562 人。

于敏在过去的一年多时间里一直坚持苦读，丝毫没有荒废学业。有了这样一次重新考核的机会，他非常珍惜。他更希望利用这个机会改变自己的专业，从工学转向理学。

这位有心人终于如愿以偿。

经过一年紧张的准备，1946 年 7 月 31 日，西南联大宣告正式结束，北大、清华、南开三校定于 10 月 10 日在平、津两地同时开学。抗日战争时参与组成西南联大、迁往昆明的北大也回到了北平。此时的国民政府为了笼络人心，防止学生闹事，不仅对大学生们免收学费，而且开始每个月给每名大学生发放 40 斤白面。

好事成双。通过光复后的北大的甄别，于敏成功地改变了人生航向。

1946 学年，他从临大电机系转入了北大理学院物理系。

不用交学费了，这样于敏就可以不必再接受启新公司的资助了。而 40 斤白面在当时也是一笔可观的收入，许多同学都把白面拿到市场上去卖，换成玉米面，每顿饭就吃窝窝头和玉米糊，交换多出来的钱就能省下来当每个月的零花钱，如此便基本上可以做到衣食无忧。

于敏得知同学们的这种好办法，马上跟着做，并且毅然辞谢了启新公司的资助。他每天的伙食都是窝窝头就咸菜，非常简单粗糙，但是，他心里却感到非常充实，非常快乐。

北大理学院当时位于沙滩西面、景山东侧的马神庙（今沙滩后街）四公主府。这里原先的宫殿被改造成了礼堂、教室、图书馆和实验室。原先的公主大殿成为大学集会演讲的礼堂——大讲堂，大殿后面公主梳妆起居的闺阁则被辟为藏书楼即图书馆。

大讲堂内部被改造成可容纳 100 多人的阶梯教室。其西侧讲台上有硕大的讲桌，桌上水、电、煤气一应俱全，可做各种物理实验。这里是大学一年级学生上普通物理课的地方。热、力、光、电，教师每讲一条重要原理，必通过实验来验证。按照当年的标准，室内的这套设施是相当现代化的。然而仰视天花板，却是雕梁画栋、金碧辉煌。无怪乎 1937 年丹麦物理大师尼尔斯·玻尔在此演讲时，将它誉为世界上最美丽的讲堂。

四公主府的环境和端王府一样，古色古香，典雅优美。于敏特别喜欢理学院大讲堂前一座秀美的荷花池，环状的草地环绕着小小的荷池，周围植有苍松、翠柏、丁香、海棠。春夏可赏花，秋冬可赏绿。

于敏和同学们于功课之余，总是喜欢坐在荷花池畔，或休闲小憩，或读书学习，或探寻宇宙奥秘、科学哲理和人生真谛。

这座安静的学府，给了于敏驰骋八方、心游万仞的自由。

闻名北大的好学生

光复后的北大为理学院、工学院及医预科一年级学生开设一年的微积分、普通物理、普通化学、普通物理实验和普通化学实验课程。物理系要求准备进入本系二年级的学生的微积分和普通物理课考试成绩须在 70 分以上。

物理系二年级的主要课程有力学、电磁学和电磁学实验，还有高等微积分和微分方程；三年级的主要课程有热学、光学和光学实验；四年级的主要课程有无线电、近代物理、无线电实验、近代物理实验。为研究生开设的课程不固定，有理论物理、电动力学、量子力学、光谱学、原子构造、原子核物理等，本科高年级学生亦可选修。与 1952 年以后相比，那时候课程的科目少而精，学生自学的余地和空间却要宽广得多。教师授课大多无固定的教科书，系图书馆对学生完全开放，学习主动的学生阅读范围远不止于教师推荐的参考书。因此，每个人真正达到的水平亦参差不齐。但总体上看，那个时代北大毕业的学生参加工作后表现出来的独立工作能力和创造精神并不逊色。

一年级普通物理实验室在大讲堂的西北。这里装有 30 个大型实验台，每一个实验台可以安置一至两套实验仪器。学生两人一组，这间实验室可容纳近百人同时做实验。当时较为复杂和精密的仪器，大都要从国外购买，价格昂贵，同一种仪器能有一两套已非易事，而北大的普通物理实验室里竟有五套，数量之多，为国内众多大学所不及。这五套仪器中，两套是抗战结束前原有的，其余三套是光复后由本系教师和技工精心设计制造的。

高年级每门实验课都配有单独的实验室，一开始都有专门的教师负责：丁渝负责电磁学实验室，沈克琦负责光学实验室，荀清泉负责近代物理实验室，郭沂曾负责无线电实验室。在他们的努力下，从 1946 年第一年起就开设了数量足够和水平达标的教学实验课。

物理系的工厂规模虽小，却拥有良好的车床、精密的仪器和技术高超的工人，为装备教学和科研实验室做出了重要贡献。其中，王文起师傅用相对比较简易的机器，制作出了精度堪与德国进口货相媲美的迈克尔逊干涉仪，一时被传为佳话。

物理系图书室坐落在一幢美丽的彩饰小楼一层。这里浓荫密布，异常幽静。室内四壁陈列书籍，中间放置大书桌四张。书籍期刊对本系师生全部开架。这里的藏书是四五十年时间积累起来的，沦陷期间不但未减，还增加了近 200 册的日文书。光复后又增添了新书约 250 册。除书籍外，英、美、德、法等国的重要物理期刊，亦应有尽有。除了欧洲的部分杂志因战争阻隔而暂时告缺外，其余均已补齐，为师生们的科学研究提供了良好的条件。

除了完善的教学设施外，物理系师资力量亦极强，拥有一批名家大师。

1947年，在北大理学院院长、物理系主任饶毓泰（1891—1968）准备为北大物理系延聘的教授名单上，除了原来北大的吴大猷、马仕俊教授外，还有胡宁、张宗燧、钱三强、何泽慧、张文裕、吴健雄，后来又增加了虞福春、黄昆、朱光亚。由此可见当时饶先生为发展北大物理系的良苦用心。

在上述名单中，张宗燧1948年归国应聘，朱光亚和胡宁于1950年到任，虞福春于1951年初返校，黄昆于1951年底到任。而1946年至1947年北大物理系的教授，除饶先生外，只有郑华炽（兼北大教务长）、赵广增、马大猷（兼北大工学院院长）和副教授江安才。

在物理系这样一个占据国内领先地位的科研氛围中研习，无疑为于敏日后的研究生涯打下了至为重要的基础。

校园是宁静的，而校外的社会却是动荡不安的。从1946年开始，国民党发起了内战。国民党政府腐败丛生，导致民不聊生，社会积怨甚多。北大学生也经常在地下党的领导和组织下，举行各种各样的学运学潮，开展反饥饿、反内战运动。

在北大浓厚的民主自由、开放包容氛围的影响下，于敏也经常和同学们一道，上街游行，示威请愿。

1946年，北平城发生了一桩丑闻：美国大兵强奸了中国女大学生沈崇。

沈崇是北大选修班学生。1946年12月24日晚上，她去看电影途经东单时，被美国海军陆战队皮尔逊等二人挟持至东单操场并对其实施强奸。适有工人孟昭杰路过此地，闻呼救声即赴军警机关报案。警员当场抓获美国大兵一人。

得知这一消息后，北平的大学生们肺都快气炸了。他们迅速组织起来，上街游行示威，强烈要求严惩强奸犯，要求美军撤出中国，还我民族尊严。

当时担任北师大地下党支部负责人的李荫培直接参与了大学生抗议活动的组织和领导工作。他和于帼秀并肩携手，大声疾呼，带领北平学生上街示威游行。

于敏亦不甘落后。那一天，他去晚了，就向同学借了一辆自行车，从小胡同穿行过去追赶游行队伍。

没想到，才刚骑进胡同，他就被两个身材健壮的便衣给拦住了去路。

便衣盘问他："你是哪个大学的？"

于敏心想，如果说自己是北大的，肯定会被揪住。于是他灵机一动，骗他们说："我是中国大学的。"那时的中国大学是国民党势力控制的高校，学生一般都不敢参加公开的游行示威。

就这样，便衣放过了他。

于敏骑着车，迅速赶上了游行队伍。他跟着同学们一道，一路上慷慨激昂地高喊口号，义无反顾地往前冲。

国民党军警竭力阻挠，学生和他们撞在了一起。在推搡拥挤过程中，于敏戴的眼镜不知什么时候都被挤丢了。

他回到学校发现眼镜不见时，心里很是痛惜。他是一个穷学生，只能勉强维持生计，要换一副新的眼镜，哪来这多余的钱？

他不得不连续几个月省吃俭用，硬是从牙缝中挤出了一副眼镜的钱。

对于"沈崇事件"，国民党始终怀疑是共产党在背后操控和指使，并对进步学生进行了严密的审查。

李荫培和于帼秀因为带头策划组织活动，很快便受到了国民党的重点盯梢跟踪，并被列入黑名单。为了躲避国民党的迫害，二人不得不逃离北平，奔赴解放区。到了解放区后，于帼秀将名字改为"于愫"。李荫培因为从小在山东济南长大，特别崇拜鲁迅，希望能像鲁迅一样为国家和人民贡献一生，因此改名叫"鲁同"。

抗日战争胜利后，北大的地下党相当活跃。许多老师和同学都加入了地下党。他们经常举行各种秘密活动，策划游行示威，抗议国民政府的腐败行径。

于敏很同情他们。他是一位成绩优异的好学生，国民党和校方很少会怀疑到他，他就利用此便利，经常为学校的进步活动站岗望风，积极参加各种游行示威。每次游行一结束，他都会若无其事地回到课堂继续刻苦攻读。

在帮助同学从事进步活动的同时，于敏始终不忘那个科学救国的梦想。

除了在课堂上认真听老师讲解之外，他常常主动到图书馆里去搜寻检索图书，帮助自己深化理解课堂所学。同时通过深入的思考，努力汲取书籍的精华，做到融会贯通。

在北大读书的七年时光，为于敏日后的科学研究打下了坚实基础。

理科特别是物理，是于敏的心头所爱。选择了自己所钟爱的专业，他简直是如鱼得水，得心应手。他特别喜欢学理论物理，并将其确定为主攻方向。而数学是物理之母，要学好物理则必须学好数学。于敏深知这一点。因此，他除了认真学习物理课程之外，也花了大量的精力攻读高等数学，为物理特别是理论物理的研究打下了坚实的数学基础。

张禾瑞教授是北京大学教数学的名师。于敏选修了他的近世代数课程。张禾瑞教学严谨，对学生的要求相当严苛。有一次代数考试，张禾瑞出的题目很难，就连数学系学习最好的学生也只考了 60 分，然而物理系的于敏竟然取得了满分。这，让所有的人都感到十分吃惊。

在平时的学业讨论课上，于敏经常新见迭出，思维独到。教过于敏的老师都说，很多年都没教过这样聪明的好学生了。

那时的北大实行课程选修制。于敏对所选的课程都竭尽全力地学到最好。

于敏当时的学号是 1234013。1 代表理学院，2 代表物理系，34 代表民国三十四年亦即 1945 年入学，013 则是于敏的个人学号。当时北大张榜公布学生成绩的时候，只公布学号，不公布姓名。成绩榜单粘贴在图书馆内的墙壁上。每一次张榜公布，名列第一的总是 013 号。后来，几乎所有的老师和同学都知道了，这个学号是于敏的，他由此也成了闻名全校的好学生。

其实，于敏之所以成绩优异，除了天资聪慧外，更重要的原因还是勤奋好学。用他自己的话说就是“钻进去、跳出来”和“融会贯通”。

他大学时的同窗好友赵凯华和刘行义回忆：

> 1948 年暑假，于敏手捧古根海姆所著的热力学著作，对同班的罗伯鹏同学说：“看完第四遍，终于看懂了！Eureka（英语：我找到了）！”——喜悦之情溢于言表。
>
> 1949 年初，物理系学生会组织了一次学习经验交流会。于敏介绍

说，他的经验就是每年利用寒暑假，反复阅读《理论力学》《电磁学》，不断温故而知新，这就是他学习的秘诀。

在学习上，于敏平时还特别乐于助人，从未因为学习忙而拒绝解答同学的提问。给同学讲解，他一定不厌其烦，直到对方完全弄懂为止。

1946年，让庆澜刚刚从云南大学数学系转来北大物理系。他已学过一年级的课程，就决定直接选马大猷先生为二年级所开设的电磁学。当时这门课程已经讲了大半，让庆澜是中途插班。没想到马先生搞了一次突然测验，而让庆澜没有准备好，结果彻底考砸了。考试过后，于敏主动将笔记本借给让庆澜参考，并且为他讲解课程内容，使他很快就跟上了同学的学习进度。

于敏虽然对学习抓得很紧，但他并不是一个书呆子，课余也有着广泛的兴趣爱好。他比较喜欢打桥牌，有邀必至，玩则尽兴，从不中途退席。有时，他也会主动邀请同学一起来打乒乓球。虽然称不上是打乒乓球的高手，但是他打球有几招套路，别人很难对付。

除了学业出众、兴趣广泛外，于敏还积极参加各种社会活动。1947年至1948年，他担任了物理系学生会干事。那时，学生运动频繁，每次他都和同学们一起去拜访教授。

物理系的著名教授饶毓泰指出，学生参加罢课和游行对学业不利。于敏当场就和这位他十分尊敬的老师辩论了起来。虽然辩论没有结果，但是于敏知道，饶毓泰是出于对同学们的爱护，从此也愈加敬重他。而饶毓泰也更加器重这个初生牛犊不怕虎、有独立见解的后生。

贫病交加

1949年，于敏大学毕业。于敏是北平解放后北大的第一届毕业生。这一年，中华人民共和国成立。

五年寒窗苦读，终结硕果。

然而，天有不测风云。1949年八九月，于敏刚刚以物理系第一名的成绩，考取张宗燧先生的研究生，却突然发了一场高烧，烧到了40摄氏度。当时，于敏认为自己很年轻，扛一扛就过去了，加上囊中羞涩无钱就医，所以根本没把发烧当回事，仍旧坚持读书学习。

有同学看到他脸涨得通红，摸摸他的额头，发现滚烫滚烫的，便硬拉着他到学校医院就诊。

医生通过检查，确诊于敏患上了伤寒，当时怀疑这是一种传染性疾病。

于是，于敏便被转到了传染病医院进行住院治疗。传染病医院的医生发现于敏大便异常，误诊为便秘，马上给他施行了灌肠洗肠。

由于伤寒病菌已伤害到了于敏的肠子，一洗肠，立刻就造成了肠穿孔。这时的他痛不欲生，几乎昏死过去。

住院治疗需要花一大笔钱。当时治疗伤寒最有效的药物就是青霉素。而青霉素价格高昂，对于于敏这样一个连吃饭都无法保障的穷学生而言，这笔不菲的开支，又该去哪里筹措呢？

此时，老师和同学们得知了于敏的窘况，纷纷向他伸出了援手。

北大物理系代主任同时兼任北大教务长的郑华炽（1903—1990）得知学生于敏的病情后，当即请求北京大学医学院院长胡传揆组织力量全力抢救，并给予最好的护理。

在郑主任和胡院长的帮助下，于敏立即被转到了北京大学医学院附属医院进行手术治疗。

那时大学生没有公费医疗。知道于敏承担不起医药费，北大的同学特别是许多共产党员积极在校园里募捐，筹款给于敏治病。同学们还自发地组织起来，轮流到医院去照顾于敏。

据说，饶毓泰得知于敏的病情，自掏腰包支付了他的医药费。

在于敏病情危急、需要输血时，物理系的同学们闻讯，纷纷赶到医院，一下子就去了二三十个人，同学们排队等待验血型，准备为他无偿献血。结果，经过化验，只有赵凯华和孙亲仁两人的血型符合。两人都为能够帮到于敏而感到特别开心。

这一年的10月1日，开国大典在天安门举行。躺在病床上的于敏，从收音机里收听大典直播。

毛主席站在天安门城楼上宣布："中华人民共和国中央人民政府今天成立了！"于敏听到毛主席的话时，非常激动，也非常兴奋。他暗下决心，等病治好之后，一定要好好学习，为伟大祖国的科学事业贡献力量，实现自己从小就立下的科学报国的抱负。

正是这群对于敏厚爱有加的北大师生，给了他第二次生命，硬是将他从死亡线上拉了回来。经过半年的治疗，他终于康复了。

近半个世纪后，1998 年 5 月 4 日，北京大学成立 100 周年庆典在人民大会堂举行。于敏作为北大 100 年来培养出的 19 万名毕业生的杰出代表，在大会上发言。

他深情地说道："我是 1949 年中华人民共和国成立前夕的毕业生。毕业后 50 年来一直从事核科学研究工作。是北大浓厚的学术气氛，奠定了我的科学基础；是北大的爱国主义传统和勤奋、严谨、求实、创新的优良学风，激励着我为增强祖国综合国力而奋斗终生。时光流逝，50 年过去了，在北大求学时的历历往事，鲜明地留在我的记忆之中。它是我一生中永远怀念的峥嵘岁月。"

边求学边工作

中华人民共和国成立初期，北大物理系的教师和学生都不多，但不乏佼佼者。教授中，有不少已达到很高学术造诣甚至蜚声海内外者，如饶毓泰、马大猷、张宗燧、胡宁、黄昆等，于 20 世纪 50 年代即当选为中科院学部委员（院士）；当时是年轻教师后来当选中科院院士的有邓稼先、徐叙瑢；入选中科院、中国工程院双院士的有朱光亚。毕业生中，后来成为中科院院士的有于敏、刘光鼎、邓锡铭、曾庆存等，成为工程院院士的有赵伊君。其中，邓稼先、于敏、朱光亚于 1999 年获"两弹一星功勋奖章"，黄昆获 2001 年度国家最高科学技术奖，于敏获 2014 年度国家最高科学技术奖，曾庆存获 2019 年度国家最高科学技术奖。

于敏的研究生导师张宗燧（1915—1969），出生于杭州，毕业于清华大学。他是著名物理学家吴有训的学生，剑桥大学博士，主要从事理论物理特别是统计物理、量子力学、量子电动力学和量子场论等方面的研究与教学工作。1948 年应北京大学邀请回国任教，1957 年被选聘为中科院学部委员（院士）。于敏上大学时的量子力学课程就是他教的。

那时，张宗燧在国际理论物理学界已经享有很高的声誉，因此当他的学生必须面对"两高"：一是起点高，张先生讲课从头到尾全用英文，而且内容很深，不下功夫去认真钻研很难学懂；二是要求高，他指定的参考书学习起来难度也非常大。

于敏因病住了将近半年院，每天他最担心的就是耽误了学业。住院期间，他一直坚持自学，将弄不明白的内容都记录下来。刚一痊愈出院，他就去找张宗燧当面求教。张宗燧分析问题善于旁征博引，既入乎其内，又能跳出其中。他的科学研究方法对于敏很有启发。张宗燧常说："复杂的物质世界，能为理论物理的数学方程所表达，无比美妙。"他擅长将数学应用于物理学中的特点，更使于敏受益匪浅，也成为于敏日后学术生涯中最具特色之处。

遗憾的是，没过多久，张宗燧也生病了。无奈，1950年，于敏只好转到了刚从美国归来到北大任职的胡宁教授门下。

胡宁（1916—1997）也是清华大学毕业，在美国师从理论物理大师泡利（W. Pauli），从事核力的介子理论和广义相对论方面的研究，1943年获美国加州理工学院物理学博士学位。1955年被选聘为中国科学院学部委员。他对介子的核力理论和广义相对论、S矩阵理论、量子电动力学和粒子理论、高能多粒子产生理论和强相互作用理论等都做了深入研究，取得多项重要成果。

胡先生无论是授业，还是指导研究，都非常强调物理图像和物理概念，同时拥有极强的物理直觉。他在讲课中，总是尽量避开复杂的公式，而注重简洁清晰的思路。一些很难的课程如广义相对论、量子场论和电动力学，他都侧重突出物理本质。这一特点，也被好学的于敏掌握了，并且娴熟运用。

如果说，平常都戴着一副眼镜的张宗燧是一名严师，那么，慈眉善目的胡宁更像是一位仁厚的长者。他不仅悉心指导学生的学业，也特别关心学生的生活。

那时，于敏家庭困难的情况全系师生都已知晓。他父亲回家休养后病情丝毫没有好转。叔父曾经当过国民党军官，中华人民共和国成立后被遣散回家，没有工作。父亲写信告诉了于敏这一切，并且提出，他现在已经大学毕业，应该挣钱养家了。

为了支撑起家庭，于敏不得不选择一边求学，一边在物理系兼职当助教。这样，他每个月除了不用再跟家里要钱外，还能节省下一点钱贴补家里。

胡宁非常器重于敏这位青年英才，当他了解到这些情况后，便主动找到钱三强。

钱三强（1913—1992）是鲁迅好友、著名文字学家钱玄同的儿子。他曾留学法国，和居里夫人的女儿伊琳娜·居里一道从事理论物理研究。当时他担任中国科学院近代物理研究所副所长。

“我有个学生于敏，这个人才很难得，他是北大几年来少见的一名高才生。不应该让他在北大兼任助教，应该让他专心致志地从事研究。我想，咱们近代物理所可否提前录用他来工作？他一定是一名很出色的助手。”胡宁提议道。

胡宁所说的近代物理所便是中科院近代物理研究所，后来改称中国原子能研究所，是现在中国原子能科学研究院和中科院高能物理研究所的前身。近代物理研究所成立于 1950 年 5 月，刚开始时由吴有训任所长、钱三强任副所长。不久后，因吴有训升任中科院副院长，便由钱三强接任所长，由王淦昌和彭桓武任副所长。从 1952 年起，胡宁等人亦兼任该所研究员。

此时的中科院近代物理研究所刚刚成立不久，正是人才紧缺之际。那时的近代物理所办公地点在北京东皇城根。中华人民共和国成立伊始，我国核科学研究还是一片空白，近代物理研究所的成立实际上是为了填补这片空白。

近代物理所从建所初期即高度重视实验和理论研究相结合，并专门成立了以理论研究为主的第四研究组——原子核理论研究组，彭桓武兼任组长。

听了胡宁的热情举荐，钱三强觉得于敏是个有望做出好成绩的人才，当即同意特事特办，批准这名年轻人以研究生身份参与第四研究组的工作。

1951 年，25 岁的于敏正式到近代物理所工作。一年后，于敏完成了研究生毕业论文《核子非正常磁矩》。

第四研究组一共 8 个人，胡宁是以兼职研究员的身份加入的。这个组里还有邓稼先、朱洪元、黄祖洽、金星南、程开甲和殷鹏程。日后，彭桓武、邓稼先、朱洪元、程开甲、黄祖洽和于敏都陆续当选为中科院院士。

彭桓武 1915 年出生，朱洪元 1917 年出生，程开甲 1918 年出生，金星南 1919 年出生，殷鹏程 1922 年出生，黄祖洽和邓稼先都是 1924 年出生。

1926年出生的于敏无疑是这8位中年纪最小，也是资历最浅的。研究伊始，就能跟这样一批中国最顶尖的科学家一起工作，接受学术的熏陶与滋养，这，对于于敏的顺利成长至关重要。

中华人民共和国成立初期一穷二白，核物理理论研究领域也基本上是一片空白。1953年，钱三强所长指示，要开辟原子核物理的理论研究领域。

朱洪元建议，为了了解国际上核物理研究的进展，应该先搞一年调研。彭桓武同意了，决定从资料和信息跟踪入手，以全面了解全世界核物理研究的整体情况。

1947年至1949年在法国斯特拉斯堡大学学习时就开始从事原子核理论研究工作的金星南，被彭桓武指定负责挑选每周供大家学习的文献。

金星南对国外文献非常熟悉，挑选了大量的相关文献。这，给了于敏极大的便利，让他可以广泛地阅读和全面了解国际上核物理研究的进展情况。

在阅读文献过程中，于敏对迈耶夫人（M. G. Mayer）和简森（J. H. D. Jensen）合写的一篇关于原子核壳模型的论文产生了特别的兴趣。类似于原子的电子壳层描述原子中的电子的安排，当壳层填满时原子特别稳定，核壳层模型描述原子中次原子粒子的排布，当质子与中子填满某个核壳层，该核素更稳定；当在一个稳定的原子核内加入核子（质子或中子）时，也有一定的结合能，但其量值明显小于前一个核子。

于敏一遍又一遍地认真研读迈耶夫人的论文。他发现，迈耶夫人之所以能够发现壳模型，除了因为她具备扎实的数学功底和物理学基础之外，还在于她特别重视物理实验，壳模型理论正是在分析了大量的物理实验之后建立起来的。

这给了于敏深刻的启迪，让他意识到，从事理论物理研究绝对不能忽略实验，要结合物理实验或者从物理实验出发，逐一分析相关的物理现象，探索总结出规律性的东西。这些感悟后来一直影响着他的科学研究。

在研读文献的过程中，于敏也不断地发现了更多的未知。这促使他下定决心要把物理学研究的理论基础打得更牢一些。他仔细钻研了1938年诺贝尔物理学奖得主、物理学家费米的著作 *Nuclear Physics*（《原子核物理》）。上大学时，于敏在近世代数课程中学过群论，当他发现在壳模型理论中应用了对称性和群论，于是便进一步去深入学习群论和群表示论。后来的实践证明，群论在物理学和化学中都有大量的应用，许多不同的物理结构，包括晶体结构和氢原子结构都可以用群论进行建模。

在差不多两年的时间里，于敏对国际文献资料进行了广泛的涉猎和研读，又在此基础上深化了对物理学基础理论的研习。这段时间让他受益匪浅。一方面，他基本掌握了国际上核物理研究的现状和热点，另一方面，他也养成了注重阅读、调研国际文献信息的良好习惯。后来，他每周总要到图书馆阅览室待上一两天，查阅有关学术期刊，搜索了解国际研究动态及焦点。

1953 年，于敏提交了一份完整的调研报告。从调研报告中可以看出，他对原子核模型、轻原子核能级、裂变、中子反应、β 放射现象、γ 放射现象等都有了深入而系统的认识。

彭桓武看完报告，说："真正钻进去了的只有于敏。"

彭桓武的这句话很快便得到了印证。

不久，于敏就选择研究课题，联系原子核物理的实验进行理论研究，做出了自己的科研成果，发表了一批有分量的论文。

（选自《中国作家·纪实版》2022 年第 5 期，有删节）

历史钩沉

古老与神圣

——周口店发掘记

徐　刚

周口店的两枚牙齿

周口店是世界上最著名的一个“店”，周口店出土的“北京人”是世界最著名的一个人。但最初命名“北京人”的时候，既无头骨亦无躯骨，只是凭着两枚牙齿的化石。齿从何来？

1921年夏季和1923年，师丹斯基以一个科学家的认真严谨和坚忍不拔，不分早晚在龙骨山发掘，采得的化石都被送往瑞典乌普萨拉大学维曼教授的研究室。这一时期的周口店发掘，是正式发掘的前奏，小试牛刀，却有大收获。1921年，师丹斯基从发掘所得的化石中，发现一颗牙齿，是臼齿，与人的牙齿相像，也可能是猿或类人猿的，唯牙冠磨损严重。1924年，他回国在乌普萨拉大学清理、研究来自周口店的化石。1926年夏日，他又拣出一颗前臼齿，牙根部有残缺，但牙冠完好。1927年，师丹斯基在《中国地质学会志》第五卷上撰写论文，认为这两颗牙齿属于“真人”。世界考古学界对此反应强烈，其中最为激动兴奋的是步达生，显然他先已得知并做了研究，他认为这是旷古未有的发现。在同期《中国地质学会志》上步达生说：“现已十分明显，在第三纪末和第四纪初，已有人类或一种与人类极为相近的类人猿生存于东亚。”

台北，1950年4月2日夜，李济写下《中国古器物学的新基础》。其中说：“德日进在第二次世界大战尚在进行时，曾把近20年，在华北一带搜寻远古人类的遗迹所得的成绩，作了一次简单的综合的叙述。”而此一叙述的重心是周口店各洞穴，李济告诉我们在“北京人”的发现，与周口店遗址的发掘中，德日进功不可没。而周口店的发掘工作，在历史上应该如何被评价呢？李济认为“在第一次与第二次世界大战中间”，周口店的发掘“可以说象征了人类最向上的精神活动，就纯科学的立场说，周口店的工作成绩，在质与量的方面，世界上尚没有可以比得上的”。

1926 年 10 月 22 日，北平的中外考古学人聚集在一起，举行了一次盛大的演讲会。李济的文章说，是次盛大的讲演会，最令人难忘的却是最后发表的一条很短的新闻，这条新闻就是学术界第一次正式宣布：在周口店的化石堆积中，发现了一枚智人的臼齿及一枚前臼齿。这两枚牙齿所属的动物，应是哪一目、哪一科、哪一属、哪一种？当场即引起疑问。当时发现这两枚牙齿的师丹斯基博士，已回瑞典去了，这一新闻的发表是由地质学家安特生代为宣读的，安特生报告说：“现在比较清楚，在第三纪末或第四纪初，亚洲东部确实存在人类，或与人类密切相关的类人猿。这一点在史前人类学领域里是至关重要的，因为差不多在这个时候，也有猿人生活在爪哇，曙人生活在英国的皮尔唐（后经科学证实是伪造的，笔者注），海德堡人生活在德国的毛厄尔。”安特生报告完毕，台下鸦雀无声，由于信息量巨大，且完全出人意料，听者全部目瞪口呆了，其中有没有似信且疑者？未可知也。安特生言之凿凿，听者如梦如醒。安特生开始放映这两枚牙齿的幻灯片，并做讲解。放映结束，掌声雷动，全场沸腾。梁启超与地质学家丁文江、翁文灏、李济、葛理普，解剖学家步达生等，无不额手称庆！年长并受一般科学家尊敬的葛理普，很高兴地支持了命名典礼。这两枚牙齿的出现，让他很敏捷地把它们的主人命名为“北京人（the Peking Man）”。李济说：“这是‘北京人’在科学文献中最早出现的一天，从此时起，‘北京人’的新闻就渐渐多了，经过这些权威人士的提倡，周口店的科学发掘也就正式开始，系统地进行了前后共约 10 年。”

这个在战乱年代难得的、事关人类老祖先的吉祥信息，很快传遍世界。北平《晨报》迅速跟进，于 1926 年 10 月 24 日发布消息：“瑞典皇储昨参观历史博物馆。”并有文章报道《周口店发现之最古人类牙齿》。文章结尾称：“而此种发现之所以重要者，即在人类残骨留存年代之久远，殊令人惊讶。即就慎重之估计，其年代当在 50 万年以上，亦有推算近 100 万年者。总之其为最古人类之残屑，毫无疑义。又该科学家等已正式公布此种古人迹之发现，将其定名为北京人……”

在我搜罗并读过的周口店相关文献资料中，记录此次活动最详细、最动情、最多感慨的是李济先生：“当年盛举高朋满座是在北京，回首往事形单影只时已经忽忽 39 年矣，而身在台北。”从李济先生的文章中，我们看见了“北京人”的牙齿。这只是周口店发掘的开始，而后还会有更多发现。这两枚最早被发现的牙齿，仿佛象征着中国先人露面之前微微一笑，从而以牙齿示人的、某种特殊的礼节。我们已经看见周口店堆积中的笑容了，一个中国人——裴文中将要唤醒“中国猿人”了。

裴文中，从打杂开始

裴文中的出现多少有些令人意外，但又仿佛冥冥中注定。裴文中，1904 年出生于河北省丰南县（原名丰润县，今唐山市丰南区）小集西纪各庄。1916 年就读于官费直隶省立第三师范学校，1921 年毕业，考入北京大学预科甲部理科，1923 年秋由预科转入地质系古生物专业。

1927 年，裴文中在北京大学半工半读四年后毕业，那是毕业即失业的年代，而令人惊讶的是裴文中所学的地质古生物，不是他喜欢的专业。他向往做新闻记者，或者当教师，可是无门无路。“他天天写信，到处求助。有一封信，冒昧地投给了素不相识的当时北平地质调查所所长翁文灏先生。”这是刘后一、刘秋生在《唤醒中国猿人——记裴文中教授》一文中的记述。裴文中想也不敢想的事情发生了：没过几天，他就接到了翁文灏署名的回信，让他暂到地质调查所上班，研究山东的三叶虫。1928 年，翁文灏又介绍裴文中至周口店，当时步林和李捷已工作了一年，李捷刚辞职，另聘留德回来的杨钟健与步林做发掘工作总负责人。而裴文中去做杨钟健的助手，先是帮助管理工人、账目及各种杂务，“并从杨步二先生，学习一些古生物学中有脊椎动物部分的知识”。总之是打杂。打杂也高兴，那是翁文灏亦即地质调查所的正式安排，是一份正式的工作。

周口店多石灰厂，盛产石灰，其地亦多化石。外国的各路“神仙”纷至沓来，有当时政府请来的，更多的是不请自来的盗挖者。1921 年和 1926 年发现的两枚牙齿，已轰动世界。1927 年 10 月 16 日，步林在离师丹斯基找到第一颗人牙的不远处，又找到一颗人牙。步达生喜出望外，10 月 29

日写信给在瑞典首都斯德哥尔摩的安特生："我们终于得到了一颗漂亮的人牙！这是一个令人振奋的消息！"步达生为什么如此兴奋？因为这是他促成中美合作开发周口店以来，发掘所得的第一个古人类遗存，一枚牙齿，一颗漂亮的人牙。步达生把用来赞美爱人的语言，给予了这颗牙齿，不知道是几十万年前哪一个先人口中的牙！步达生将它和先前发现的两颗牙齿所代表的人类命名为中国猿人北京种。但是这个研究结论，远没有得到当时世界上大多数人类学家的承认。因为还缺少实证，缺少考古学上的不可推翻的新材料，而且是经得起反复验证的考古实物。如果从地层堆积等种种迹象，推断周口店存在过从猿到人的过渡类型的原始人，那是极其美好的伟大猜想。但，它还需要更多的地下材料实证，它还有很长的路要走，仅仅因为周口店已发现的几颗牙齿就下结论，似乎太过轻率。科学、古人类考古学需要证据！颠扑不破的证据！那么，究竟是谁，在龙骨山找出除了牙齿之外更权威的证据，证实了这个伟大的梦呢？

裴文中来到了周口店。

时任周口店发掘工作总负责人的是古生物学家杨钟健，还有古生物研究专员步林。裴文中做杨钟健的助手，并负责工人事务管理。但他对古生物化石一窍不通，最初只是为了找到一份工作。然而幸运的是他到了周口店，就已置身化石圣地，又能得到杨钟健、步林两位先生的指点。在这样的氛围中，裴文中开始如饥似渴地自学读书，寻找各种古生物学的书刊。他的心得是多读、多看、多问。读则读书也，看则看工人工作现场各种化石，问则抓住机会向杨钟健、步林两位先生请教。两位先生皆饱学之士，看到裴文中好学，便诲人不倦，对他欣赏有加。

裴文中参与到周口店化石发掘工作之中。

裴文中正向着周口店堆积深处行进。

柳暗花明又一村

裴文中的打杂生涯结束了。

他可以挖掘化石了，这是梦寐以求的一天。但他身上的担子也重了，他在周口店日复一日、劳而无功的单调中耗去劳力和精力。但裴文中已经习惯周口店的寂寞和发掘生活的单调了。

裴文中是个福星。

1928 年春季在周口店，裴文中参与发掘之后的最大收获，是找见一颗门齿，牙根长极了，牙冠虽像人齿，而牙根却与人不同。后来他又发现一个马牙床，马牙床之下，即是猿人牙床。发现猿人牙床时，正好赶上下雨，步林如获至宝，又怕在山上放着有危险，于是在雨中挖掘，工人们却在旁边打着雨伞，作壁上观。步林的一句话，让裴文中有一种在关键时刻被信任的感动："因为这件标本太宝贵了，他只能找我帮忙，不能令工人下手。"两个人伏在泥土上一点一点地挖，雨水先是淋湿后背，后来从身下流过。掘出宝贝猿人牙床后，二人已经满身都是泥水。说也奇巧，正在此时，来了一头满身泥水的猪，这应是周口店农家放养的一头猪，因为骤然降雨而找不到北——不知家在何处而流落到此地，但猪有个聪明的脑袋，它往有人处走，人之所在便是猪窝之所在。

结果便遇到步林、裴文中了。裴文中后来回忆道："步先生曾向我讲笑话，猪也到山上挖化石来了，我们和猪一样。"

周口店的人事变化是出乎裴文中意料的。早在去年秋日，杨钟健又回鸡骨山挖化石了。用的是"搬山法"，有化石的地方，整个开挖，把大块土石搬运到办公处，再细细地剥落、拣选，杨先生后称鸡骨山已为"鸡骨坑"。裴文中和步林仍在龙骨山，在"猿人乙地"浑身泥水掘出第一个猿人牙床后，惊喜又渐渐归为平常、平淡。夏而秋，秋而冬，周口店的秋季一如春夏，鲜有绿色不见金黄，附近的小山大都是光秃的，或有荒草，很少有树木，只有龙骨山对面的山腰间，有一块平地，在当时可被称为风景。十亩地上有一座三层庙宇，永寿寺是也。永寿寺建于明代，柏树森森晃动着早晚，晃动着季节。裴文中和步林的工作，就是挖掘，大多是无所收获的挖掘，收获失望的挖掘。开挖到第五层时不觉秋天已过，秋色凋零，转眼已到冬天。步林在冰冷的第五层不停地挖，裴文中有时会冒着寒风到筛土的工人那边看看。别小看了筛土及筛土的人，国宝往往混杂在砂石泥土中。这不，一个工人对裴文中说，这里有一个猪牙床。裴文中接过一看吓了一跳，原来又一个宝贝出现了，他大声地告诉那位工人，不是猪牙床，是猿人的。"还有保存很好的三个牙。"正其时也，步林先生也过来了，裴文中说："你猜我手里拿着什么？"步林接过去看，看了一会儿，只见他的脸色渐渐红涨起来，手也战栗起来，喊了一声："这是人！"

“这是人！”“这是人！”人啊人，这声声呼喊响彻周口店，在荒野上如春潮涌动，春雷响起，把现场的工人们都惊呆了。在龙骨山沉睡太久太久的梦的黑暗中，会有轻微的光闪过吗？

1928年的冬天，一个不同寻常的冬天。

周口店的发掘到了关键时刻。经过两年的田野调查与挖掘，相关人等对龙骨山莫不另眼相看，原因有三：其一堆积之丰厚也，其二出土物之珍贵也，其三龙骨山所在地周口店地貌地形之有独特异相也。步达生和丁文江、翁文灏等反复商讨，制订了一个为期三年的发掘计划——该计划仍由中国地质调查所、北京协和医院合作成立新生代研究室，负责周口店一切发掘工作，由洛克菲勒基金会提供11万美元的发掘、研究经费。1929年2月8日，步达生和翁文灏共同拟定《新生代研究室组织章程》及《北京协和医学院和步达生博士的协定》，并签字画押。协议议决，新生代研究室任命丁文江为名誉主持人，步达生为研究室名誉主任，德日进为顾问、特约研究员，杨钟健为副主任，裴文中为发掘主任。发掘所得的一切标本均不能运出中国，归地质调查所所有。人类学标本暂时委托北京协和医院保管，以便研究。至此，这个雄心勃勃的古人类考古发掘计划，便在周口店展开。作为人类祖先的圣地，周口店已经初露端倪。新生代研究室的成立，意味着一个新的阶段的开始。

周口店的发掘者，在发掘时，在不时与周口店堆积对视，并偶有心语时，在石灰岩洞的某个角落，似能听见一声幽微的呼告：“不要问我在哪里，我就在你身边……”当裴文中捕捉并企图倾听这呼告时，那声音便恍惚迷离幽微更幽微，然后消散。但裴文中大致判定：他，我们的老祖宗就在龙骨山的岩洞里。

1928年的冬天于裴文中是难忘的，因为科研规划的扩大，次年春天步林参加西北科学考察团，杨钟健与德日进去山西、陕西调查新生代地质情况。裴文中从打杂的成了发掘主任，则主要出于丁文江、翁文灏的观察，以及战略考量：经过两年的发掘实践，裴文中的能力和责任心获得了中外专家的认可，丁、翁二位在交谈茶叙时，心有灵犀地认为，由中国人独立主持发掘周口店遗址，这一划时代的具有震撼性的时刻已经到来。就在这一年夏天，裴文中认识了来周口店考察的步达生，他对步达生的第一印象是“瘦小的面庞，脊背稍微弯曲，精神充足，知识渊博，并且对于后进的人们，更多方地指导。关于周口店中国猿人的研究，皆为步先生所担任，中国猿人能得世界上赞许，一部分也是因步先生研究之力”。

裴文中一直记得步达生留在龙骨山的背影，一个不辞辛劳来自他国的科学家的背影，一个寻找远古人类残屑的背影，一个脊背微曲而决不止步的背影。

独对龙骨山："北京人"面世

裴文中不负众望，因为好学更好实践，其辨识化石的能力不断进步，在新生代研究室成为新星。大凡一块化石只要露出一角，大体就能断定是什么动物，是什么部位的骨骼，断定后便可以判断怎样掘出。但无论从何着手，都不能损坏化石。在龙骨山，在发掘者的眼里，化石是第一位的，寻找我们祖先在几十万年前的骸骨是神圣的、至高无上的。当寂寞成为守望，期待成为美好，裴文中深知他已经离不开这里了，当他坐在山坡一角稍事休息闭目沉思时，与他朝夕相处的工人说，裴先生自己就像是一大块有高度的、有手脚能行走的化石。

民国十八年即 1929 年，周口店的多事之年。

裴文中接手发掘主任后，步达生、杨钟健、德日进三位先生到周口店，和裴文中商议发掘事宜，并指示工作要点。商议的结果是从去年发现猿人牙床的第五层再向下开掘，一直向深处开，追求真正化石沉积的底。裴文中在《周口店洞穴层采掘记》中说："在指示我工作方法的时候，我深切认识了德日进先生，德先生曾任法国地质学会会长……在中国做地质的工作已有十几年……我的古生物学的知识，除杨先生、步先生外，完全由德先生口授。"

三位先生指示毕，下山而去。龙骨山顿时显得空洞，而裴文中亦有空虚感。师傅走了，送行，送了一程应该握别了。杨钟健说："你回吧。"裴文中说："再让我陪你们走几步……"行行复行行，德日进、步达生、杨钟健停步，一挥手："再见！龙骨山交给你了！"

龙骨山是一座小山。

龙骨山在裴文中心里，是一座大山。

龙骨山是石灰山，山有多重？

龙骨山有猿人洞，洞有多深？

裴文中当时不知道，他正在接近沉睡几十万年的古老历史。

他是掘藏者，掘藏者也是唤醒者。

唤醒者的脚步缓缓地、沉稳地、铿锵有力地走来。

裴文中开始挖掘山洞中第5层的下半部，坚硬异常，无论如何崩炸，都不见效。他们又挖，再挖，终于到了第6层，化石渐现，有化石就有希望，就有可能找到人的化石。至第7层，化石之多，不可言状。有一天，仅仅一天，裴文中便挖得145个肿骨鹿的牙床，这层化石不仅多而且整齐，有水牛头、全鹿角、整个野猪头。1929年的秋天又到了，秋天之后，便是冬天了，去年冬日里，步林响彻周口店、龙骨山的一声呼喊“这是人!”犹在耳边。步林走了，和杨钟健一样，留下了足迹和希望，那是人，确切地说那是人的牙床。人的其余骸骨呢？仍不见踪影。秋季的开掘部分，随着沉积物体积的渐渐狭窄，而开始缩小。裴文中当时的感觉是，可以找见底了，工作也可以结束了。但是，就在窄到无可再窄的地方，忽然又见一洞，深藏不露而终因挖掘者的锲而不舍，从此大白于天下。洞作何状？“计自洞口至山顶将及三十余米。新的洞口，就是所谓猿人洞，洞口至洞底又有十余米深。”裴文中从山顶上往下望，有毛骨悚然之感：“见猿人洞洞口之深，及峭立的绝壁，已有些令我们害怕。其实这都是我们一寸一尺地移去，土和石都是我们一筐一筐地抬出。现在看来猿人洞很深很大。”洞、山洞、各种洞穴，总是与神秘相连，是人所不知的神奇发生处，猿人洞何能例外？裴文中却告诉了我们一个真相，洞、洞口，有时也是退隐的，被遮蔽的。但我们不明白的是，这些洞、洞口，是拒绝暴露呢，还是等待天日？是惯于黑暗呢，还是羞于陌生？但，这些都无法阻挡渴望找到祖先的人类。猿人洞初开的时候，只是仅能容人的小孔，并且一部分尚为砂土所填满，仅有一个薄隙。洞里乾坤如何，不知也。于是裴文中和工人手持蜡烛，下得洞中，烛光摇曳下蹲一看，好生了得！所谓别有洞天于此可见：尘埃土屑之中，化石层垒堆积，安然长眠。

那是1929年11月底，山外北风呼啸，洞中冰冷彻骨，按以往的工作规程应当停工了，待来年春暖花开再行开掘。可是，裴文中瞅着这重叠的、散落的化石，似乎感觉到化石中也有目光幽幽的闪射，恰与他相对而视：“你是谁?”“我来找你。”“你听见过，不要问我在哪里?”“我只是想认祖归宗……”裴文中落入遐想中了，难以自拔。但，灵感一闪而过，他当即决定不停工，继续，坚持，寻觅，寻觅那一瞬间似曾相遇的目光。裴文中晃了几下头，力图让自己清醒，让目光在枯骨中醒来。掘！继续发掘！

以下，我不能不实录裴文中在《周口店洞穴层采掘记》中的一段话：

> 想不到，我们开掘猿人洞的第二天，在十二月二日下午四时余，竟自发现了猿人头骨。我的运气真好！猿人头骨一半在松土中，一半在硬土中。那时天色已晚，若加班工作起来，我怕到晚上也掘不出来。其实他已经在山中过了不知几千几百个日夜，并不在乎多过一夜。但是我不放心，脑筋中不知辗转了多少次，结果决定取出来，用撬棍撬出。结果呢，头骨一部被震动而破碎，这样结果又使我很后悔，然已悔之不及。但是这个机会，却使我知道中国猿人头骨的厚度，我们现在的人，头骨比较薄，而猿人头骨异常的厚。若说猿人是人，真冤枉！从这一点看来，他真不像人。

裴文中发现并发掘出猿人头骨之后，其兴高采烈不可形容。但，他马上想到：关注龙骨山，盼望着奇迹出现的人，还有多少！于是决定写信并派专人送达。第一个要报告的无疑是翁文灏，信云：“尊敬的翁所长先生：今天交了好运，我们在原发掘址第 9 层下边发现一个洞穴，经发掘，得一猿人头盖骨！一个完整的头盖骨。我在现场就把它取出并安然无恙地带回。待稍作处理，我即携此头盖骨返北平面交。”12 月 2 日晚匆匆写好了信，然后是个不眠之夜，和一个 50 万年前祖先的枯骨头盖共处一室，那种“曾经多相思，相对却无言”的感觉，令人心潮涌动。天亮即派人返北平，专呈翁文灏。送信人才出门，裴文中又心生一念，这封报告发现猿人的信，要傍晚才能送达，翁文灏收到后还来得及告知相关人员吗？又是一夜难眠后，三日凌晨发电报给步达生：“顷得一头骨，极完整，颇似人。”裴文中自己解说称：“因为猿人不是人，故我说他颇似人。”再说北平那边，一信一电一阵骤然而至的暴风雨过后，“人们好像都不信”，在一个世界闻名的相关学者专家都曾踏访、寻找并且只是得到过牙齿化石的圣地，那周口店堆积，那保存了远古历史的洞穴中，一旦奇迹出现，人们会习惯性地疑窦丛生：那是真的吗？这样的好运气怎么就落到了裴文中手里呢？如此等等。就连步达生——一个富有远见卓识并对周口店发掘抱极大希望的科学家，在接到裴文中电报的第一反应，也是亦喜亦忧。他在给安特生的信中说："昨天我接到裴文中从周口店发来的电报，说他明天将把他所说的一个完整的头盖骨带回北平，我希望这个结果不是幻想而是真的。"谨慎的步达生语带保留，显而易见。究其根本，如此完整的猿人头盖骨世界所未见。从远古至今，50万年啊，风雨兼程，50万年的风雨兼程啊，能以一个比较完整的面目——枯骨示人，那是何等难以想象！如是，那么中国周口店龙骨山之荣耀，可谓与日月同光。

裴文中抱着头盖骨回到山下，那个既是指挥部又是他宿舍的骆驼店房间，刚刚掘出的这个50万年前的猿人头骨还是湿漉漉的，风雨交织洞中潮湿故也。既然潮湿便会酥软，怎样把这个宝贝老祖宗安全完整地保存并带回北京便成了头等大事。这个夜晚屋外风寒，屋内灯冷，得想个法子让这个头盖骨不那么潮湿，不那么酥软，裴文中的法子就是在火盆上烤，小心翼翼地烤，一点一点地烤，双手要捧着头盖骨还得不停地翻转，精神高度集中，集中到两眼发酸，双手哆嗦，嘴里干渴，才赶紧把头盖骨置于桌上，稍息一会儿喝了一大杯水再烤。可以搬运时，裴文中先以麻袋和纸张糊上一层又一层，再用他两床破旧的被子包裹起来，外面再用褥子毡子捆好。这些被子褥子毡子，是裴文中在周口店不值几文钱的全部家当了，裴文中已经舍其所有了；一层又一层地包裹着、保护着的，是一个中华民族与世界人类不可多得的猿人头盖骨。在最后捆扎之前，裴文中不舍地望着那头盖骨，它从容淡定，那空洞的双眼，偶然与裴文中的目光撞击，古今相连，天人相应，它的神采依旧，尽显王者之相，但优雅而又安详恬静。因是战时，送往北平的路上也不太平，裴文中说："我们的长途汽车到了北平西便门照例要检验，我在事先已有准备，随身带有几块化石，令检验人看，告诉他们我行李中是这件东西，请他们免检。如果一定要看，不允许将外表糊的麻袋和纸张揭开。如果非揭开看不可那就请先拘捕我。检验人倒很客气，只令我打开看，并没有揭开糊的东西。"

当裴文中将猿人头盖骨送到步达生手中时，他不动声色地用剔针一点一点地，将附着其上的硬土剔去，又呆呆地凝视后，因为激动双手颤抖，便赶紧把头盖骨置放于桌上。步达生眼睛突然放光，连声高呼："是人！

人！你知道吗？是人！”他一连在头盖骨上亲吻了三次……转身拍了拍裴文中的肩膀：“小伙子，感谢你，整个世界的人类学家都应该感谢你这一伟大的发现。记住，从现在起，你的名字可以留传后世了。”这一消息先是传遍北平，继之传遍中国，然后传遍世界。地质调查所根据翁文灏的指示，在所内陈列馆最显眼处，展出猿人头盖骨，北平市民络绎而至，自豪之情溢于言表。50 万年前，周口店中国猿人、“北京人”已经蹒跚于猿人洞外荒原山野，栖居于猿人洞中了。消息传到大洋彼岸，当时美国古生物学界泰斗奥斯朋发来贺电，外国学人专程到访者，亦不知其数。此一发现，给纷乱战争中的中国和世界，带来了一丝光明、一种祥和的气息。当时中国的现状是军阀林立，世界则处于一战和二战之间，民生凋敝，硝烟未尽，老百姓不知道他们面临的是怎样的未来。周口店猿人洞里的猿人头盖骨，那个也许是资格最老的“北京人”，为北京人、中国人乃至世界各国人民，带来了少有的喜悦和欣慰。

1929 年 12 月 28 日下午，中国地质学会举行特别会议，翁文灏主持，步达生、杨钟健和德日进做专题演讲，25 岁的青年才俊裴文中报告了“北京人”头盖骨的发现过程，与会科学家、中外新闻界人士报以雷鸣般的掌声。

自此，“北京人”雄踞于世界东方之北京。

自此，中国悠久的历史文化，无可争议地，如惊雷闪电般震撼世界。

还有谁敢说，中国境内既无原始人也无旧石器吗？

还有谁敢说，中国文化全系西方传入的吗？

白人中心主义说从此闭嘴。

周口店的故事还在继续……

买下龙骨山

发现猿人头骨之后，翁文灏极有远见地想到，龙骨山对于中国和世界的重要性：还有多少问题需要研究，龙骨山很可能只是打开了历史宝藏中的一间小小宫殿。“北京人”从哪里来？到哪里去？50 万年前的猿人，是怎样生活的？怎样繁衍生息？怎样对待死者？他们吃什么？他们喝什么？他们有过什么创造？他们外出游玩吗？多少问号有待回答。其时龙骨山多石灰厂，挖掘石灰，对龙骨山的破坏不言而喻。因而，翁文灏计划由地质所买下来，使之由私产而成为国产，进一步地发掘、保护。这种交涉的事，在民国十九年春季开始。其实开掘猿人洞时，类似的问题已经出现，该处本来是周口店常姓合族的公产，而鸿丰灰煤厂已获得永久租用权，立有永租契约。裴文中挖掘猿人洞时，鸿丰灰煤厂将龙骨山转租给他，租期大约是三个月，租金约二百五十元。

由翁文灏、丁文江二位转托了朋友，先行周旋。具体购买事宜由杨克强、裴文中办理，过程并不顺利。常姓地主还算开通，且其本家有在外工作的，先已跟地主晓明大义，就连卖价也并不坚持一定数目。麻烦的是那个灰煤厂，不肯轻易放弃永租权。裴文中又找到鸿丰厂的经理，该经理终于道出实情：鸿丰曾因周口店这块地，赔了几万块大洋，老板认为若由地质调查所购买，则永无翻本之日。裴文中不知道说了多少遍，地质所就是发掘古代人类遗址的，是为人类寻找祖宗的，不会做生意。买下龙骨山，是为了保护猿人头骨出土之地，以供后人研究观瞻，等等。最后厂方让到五千大洋，一半归地主，一半归鸿丰。于是裴文中与厂方一起划地界，划完地界谈最后价钱，裴文中想到，地质调查所太穷，出了名的缺人缺钱，又挣不回来一文钱，丁文江、翁文灏两位所长总是在设法筹款，要去的地方，要做的事情又实在太多，便与厂方人员商量降二百元如何。对方不允，说好五千怎么说变就变，你们读书人不是重礼讲信吗？裴文中顿时无言，这个一直在挖龙骨山化石这个无价之宝的人，却为一二百大洋所困，夫复何言？交涉将要破裂时，中间人出来转圜：“减一百如何？”回北平，向翁文灏报告后决议：四千九百元购买龙骨山山地，立契约，从此后，即永归地质调查所所有。

把龙骨山作为发现北京猿人圣地，而由国家地质所收购、保护，并继续发掘的工作，应该至此告一段落了。不料刚立好契约，正以为万事大吉时，厂方又提出需有一份附件，约定地质所不能在龙骨山地界内开办或将其租给他人经营石灰窑，并要求地质所开掘化石时挖出无考古作用的石灰石，需无代价赠予对方。鸿丰厂在周口店为独此一家，自然希望别无分店。那就是生意人的精明，裴文中自叹弗如，又请示翁文灏。翁文灏大度地说：“人家做生意，自然要斤斤计较，我们购买的目的，不在办灰窑赚钱。”裴文中按对方要求以换文方法，彼此各具一公函，自此了结。地质所也了却了一桩心事，龙骨山由私产而成国家公产。

“北京人”之后，龙骨山就成了被永久保护的山。这一举措的先见之明，不久将会被证实。

猿人洞洞上有洞，有无尽藏。

火！火！那些灰烬层

在《周口店洞穴层采掘记》“民国二十年”一节中，裴文中记道：“民国二十年春季工作开始，有卞美年和贾兰坡两先生参加。两位先生与我共同工作，一直到现在，帮助我的地方很多，我有时偶尔返平，一切工作完全由卞、贾两先生负责。”1930年，在裴文中的带领下清理龙骨山表土，并踏勘堆积范围时，发现了山顶洞——一个被层层堆积遮掩的、退隐的洞口。并有了一次对发掘工作而言，具有历史意义的改革，裴文中说：“从前我们没有方法，我们规定的地方界线之内差不多都有工人，硬的地方放炮炸之，软的地方用镐挖之……有时忘了化石从何处来，或者随手扔弃的也不在少数。”裴文中把这次发掘方法的改革，称为“实行大的革命”，即事先做工作计划，规定工作时间，开掘时改用“探沟”，先掘一个探沟，宽1.5米，长以3米为一段，约共长四五段，深为5米，开完探沟之后，按所得地层的知识再掘，欲掘之处分成方格，长宽均3米，叫作一方……挖就一方，再掘临近的一方，然后画成五十分之一的图，每深0.5米，画一张平面图。每隔2米，画一张南北剖面图。凡重要标本，皆加以测量，然后画在图上。另每日照像三张，此为记录照，留待日后作为参照。此外还有每周两次全景照，是龙骨山全景，可以对比因开掘而变化的样子。裴文中感叹说，至此，周口店发掘已经有了田野考古的初步要素。山顶洞的发掘因上部只限于开石灰石，所以工作了一点也就停止了，主要工作仍在猿人洞。

因为猿人洞时有土块和石头落下，裴文中等人即全体转移至鸽子堂洞去了。鸽子堂洞穴在龙骨山东坡下，洞口是采石时发现并打开的，有蝙蝠及很多鸽子栖居，因而被称为鸽子堂。在开掘鸽子堂时，挖到了一层红土和黑土，有很多破碎的骨头和破碎的石英，并且有许多被火烧过的各种兽骨，及猿人的牙床及锁骨。考古人员在发掘时见到火灰层，便如同见到希望，因离开文化层已近在咫尺了。这是古人用火的证据，是中国猿人曾经燃起的火堆，它有历史的温度。那黑色土层，细察之下其实是黑色灰烬层，其中有火烧过的骨头和石头，还有木炭。对此，李济说："问题是，究竟这些遗迹是天火烧的呢，还是人火烧的？"请巴黎矿物院实验室做了第一次检查，证实这些化验物中包含了大量的碳素。步达生为求科学上的严谨准确，又在协和医院，用不同的方法复验了一次，并得到同样的结果。这些检测能证实其为灰烬也，北京猿人用火所留之遗存也。除了检验灰层之外，证明中国猿人具有用火存火之能力的实证是木炭，而且在一个文化层中反复出现。烧成这种木炭的植物，亦经古植物学家钱耐教授鉴定，学名是步氏荆。检验的标本，是发现于石英层的一块很大的木炭，与各种文化遗存夹杂在一起，这类植物和现代豆科中的紫荆相近。紫荆树是现在北京附近西山一带，繁殖较多的一种植物，离周口店不过 20 公里。《李济考古学论文选集》的结论是由事实决定的：周口店猿人洞中的火烧遗迹之火，都不是天火偶然烧成，而是由人工控制的火所产生的结果。

猿人遗址火的遗迹，在猿人洞中是多层次的，且灰层量大而厚积。在《中国猿人及其文化》中，贾兰坡说已经发掘过的猿人遗址，由上至下有四层面积较大而较厚的灰烬层。由此可见，中国猿人用火时间之长，用火猿人之众。依贾兰坡所言，最上面的灰烬层位于鸽子堂西侧的一块巨大的石灰岩块之上。何称巨大？长 12 米、厚 5 米，横跨南北两洞之间。石灰岩的表面留下了两大堆灰烬。因为灰烬成堆，可以证明当时猿人不仅能用火，而且能聚火成堆，也就是说他们有了控制火的能力。倘若这巨大石灰岩的表面，均铺有灰烬，那是无法控制火力、不会存火的象征。我们不清楚中国猿人学会保存控制火的具体时间，但可以肯定自从他们进入龙骨山猿人洞，这一能力便已具备。贾兰坡还认为这块石灰岩面被猿人当作地板居住过，这一层灰烬甚厚，最厚的地方可达 6 米。这一灰烬层的特点是发现的石器和小哺乳动物——鼠或蝙蝠等最多，甚至可以成层地发现，似乎还被水搬运过。

贾兰坡说，猿人洞下层的灰烬层，可能与鸽子堂底部的灰烬相连——"即过去所谓之文化层 C，亦即石英二层"，这里灰烬成堆，可以想起洞里存有火种，再以干柴草使之燃烧。猿人洞里火光燃起，先细小，若火星，火苗蹿起，火光踊跃，再以新柴置其上，把火头压住……顾名思义，这一层里有石英石器。这里的灰烬让发掘者惊喜，它呈现出各种颜色，紫色、红色、黄色、白色、黑色皆有。“黑色物质多位于底部，此种物质与其他沉积物质颇易区别，它不仅颜色鲜艳，质细无颗粒感，而且还含有大量水分，用水揉搓，即能出水，晒干后分量极轻。”此即前文所述之碳素是也，其为植物燃烧之灰无可疑也。“为什么那样彼此接近的物质而颜色又有明显不同，一直到现在还没有得出足以使人信服的解释。有人说是由被火烧过的不同火候的土变成的，也有人认为，可能是由于烧的火候与控制火的燃烧方法有所不同所致。”贾兰坡如是说。李济在《红色土时代的周口店文化》中，对这一灰烬层的叙述视野更加开阔了：“幸而田野工作的人们，在发掘地点也发现了若干封闭的文化层，保存的情形，可以作为解释人类骨骸与文化遗物、遗迹相互联系的重要根据。”

李济这席话语，透露了周口店发掘，是在不断进步和改善之中：从最初，是纯以哺乳动物化石为主，及至两枚牙齿及“北京人”头盖骨被发现之后，有了发掘方法向田野考古转变，有了裴文中向李济等学习考古的转变。同时李济强调，其中的重点就是人类遗迹与他物之间的关系，如灰层、石器等，考古学上所谓文化层是也。李济说“最要紧的一层是在鸽子堂底的石英层二”，即贾兰坡所称之石英二层。李济的叙述称，这 12 米厚的鸽子堂地面层，完全是由坚硬的角砾石构成，灰层即“石英层二”在其下，“是一层平均将近 1.5 米厚的堆积，由红色、黄色砂质土壤与黑色砂质土壤构成。里边不但包含有大量的石器，并有很多破碎的兽骨以及黑色质料的薄层堆积”。实际上，李济已经解释了贾兰坡对火灰多色的困惑，鸽子堂下土壤有各色，是与灰层相混杂故也。

中国猿人山洞中的灰烬，肯定不是天火造成的，其原因并不复杂：天火怎么会烧到阴暗潮湿的山洞中？或者是一个雷正好落进猿人洞，炸裂了山洞石壁，却不会留下草木灰层。猿人洞中灰烬最厚处达 6 米，这么厚的灰烬当然非一次燃烧之遗留，是多少次？谁也说不清道不明，也只能从贾兰坡之说了：“历时很久，才能够堆积那样厚。”这一灰烬层中还发现了很多被烧过的石头和骨头，合理的想象是“中国猿人用火烧肉吃，吃完了肉，有时又敲破了骨头吃骨髓，然后就把碎骨抛弃在火堆或火堆之旁了”。在贾兰坡的《中国猿人及其文化》中，笔者虽然没有读到是如何学会保存火种的，但下面的文字却闪闪发光：“中国猿人学会了保藏火种，他们日日夜夜，像保卫自己的生命一样保卫着火种。他们懂得，如果火熄灭了，会给他们带来什么样的灾害。”

还有灰层中的石英，裴文中细加检视而有所思，在周口店、龙骨山均产石灰，石英不应出现在石灰石山上，如此之多的石英从何而来？肯定在山外别处，怎么就到了龙骨山、鸽子堂洞中？显然是当时的人搬运来的，搬石何用？不只是石英石器，“尚有砂岩制作者，砂岩的材料，多半是河床上的河光石”。一个名词在裴文中脑海里闪过：石器！制作！这是如此简单的制作，其方法，裴文中说“仅是用石头打几下子而已”，使之成为削刮器、尖状器，因为是石英石制作，“打的痕迹很不易认识”。石器的发现及认定，使周口店的考古成果更加丰富了，开掘者的视野更加广阔了。古生物学的开掘，成为考古学意义上的发掘，也就有了前述之方法的改变。而研究周口店旧石器的困难，对裴文中又有新的冲击：“我不能不开始学习考古学，最初从李济先生，后又有法国考古学家步日耶教授来平，我又从他学习。”

1931 年秋，法国著名旧石器时代考古学泰斗步日耶访华，到北平后直奔周口店，考察了龙骨山、山顶洞、鸽子堂出土的石器、碎骨及用火遗迹，他肯定了中国猿人已经有了制作石器即制作工具以及能够用火的能力。回到法国后，步日耶写专文介绍中国猿人的生活状态：他们穴居于天然山洞，将石块打制成几种简单的工具，从事狩猎和采集，会用火。“人类对火的掌握是个伟大的成就，因为它具有解放人类的意义。”贾兰坡还指出，人类用火存火是从动物界分划出来的一个强有力的证明，是生存竞争中不可缺少的因素。为什么这样说呢？火可为工具之用，也可作与夺命野兽战斗的武器，周口店的猿人洞可能是猿人最早据而有之的，也可能原是野兽穴居处，后被猿人烟熏火烧夺占而成为栖居地。中国猿人最初的沿水草而居，其实就是在水边草丛中席地而卧，屡经风霜雨雪之后发现山洞可遮风挡雨，但这些山洞往往是属于豺狼虎豹的。然后就是一场遭遇战，最早的猿人当然不敌，被野兽们吃得血肉淋漓。其中有逃命者，记住了这山洞是当时最美好的安居之地，口口相传，祖先曾经葬身于此，待到能用火存火，于是复仇，夺洞穴为己有，山大王之始耶？世界上人最早的战争，非人与人战也，而是人与野兽为了洞穴的搏命。火使人类不再被寒冷与暗夜包围，不再蜷缩于荒野，不再在旷野中交媾，吃熟肉熟食使人们的体质和脑力得以进步，火乃人类光明天使。猿人洞、山顶洞及洞中之人，洞中日月，其经历大概如是乎？

火！火！还有那些余温不再的灰烬，正是旧石器时代人类进步的一个象征，照亮了筚路蓝缕的人类文明之路。在周口店，这一漫长的文明之路，一直从猿人洞到旧石器时代晚期，即山顶洞人时期。

继裴文中之后，周口店发掘的另一个重要人物——贾兰坡登场。贾兰坡是怎样亮相的？

贾兰坡："为了吃饭！"

裴文中在《周口店洞穴层采掘记》中说，民国二十年即1931年春季工作开始，有卞美年和贾兰坡两先生参加，后又移师鸽子堂，民国三十三年开始山顶洞之开掘，此乃后话。先说贾兰坡先生往事，1908年11月25日，在河北玉田县城向北7公里有小村名邢家坞，一个小生命呱呱落地，他就是贾兰坡。他来到了这个北临山丘、南望平原、土贫地瘠的村庄里，但贾兰坡家村后的东山上有两个山洞，一大一小。贾兰坡从小便和村里小孩去探洞。探洞实质上是探险，洞里有什么？洞子有多深？有没有神仙鬼怪藏身其间？小伙伴们都探讨过，结论却是"大洞深不可测，我们从不敢进去。"小洞很浅，多的是石头，可以在里面玩。贾兰坡和小伙伴们经常玩的一种游戏是，用石头击打石头，制作石头圆球，然后往山下滚球，先滚一个，接着一个，后面的球追着前面的球，倘若两个石球碰上，便叮咣作响且滚得更远，孩子们便欣然。如今看来，山洞和石头，仿佛是命运的一种提示："亲爱的孩子，你将要寻找并阅读山洞和石头，书写一部新的《石头记》的若干篇章，你会在钻山洞和打击石器的研究中，度过一生。"

贾兰坡从北京打磨厂小学读到汇文中学，1929年高中毕业。本可以上大学，那时在英美烟草公司上班的贾父，已经供不起贾兰坡了。"成家吧，不小了，要学会养家糊口。"此时贾兰坡21岁，父母做主要他结婚，"她，与我同岁，叫王栖桐，是玉田县青庄坞人……我极力反对这门婚事，但母亲为此哭过几次，最后我也只好投降。"婚后生下一女，家里添了小孩，大家自然高兴，但贾兰坡却高兴不起来，总想着要找工作挣钱养家糊口，可是当时中国，大学毕业即失业，贾兰坡哪有工作可找？无路可走时，想到了自修，便在北京图书馆读了一年书。图书馆供应开水，有时他带着馒头夹咸菜，一去就是一天，爱读《科学》之类的有关自然科学的杂志和书籍。

机会的到来似乎是偶然的，而命运却早有伏笔。贾兰坡老家有一表弟名高焕，与贾家感情甚笃，贾兰坡的孩子也很喜欢他。因为他一来京，就常带孩子们出去玩。崇文门瓮城的内侧有一家恒兴缸店，是他经常光顾的地方，他在这家缸店有股份。恒兴缸店的掌柜姓裴，是 1929 年 12 月发现第一个“北京人”头盖骨而闻名于世的裴文中先生的侄子。裴文中有空也去崇文门，与高焕相熟。有一天裴文中又到店里闲坐，高焕沏茶奉茶，然后聊天：“我的表弟提到我闲在家里没事可做，只闷头读书。”裴文中一听，说中国地质所正在招考练习生，不妨去试试。贾兰坡闻讯喜出望外，虽然不知道裴文中何许人也，急匆匆便到西兵马司 9 号中国地质调查所报了名。择日考试，主考官是地质调查所陈列馆负责人徐光熙先生。一读试卷，贾兰坡暗喜：“不承想我在家中自学的知识竟派上了用场，我以优异的成绩被录取了。”

1931 年春，贾兰坡一头撞进了地质所，同来的还有卞美年，燕京大学生物和地质系的毕业生。贾兰坡除新鲜以外，什么都来不及想。他去干什么？他将会遇见什么人，什么事？他能不能有所作为？他一概不想。他满意的是有了一份工作，月薪 25 元，是 25 块大洋，当当响的“袁大头”，养家糊口足矣。贾兰坡被分配到新生代研究室做练习生。什么叫新生代？他一无所知。卞美年为他详细介绍，从翁文灏、裴文中到卞美年都是他的师傅。而他与卞美年又很快成了好朋友。当时新生代研究室的工作地点有两处，一处在西四兵马司 9 号，一处在东单北大街路西协和医院娄公楼，106 室是裴文中的办公室，108 室是杨钟健的办公室。上班当天即见了裴文中、杨钟健二先生，从此以后这二位就是贾兰坡的师傅了。某日，杨钟健通知，让他俩第二天上午见所长翁文灏。次日上午贾兰坡和卞美年按时到西兵马司中国地质调查所，杨钟健把他俩领到二楼东南角翁文灏的办公室门口。贾兰坡后来回忆道：“见面时，我仍然很紧张。翁先生问了我家里的情况，我一一如实回答了。最后他问，这种工作很苦很累，你为什么要干这个呢？”“我不假思索地说：为了吃饭。”翁文灏听后，忽然大笑了起来：“说实话好，好好干吧！”谈话很短，贾兰坡“为了吃饭”这句话一时在地质所风传，人皆以朴实可爱誉之。贾兰坡则在《悠长的岁月》中写道：“不承想，翁的一笑，决定了我的终生。”次日，裴文中通知贾兰坡、卞美年和王存义去了周口店。贾兰坡说：“我的工作也正式开始了，那就是协助裴文中在周口店搞挖掘。”贾兰坡是高中毕业，从练习生、干苦力开始，成为著名考古学家、旧石器时代山顶洞人发现者、中科院院士。没有华彩，没有装饰，没有背景，只有勤奋刻苦、忠于职守、钻研学问，或许还有一些天分。

贾兰坡在周口店，还结下了不少良缘和学习机会，比如当时见到了难得一见的外国专家。他们的理论、知识和言谈举止，都影响着贾兰坡的成长，正所谓环境育人，近朱者赤也。

步日耶访问周口店

裴文中一再提醒贾兰坡及工人们：要注意挖掘中的灰烬及灰烬层，其中的石器和骨块都是宝贝。在鸽子堂挖掘中发现的灰层，由贾兰坡背回地质调查所，化验认定为灰烬；翁文灏、裴文中还不放心，由德日进带到法国再检查，还是灰、草木灰烬无疑。为什么如此重视挖掘中的灰、灰烬层？贾兰坡似乎有些头绪了，这关系到火，原始人用火、存火。“但有些石块愣说是人工打裂的石器，我就蒙头蒙脑了。”贾兰坡说1931年，法国人类学专家步日耶来华至周口店，观看了发掘出来的全部标本，“他不仅完全承认所发现的石块是古时人工打制的，还认为其中的许多鹿角和碎骨，有的也是经过人工打制的骨器，这些都是四五十万年前人类的遗迹。”贾兰坡听说后很吃惊。所谓遗迹，遗留之迹也，过去几十万年之后，一切都会变得淡薄乃至消失，步日耶却能看出这些痕迹，可为一叹。贾兰坡好学并得知：石块与石块互相打击，此乃石器也；用石头的棱角磨制、切割鹿角或骨头，此乃骨器也。人力有意为之而使其为人所用，方可称其为器。制器用器是人类进化史上的里程碑，这些器物将会不断改善并且还会有新的器具，但石器角骨器，却是人类最早的一切器具。火与石器、角骨器的出现，说明当时原始人的脑力已有发展，而手的运用也更加灵活有力，对吃的食物比如兽类，已经开始剥皮，烧烤，甚至吸食骨髓。这是人类用火并创制、使用工具之始，也是人类一切发明创造乃至称雄地球之始！

《李济考古学论文选集·红色土时代的周口店文化》称：“若是把周口店发掘的早期历史翻阅一次，我们就可以知道，师丹斯基、步达生、步林以及裴文中等人所追寻的目标，集中在化石人的遗骸上。1930 年以前，田野工作人员对于文化遗存的兴趣，除了偶然地出现在他们一二人心中外，可以说根本就没有发生过。因此，对这一类的现象，亦不加以注意。这一兴趣的萌芽，可以说完全由发掘品的本身培植滋润出来的。”李济说明了当时新生代研究室的目标，是大型哺乳动物的骨骸残存，而与之相伴的对文化遗存如石器、骨角器与火灰遗迹等等的重视，却是因“发掘品本身培植滋润出来的”，发掘品本身即出土物也。为此，李济翻译了步日耶《周口店猿人产地之骨角器》的部分，可与前文互为印证。步日耶写道：“1930 年岁末，德日进回到巴黎，带了一块鹿角的根给我看，我马上就认出这鹿角上所带的烧过的痕迹，并且断定是用石器打制出来的一件工具。”到了 1931 年 4 月，德日进、裴文中两位博士，开始在周口店猿人洞的灰层底下，收集若干石英片和烧过的骨骸。那年夏天，裴文中在鸽子堂堆积的底层，发现了很丰富的文化层。步日耶为此应邀到访：“就在这年秋天，地质调查所所长翁文灏，联合北京协和医院解剖系及新生代研究室的主持人步达生博士，邀请我到周口店看这新发现的石器工业。那些丰富的脉石英、水晶矿、硅石以及片解过的砾石，都显示出很清楚的人工打制痕迹。同时，我也觉察到大量骨器的存在，有的骨片是打制的，同石器一样；有的是砍下来的鹿角、牛羊角和下颚骨，加以不同的人工处理。对于这些骨器的解释，地质所的同仁颇持异议！因此，他们要我对这批材料做一详细的研究，并写研究报告。”

李济说“有了步日耶权威性的判断”，周口店原始人所遗留的文化器物的判断，使周口店的面目更加清晰，尤其是步日耶所用的“石器工业”一词，其开创性直指旧石器时代人类的智慧和生存创造的能力，在某种意义上它甚至具有颠覆性。如是观之，“杂在周口店化石堆积中的破碎骨片、烂石片、石块等，方构成了田野工作者另一搜求的对象”。发掘者开始从这些原先认为毫无价值的破烂中，寻找其历史的、文化的价值。自此，在裴文中、贾兰坡眼里，周口店显得更加丰厚了，更加高大了，也更加深不可测了。所谓寻求它们的历史和文化价值，依李济所论，也就是人工制造的痕迹。这一寻求，这一目标的扩大，使周口店发掘产生了甚为惊人的成果。何称惊人？细细检视之后，在裴文中、贾兰坡的几处发掘点，大量出现的火灰中，不但有人类用过的石器、骨角器，还有剩余的果核、火烧的木炭等。推动一个时代向前的历史画面恍若眼前：火，熊熊的火焰为先导，以石器为主的各种器具的制作和使用，提高了社会生产力，我们的先人一往无前，除渔猎采摘之外，开创了人类史上最早的工业化时代。

贾兰坡在《悠长的岁月》中说过："对于挖掘，我最有兴趣。"步日耶的到访，他对火烧灰层、石器打击痕的认定，更加坚定了贾兰坡对周口店堆积的神往：50万年前啊，这里有火，这里有石器、骨角器，还有一次在发掘中捡到了朴树籽，谁知道还会挖出什么宝贝来呢？总而言之，贾兰坡认为，关于旧石器时代的周口店，要刮目相看，但永远看不透，可以肯定的是愈看愈厚重，而且生动有趣。

周口店石器工业

这一标题，完全借用李济先生在《红色土时代的周口店文化》之一节的小标题，也就是说"石器工业"一词，出于李济，再推求，则源自步日耶，非我徐刚杜撰也。我之所以反复引用，是因为深感"石器工业"一词，把旧石器时代的人类，和今天的现代人，紧密相连在一起了，都是在不同年代的创造制作、都是脑与手的协调配合。石器骨器，手机电脑，无一例外。

石器工业之首便是石器，其始也，简单之极，从一堆堆石头中拾得有刃缘较锋利者即可称之为石器。或者更早，旧石器时代的原始人，手握的石块既是工具又是武器。《中国猿人》云："人类早期的活动较为简单，石器工具也较为单一，而且是多用途的。比如一件手斧，既可用作斧子砍伐，又可作刀屠宰、刮削，甚至可以用它的尖端当作锥钻使用。"此关于石器之泛泛而论也，其实石器的得到，在周口店并非易事。裴文中等人对猿人洞石器有报告称："石英层二发掘的面积约有160立方米，在这一小区域中，出土的石器有数千件，保存完整者共150余件。"考其质料，这些成形的砾石器、不成器的碎石片，均为他山之石或他处之石。石器种类之多，杨钟健分为五类："打制的砾石与中锋砍器，一也。石英核器，二也。刮削器、砍伐器，三也。嘴状尖器，四也。尖器，五也。”其制造“似乎都是经过一番设计”“代表着制造技术的进步”，这两句话的含义非同小可，“一番设计”是要动脑筋的，脑力之有所发达也。同理，制造技术的进步，将会带来生活方方面面的改变。周口店的两个发掘者裴文中、贾兰坡是这样说石器的，裴文中认为，北京人使用的石器，由两种原料制成，细砂岩和火成岩，它们大多是从附近河床上拣来的砾石……这种石英的砾石非常坚硬……北京人发现了打碎砾石的特殊方法，就是用一块较大的石头作石砧，把要打的石英放在上边，用力敲打，反复敲打，如此这般，要制器的石英石就会从周围一层一层地掉下石片来，这种石片，多半呈细长形，两端有打击的痕迹。李济以贾兰坡作于 1958 年的《北京人的故居》为材料：“在高达 40 米左右深的堆积里……凡是有灰烬的地方，石器则比较丰富。尤其是在中部灰层里发现更多，特别是中部灰烬层的东端，即鸽子堂底部靠近北岩壁的灰烬里……所采得的石器材料达数筐之多。”制作石器的技术，贾兰坡说：“石器尽管很粗糙，但由它们的性质可以看出，无论是打击石片还是修整的工作，都有一定的方法和步骤。打击石片时，不仅知道利用石块上的天然平面，如果要在圆形的砾石上打石片，还知道先打出一个平面，然后再沿着平面的边缘打下石片。”

李济或者他引用的裴文中、贾兰坡关于石器制作的说法等，都是依据发掘的材料及科学实验所作的平静叙述。而平静中的波澜却在于，石器的发现和搬运，事关猿人时代的人力组织与分工，石器制作似乎是经过一番思考、比较和设计的，且有一定之规，即方法和步骤。这一些旧石器时代原始人制作石器的变化，是思维的变化，是脑力劳动的变化，从而影响着行为方式和生活方式的变化，也是时代的变化。

中国旧石器时代遗址非仅周口店一处，其他遗址也均有石器发现，但零散而不成规模。然而在周口店龙骨山几十米厚重的化石堆积中，“北京人”、山顶洞人生存和生活所需的石器、骨角器等种类渐多，制作有序，存量极大，非他处可比。因此李济的石器工业说，是名副其实的。回首史前，周口店打制石器、骨角器，以及搬运、寻找材料的忙碌而辛勤劳作的场面，制得一器后的欢欣雀跃，我们或可说，周口店猿人用石头敲敲打打的石器工业，是中国最早的工业，是史前文明时代的辉煌时刻。吸引贾兰坡的除了石器，还有骨角器，比较而言，骨角器有更加尖锐、细腻处。步日耶的论点震撼了裴文中、贾兰坡，使中国猿人的生活与创造，尽显精致。正是它们，展现了中国猿人的智慧，构成了旧石器时代周口店灿烂的工业文化。

练习生贾兰坡

周口店的发掘还在艰难进行中。“为了吃饭”的贾兰坡置身其中后，才发现周口店的学问太大了，那化石堆积，那洞穴深处，那灰层石器骨角器所代表的，是石器工业，这简单的打击痕算得上工业吗？卞美年告诉他，那是几十万年前、十万年前的劳动和创造，不能以今比古。发掘历史的时候，需有一种历史的目光和心态，还给他诵读了几句歌德的话：“如果提到原始，那就应该说原始的话，那就是诗一般的语言……当我深入此荒芜的岩缝时，我首先羡慕诗人。”贾兰坡读过不少书，也略知歌德，便对卞美年说，如此看来，他们在周口店所做的，虽然辛苦，却是富有诗意的发掘。卞美年对这句话大加赞赏，并补充道，这里看上去干的是体力活，但不是一般的体力活，裴文中发掘猿人洞，能掘出“北京人”来，步日耶看灰烬，能看出猿人用的火光来，看石英能看出打制的痕迹来，得益于他们的知识、经验、联想，乃至想象。他们只有经过再发掘再开拓，才有可能知道洞穴裂隙中，还藏着多少不为人知的秘密。贾兰坡愈发感到，虽然有饭吃了，肩上的担子却也无比之重了。

贾兰坡作为练习生，边学边干。他不缺热情也喜欢读书，但在周口店工作之始，他什么都不懂，挖出了化石就向工人请教。一个熟练的工人就是半个专家，从他们那里贾兰坡认出了羊、猪与鹿的化石的区别。卞美年是他身边的最好的老师，只要稍得空闲，他们俩就在龙骨山周围转悠，看地质构造和地层，看各种堆积。卞美年之外还有裴文中，碰到贾、卞两人均不明白时，裴文中耐心赐教，从不拿架子，贾兰坡不但敬佩他，还越来越喜欢向他请教，从他那里学到了许多东西。还有杨钟健，喜欢贾兰坡肯吃苦，不仅没有怨言，还总是乐呵呵的，有人说他苦中作乐，他说想到那些标本就乐不可支。杨钟健关心、寄厚爱于他，还有名言传世：“做学问就像滚雪球，越滚越大。”贾兰坡一直铭记在心，后来根据自己多年的体会，又在后面加了一句：“不滚就化。”

面对亲切教导自己的师傅裴文中，贾兰坡刚进入地质所时，也是有眼不识泰山，他以为自己碰到了一个好师傅，他觉得这师傅几乎无所不知，而且有问必答，循循善诱。但在一次龙骨山下休息时的聊天中，卞美年告诉他："裴先生可是了不得的世界名人！"贾兰坡愣了，两眼直勾勾地看着对方："世界名人怎么个名法？"卞美年细说端详："1929 年 12 月 2 日，裴先生发现了第一个'北京人'头盖骨，震惊中国和世界。这个头盖骨说明四五十万年前，周口店就有猿人生活了，旧石器时代的周口店，是林木丰茂、环境宜居而且有河流清水之地。那时候猿人出没，还可能不止一种猿人汲水、捡野果籽实，他们已经站起来了，会用火，但浑身是毛一副猿猴状。他们的语言就是叫唤，他们打架厮杀食败者的肉，用其时最早的石器，切下对方的头颅，吸食其中的脑液，并用脑壳舀水。没有这野蛮的旧石器时代，没有厮杀的血腥，哪有渐近开化的新石器时代？没有野蛮哪有文明？当野蛮在某个时代张开血盆大口企图吞噬一切时，必有鲜血流出，滋润着石头和野草，那里将会慢慢地不为人知地长出文明之树，开出文明花苞。"卞美年说到的'北京人'头盖骨，给贾兰坡带来了太多的震惊和疑问：我们的老祖宗怎么还吃人呢？

人类文明之路，充满着不可思议。

贾兰坡从卞美年处才得知"北京人"，却也说明他在家里、图书馆闷头读书，不看或者很少看报，否则怎么会不知道裴文中和"北京人"呢？诡异的是他还做了裴文中的助手。

从此，贾兰坡对裴文中更加敬佩，同时也生出了艳羡之心。谁能预料历史的选择和人的命运？周口店堆积的故事，将因贾兰坡而延续辉煌。

一副狗骨架和两本书

贾兰坡在周口店因为师傅裴文中等人的提点、卞美年的帮助，在挖掘化石方面，有了长足进步。但贾兰坡没有满足的时候，总想把雪球滚大。他的体会是，只要认真并且留心，总会有新发现、新材料，而新发现总是在一点一滴中，新材料总是不引人注目地混杂在动物化石中，需要格外留意然后才有可能集腋成裘。1931 年秋季鸽子堂的发掘，开始平淡无奇，只见动物化石一堆又一堆，在仔细辨认之后，却发现了一块人的锁骨和一块被火烧过的木炭。人的锁骨是第一次发现，这令步达生非常高兴。至于那块木炭经植物学家鉴定为紫荆材质的炭。这一细节也使贾兰坡浮想联翩，不是火灰，而是火烧成炭，由灰及炭说明，用火技术的飞跃，这一飞跃是偶然得之，还是“北京人”有意为之？前两年的发掘中，发现过不少朴树籽，由此推断，“北京人”用火的木材至少有两种——朴树和紫荆。当时周口店朴树成林、紫荆花开时，“北京人”会来林中漫步、树下看花吗？一切皆有可能，但首先要找吃的，或拗下树枝以为烧火之用。

有段时间，在“北京人”之后，周口店无重大发现，裴文中和卞美年回北京工作，贾兰坡留守。所谓留守除查看保护现场外，就是如常进行重点发掘。但，有较多时间看书，并且有时间和工人商讨哺乳动物的骨骼问题。当时周口店的山坡上时有野狗出没，眼见狗咬狗一嘴毛，工人们直乐。贾兰坡却想道：打一只野狗！工人们好吃狗肉，香喷喷的狗肉。贾兰坡说：“我只想得到一副完整的骨架，狗肉你们吃。”打获一只肥大的野狗后，工人们扒皮去内脏，贾兰坡在一边不住地叫喊：“不要弄坏了我的骨头！”吃狗肉的时候，贾兰坡在一旁仍不住地大声叮嘱：“不要啃坏了我的骨头！”“这是你的骨头吗？”有工人开玩笑问。“就算是吧。”贾兰坡笑答。待工人们吃完狗肉，他又把骨头用清水洗完再煮一次，剔去骨头上的筋头残肉，再用碱水烧煮去油，最后亲手装起一副完整的狗骨架。贾兰坡还宣布这是他的私人财产。有工人打趣道：“我们一起打的狗哪！”“你们吃肉了！”贾兰坡细心而富有情趣地开始在狗骨头的不同部分涂上不同颜色，按照《哺乳动物骨骼入门》一书中图上标注的骨骼名称，写在对应的狗骨头上。这个花色狗骨架就成了贾兰坡的宝贝，在制作、标识狗骨架，以及后来的研习中，贾兰坡对哺乳动物，尤其是对狗的认识更系统全面了。贾兰坡还把他自制的狗骨架，与新生代研究室陈列的狼骨架认真比照，整体上差别无多，狗狼一家是也；但也有无解处：狗狼的牙齿排列不一样，狗牙排列紧密，吻部短；而狼牙排列较稀，齿间空隙大，所以吻部延长，成粗锥形。想象中的狼凶狠有加、撕咬有力，狼牙似应更紧密才是，后来一想其齿呈粗锥形。

贾兰坡的另一学习之道，就是看书。我们无法相信，在 20 世纪 30 年代，西方的探险家、地质学家、考古学家纷纷拥入中国，而这一切中国人只能望“洋”兴叹！我们的古人类学和古脊椎动物学在中国刚刚兴起，国内连一本与哺乳动物有关的教科书也没有。对于书的渴望在某种程度上，超过了对一切物质的渴望。裴文中在地质调查所图书馆偶然发现了一本书：1885 年伦敦麦克米伦公司出版、福罗尔著的《哺乳动物骨骼入门》。这本 32 开、373 页的英文书，顿时轰动地质所。福罗尔不会想到，他在 20 世纪 30 年代的中国古生物学界声名鹊起，他的书被贾兰坡等人轮流着看。在裴文中的指导下，贾兰坡先读哺乳动物的骨架，狗的骨架、狗的头骨和灵长目、食肉目、食虫目等章节。关于狗骨架和狗头骨，总之凡是狗的，贾兰坡读起来不太吃力，同事说他有先见之明。贾兰坡的费力处是，他高中毕业，英语底子差，书中的专用名词又太多，有的连英文字典也阙如，只能边读边向裴文中、卞美年请教。开始每天只能读半页、一页，有些名词只能死记硬背。终于把这本书啃完之后，顿时觉得自己开窍了，识别骨骼化石的能力也有提高。于是贾兰坡对挖掘、读书，对龙骨山更觉有兴趣。一切都是阳光明媚的！贾兰坡一次回北平，去了东安市场，那里有书店和古旧书摊，而中原书店有外国书卖。他在书架上细细察看，突然发现了一本很新的英文书，书名为《旧石器时代人类》，作者是纽约自然博物馆脊椎动物学家、美国科学院院士亨利·费尔菲·奥斯朋。此其时也，贾兰坡自谓“高兴得跳将起来”，一问书价，顿时呆滞，浑身冰凉，是他月薪的三分之一！“寻思了半天也没舍得买。”出东安市场回家，心里总想着这本书和他的书名，龙骨山、灰烬层、石英石器，那正是贾兰坡孜孜以求的啊！一夜难眠，贾兰坡从未有过觉得夜晚如此之长，而黎明却又姗姗来迟的体验。“少吃饭也要买下来！”第二天一早直奔东安市场——所幸此书还在——那年代谁买这一类书啊！贾兰坡重金购得此书，一分钟也舍不得耽误，便大致翻阅了一遍，内容全面，通俗易懂。无论对欧洲还是欧洲之外发现的旧石器，都有介绍、解释；而且对人类如何制造石器、打击石片、石核等均有图解。

待到成名后，贾兰坡有看不完的书，但《旧石器时代人类》却被他翻散了，后来又被重新装订好。他宁可做笔记，也舍不得在书上写注。现在他还经常拿它来翻阅，它也能给他带来某些启发。贾先生说的“现在”是什么年代？是 1997 年《悠长的岁月》出版时。

贾兰坡好读书，在新生代研究室乃至地质所是出名的，周口店的荒郊野外之夜，只有狗吠声，一片黑暗中，发掘队驻地最后闪亮的灯，那是贾兰坡的。

发现山顶洞

中国猿人——“北京人”的头盖骨出世后，龙骨山为裴文中和发掘者，留下了无穷的想象。这里还有什么奇迹等待在某个不曾发现的山洞中？这里的巨厚堆积隐藏着什么？从此再看龙骨山化石堆积，那面貌也和先前不一样了：它是如此古老！它是如此神圣！它是如此巨大！整个龙骨山是化石堆积的山，倘若龙骨山再次出现奇迹，人们千万不要惊呆。裴文中说：“我观察有化石的沉积层，并不如我们从前猜想的那样小，好像整个龙骨山到处都有。”所以从1930年开始，地质所便指示清理龙骨山，弄清山上化石堆积，尤其是中国猿人产地的边界，为大规模地再次开挖龙骨山做准备。其顺序贾兰坡是这样记述的：“先铲除山上的表面堆积，再随化石分布，寻找它的边界。”怎样找？将连接化石堆积的石灰岩挖去剥落，这个边界，这个被埋没的边界于是显露。山顶洞因之而被发现。

龙骨山清理之后，中国猿人的堆积分布之广大之深厚之别有洞天，让开掘者如裴文中、贾兰坡等，无不愕然！当时光之箭在纪年的意义上一往无前时，历史，一个民族的万类万物的历史，在进化的意义上却是从容不迫的，因为它需要完成它的每一个细节。而时间仿佛有意把若干信息，遗留在龙骨山、山顶洞了，成为堆积，巨厚堆积，宁静地面对世界，在洞穴和裂隙中。中国猿人产地化石层在清理之后的显现，令观者无不惊叹，无不动容，这是一个巨大的洞穴堆积，是海拔180米的龙骨山上一个洞穴接着一个洞穴的原始堆积。贾兰坡在《山顶洞人》一书中有权威的解释：“中国猿人产地原来是一个巨大洞穴堆积。在堆积期间，洞顶逐渐下坠，洞为之填实，再经以后之侵蚀作用，遂成现在之形状。”贾兰坡等人，经过实测得知中国猿人产地的面积，就已出露者而言，东西长在175米以上，西端长轴约向北偏15度，东端最宽约50米，西端外露者宽约10米，全部堆积的厚度有40余米。东西方向之中部有堆积，并向南北各伸出一个裂隙。一切暴露无遗之后，始知最初安特生、师丹斯基在周口店踏勘，首先发现的此一遗址只限于北部裂隙。1929年裴文中挖掘而出的中国猿人第一个头盖骨，即在北裂隙下部洞口附近。而南侧裂隙比北部稍大，山顶洞就位于南裂隙南端，在包含有中国猿人的巨厚洞穴堆积、化石堆积之上部。山顶之洞也。

山顶洞原来的洞口向北，海拔 175 米，位于龙骨山山顶东北部。贾兰坡说发现之初“洞口堆积着很多的浮土和碎石块”，还有杂草丛生。山顶洞在山顶之上，却是退隐的、被遮蔽的，它宁静地保守着秘密。洞口很小，不易发现，宽有 3 米，高为 4 分米。进入洞穴探寻秘密者，必须先跪下再伏地爬着进去。所有的被时间遗忘的洞口，都是神圣的，进入者便是朝圣者。“洞口里面堆积着一层厚厚的灰尘，灰尘之下，即为比较坚硬的灰色土层，这一层较坚硬的灰色土层就是山顶洞的原生层。”如果说那些厚积的灰尘是岁月留下的垃圾、是无用之物——其实质却是保护层——保护着灰土层，山顶洞的原生层，实乃无用之用也。洞穴的空间很小，进去后约 4 米便到了尽头。这是真的尽头吗？贾兰坡有疑问。先在这洞里试掘，结果令人欣慰且有无限遐想：“原生层中含有大量化石，且没有中国猿人产地石化得那样深。”山顶洞堆积的土色，除黑色灰烬之外，均为灰色，土质较为松软。“当初已判明，这个堆积没有中国猿人堆积那样古老。”

凡此种种迹象显示，山顶洞地层没有中国猿人地层古老，而中国猿人化石在人类学上所占地位的重要性，在从猿到人进化序列中的意义，是无可替代的。山顶洞因为其相对年轻，却有了它自身的价值。“中国猿人是人类发展的一个锁环，并不能解决全部人类发展的整个问题。要想解决整个问题，非多方面寻找失去的锁环不可。”

人类的历史不是一根长线，所谓时光如矢，言其迅速而已。历史是由一个又一个锁环相连接的，不知道多少锁环相连接，其前行也，有曲有直有作波浪状的。文明史亦然，否则何来艰难曲折？

四条腿走路

1933 年初，贾兰坡在办公室整理标本，新生代研究室的负责人杨钟健，给了贾兰坡一个大纸盒，里面装的都是哺乳动物的牙齿，他叮嘱贾兰坡先鉴定，再写好标签给他。贾兰坡抱着盒子回办公室便开始工作，这些牙齿许多出自周口店，两三年的实践和读书，即便是出自他地的牙齿，他也能看个大概。两天后完成任务交给杨钟健，杨钟健一看就火了：“这叫什么东西？我要的不是中文标签，是拉丁文的。重写！”贾兰坡这两年干了三件事：一者挖掘，二者读书，三者经常主动为杨钟健、裴文中二先生做英文稿的打字工作。前二者无须解释，唯第三项有贾兰坡的私心在：通过打字，除了英语补课外，还可学到二位先生作品中的拉丁文名称，贾兰坡不但做了记录，也背熟了很多。重新鉴定牙齿的工作忙了三天，一一打出拉丁文名称和编号。当贾兰坡再去交差时，杨钟健仔细查看后，高兴地笑了。

在贾兰坡的《悠长的岁月》中，他笔下的杨钟健是这副模样：“1919年他考入北京大学地质系，孙云铸先生比他先一年毕业，后留校任助教。他们的年龄差不多，但杨钟健一直称孙为老师，而孙云铸身着布衣、布鞋、头顶旧草帽来我们研究室时，也一直称杨钟健为先生。杨钟健是个急脾气，工作不顺心时就发火，而后他感觉做得不对，又会亲自向你赔礼道歉，从不计较。”

过了一天，卞美年悄悄告诉贾兰坡：“杨先生是在考你，你要升级了。”不久贾兰坡便从练习生升为练习员——相当于大学毕业生。然后就是清理堆积物，挖掘山顶洞。在杨钟健、德日进、裴文中的指导下，挖掘工作日益科学有序。山顶洞外露的空间不大，进入洞穴发掘后，仍用分格的方法，每格半米，水平层亦半米。同时绘制五十分之一的平面、剖面图。因为裴文中和卞美年常因写论文回北平，贾兰坡这个刚升为练习员的“先生”，忙得不亦乐乎！每天跑地点、查看挖掘现场、做记录、填日报、拍照片，还得采购发掘物品，等等。在《悠长的岁月》中，他写道：“这些差事统统压在我肩上，每天忙得脚丫子朝天。就是这样，我还给自己加任务：每天读几页奥斯朋的《旧石器时代人类》。”在山顶洞最开始发掘的出土物中，有石器、有将要出生的婴儿头骨碎片和人类的牙齿。出土物中最引人注意的是一枚骨针，它有人的中指一般长，火柴棍粗细，一头很尖，一头带孔，稍稍弯曲。可惜针孔部分原来就破裂了。一枚骨针可以引起发掘者的无限想象：骨而成针，一头很尖一头带孔，已经不是石头与石头之间的打击了，那需要磨砺、钻眼，那是旧石器时代人类，经过数十甚至百万年的劳作、脑力的提升、想象力的丰富、手工技艺趋于精湛之后的伟大作品。当其时也，已在旧石器时代后期的夕阳晚照下了，夕阳晚照着山顶洞人——即穿着骨针缝制的皮毛衣服的“真人”时期。

山顶洞发掘的出土物中，除骨针外还发现了大量装饰品，以狐和獾的犬齿最多，鹿与狸次之，虎的门齿最少，但偶尔也会见到。周口店、山顶洞，其为虎啸鹿鸣之地也。这些牙齿的齿根上都有钻孔，两面对钻，此类牙齿共有125颗之多。裴文中在《周口店洞穴层挖掘记》中有记："当第一个带孔的狐犬齿被发现之时，这个牙是技工唐亮君找见的，有孔的地方有一块硬土盖着，看不出有孔，于是被忽略，收化石的技工没有当回事。唐亮君给的时候，天晚将下工，我正在旁边，于是顺口说句，不要瞧不起，也许有窟窿哩！我从唐亮君手中讨过来，拿到我房中……到临睡时才想起修理，果然中了我无意中的一句话，牙根上有一个孔！"亲爱的读者，我们当留意了：那个孔，那个牙根上的孔，怎么穿的孔？为什么穿孔？这个孔以及穿缀其中的一条线，或许连接了旧石器时代晚期，到人类的整个文明史、艺术史。另外，关于孔洞，在人类所经历的生殖崇拜及女性民族社会中，具有神秘性、神圣性，此处不赘述。仅仅从人的爱美之心而言，可说是与生俱有的，人类表现出来并有实物为证的。贾兰坡说："早在10万年前左右，生活在山顶洞的人们，他们已经懂得美并非常爱美。"而动物的经过钻孔的牙齿，则是人类最早的饰物之一。是做项链呢，还是手串？是因其白呢，还是因其坚硬？是只为女人用呢。还是男女均可饰而美之？当时山顶洞人用来为牙齿、骨针钻孔的工具和技术之高超，直教人无法想象。可见，当时山顶洞人，利用一切他们认为美的、不一样的、少见的物质，用心用力地加工、刻制、钻孔，制成项饰、头饰和身上的佩饰。不仅如此，贾兰坡说："我们还发现了鲕状赤铁矿碎块。"赤铁矿之粉屑为红色，可以当作颜料使用，赤铁矿也是人类最早用以美化他物或自己的矿物。想人之初即有爱美的冲动及行为，如果仅以美化生活而言，是不够的，由爱美开始，古人类已经迈步在艺术之路上了。艺术成为人类文明史不可缺少的生存之外的另一端。此种爱美的出土物是物质的，也是精神的，倘不是美的精神的驱动，何来物的追寻以及技术的进步？倘说人类的历程即是文明历程的话，又何尝不是艺术的历程，美的历程？而此一历程的多少细节，在当时却困扰着贾兰坡，如骨针用来缝制当无疑问，从野兽身上获得皮毛也没有问题，可是穿针引线的线从何而来？是用什么做的？又鲕状赤铁矿产地在宣化，离周口店100多公里，山顶洞人有原始先民游走的本能，可是其范围有那么远吗？而且山顶洞人在距今10万年前，已是定居状态，海蚶在沿海地区，距周口店大约200公里远，那么如何到达周口店呢？山顶洞人何能得之？

知识的海洋是点点滴滴汇集而成的，而且必定是门类繁多。更有意思的是一块带窝槽的圆形砾石，与其他石头不同，窝槽周围有压迫痕，地质学家王曰伦先生认为该窝槽压坑是冰川造成的。他和贾兰坡一起，在周口店寻找冰川遗迹，果然在沿西山以北约1公里处，发现了数米长、2米宽的羊背石。羊背石是冰川滑动过程中形成的，它的形状像羊背，羊背石的上面有冰川移动后产生的划痕。这一圆形砾石，后来惊动了李四光，他同样认定，窝槽压坑为冰川作用而成。他留下了这块砾石作标本，并对贾兰坡说："如果有人反对周口店有过冰川，我就拿这块标本给他看。"冰川问题轰动一时，裴文中、刘东生、汤英俊等又在周口店西南太平山坡下的砾石层中，发现了几块鲕状赤铁矿石。这是因为冰川运动而带到周口店的吗？

贾兰坡心思缜密，不少问题有了答案，可是骨针依然扎心。骨针用动物肢体的小骨头磨成、磨尖，再以石英石片之锐角两面对钻成孔，但山顶洞人穿过骨针的线从何而来？是什么物质？没有这线又何以缝制？贾兰坡便自己动手以植物纤维为线，不成功，孔太小无法穿过，而植物纤维的另一特点是不能拉抻，抻即断。想象中被认为最合理、最容易得到的那一根线索，被否定了。一个偶然的机会，20世纪50年代后期，他与文物学家王冶秋先生见面，王冶秋将一把如生丝之物取出，并问："此乃何物？"贾兰坡看了半天不得要领，王冶秋遂告诉他："这是黑龙江鄂伦春族、赫哲族人缝缀皮衣用的线。"贾兰坡茅塞顿开，1976年贾兰坡去黑龙江十八站——那正是这些少数民族生活的地方——也得到了几根这种既坚韧而又半透明的细线。贾兰坡既得线矣，然线从何来？怎样制作？鄂伦春人告诉他："猎人把猎获的驼鹿，先在靠近脊椎处将两条肉割下，晒成半干，然后用锤子砸打，砸打之下干肉尽去，只留下脊椎处的驼鹿毛，再梳洗清理，韧且细的毛线于是制成。"山顶洞人是否也用此法？已难考证了，但线从野兽身上打主意大抵无错。因为缝制物的不一样，南方草麻、北方皮毛，线的来源大概也不只一处、一种，此中国古文化多样性之一端也。

贾兰坡的长足进步，人所共见。其好学也，不仅从实践中学，而且还从书本上学，且学而不倦，不耻下问，对一骨一针一线的来龙去脉，一根筋地穷追不舍。杨钟健不时有加持提点，他告诉贾兰坡：“搞我们这行要四条腿走路，这四条腿就是古人类学、古哺乳动物学、旧石器考古学和地层学。”

等待着贾兰坡的是什么样的艰难困苦，又是何等辉煌的光荣与梦想？其中不可或缺的还有人生的悲欢，欢乐不会持久，往往随风飘走，悲哀却是铭刻在心的。1934 年 3 月 15 日，步达生逝世。他是 1919 年到中国的，先后任北京协和医院解剖科主任、神经学和胚胎学教授，对周口店古人类研究，也极为关心；对中国地质调查所新生代研究室的成立，竭尽全力联络中外，筹措资金，研究室终于成立，步达生为名誉主任。他和葛理普、丁文江、翁文灏都认识到周口店化石堆积中发现的两枚牙齿的特别重要性。贾兰坡在《悠长的岁月》中所写的步达生是这样的：“1926 年周口店发现了人类牙齿之后，他力排众议，不但承认人是从猿进化而来的，还给中国猿人定了拉丁语的学名——Sinanthropus pekinensis（原意是北京中国人）。”到 1935 年德国犹太人魏敦瑞来华接替了步达生的工作后，其学名才被改为 Homo erectus pekinensis（北京直立人）。步达生比贾兰坡大 24 岁，他既是父辈又是朋友，总是笑容可掬诲人不倦。步达生本人是个医生，却不太爱惜自己的身体，他患有先天性心脏病，可少有休息的时候。贾兰坡回忆说：“他常常熬夜甚至通宵工作……他去世之前的那天下午，杨钟健在下班前还到过他的办公室，与他谈论工作。杨先生走后，也曾有人找过他，敲他的门，没人答应。最后到处找不到他，有人把他办公室的门撞开，才发现他趴在办公桌上，手里捧着人头骨已经过世了。”他走向天国的姿势，是如此从容优雅。

这是周口店发掘中贡献至伟的科学家。

这是在中国为了研究中国猿人而献身的一个外国友人。

他不是第一个，也不是最后一个。

贾兰坡做“山大王”

1935 年裴文中要去法国留学，一年前为学法文，他就不常来周口店了。好朋友卞美年也走了，因为他对经济地质有兴趣。而这一年的春天，贾兰坡又升职为相当于助理研究员的技佐。对杨钟健而言，裴文中赴法留学既定，周口店交给谁？大学者能在这荒郊野洞发掘不止吗？能以周口店为家吗？凭杨钟健的观察，贾兰坡堪当大任！商议定夺后对贾兰坡说："周口店交给你了！"这是一个有争议的决定，贾兰坡既无大学学历，也无发掘专长，行吗？就连贾兰坡自己也忐忑不安。在《悠长的岁月》中他自谓："我生怕自己胜任不了，把工作办砸了，心里一再打鼓。不久，杨先生派来了燕京大学生物系毕业的孙树森和北京大学地质系毕业的李悦言，参加周口店的工作。杨钟健打算叫孙树森跟我合作，叫李悦言学习如何发掘和处理化石。我很高兴，这回有了伴，遇见什么事也可以商量了。可是没过多久……孙树森就走了。李悦言也只干了一年多，就到山西垣曲搞始新世化石去了，结果周口店又只剩下我一个人。"工人们开玩笑称他"山大王"，统领山头却无兵无将的"山大王"。就在贾兰坡接任周口店工作的那年，德国人、世界著名古人类学家魏敦瑞来华接替步达生的工作。来华之前，魏敦瑞在美国芝加哥大学任解剖学和人类学教授。在当时的世界，对古人类学家而言，周口店无疑是重重目光关注的热点，那时候魏敦瑞就认为，周口店发现了头盖骨、下颌骨和不少人的牙齿，但人体骨骼却鲜见，那是不是发掘者不识之故呢？到北平后稍事安顿，魏敦瑞就到周口店检查、工作，他不是来一趟开个会做完指示，便溜之乎也。他是"接二连三地至周口店勘查地层，仔细观察工人们挖掘化石的工作"。魏敦瑞急着想看到的是山顶洞的人体骨骼，便与贾兰坡交谈，实际上有考查之意："大型食肉类动物的腕骨与人的腕骨有什么不同？"贾兰坡从容道来，做了详细的解答，他很满意。从此魏敦瑞认为周口店的发掘是令人信服的，并说："这样细致的工作，不会丢掉重要东西，是可靠的。"贾兰坡虽然没有"丢掉重要东西"，但那"重要东西"——人的骨骼伏藏何处？便和杨钟健商量扩大发掘范围。魏敦瑞来了之后，为寻找人类化石也有此想法，但因为改变发掘地点，有悖于当时地质调查所与美国洛克菲勒基金会的协议，所以得不到资助。但他还是让贾兰坡继续发掘，在裴文中发现第一个头盖骨之处，及在其南面的另一处发掘点。贾兰坡每天从早上太阳升起，便满怀对人骨化石的渴望，在两个点之间"穿梭般地跑，唯恐丢漏人化石"。而对其他兽类的化石，魏敦瑞一点没兴趣。

1935 年 10 月 17 日，贾兰坡收到裴文中到法国后的来信："我觉得我国许多山洞应当钻，上房山云水洞好，请与杨、卞二先生去一趟。扁担窝及附近洞穴也请去看看。地上、壁上都要留心，入洞时要特别小心，不可粗鲁，因时有危险，最好买一部手提电灯。走到十字路口要留记号，以便出来。洞内有水，深浅不易识别，先试着走。如此可以探洞，或有发现。”因为临去法国前，与贾兰坡曾有扩大发掘点的讨论，裴文中牵挂在心，故有此建议及提点。如今读来，“我国许多山洞应当钻”的建言，仍然是新鲜的。中国无洞穴探险，此为憾事也。

贾兰坡还在发掘。

魏敦瑞还在等待。

作为步达生的继任者，魏敦瑞寻思：难道周口店的好运，步达生独占而尽了吗？

1936 年：焦虑之后

1936 年的气氛，变得格外紧张了，就连荒山野岭的周口店一样闻到了战争的气息。日本侵华战争中残忍之极的关东军，在依靠血腥屠杀，占领了以森林等各种资源称雄中国的东北之后，刀光剑影战火硝烟，非长城可以阻挡，已经不祥地飘荡在华北平津之间。但周口店还是老样子，贾兰坡还是老样子，匆匆忙忙地过了年，匆匆忙忙地上了山，发掘任务仍是寻找人类化石。杨钟健派给贾兰坡的两个助手已经相继离开了周口店，贾兰坡不舍而又同情地把他们先后送走了。贾兰坡需要帮手，需要有人商量研究，哪怕忙里偷闲说几句闲话！更何况这两位一是燕京大学生物系毕业，一是北京大学地质系毕业，左膀右臂啊！成天在山洞爬进爬出，常相为伴的不是骨头就是石头，孤独与寂寞就像山顶洞一样独立兀自不言不语，人各有志，走了就走了。贾兰坡成了孤家寡人，一个人还得挺下去。在贾兰坡眼里，周口店、龙骨山、山顶洞，有着无尽的宝藏待人们去发现，那是古人类的生命秘密，凡秘密必不会轻易暴露，它的期待，悠长到以万年计，或者说它不以期待为期待，但它总是大睁着两个眼睛的窟窿，似乎在问：“什么时刻，才有掘藏者以人类之爱的名义造访？”

魏敦瑞来北平一年多，除了一些人的牙齿外，没有见到重要的化石。他与贾兰坡等心急如焚的是，地质所的合作方，也是出资的洛克菲勒基金会只给了 6 个月的经费。魏敦瑞作为外方代表，给周口店的经费是每月

1000元。如6个月后再无重大发现，洛克菲勒基金会不会再资助周口店的发掘。就国家形势而言，日本侵华战争正一步步向华北、北平推进，不断有国土沦陷的消息传来，不断有侵略者残杀国人的消息传来，不断有难民一批批倒毙路边的消息传来，周口店的发掘者，山顶洞上的贾兰坡何尝不是忧心如焚！他们是在与侵略者抢时间，与战争赛跑，并向世界人民宣示：总有一些人，中国人和外国人，他们藐视战争、侵略、强权，他们孜孜不倦地寻找人类文明的源头，他们以罕见的意志和坚定及韧性，守望周口店，守望一处古人类的圣地。也许我们有必要再一次重复李济先生的教诲："周口店的发掘工作，在第一次与第二次世界大战中间，所以说象征了人类最向上的精神活动；就纯科学的立场说，周口店的工作成绩，在质与量的方面，世界上尚没有可以比得上的。"追寻祖先、开始和源头的梦想，已成为来自战乱岁月的激励，这一切，正是贾兰坡等人的动力之源。

现实却又是残酷的，中央地质调查所已随国民政府迁往南京，杨钟健留守，就任北平分所所长。从北平至周口店，气氛总是不一样了，愤恨与悲怆两相交织，还有一点凄凉。杨钟健找贾兰坡谈了几次话，他担心时局之不可测，新生代研究室可能会散伙，贾兰坡又将面临没有工作的问题，他设想届时果真如此，就在周口店设一博物馆，让贾兰坡去管理。贾兰坡同意了。这是在安排后事了，但发掘照样进行，因为贾兰坡的敬业，因为杨钟健三天两头来检查工作，工人们也都安心，周口店在战乱岁月中的奉献、寻觅、为谋求全人类根本福祉而不断向上的精神，依然在被侵略的中国大地上冉冉升起。

这一年的夏天，发掘的技工向着发掘点第8、9层掘进时，不断有好消息传来：先是找见一个几乎完整的猕猴头骨，接着又发现两枚牙齿和一块头骨碎片，在雨季到来前，再发现人的两颗上臼齿、两小块头骨碎片。这些化石的出现，是在发出一种信息，一种激励人心的力量：周口店新的故事才刚刚开始。1936年多雨的夏天过去了，贾兰坡率技工们继续发掘，一开始就有好苗头：有加工的石器，哺乳动物化石增多，破碎成层的朴树籽中，捡拾到千余粒还算完整的朴树籽。但魏敦瑞希望的人类化石迟迟未见。贾兰坡在《悠长的岁月》中说，天无绝人之路，正当他们为找不到人类化石而一筹莫展的时候，地底下有好消息传来了。

三个头盖骨

1936年10月22日，当贾兰坡他们发掘到第8、9层时，挖到一灰烬层，这表明此处曾经用火。谁用火？当然是人！果然在灰烬边两块石头中间，发现了一个完整而保存有5颗牙齿的成年人的下颚骨和一个幼儿的门齿猿人的下颌骨，还保存有5颗牙齿。贾兰坡趴在地上小心翼翼地、一点一点地挖着，下颌骨化石已经碎成几块，每块都被土石包裹着。他们把挖出的化石立刻拿到办公室修理，再用火炉子烘干，第二天派人送到了魏敦瑞手中。魏敦瑞是在太久的失望之后，见到此一古人类下颌骨的，他还没有做好准备，但下颌骨已经栩栩如生地出现在他面前了。好几个月的苦瓜脸上的皱纹，终于被笑容舒展，他当即与杨钟健商定，虽然已近寒冬，但必须一鼓作气继续发掘，既得下颌骨，那头盖骨还能在洞外遥远处吗？11月15日，周口店前一夜雪花飘扬，所以这一天是从9点钟才开始发掘。半小时后，技工张海泉，在临北洞壁处、他负责发掘的方格内的砂土层中又挖到一块核桃大小的碎骨片。当时贾兰坡就在他旁边，看着他把骨头片放进了小荆条筐里。贾兰坡问："这是什么东西？"张海泉回答："韭菜。"——当时周口店发掘者的常用语，无足轻重的小骨片之意。凡是骨片，贾兰坡都要看个究竟，便从筐里取出瞧了一眼，大声喊道："这不是人头骨吗？"张海泉愣了，工人们的呼喊在洞里沸腾："就要找到人了！"

新生代研究室要时来运转了。

贾兰坡凭直觉和经验感知：山顶洞的光辉将要照耀人类，为多难的中国和世界，再添一抹温情的亮色。他随即派工人用绳子把现场围了起来，又选了几个好手和自己一起进行挖掘。他们挖得非常仔细，就连豆粒大的碎骨也不遗落。在这半米多的堆积内发现了许多头盖骨碎片。慢慢地，耳骨、眉骨也从土中露了出来。他们这才明白，头盖骨是被砸碎的。直到中午，这个头骨的所有碎片才被完全挖出来。拼接碎片成为一具头盖骨的过程，是何等复杂烦琐，贾兰坡先生在《悠长的岁月》中却只是说："我们将碎骨送回办公室清理、烘干，把碎片一点一点地对粘起来。"一具头盖骨就这样从洞中被挖出，面对着洞外天地了，也面对着贾兰坡和所有发掘者，那凹陷的眼窟仿佛在问："把我挖出来干吗呢？"发掘者还在喜悦时，下午4时15分，在上午头盖骨发现处的下方，略北，约半米处又发现了另一个头盖骨，它的情况与上午的第一个相仿，均裂成了碎片。这时天已经渐黑，贾兰坡派了6个人在现场守护，以防意外，同时打电话向当局报告。

先找杨钟健，他去了陕西，杨夫人王国祯打电话找人，找到了卞美年。又给魏敦瑞打电话，卞美年次日大清早赶到了魏敦瑞处，还没有起床的魏敦瑞听到消息，从床上跳将下来。“后来卞美年告诉贾兰坡，听魏敦瑞夫人说，这天早上当接到贾兰坡的电话，得知周口店发现猿人头骨时，魏敦瑞一时兴奋得找不到裤子，找到后又把它穿反了。”魏敦瑞匆匆穿戴毕，然后携夫人、女儿同卞美年一起直奔周口店。

贾兰坡这边，当杨钟健夫人到处打电话找人、一个电话让魏敦瑞从床上跳下来时，贾兰坡还问，天亮了吗？他们一夜未眠，他们粘好、烘干了第一个头骨——用难以计数的碎骨片、小到大拇指般的骨片，还原了一个头骨，山顶洞人的头骨，我们先人的头骨——放进了柜子，临时的安居之地。魏敦瑞到来后，他们从柜子里将头盖骨拿出来给他。他的手不住地发抖，他太激动了，他不敢用手去拿，而是把它放在桌上，左看右看，着实看了个够。连声大呼：“好极了！好极了！真是好极了！”魏敦瑞一行又到第二个头盖骨发现的现场查看。因为发掘难度大，速度很慢，是在泥石堆积中搜寻一片一片碎头骨片啊！魏敦瑞遂带着第一个头盖骨返回北平。第二个头骨的碎片，直到日落西山才搜寻完成。此时，消息不胫而走，当地村民以为贾兰坡挖出了什么金银宝物发了大财，纷纷跑来围观，回办公室的路上，也聚集着很多人，从他们的眼神里看出，他们很失望，没有宝物，挖出的都是在他们看来分文不值的骨头渣子。而贾兰坡这边捧着这些碎骨片，回到办公室，他们又是修呀、烘呀、对茬呀、粘呀，等等，折腾了一宿。17日夜，贾兰坡携这个头盖骨回北平，亲手把它交给了魏敦瑞。魏敦瑞喜出望外，11月24日，他在协和医院解剖科自己的办公室举行了中外记者招待会，宣布贾兰坡先生在中国周口店山顶洞，又发掘出土了两具猿人头盖骨，并以实物示人。中外记者欢呼雀跃，次日国内外诸多报刊发表了这条乱世中吉祥宁静的消息。继裴文中1929年发现第一具猿人头骨之后，中国，周口店，又一次轰动了世界，又一次为这混沌浊世注入了一种磅礴向上的精神。就在记者会的次日，即1936年11月25日夜，周口店又下起了雪，小雪，纷纷扬扬落地即化的雪。

贾兰坡与工人们交换了一下眼色："雪啊！雪啊！好雪啊！"

26日早上还有飘雪，贾兰坡与工人们已开始发掘。上午9点，在出土下颌骨处南3米深1米的坚硬砾石层中，贾兰坡又发现了一具更加完整的头盖骨，山顶洞第三个头盖骨。多好多美的一个头盖骨！"这个头盖骨比前两个都完整，连神经大孔的后缘部分和鼻骨上部及眼孔外部都有，其完整程度前所未有"。修理也较容易。在修复后 ，贾兰坡于翌日携回北平，亲手交给魏敦瑞时，他竟"啊"了一声，两眼瞪着，发了很长一会儿呆，才缓了过来。

12月19日，中国地质学会北平分会，在西城兵马司9号举行特别会议，中外学者百余人与会，会场气氛肃穆而有所期待，先由贾兰坡做山顶洞头骨发现经过的报告。

然后魏敦瑞讲话："现在我们非常荣幸，因为'北京人'在最近又有新的发现。10月下旬曾发现北京人下颌骨一面，并有5枚牙齿保存。11月15日一天之内又发现北京人头骨两具及牙齿18枚，26日更发现一具极完整之头骨。对于这次伟大之收获，我们不得不归功于贾兰坡君……此三个头盖骨均为成年的，保存得都很完好。前两个，一个较大，一个略小，大的为男性，小的为女性。头盖部分，虽然完整，但颅底部不齐全。已故步达生教授研究1929年裴文中先生发现的8岁孩童头骨之后，即无头骨发现，此次在11天之间，发现三个完整头盖骨实出人意料。'北京人'为最原始的化石人类，关于其脑容积量，女性为850—1050立方厘米，男性为910—1200立方厘米（现代人约1320立方厘米。两性之间头骨的差别，比现代人较大，与猩猩和大猩猩相仿）关于中国已有的'北京人'材料，如头骨、下颌骨和牙齿等，实在是最完善、最优美的采集，只是四肢骨骼未能找到。从已有的头骨和下颌骨来看，在未变成化石之前，已经破碎，此种特征，可以认为'北京人'当时彼此互相杀害、割弃四肢，将人头积存洞里云云。"是次演讲，魏敦瑞还对中国猿人做出了学术上的极为重要的评价："很久以来爪哇猿人被认为是大长臂猿的化石，但因头骨的性质与北京人相同，可见爪哇猿人并非他物，即与'北京人'属于相似的一支人类……这次找到的头骨数量，男性比女性高得多，并且很接近尼安德特人。所以演化过程，似从中国猿人进化到尼安德特人，然后又进化到现代人类。"贾兰坡亦认为"中国猿人发现的意义，一是解决了爪哇猿人化石悬而未决的争议，二是从根本上确立了人类从类人猿进化而来的理论，使达尔文人类进化历程的预言得到了实物证据的验证”。

读者或许会发现关于猿人名词上的困惑，魏敦瑞在讲演中，对山顶洞之头盖骨，一概以“北京人”称之，这并无不妥。但，按照贾兰坡的意见，如前文已述，“山顶洞位于中国猿人（即‘北京人’）居住洞穴的最上部，与中国猿人居住之洞穴互相连接”，裴文中发现的“已经与现代人类近似，没有什么特殊的区别，大部分原始性质已经消失”，可称为“智人”，相去中国猿人已四五十万年矣！此即山顶洞人。

（选自《中国作家·纪实版》2022 年第 2 期，有删节）

血　脉

——东深供水工程建设实录

陈启文

一

谁都知道，香港有一条香江，这是离东江最近的一条江。每个走进香港的人，都想看看这条传说中的香江，我也是。那天，顺着海风中飘来的一阵湿润的清香，我疾步走了过去。去那里一看，我就知道我错了，那不是一条江，而是一条溪流。其实，很多人和我一样，在未到香港之前，都以为香江就是香港的一条江，甚至是香港的母亲河，这是我们对香港的误解之一。又或许是香港实在太缺水了，才把这样一条小溪命名为香江，这让我们有了太多的憧憬和想象，而往这里一走，一下就走到了想象的尽头。

翻开香港的史册，干旱带来的水危机一直长时间困扰着香港，每遇大旱，水荒必至。

水荒，说穿了就是水危机，而水危机带来的必然是最基本的生存危机。民以食为天，香港人把饮用水直呼为食水。为了解决“食水”问题，早在 1938 年，在水荒笼罩下的香港第一次实行“制水”——限时限量管制用水。然而，无论你怎样节流，若不能开源，是无法从根本上解决缺水这一百年症结的。就在香港不断推出节水措施时，从 1962 年底到 1963 年，华南地区遭受百年一遇的跨年度大旱，香港、九龙更是重灾区，出现了自 1884 年有气象记录以来最严重的干旱，连续九个月滴雨未下。当水量降到只够维持生命的极限状态，香港出台了史上最严格的限水政策，从开始限令每天供水四小时，很快就变成每四天供水四小时，随后又减为三小时、两小时、一小时……

如今，那段干旱焦渴的岁月，早已化作一幅幅斑驳褪色的黑白影像。很多人都看到过这样一幅照片：一个光着脚丫子的小女孩，看上去只有八九岁的样子，正颤颤悠悠地迎面走来，那稚嫩的肩膀上挑着两桶水。这是一个住在山上木屋区（棚户区）的小女孩，在接水后还要挑水上山，这一副担子对于她来说太沉重了，又加之坡陡路窄，走在前面的妈妈也挑着一担水，一边上坡一边不时回望，生怕年幼的女儿把水给洒了。那小女孩张开两只柔弱的手臂，小心翼翼地护着两个水桶，但水桶还是在左右摇晃，感觉一阵风就要将她吹倒。但她没有倒下，一直努力支撑着那小小的身躯，那身上、脸上都脏兮兮的，一双眼睛却很明亮，眼里没有忧伤，反而闪烁着奇异的兴奋、骄傲和满足的神情。哪怕隔着近六十年的岁月，当你看见这一幕，也会感觉眼前蓦地一酸。这就是那一代香港人最辛酸的岁月，而当这样一个小女孩挑起了她不该挑起的担子，我就像一个窥视者，看到了不该看见的一幕，她越是感到骄傲和满足，我越是感到心酸无力……

谁能拯救在大旱与水荒之中倍受煎熬的香港？这不是天问，而是来自人间的叩问。

从狭义的个体生命看，水资源就是最直接的生命之源。

从广义的生存与发展看，水资源更是不可替代的战略资源。

香港三面环海，一旦与内地割裂，就是一座海上孤岛。但香港在面朝大海的同时，又一直背靠着内地，这就是香港最大的地缘优势。

从一开始，香港水荒就引起祖国的高度关注，粤港两地原本就是一衣带水，祖国与香港血脉相连，水是生命之源，而血更浓于水。上善若水，水超越了人间划定的一切边界。

那么，哪里才能源源不断地为香港同胞注入生命之源？

东江！在那个干旱而炽热的夏天，这条河流几乎被粤港双方同时盯上了。

这是离大海最近的一条河流，也是离香港最近的一条河流。

1963 年 6 月，港英当局派代表到广东省商谈供应淡水的问题，经双方多轮磋商后，初步达成了从东江引流入港，兴建一座跨境、跨流域调水工程的方案。这年 12 月，周恩来总理出访亚非十四国，在回国时途经广州，广东省领导向他汇报了从东江引流入港的方案和面临的诸多困难，周总理当即指示："要不惜一切代价，保证香港同胞渡过难关！"

随后，一个从东江引流入港的工程计划，就开始进入了国家层面的运作。

这一工程，最初被命名为"东江—深圳供水灌溉工程"，简称"东深供水工程"。

那时候，我国刚刚走出中华人民共和国成立以来最严重的"三年困难时期"，正值国民经济调整时期，而"中央决定暂停其他部分项目，全力以赴建造东江—深圳供水工程"。这一工程作为国家重点工程，由国家计划委员会从援外经费中拨出 3800 万元专款。这笔专款在现在看来实在不多，而在当时，我国国民生产总值仅有 1454 亿元，财政收入只有 399.54 亿元，这一个大型供水工程的建设费用就已接近当年国家财政收入的千分之一，这就是"不惜一切代价"啊！

在时隔半个多世纪后，无论是当年投身于东深工程的建设者，还是那一代经历过水荒的香港同胞，他们每每回首往事，无不由衷感叹："如果不是骨肉情深，血脉相连，国家怎么会不惜一切代价，来保证香港同胞渡过难关啊！"

二

第一次走到这里，走进桥头，但我感觉已来过多次。这种感觉与水有关。

如果桥头是一个寓言，那么从一开始就是一个水的寓言。

桥头，即桥的一端。这里是东江干流从惠州博罗县流入东莞境内的桥头堡，也是东江一级支流石马河注入干流的交汇处。

在某种意义上说，这里也是东江的另一个源头——东深供水的源头，这供数千万人畅饮的生命之源，必将从这里通向桥的另一端——香港。从东江到香江，是水连起来的，从高清卫星地图上看上去，恰似一条从母腹连接着香港的脐带和血脉。

然而，在我追溯的岁月深处，又哪里有什么高清卫星地图，更没有

GPS 和北斗导航系统，连一张像样的地图也没有。现在能找到的最早的东江流域地图，还是东江纵队在烽火岁月中的作战图。这里就从一位东纵老战士说起。曾光，又名杞贤，我听很多人说起过这个人，无论是见过他的，还是没见过的，都是一种肃然起敬的神情。

1938 年秋天，曾光还是一位 16 岁的少年，加入了东江抗日游击队(东江纵队的前身)。一个稚气未脱的少年，在东江流域历经七年血与火的淬炼，锻打出了一身干练成熟的军人气质，他先后担任东江纵队政治组织科干事、营教导员、团政委。1949 年 10 月 16 日，曾光担任人民解放军粤赣边纵队东江第三支队第一团团长兼政委，他率部配合两广纵队挺进东江，解放博罗，这一天也被称为博罗的解放日，而曾光担任了博罗县解放后的首任县长。曾光在担任县长期间，率全县人民掀起了秋冬水利大会战。一位烽火岁月的指挥员，在和平年代身份变了，但军人的性情和使命感从未改变。他穿着一身旧军装，蹬着一双解放鞋，在当年的战场上重新铺开了地图，又开始指挥另一种战斗：一边因势利导，疏浚泥沙淤积的河道，让河水得以畅流，一边修堤复圩、建闸设堰，大大增强了抵御洪水的能力。一个旱涝交迫、水深火热的博罗，历经几年整治，被打造成了东江流域有名的鱼米之乡——这也是曾光在水利工程建设上的第一次实践。直到今天，还有很多老一辈的博罗人念念不忘他们的老县长，有人说："做官一定要做个好官，你心里装着老百姓，老百姓才会记得你!"

当一方水土的命运得以改变，曾光的人生命运也发生了转折，从此转入水利战线。从 1954 年至 1957 年，他担任韩江下游防洪灌溉工程指挥部指挥，投入到一场规模更大、时间更长的大会战，先后兴建了一批大中型引水灌溉涵闸，加固了韩江南北堤防，使韩江平原大部分农田实现自流灌溉，成为粤东农业的精华区。此后，曾光历任广东省水利厅机械排灌总站主任、省水电厅副厅长兼广东省水利电力勘测设计院院长、省水电厅党组副书记、书记，直至 1986 年 6 月离休，他将毕生的心血都倾注在水利事业上。

除此之外，曾光还肩负了一项特殊的职责和使命——东深供水工程总指挥。

那时，曾光四十出头，正当壮年，也正是扛大梁、挑重担的年岁，但当这副担子落在他的肩上，他还是感到肩膀猛地一沉，这是"国之重任，港之命脉”啊！尽管此前，他已多次担任大型水利工程的指挥，但这个工程非比寻常，从一开始就不是一个单纯的水利工程。

曾光还清楚地记得，1941 年 12 月，在太平洋战争爆发的当日凌晨，日军突袭香港，东江纵队发动了惊心动魄的港九秘密大营救，以最快的速度，从日军严密封锁、全城搜捕的香港，将一千多名文化界人士和爱国民主人士营救出来，转移到东江纵队的根据地，并创造了无一伤亡的奇迹。这堪称香港沦陷之后的一次史诗般的拯救。

如今，当香港同胞遭受自 1884 年有气象记录以来最严重的干旱，在某种意义上说，东深供水工程是另一种拯救。

但万事开头难，对于任何工程，实地勘测都是艰苦卓绝的第一步。从 1963 年下半年开始，一位军人出身的总指挥带着第一批勘测人员闯进沟壑纵横的荒山野岭。气氛一开始就显得有些肃杀和神秘。那时候，东莞和宝安都是地广人稀的边陲农业县，到处都是荒山野岭，这逶迤的山岭如同构筑在两个世界之间的天然屏障，营造了天地间的一片神奇秘境。而当时人们的警惕性都很高，沿途的一些老乡看见这些形迹可疑的身影，不禁产生了种种猜测：他们是什么人？他们来这里干什么？很少有老乡把这一个个神秘的身影同自己的命运联系在一起。而东深供水工程，不只要改变香港同胞的命运，还将改变沿途老乡们的命运。

为了测量大范围的地形，勘测人员必须登上沿途的一座座山顶。那些测量仪器简陋而又笨重，在翻山越岭时勘测人员只能扛着、抬着，每测量一公里，来来回回要走十几公里，先做线路测量，紧接着进行横断面测量，还要用岩钻和土钻的方式进行地质勘探。而他们走过的地方，很多都是从来没有人走过的路，其实根本就没有路，这里的第一行脚印，或许就是这些勘测者最先踩出来的。那时没有防滑鞋，他们就在鞋子上绑上了草绳，但脚底还是不断打滑，每一步都走得提心吊胆。随着山势愈来愈高，他们下意识地仰望，头顶上，那和阴沉的天空一起倒扣下来的悬崖，仿佛顷刻间就会坍塌下来。这绝非一种夸张的说辞，这山谷中到处都是山体滑坡和泥石流的痕迹。就在他们攀登和仰望的瞬间，呼啸的山风刮起岩石表层的尘屑，沙沙沙，飞沙走石打在脸上生疼，还有一块块石头从天而降，仿佛惊雷滚过，许久，山谷和河谷还在一阵一阵震荡。俯身望去，一条河流沉在峡谷的最深处，看上去，像筷子一样细，这是石马河，也是山谷中最深的一条裂隙，流水很深，那时候，谁也不知道到底有多深。越是危险和深不可测的地方，越要勘测清楚，看那悬崖峭壁上是否暗藏着山体滑坡的危险，河道里有多少暗礁险滩，在施工过程中需要采取什么措施，然后一一标注在勘测图上。他们从狭窄陡峭的绝径走过，必须用两手抓着岩壁上的野草和小树根，再用屁股蹭着地，一点一点地慢慢往前蹭。他们不是用测量工具在测量，而是用自己的躯体和生命在一寸一寸地测量，每完成一次测量任务，都有死过一次又重生的感觉。

在经过深入勘察和反复论证后，广东省水利电力勘测设计院提出了从东江引流的石马河分级提水方案。从东江到香江，恰好就差一条支流的距离。这条支流本身是存在的，就是石马河，别称九江水，为珠江水系东江下游左岸一级支流，发源于今深圳市宝安区龙华镇大脑壳山，由南向北流，一路流经深圳龙华、观澜，东莞的凤岗、塘厦、樟木头、常平、企石、东坑等镇街，最终在桥头注入东江。据水文数据显示，石马河干流全长 88 公里。这条河流的源头与香港仅有一山之隔，却与香江背道而驰，这自然流向已经注定，若要让香港同胞喝上东江水，就必须从桥头设站提水，然后让石马河倒流八十多公里，实现“北水南调”，将东江水通过石马河水道输送至深圳水库，最后通过输水涵管送入香港。

这是一个设计意图几近完美的方案，既可以解决港九地区的供水问题，又可以兼顾工程沿线十多万亩农田的灌溉用水，而在将来增加供水时也不受管道过水能力的限制，对避免水质污染方面则比沿海方案较有保证。然而，石马河弯道多，不利于沿途水泵的设置，首先要把石马河的 S 形河道取直，然后分别在桥头、旗岭、塘厦、雁田等地安装大型水泵，分八级提水到雁田水库，最后利用自然重力让东江水流到深圳水库。而在当时的技术条件下，这一分级提水方案，几乎每一级都是难以攻克的难关。

三

流水一直指引着我的方向，但没有谁能踏上昨日的道路。

近六十年过后，最早一批参与东深供水工程勘测、规划和设计的老前辈如今安在？

岁月不饶人啊！当年的总指挥曾光于 1986 年 6 月离休，2002 年在广州病逝。廖远祺、廖纲林、马恩耀和麦尔康等老前辈，除了一位多年前就已移居国外，其他几位均已与世长辞。这让我的追寻变得异常艰难，时间的光影里都是一些碎片。

几经周折，我终于寻访到一位当年的技术设计人员——王寿永。

假如时光倒流，眼前这位八十六岁的老人，那时候还是个二十多岁的小伙子，他这一头苍苍白发，当年还闪烁着又黑又亮的光泽。人生岁月，从来不会倒流，一切都是顺序，而一旦拉开时空的距离，却又总是令人怅叹唏嘘。但王老看上去一脸平静，平静得让我暗自吃惊，一个人兴许只有历经沧桑，才会如此波澜不惊。然而，他的履历其实很简单，他是云南人，20 世纪 60 年代初毕业于成都工学院水利系，被分配到广东省水电厅设计院水工一室，从技术员到广东省水利水电科学研究院副总工程师，一直坚守在水利工程设计岗位上，直至退休。

早在 1963 年国庆节前后，王寿永接到东深供水工程的设计任务。这一阶段还是正式开工之前的设计，大伙儿忙活了几个月，连春节也在加班加点干。直到 1964 年春节过后，大的设计方案基本确定了，接下来便进入技施阶段。所谓技施阶段，是一个专业术语，指可以拿给施工单位按照图纸进行施工的设计阶段，必须将技术设计和施工详图合并设计，而东深供水首期工程的一大特点就是“采取现场设计和施工密切配合”，这是切实落实设计意图、降低工程风险、确保工程优质、推进工程顺利实施的关键途径。随着指挥部一声令下，所有的工程设计技术力量都被调往施工现场。

“那真是如军令一般啊，我们这些设计人员，每个人带着几件换洗的衣服，一个背包卷，一个脸盆或提个水桶，就搬到工地上去了……”

一位白发老人的讲述，不知不觉就把自己带回了年轻的岁月，也把我这个历史追踪者带进了当年的现场。那是 1964 年 2 月初，还是农历正月初，连年都没有过完呢。岭南春早，却也有春寒料峭的时节，出门时，阴风裹挟着冷雨，一阵一阵袭来，每个人都倒抽了一口冷气。接下来便是一路风雨，一路颠簸，颇有一种“风萧萧兮易水寒”之感。到了工地，举目一望，第一眼看见的就是山坡上大写的标语：“要高山低头，令河水倒流!”这是东深供水工程建设者书写在高山流水之间的山盟海誓，那一股奔涌而出的豪情，令人精神为之一振，感觉心跳一下加快了，热血开始沸腾……

东深供水工程的总指挥部设在东莞塘厦，旧名塘头厦圩。这是一个群山环抱的千年古镇，东与清溪镇相邻，北与樟木头相连，南与凤岗、深圳交接，在逶迤起伏的山岭中，石马河由南向北奔涌而下。这里既位于石马河流域的中心位置，也是东深供水工程的一个枢纽。到了指挥部后，技施设计人员又分成几个小组，分驻在桥头、塘厦、清溪马滩、凤岗竹塘等工地，分工负责闸坝、泵站、渠道和桥梁设计，另设一个专门小组驻在深圳水库，负责供水系统工程设计。

从一开始，一位军人出身的总指挥就是以战略思维来统领工程，他将整个工程当作一个大战役来对待。整个工程就是一条漫长的战线，由于路线长、构筑物多、施工点分布广泛，一开始还真有点手忙脚乱的感觉。而一旦开工，全线的制梁场、土石方堆放的渣场、混凝土搅拌场、炸药库、供电设备该怎么布置？对工程管理稍有了解的人都知道，大型水利工程的施工管理，往往比其他工程项目要复杂得多。在千头万绪中，战场思维还真是一种化繁为简的方式。为此，总指挥部将全线划分为四大工区，分辖八个工段、两个水库，施工现场以工区为单位铺开，工区就是战场，众将听命，职责分明，兵分数路，奔赴各自的岗位和阵地。这就像作战部署一样，曾光也表现出了他性格中很强势的一面，他用一个又一个的“必须”，把每一件事都斩钉截铁地落实到位。

指挥作战，最重要的就是要有一幅全线作战图。此前，第一批勘测设计人员对工程全线已进行过勘测、规划和设计，但他们提供的还只是五万分之一的勘测设计图，这大图、大方案还只是规划设计的第一步。到了技施阶段，必须在施工现场进行深化和细化设计，这也是指挥部给全线技施设计人员下达的第一个任务——在一个月内，全线技施设计人员，必须描绘出五百分之一的全线施工作战图，将精准度提高一百倍！还要将各工区、工段的施工内容和生产要素配置画在一张平面图上，包括地形、地貌和所有的构筑物，工程项目的数量、大小、工期节点、工期要求及配置资源，还有项目部、工区、施工队、料场、梁场所在地的布置，总之，有了这张图，一切都能了然于胸了。

一个月，在纸上描绘出一幅图很容易，难的是要描绘上去的那些内容。但当时谁都没有吭声，谁都知道这位总指挥说一不二的性格，在他面前，你想叫苦，也只能在心里叫，而最好的回答就是：“保证完成任务！”

这是一场战役，每一步都是挑战。无所不在的挑战，特别磨炼人，也特别提升人。

王寿永被分派到了塘马工区，参与马滩、塘厦等六个泵站的图纸设计，这也是那幅全线施工作战图的一部分。进场后的第一个挑战就是要在限定时间内完成导线复测。每天一大早，天刚蒙蒙亮，他和战友们便扛着仪器、揣着干粮上山，翻山越岭，攀岩走壁，饿了啃干粮，渴了喝凉水。山风阴冷，汗流浃背，汗湿的衣服贴在背脊和胸脯上冷津津的，透心凉。他们先做导线复测，将整个线路复核一遍，接着进行横断面复测，用半个月时间完成了塘马工区的路线复勘工作，在一幅施工作战图上描绘出了属于自己工区的所有元素。这也让他们对所在工区的地质、地貌结构和每个施工点的特点都了如指掌。

对于他们来说，设计绘图才是更持久的挑战。白天复测之后，晚上便要连夜进行设计，经常是一干一个通宵。谁都知道，工程设计是高端专业技术，如今都是采用高端技术设备电子化数字化作图。而在当时的条件下，一切只能因陋就简。他们的设计室就在临时搭建的工棚里，一进门，一抬头，就是一条横幅："自力更生、又快、又好地完成东江—深圳供水工程设计，早日给香港同胞供水！"这横幅下边摆放着两排设计平台，那是用木桩架起来的一块块粗糙的木板，设计人员坐在那种农家用的木椅上，一个个弯腰低头，几乎是伏在案板上，用铅笔在图纸上一点一点地描绘着，一坐就是一整天，除了眼前的图纸，几乎都忘了自己的存在。最伤脑筋的是，他们夜里下班了，在工棚里睡着了，连做梦时脑子也停不下来，还在绞尽脑汁、反反复复进行设计。而且在那个年代，没有什么高端技术设备，就连计算尺、绘图板、绘图仪器这些最基本的工具都十分紧缺，大伙儿只能轮流用。王寿永从广州带来了一把计算尺，在工地上用了整整一年，这把尺子上凝聚着他的心血和汗水，留下了一个个难以磨灭的指纹，也见证了那段争分夺秒的时光。这计算尺上的刻度和时间刻度一样，时时刻刻在提醒着他，催促着他。催促他们的不只是来自指挥部的命令，还有香港那边逼人的水荒。一想到香港同胞在街头排队接水，甚至抢水的情景，这艰苦简陋的条件又算得了什么？每个人脑子里只有一个紧绷着的念头："那边在抢水，咱们这边必须抢时间！"

技施设计，对设计与施工的衔接要求十分严格，这就像齿轮和齿轮之间只有互相紧密而流畅地咬合，才能彼此带动，高速运转。那一代设计人员也像高速运转的齿轮一样，几乎都是日以继夜、夜以继日地连轴转。然而，设计又是典型的慢工出细活，正常设计程序是设计计算—用铅笔画图—描图—晒图，这样才能做出正式图纸。但施工单位催得急，你这边出不了设计图，他那边就无法施工，而且工期那么紧，谁能干瞪着眼坐在那儿等啊！每次一出图纸，王寿永立马就会骑上自行车，一路猛蹬送往施工现场。这自行车，就是他们当时最快的交通工具。但通往工地的路坑坑洼洼，民工们形容那条路是“天晴一把刀，落雨一团糟”，尽管王寿永练出了一身好车技，车却还是时常深陷在泥坑里，有时候人骑车，有时候车骑人，时常要扛着自行车一路奔跑走山路。跌倒了，膝盖磕出了血，随手就抓一把泥土止血，这土办法还真有效。为了加快工程进度，他们有时候就在施工现场边画图、边设计、边施工，画好一张就往工地送一张，设计图纸画到哪里，工程就建设到哪里，这也是设计与施工最紧密的衔接。

那时候，在东深工地上，都是一个人当作几个人用。王寿永一个人干着这么多事情，很累，实在太累了，感到自己的时间和精力几乎已经用到极限了，然而，一旦投入进去，他又总是能显出惊人的能量。这也是很多人的感觉。每个建设者哪怕每天只睡三四个小时，甚至通宵不眠，一个个依然精力充沛、劲头十足，都仿佛有什么保持精力和干劲的秘密。

这个秘密到底是什么呢？兴许只有一个个奇迹般的工程才能揭晓。这里就看看王寿永参与设计的两个工程吧。

马滩，位于石马河干流中下游，现属东莞市清溪镇马滩村，是东深供水工程进入石马河的第二级拦河闸坝，衔接下游旗岭梯级工程的回水，主要建筑物自左至右依次为土坝、泄洪闸、溢流坝、出水涵闸、泵站厂房，在左岸山边还预留了通航的船闸。拦河闸坝建于花岗岩上，在溢流坝上设有两米宽的人行桥和启门设备平台及构架，均为砼结构——混凝土结构。这一工程于1964年12月建成后，后经多次扩建和加固，才形成了现在的规模。我久久凝望着这些年深日久的建筑，那风吹、雨打、日晒、流水、浪涛、洪峰涂抹过的痕迹，年复一年，层层积淀，仿佛一点一点积蓄起来的岁月，才逐渐形成这种深重而又自然的光泽，历久弥坚。2003年东深供水改造工程完成后，另辟蹊径建起了封闭式输水管道，这一工程现已移交东莞市运河治理中心管理。随着石马河从逆流而上又恢复天然流向，马滩水闸原有的供水功能从此走进了历史，但它并未沦为徒然供人凭吊的遗迹，其作为水利工程的使命依然还在时空中延续。

同马滩水闸相比，塘厦拦河闸坝及抽水泵站则是一个更为重要的枢纽工程，位于雁田水下游出口处，衔接马滩梯级的回水。据王寿永回忆，这一工程在设计上遇到了意想不到的难题，一开始选用的是上坝址，这一坝址在石马河原来的天然河道上，但由于河床部分及滩地为厚达两米多深的砂砾和堆积土所覆盖，回水也不够深，又加之施工场地局促，在施工过程中放不开手脚，而且在汛期施工还要受到洪水的威胁。设计人员进一步勘测，最后选定下坝址，将抽水泵站厂房和闸坝布置在右岸阶地上，对原来的河道则以土坝填堵，并与左岸连接。这样一来，工程量大大增加了，但主要工程都在台地上进行，在洪水期施工的安全就有了较大的保障。按工程设计，在河中布置泄洪闸八孔，选用河床式厂房，另在闸坝顶上架设一座公路桥。夏日正午那骄阳四射的光芒，照亮了这一枢纽工程的每一个角落，即便隔着近六十载岁月，你也能发现，每一个细节都是精心设计。忽然想起老子的一句话："天下大事，必作于细。"这才是真正的工匠精神啊！

透过这两个工程，或可窥一斑而见全豹。然而，若要看清一个大型供水工程设计意图，还需要拉开时空的距离，从头到尾一路看过来。若按严谨的专业术语定义，这是一项梯级串联提水工程，从桥头新开河和太园泵站开始，沿石马河逆流而上，这是一条不断攀升的路，一山更比一山高。这山坳中，是一条迂回曲折的河流。就在这山河之间，一个大型供水工程自北向南，依次翻越了纵贯东莞、宝安之间的六座山岭，在石马河干流上建造了旗岭、马滩、塘厦、竹塘、沙岭、上埔等六座拦河闸坝和八级大型梯级抽水泵站，将运载东江水的石马河逐级提升 46 米，注入雁田水库，然后在库尾开挖 3 公里的人工渠道，越过一道分水岭，经宝安县沙湾河注入深圳水库，又在深圳水库坝后敷设 3.5 公里长、140 厘米直径的压力钢管输水至深圳河北岸，由港方接水输入木湖抽水站，整个工程全长 83 公里。这样叙述或许还太抽象，王寿永给我打了个形象的比喻，这个工程就像搭建一座由北向南、相当于十一层楼高的大滑梯，一条盈盈流淌的河流，就乘坐着这个大滑梯朝着香港奔涌而流……

"这个工程是第一流头脑设计出来的！"这是香港一位权威工程专家发

出的惊叹。这位一向以严谨著称的专家，极少发出这样的赞叹。

而今，一个跨流域、跨世纪的大型供水工程在经历了三代人之后，已经进入了高科技、智能化的时代，王寿永老人作为第一代建设者，还一直保存着那把磨得发黄的老式计算尺。当年，他们就是靠着这样的计算尺，还有三角板、绘图仪等简单得不能再简单的设计工具，一点点计算和描绘出了一幅宏伟的蓝图，一个设计难度在当时超乎想象的大型供水工程，最终从图纸上跃然盘旋于山河岁月之中。而那一代逆流而上的建设者们，一个个都显得非常谦逊，数十年来几乎一直处于默默无闻的状态，这或许就是静水深流的真正含义吧。

“我只是一个很普通的技术设计人员，但我有幸参与了一个绝不普通的工程。”

这样一句普通又不普通的话，这样一个平凡又不平凡的人，让我默默地寻思了许久。

四

我追溯一条逆流而上的河流时，也一直在追寻那一代逆行者的背影。

东深供水工程上马之际，什么都缺，最缺少的就是人才。随着八十多公里的战线全线拉开，那些抽调来的人手还远远不够用。1964 年 3 月 11 日，广东省水电厅致函广东省高等教育局和广东工学院，商请从广工土木工程系和电机系选派一批高年级的学生支援东深供水工程建设。

何霭伦是土木工程系农田水利专业的一名学生，她是家里的独生女，年幼时就居住在香港。对于香港，她儿时最清晰的记忆，就是家门前的一口水井，那水真清啊，尤其是夏天，清凉清凉的。当一家人围坐在井台四周，水的气息缭绕不散，一家人浑然一体。可渐渐的，那清澈的井水变成了干涸的记忆，一口老井再也打不出水来了，他们全家也在水荒中从香港迁到了广州。她是喝珠江水长大的，却一直心心念念香港家门前那口干涸的水井。这种源于生命的记忆，或许就是她第一次自主做出人生选择的原因吧。在很多人看来，这样一位花朵般的女孩子，那白皙修长的手指应该去弹钢琴、拉小提琴，谁也没想到，她在填报高考志愿时，竟然会选择攻读艰苦沉重的、鲜少有女生报考的土木工程系农田水利专业。好在，父母亲一向尊重女儿的意愿，对女儿的选择没有说一个不字。但可怜天下父母心，他们又怎能不为女儿担心，担心她吃不了这个苦，受不了这个累。这次，何霭伦报名参加东深供水工程建设，她生怕父母为自己担心，从报名到奔赴工地一直瞒着他们。她心中有一个强烈的念头，那就是让香港的亲人和同胞们早日喝上清清的东江水。

何霭伦的同学符天仪和香港也有不解之缘，他们家族有三十多口人居住在香港，父亲也曾在香港做生意。小时候，她每年暑假都会去香港，而那时香港的自来水供应已越来越紧缺了，到处都在打井，但井水不但少，而且还带着一股难以下咽的咸涩味，越喝口越干，香港的亲人做梦都想喝上一口好水。而现在，东深供水工程终于开工了，一年后香港同胞就能喝上东江水了！她把这一喜讯连同自己报名支援东深供水工程建设的消息写信告诉了香港的亲人，很快，她就收到了从香港寄来的一封封回信。她激动地把这些信念给同学们听，那信中有一句话深深地打动了同学们："你们就是我们的希望!"

"到祖国最需要的地方去!"这是那个时代最响亮的口号，也是那一代大学生的铿锵誓言。很快，麦蕴瑜院长的案头就摆上了一份份慷慨激昂的请战书，那一个个血红的指印，诠释着那一代大学生的青春热血……

1964 年 4 月 7 日，清明刚过，雨后初晴，在麦蕴瑜院长的带领下，广东工学院选派的第一批学生——土木工程系农田水利专业的八十四名大四学生，还有多名老师，背上铺盖和衣物，以急行军的速度奔赴东深工地。那些平时爱美的女生们，一个个都脱掉了高跟鞋，换上平跟鞋，弯腰系紧了鞋带，然后挺起胸膛，撩起头发，出发。这也是他们第一次从校园走向旷野，从照本宣科的课堂走向实实在在的水利工程建设第一线。在千军万马的大会战中，这是一支特殊的队伍。他们不是东深供水工程建设的主力军，却是当时施工现场最年轻的一个群体，像阳光一样热烈，像水一样单纯……

为了让这些大学生尽快进入角色，指挥部根据他们的专业特长进行了分配，并采取师傅带徒弟的方式，带着他们边学边干，边干边学。八十多名土木工程系的学生被分派到沿线各个工段，在设计师和工程师的带领下，参加一些辅助设计、施工管理、质量检查等工作。而一个具有战略眼光的总指挥，他看见的绝不只是一个在建的工程，而是这个工程的未来。

工程的延续，说到底就是人才的延续。曾光一直特别注重人才的培养。无论是在指挥部，还是在项目部，他走到哪里嘴边都挂着一句话："你们不但要把一个工程干好，还要带出一大批人才！"

何霭伦和几位姊妹一开始被分派在桥头工段设计组。初到工地时，那振奋人心的口号、热火朝天的干劲，让这些大学生们深受感染。但时间一长，那艰苦的生活就是严峻的考验了。当时，这些大学生和所有的建设者一样，住的都是靠自己的双手搭建起来的临时工棚，大多是就地取材，先打几根木头桩，再搭上一块块木板，墙壁的材料是稻草糊上稀泥巴，太阳一晒，那稀泥巴就干成了一张硬壳，一场风雨，那泥巴又稀里哗啦往下落。那工棚顶上盖着一层油毛毡，散发出一股燥热、刺鼻的气味。这工棚既遮不住阳光也挡不住风雨，大伙儿睡的都是大通铺，先铺上一层稻草，再摊开铺盖卷儿。天凉时，一床被子半垫半盖，天热时铺上草席倒头便睡。工地上一天到晚灰扑扑的，到了晚上下班回来，在掀开被子之前先要掀开厚厚一层沙土。而清明过后，岭南就进入了回南天，从南海吹来的暖湿气流与自北南下的冷空气相遇，天气阴晴不定，不是阴雨连绵，就是大雾弥漫，这样的天气特别潮湿闷热，从地面到墙壁都在往外冒水，连空气似乎都能拧出水来。这回南天反反复复，特别漫长，衣物被子都散发出霉味，连人身上都长出了一块块霉斑。若在校园里，还可以采取一些防潮措施，而在这工地上、工棚里，防不胜防，而且没有精力和时间来防，很多人都患上了湿疹和体癣之类的皮肤病，还被蚊虫叮咬出一身密密麻麻的红疙瘩，痒得要命，夜里一片沙沙沙的抓挠声，但大伙儿白天干活实在太累了，蚊子咬不醒，抓也抓不醒。

何霭伦还记得她们刚到桥头时，工地上还没有饭堂，大伙儿都是露天吃饭，十来个人或站着，或蹲着，围着几个大盆子，盆子里盛着冬瓜、南瓜、海带、盐菜汤，若是能吃上一顿鱼肉那就是过大年了。喝的水则是从河道里直接抽上来的，由于正在施工，那水被搅得十分浑浊，像浆糊一样，尽管经过简单过滤，但有一股呛鼻的土腥味，而到了干渴时，你也只能憋着气儿往喉咙里灌。这水喝下去，经常拉肚子、发烧，却很少有人请病假，在大伙儿看来，头疼脑热不是病，吃点药、咬咬牙就挺过去了。苦不苦，难受不难受，想想香港同胞吧，他们喝的就是这样的水，有时甚至连这水也没得喝呢。

最难熬的还不是苦，而是累，特别特别累。这也是东深供水工程所有人的感觉。累到什么程度？就说桥头设计组吧，几乎每天都要从早上 8 点干到晚上 12 点。加班、熬夜，是一种常态，有时候熬到半夜转钟了，设计组的负责人还在一项一项地落实接下来的设计任务：谁来完成？何时完成？每一个任务，要落实到每个人身上。包括何霭伦这些担任辅助设计的大学生，也有限定的完成时间。面对这样扎扎实实的任务分派，你想偷偷打个瞌睡也不行，不是有人盯着你，而是有事盯着你，哪怕安排给别人的事情，那也可能与你有关，这每项设计都是一环扣一环。

何蔼伦和姊妹们在桥头工段设计组干了几个月，主要参与了太园泵站的站房设计，还有施工现场的吊车梁设计。到了这里，她们才发现原来在课堂上、书本上学到的那些专业知识根本不够用，很多东西都搞不懂。但不懂就问，那些设计师、工程师都是她们的导师，只要肯虚心地弯下腰来，就会有人手把手地教。她们都是边学边干，边干边学，每个人都感觉这是自己成长最快的一段时间。越是宏大的工程，越要注重细节，这需要精密的计算和描图，先计算复杂的数据，再一点一点地用铅笔描图。而处理烦琐的计算、复杂的图纸，需要有高度的责任心，还要有足够的耐心，无论有多着急，都要静下心来，在不断打磨的过程中，这些初出茅庐的大学生也在一点一点地磨砺自己的心性。若没有这样的心性，你是坚持不下来的，手头的活儿怎么干也干不完。那时候，她们总想着早点把手头的活儿干完了，找个地方大哭一场，然后睡它个三天三夜；但一件事刚刚干完，马上又有下一件。每次回宿舍时都是深更半夜，走路时，脚就像踩在棉花上，连眼睛也睁不开，感觉一边走一边在做梦。但猛一睁眼，你就发现，这时候工地上的灯火还亮着，那些在一线的施工人员，正日夜不停地连轴转，指挥部的老总们还在加班，透过窗口的灯光，可以看见他们站在施工图前指点的身影，看上去像一个个剪影，却又那样清晰……

现在回想起来，那几个月，何蔼伦和姊妹们也说不出自己都干了些什么事，每天都在手脚不停地干事，到头来，又想不起自己干了哪些特别难忘的事。说起来，她们做的都是很小的又很细致的一些事，这些小事也许没有多少人记住，但在她们离开桥头设计组时，那些设计师们都依依不舍地说："没有你们这些大学生，我们的设计进度不可能有这么快！"

何霭伦和几位姊妹都知道，这是对自己的鼓励，但她们听了还是莫名地感动了好久。

按照预定计划，广东工学院支援东深工程建设的第一批学生在协助工作三个月后，就要回到学校，回归课堂。但三个月后，东深供水工程全线进入了攻坚战。此时，正是河水高涨的汛期，施工人员在翻滚的浊浪中摆开了战场，那此起彼伏的号子声和汹涌澎湃的浪涛声混杂在一起，让人分不清是人类的声音还是河流的声音。何霭伦和同学们深深被感染了，他们向广东工学院和东深供水工程总指挥部请求，将支援工程建设的时间延长到六个月。这是他们第一次推迟返校复课。这也意味着，今年，他们无法毕业了。

随后，何霭伦和几位同学便接到指令，从桥头转到上埔工段，从辅助设计转到施工管理和质量检查岗位上。上埔工段位于雁田水的上游，是沙岭梯级和雁田梯级之间的一个关键工程，衔接下游沙岭梯级回水，拦河坝为无闸门控制的溢流堰，坝右端以土坝与山坡联接，泵站厂房为河床式，设在左岸，紧靠坝端。由于主体工程都是在汛期施工，在施工管理上愈加复杂和艰险。到了这里，他们才深深理解陆游那句耳熟能详的诗句："纸上得来终觉浅，绝知此事要躬行。"他们在水利工程建设中第一次得到了全方位的实践和锻炼。施工管理首先要熟悉施工图纸、技术规范和操作规程，了解设计要求及细部、节点做法，弄清有关技术资料对工程质量的要求。在这几个月里，何霭伦和同学们在工程技术人员的言传身教下，每天都带着施工图纸在工地上来回奔波。岭南的天气已进入白热化的季节，往河谷里一走，头顶上是白得耀眼的太阳，水波上也折射出白晃晃的阳光，无论看哪里都是迸射的光芒，连眼睛也睁不开。但她们又必须睁大眼睛，仔细核对每一个难点、节点，确保工程的每一个细节都能够按照图纸保质保量并且安全地施工，那真是连眼睛都不敢眨一下。而工地上的路，都是临时开辟出来的施工便道，经风吹雨打和烈日炙烤，加上人踏车辗，到处都是沟沟坎坎，走在这路上，一不小心就会摔个大跟头，甚至会一骨碌滚下河谷。就算没有滚下河谷，这一趟走下来，浑身也会被汗水浸透，整个人就像从水里捞起来的一样。

施工管理难，质量检查更是难上加难。陈韶娟当时也被分派到了上埔工段，负责质量检查工作，每天都要在正在加紧施工的闸坝上、桥墩上爬上爬下，对施工质量进行仔细检查，仔细到每一根钢筋、每一颗螺丝。刚开始，一看那耸立在河谷里的桥墩和闸坝，下面就是激流和漩涡，她吓得把双臂紧抱在胸前，背脊发凉，腿肚子打战，紧张得都透不过气来了。对于她来说，这就像人生中的一道坎，既然选择了，那就必须迈过去。她大着胆子、小心翼翼地迈开了这一步，又试探着，从那闸坝上、桥墩上一步一步走过来了。慢慢地，这个胆小的女生愣是把胆子练出来了，几个月下来，还练出了一身功夫，在一个个桥墩和闸坝上上下自如，身手敏捷。对于一位未来的水利工程师，这也是她练就的一身扎实的基本功。

在施工一线奋战的那些日子，要说不苦不累那是假的，但这些女大学生又真的很快乐。在很多过来人的印象中，这是一群非常敬业的女孩子，也是一群随时都会把快乐带给别人的女孩子，不管多苦多累，没有一个人皱着眉头苦着脸，无论走到哪里，她们马上就会和那里的施工人员打成一片，随时都能听见她们银铃般欢快的笑声。

那一年显得特别漫长又格外短促，眼看，三个月又过去了，这一批广工学子在工地上已干了整整半年，从清明过后一直干到了国庆，按原计划早该返校复课了。然而，随着他们在实践中的锻炼和成长，每个人似乎都找到了属于自己的角色，工地上越来越离不开他们了，他们也越来越离不开工地了。而此时，工程全线已进入了“倒排工期、背水一战”的冲刺阶段。为了抢抓工期，让香港同胞早日喝上东江水，广工学子又一次请求延迟了返校复课的时间。

在工地的日日夜夜里，同学们不仅经历了人生的各种挑战，也承受了大自然的严峻考验。当人类夜以继日地鏖战时，灾难也在接二连三地发生。东江流域在经历了1963年至1964年春天的跨年度大旱之后，自1964年入夏，先后遭受了五次强台风暴雨袭击，最高风力达十二级。而在暴风雨的背后，总有太多难以预测的又在预料之中的灾难发生。难以预测是因为那时还没有准确的天气预报，只能大致预测可能会有台风来袭，却不知道它将在哪个具体时刻、确切地点发生，又有多大的强度。而预料之中的是，广东沿海地区历来是台风灾害多发地，每一次台风都会带来一场暴风雨，并引发山体滑坡、泥石流等次生灾害。而石马河流域地势凶险，河谷沿途都是复杂而又特别脆弱的山谷，这一带原本就是东莞、宝安山区泥石流多发地带。

当年的施工人员最不愿提到又难以回避的就是灾难的记忆。1964年10

月13日深夜，该年23号超强台风登陆广东沿海地区，一场致命的灾难骤然降临。据陈韶鹃追忆，她在睡梦中被一个炸雷猝然惊醒，也不知当时是什么时刻，在黑魆魆的夜里，狂风大作，顷刻间，一座座工棚被狂风吹翻，连那油毛毡屋顶也不知被刮到哪儿去了，一道道闪电像锯齿一样划破夜空，那暴雨泼天泼地般地倾泻而下。这哪是下雨啊，简直是天塌地陷一般。后来才知道，这场暴风雨，导致石马河出现了五十年一遇的大洪水。暴涨的洪水冲撞着工地围堰和那些设施设备，发出一连串惊心动魄的拍击声……

黑暗中，很多人仿佛还深陷在噩梦之中，感觉世界末日降临了。突然，不知是谁在电闪雷鸣中大呼一声："同学们，共产党员，共青团员，冲啊，赶紧去保护围堰和设备啊！"这一声召唤，把大伙儿迅速凝聚在一起。天地一片漆黑，谁也看不清谁，不管是男生还是女生，一个个胳膊挽着胳膊，肩膀靠着肩膀，在狂风暴雨中用血肉之躯组成一道道人墙，抵挡着一浪高过一浪的洪水……

而在同一时刻，陈汝基和一位年过花甲的老工程师正在风雨中跋涉。

陈汝基是一位来自海外的侨生，他那西装革履、文质彬彬、头发梳得一丝不苟的形象，给同学们留下了一生难忘的印象。可到了这工地上，他这模样没过多久就变了，脸变黑了，皮肤变得粗糙了，衣服上沾满了汗渍和泥斑。此前，他被分派在凤岗工区工务股，在一位姓廖的工程师的指导下协助施工管理。廖工在开工之前就参与了工程规划和勘测设计，随着工程全线开工，廖工又拖着瘦弱的身体一直奋战在施工一线。廖工走到哪里，陈汝基就跟到哪里，或在烈日下暴晒，或在风雨里跋涉，他被这位老工程师的敬业精神深深地感染了。而在那个台风之夜，他们还经受了一场生死考验。随着工程下游的水位不断上涨，如果不及时关闭上游雁田水库的泄洪闸，洪水将冲毁下游上埔、沙岭、竹塘工段的围堰工程，形势十分危急，数千名建设者的生命更是危在旦夕。雁田水库属凤岗工区管理，而当时从凤岗工区到雁田水库的通讯线路已被狂风吹断。廖工奋不顾身，要紧急赶赴雁田水库去处理，陈汝基则自告奋勇护送廖工。这一老一少穿上雨衣，在暴风雨中驱车赶往雁田水库。当他们行至上埔工段附近时，洪水已淹没了唯一一条通向雁田水库的道路，汽车没法开过去，他们只能徒步行进。这一老一少顶风冒雨，借着手电筒微弱的光亮，还有路两旁的树作为导向，翻过了一座山岭，过了一座小桥，地势越来越低了，水也越来越大了。在汹涌的洪水中，陈汝基为了保护廖工，一直在齐胸深的水中深一脚浅一脚地探路，每走一步，他都是先往前试探着挪一步，扎稳脚跟后，再回头拉廖工一把。就这样，他们一步一步地挣扎着，摸索着，走完了三公里多被洪水淹没的路。陈汝基后来说，这是他这一辈子走过的最艰难的路。

终于，一老一少在凌晨两点多钟赶到雁田水库，在廖工的指挥和处置下，关闭了泄洪闸，减少了泄洪流量，从而拯救了竹塘等下游工段的围堰，阻止了一场悲剧的发生，在这次重大自然灾害中，无一例安全事故发生。很多人都说，这是奇迹。这也是一位老工程师和一位大学生冒着生命危险创造的奇迹。

还有一位叫罗家强的同学，被分派在沙岭工段协助施工管理。沙岭拦河闸坝位于当时的雁田乡（今属东莞凤岗镇）金沟桥处，是石马河支流水贝水和雁田水的交汇处，一遭遇台风暴雨，这种河流交汇处风高浪急，险象环生。在同学们的印象中，罗家强是一位平日里沉静内向、文质彬彬的小伙子，连跟女生说话也会紧张脸红。但他到了工地后就像换了一个人，除了协助施工管理，他粗活重活都抢着干，那一张白面书生的面孔也晒得跟民工一样又黑又糙了，那身体也变得粗壮了，当他和民工们打成一片，你都分不清谁是民工谁是大学生了。而就在那个台风之夜，他一直坚守在七米多高的闸墩上，在暴风雨中弓着身子，紧绷着脊梁，使劲帮工人拉动混凝土震捣器风管。这是一台通过震动来捣实混凝土的设备，在那个机械设备极为缺乏的年代，每一台设备都是命根子，一旦损毁就没法施工了。就在他拼命拉着风管时，一股狂风猛地吹来，他像一只苍鹰般飞了起来，旋即又被狂风席卷而下，一头撞在坚硬的混凝土闸底，一声闷响，刹那间，一个鲜活的生命就永远定格在二十三岁。当工友们掰开他紧攥着的双手时，那掌心里还留下了一道道正在淌血的裂口，那是拉风管拉出来的。

符天仪拿出一张工地上的男女生的合影说：“看，这个是陈汝基，这个是罗家强……”

陈韶娟指着罗家强的影像，抹着眼泪哽咽着说：“家强要是还活着，现在也该儿孙满堂，正享受天伦之乐呢。”

当这些银发老人指着一幅幅照片和一个个年轻身影时，我突然觉得，这是对青春的指认，也是对生命的指认。

五

随着人类的重新设计，一条河流将逆流而上，成为从东江引流入港的第一条生命线。

1964 年 2 月 20 日，是东深供水工程正式开工的日子，一支支队伍从四面八方像潮水一般奔涌而来，其中有从广州动员来的五千余名知识青年，有从东莞、惠州、宝安等地抽调来的五千多名民工。他们以军事化的速度，在接到指令的三天内全部到达指定工段，而在建设高峰期民工人数一度高达两万多。

我已经无法走进那个热火朝天的开端，对于香港同胞，对于石马河流域的乡亲们，那无疑是一个命运的开端。粤港双方的协议，对正式给香港供水的日期和水量做了明确规定："广东省人民委员会举办东江—深圳供水工程，于一九六五年三月一日开始由深圳文锦渡附近供水站供给香港、九龙淡水。每年供水量定为六千八百二十万立方米。"想想也知道，一个翻山越岭的大型供水工程，要在一年的时间里建成通水，时间有多紧，任务有多重，压力有多大！

这也是港方最担心的。开工两个月后，香港工务司邬励德便带着几位港方的水利工程专家走进了工地，这些风度翩翩的绅士，走在风尘仆仆的施工现场，深一脚浅一脚，一边走一边看，一边不停地摇头。邬励德是见过大世面的，也是干过大工程的。对于东深供水工程设计他是非常称道的，但他看了这施工场景，心情很复杂，既有难以名状的感动，又有不可思议的感叹，临走时，他很谨慎地撂下了一句话："这工程完工，至少要三年！"

三年?！香港当时的水荒，别说等三年，连一年都等不了！

此时，所有的目光又聚焦在一个人身上——总指挥曾光。为了给香港拓开一条水路，他和他的战友们已经没有退路，而在没有退路时往往会生出一种背水一战的勇猛。在众目睽睽之下，曾光对港方人员说："我们保证按协议规定的时间给香港供水！"他的声音并不高昂，听起来，不是誓言，而是诺言。那些港方人员看着他沉毅的脸色，一个个依然充满了难以置信的神情。那就拭目以待吧。

时间证明了，这个宏伟的工程，在一年的时间里确实创造了令世人惊叹的奇迹，而那些创造奇迹的人们，每一个都是那样平凡而又质朴。

在东深供水工程建设者中最大的一个群体，就是成千上万的民工。当年，按广东省的部署，土建工程主要由当地人民公社社员承担，而今，那些曾在石马河流域挥洒血汗的民工早已难觅踪迹，但历史不会就这样无声无息地消失，从东莞到深圳的这一方水土上，你随便遇上的一个七八十岁的本地老人，很可能就是当年的土夫子。土夫子，他们都管自己叫土夫子。几经寻觅，一个被太阳晒得黝黑的老人，终于出现在我面前。这是一个年近八旬、身子骨还挺硬朗的老人，那满头的白发在阳光的照耀下根根闪亮。

这位老人名叫黄惠棠，东莞东坑人。1964 年，大年初五，一大早，黄惠棠便同那些青壮年劳力一起出发了。几天来一直阴雨连绵，但阴雨挡不住早行人。那时他还是一位刚刚二十出头的后生仔，还没结婚成家。但他还依稀记得，有一个和他同行的哥们，刚结婚不久，大门口还贴着大红的喜联，在雨水的冲刷下，血一样地流淌着。多年以后，他一直在回想，这哥们怎么舍得抛下新婚妻子，就这样头也不回地走掉了。这不是心肠太硬，实在是心肠太软，只要一回头，就怕迈不出这一步了。

这一路走来，风雨泥泞，但大伙儿都劲头十足，有的扛着锄头，有的挑着篼箕，在一面迎风招展的红旗引领下，开赴司马泵站建设工地。这工地位于常平镇司马村西南面的一个凹岭内，站址设在凹岭西北山坡。当时，这工地上有各类参战人员一千多人。民工们进场的第一件事就是开山修路，东深工程全线八十多公里，每一条便道都是民工们开凿出来的。

岭南热烈的阳光，养成了岭南汉子热烈的天性，他们又黑又瘦，看起来不起眼，但一旦干起活来，一下子，突然就变得让你不认得了。人都是有毅力的，而这些东莞民工又特别有毅力。每天，上工的号子一响，他们就一天干到晚，不歇气。回想起那段岁月，黄惠棠老人来劲了，仿佛又回到了当年的场景："施工现场那叫一个震撼啊，你追我赶，喊声震天，干起活来不只手里有劲，心里更有劲！"

那时候施工用的钢筋、水泥、砂子也是民工们从两三公里外的地方运过来，而重要的运载工具就是手推车。那笨重的木轮子，一推就嘎吱嘎吱叫，像公鸡啼叫一般，俗称鸡公车。手推车装满土后，上坡要使劲推，下坡要拼命拉，由于车斗重，必须用整个人的力量压在两个手把上才能保持平衡。那些经验丰富的车手可以双脚离开地面，连人带车飞速往下冲，在滚滚风沙中像飞起来一般，故名飞车，这可以大大提高速度和效率。在深圳水库工地上，有一位远近闻名的“飞车姑娘”，曾经创造过一天完成五十四立方土的最高纪录。但这样飞车一旦把握不住就会失控。1964 年秋天，一场风雨过后，那烂泥路又溜又滑，一位民工在推着一车沙子飞速下坡时，突然失控了，那小推车从山坡上直冲下来，咕咚一下掉进了雨后暴涨的河水里。别看这么一辆鸡公车，它可顶得上几个壮劳力啊，谁都不舍得就这样让它沉没在河底。很快，旁边有一位水性好的青皮后生，用嘴咬着一根麻绳，一头扎进了河水里，他想用麻绳绑住小推车，再让岸上的民工一起用力把推车拉上来。但那河水暗流汹涌，他在漩涡中挣扎着，想把小推车捆住，一次不成，那青皮脑袋就会浮出水面换口气，随即又一头扎进水里，直到他换了六次气后，终于把小推车捆住了，被大伙儿一起拉了上来。然而，大伙儿还来不及兴奋，就发出了一阵惊呼，那后生仔已被一股激流席卷而去，青皮脑袋再也没有浮出水面……

那是黄惠棠永远也忘不了的一幕。然而，在那时，几乎连悲痛的时间都没有，一个任务接着一个任务，中间几乎没有停歇。黄惠棠和东坑民工们完成钢筋、水泥、沙子的搬运任务后，随即又投入司马泵站的土石方开挖工程。他们先要将一座小山包推平搬走。这在如今，用大型推土机、挖土机施工，一座小山包实在算不得什么，而在当年，那就是愚公移山，民工们硬是用铁锹锄头挖、用扁担箢箕挑，在一个月里将这座山包推平搬走了。为了打牢泵站基础，必须将松土夯实。由于没有打夯机，只能靠人力打夯，南方人又称打硪。那石硪是一个圆柱形石墩，周围系着几根又粗又结实的绳子，七八个壮劳力拉着绳子，一边喊着声调高亢、节奏性强的号子，一边用力把石硪拉高，然后又猛地放下，如此一唱众和，边打边唱，一下一下把土地夯实。那沙尘滚滚的施工现场，如同一个灰土的世界，置身其间的每一个人，满身沾满了灰土，连头发上、胡子上也沾满了，感觉自己也如同尘埃。

接下来，他们还要在司马泵站下游河道里修一条供水渠。那河床底全是淤泥，施工时，这稀泥巴一下就淹到了大腿根，无论你是用铁锹挖，还是用簸箕舀，这稀泥巴都很难搞出来。这可怎么办呢？大伙儿都急坏了。黄惠棠一边尝试一边琢磨，他忽然想到了什么，从烂泥坑里一下爬了出来，撒开两腿奔向了工棚。大伙儿还没有反应过来呢，他又一阵风地回来了，手里拿着一只铁皮桶。这就是他刚才琢磨出来的法子，用铁桶来挖！还别说，这一试，还真行，这铁皮桶既能当铁锹又能当簸箕，一下解决了一个大难题。在全线河床淤泥开挖时，这一法子还被指挥部推广了。不过，这铁桶挖稀泥也把他们累坏了，一个个，浑身上下泥糊糊的，只有两只眼睛还在眨巴着。而那时工期又特别紧，天天都是二十四小时三班倒。在半年时间里，他们就这样一桶一桶地挖出了一条人工渠道。当最后一天的活儿干完，每个人的疲劳也到了极限状态，即使手里拄着铁桶子也撑不住摇摇晃晃的身体，一个一个咕咚咕咚往烂泥里栽，有的甚至倒在烂泥坑里呼呼睡着了。

讲到这里，黄惠棠老人终于长吁了一口气，又下意识地咬了咬牙说："只要在东深工地上干过的，干任何工作都不算辛苦了！"

透过这样一个老人的身影，我仿佛又看到了多少年前的那条河流。而今很少有人知道，他与这条河流之间发生过怎样的生命联系，更不知道，这个一生平凡的老人还有那样一段不平凡的岁月。他们都是平常得不能再平常的老百姓，但为了这条生命线，他们却付出了数倍于常人的艰辛和气力，几乎把自己的生命能量都全身心地迸发和释放出来了。而男人们上了工地，女人们就要承担起家里和田地里的活，那也是一个为东深供水而默默奉献的广大群体。

从司马到雁田一路风雨，雨一直追着风跑。石马河在雁田一带发生了一个大转折，河流在海相碳盐岩和灰黑色、红色、白色的石灰岩中穿行，只有流水可以洞穿它们，让世界露出部分真相。岭南赤红色的土壤像血一样弥漫在水中，在激流中颤动。一个上午，我就差不多经历了八九条河流。但一个凤岗人告诉我，这其实是我的错觉，流经凤岗的其实只有一条河——石马河。忽然发现，我可能绕得太远了。我在其间反复穿梭，只因一条河有太多的回环往复。在这样的错觉中，甚至是迷失中，我一直找不到那个历史的入口。

凤岗雁田，这一带为东莞和宝安两县的交界处，当年是抗英的桥头堡，一群中国的老百姓打败了强大无比的英国正规军，这里也因此被誉为

"义乡"。当历史翻开新的一页，雁田又堪称是另一种意义上的"义乡"，一支支民工队伍，为建设东深供水工程开进了雁田，王淦辉就是其中的一位。这位当年十九岁的民工，是东莞水乡厚街人，如今已是一位七十六岁的老人，却掩饰不住一身矍铄的风骨。一见他，我就把手伸过去，无言地一握，立刻就感觉到他骨子里暗藏的一股力量。这是来自岁月深处的力量。尽管老人家一开口，就是一口我很难听懂的东莞话，但他那掩饰不住的激动表情，却不知不觉把我带入了五十多年前的现场。

在东深供水首期工程中，雁田枢纽位于东莞和宝安之间的分水岭。这是一个控制性工程，也是复杂的系统工程，主要有三大工程：雁田水库加固工程、新建雁田泵站和溢洪道改建工程。

雁田水库位于今东莞市凤岗镇雁田村南端，地处东莞与深圳市交界处，这里是东江水逆流而上到达的最高点。这个水库原由当时东莞县塘厦人民公社兴建，于1959年10月开工，1960年5月竣工，建有主坝一座、副坝六座、溢洪道一座、灌溉涵一座，总库容1409.7万立方米，正常蓄水位48.6米。在东深供水首期工程的规划设计中，雁田水库被列入首座高水位运行调节水库，经八级提水，将水位提高46米后注入雁田水库，再由库尾5号副坝建闸放水注入白泥坑，越过分水岭，开挖三公里人工渠道，沿沙湾河将供水导入深圳水库，再由深圳水库输送到对港交水点。由于原有水库设施难以承担高水位运行的重任，必须对主坝和六座副坝进行加高培厚，这一工程于1964年2月20日开工，采用人工填土、拖拉机辗压的方式，按施工计划，在5月上旬汛期来临之前，填土必须达到度汛高程，至7月底水库加固工程必须全部完成。这大量的土石方工程，全靠手里的铁锹、锄头和肩上的扁担箢箕。那是一个充满力量感的时代，工地上几乎是清一色的壮劳力。一个个民工，就像当年短兵相接、贴身肉搏的东纵战士，那精瘦的身体迸发出惊人的能量。

那时候，从上到下都全力支持东深供水工程建设，当地供销社还专门组织货源，保证每一个民工能吃饱饭，偶尔还能打打牙祭，吃上一顿鱼或肉。而参加的社员在生产队里记工分，在工地上还能按完成的土石方拿到奖励，这把大伙儿的积极性一下调动起来了，人人都铆足干劲，一手一肩，一挑一担，一个个如猛虎下山，蛟龙出海，那粗犷豪迈的劳动号子喊得惊天动地……

偌大的工地，只见人山人海，唯一的大型机械，就是一台东方红履带式拖拉机，它来来回回、沉重而缓慢地辗轧着，将民工们刚刚挑上来的泥土一层一层压实。每压实一层，经检验合格了才能重新填土。一开始，为了多干土石方，王淦辉和很多民工都等不及泥土压实，就直接填土了；可一检测，不合格，就得返工。这让他们很有抵触情绪，不就是挑土筑坝吗，哪来那么多穷讲究？王淦辉血气方刚，火气大，脾气急，眼看自己的汗水白流了，活儿白干了，还要返工，差点跟施工人员打起来了。但没过多久他就明白了，这水坝工程还真是马虎不得，“千里之堤，溃于蚁穴”。在施工人员的反复解释下，他懂得了第一个土建工程专业术语——干容重。干容重又被称为土壤假比重，指一定容积的土壤（包括土粒及粒间的孔隙）烘干后质量与烘干前体积的比值。这个指标非常严格，每填 20 厘米的土壤就要马上取样，检测的每一道工序都要验收签字，只有达到干容重的标准，才能继续施工填土。

到了 5 月上旬，填土已至 47 米高程，达到了度汛要求。而随着汛期来临，工程也进入了水深火热的季节。雁田水库加固工程也进入了艰苦卓绝的攻坚阶段。对于施工人员来说，每一个日子都是挺着身子扛过来的。扛到 7 月底，已是限期完工的最后关头，大伙儿只能豁出命来干了，每天的劳动时间之长，劳动强度之大，已经超过了人的体能所能承受的极限。尤其是夜晚施工，有的人干着干着就因极度的劳累与疲倦而歪倒在地上，在泥水浆里睡着了。有时候在凌晨三四点钟，曾光和指挥部人员会突然出现在工地上，他们一来是突击检查，二来是看看有什么急需解决的问题。当他们看到有些民工东倒西歪地躺在地上呼呼大睡时，一个个心情非常复杂，既矛盾，又难过。若有人想要唤醒他们，曾光立马用指头压住嘴唇轻声说：“嘘——！莫惊醒他们，这些民工兄弟实在太累了……”

到了主坝合龙的节骨眼上，更是一场突击战。为此，指挥部还特意吩咐加餐，不但要让大伙儿吃饱，还宰了几头大肥猪。说来，王淦辉那时的饭量可真大，他一口气吃了半斤大米饭，半斤肥猪肉，摸摸肚子还只吃了个半饱，又加了半斤饭、半斤肉，把肚子撑得像皮球一般。这是他有生以来吃得最饱的一顿饭，他拍拍肚子就冲上了第一线。而接下来，也是他在工地上扛过的最累的一天一夜。当一道主坝和六座副坝的加固工程按期完工，王淦辉一身从里到外都被汗水浸透了，一个壮实的小伙子累得连腰都伸不直了。那时他还不知道，这将是他一辈子的劳伤。而当时，他只想赶紧钻进工棚里去睡一大觉，谁知一个踉跄，那浑身沾满了泥水的身子就咕咚一下朝后仰倒了。这一摔有多重，他也不知道，但他感到特别舒服。啊，现在，终于可以躺下来了，他轻轻闭上眼，舒服啊！

六

1965年2月27日，又一个春天已经来临。石马河谷，木棉、紫荆和勒杜鹃一路掩映，这岭南的繁花又如期绽放。岁月中没有永生，只有风流水转的轮回。这一天，东深供水工程宣告全线贯通，随着工程启动电钮按动，万众瞩目，几乎所有人都屏住了呼吸。只见一台台水泵启动运行，一江清水自北向南奔涌而来，河水倒流，春潮涌动，东江水与石马河深深地融合在一起，一条奔向香港的河流，陡然变得开阔而舒畅了。那哗哗的流水声、人们的欢呼声和喜庆的鞭炮声、锣鼓声交织在一起，久久回荡在石马河两岸的青山翠谷之中，哪怕隔着近六十年岁月，仿佛还能听见那经久不息的回声……

这是由我国自行设计、自行建设和安装的跨流域大型供水工程，也是我国最大的跨境调水工程。但它并未就此画上句号，在接下来的岁月中还将不断扩建和升级改造，而此次落成的工程后来被称为东深供水首期工程或初期工程，堪称是对港供水的第一条生命线。尽管只是首期工程，但无论从设计看，还是从施工看，这一工程的难度在当时都几乎是超乎想象的，而建设者们仅仅用一年时间就完成了祖国和人民交给他们的艰巨任务。在竣工庆典之前，香港工务司邬励德和几位香港专家参观了工程。他们还是那样，一边走，一边看，一边不停地摇头，这是不可思议的摇头。一个如此巨大的工程，如此艰苦简陋的施工条件，竟然能在一年内完成，在邬励德看来，这是他从未见过的奇迹。而这是中国人民创造的奇迹！

按照粤港双方签订的协议，东深工程每年为港供水6820万立方米，这在当年是香港所有山塘水库蓄水量的一倍。如香港需额外增加供水量，广东省将视供水设备能力适当增加，额外增加的供水量由双方代表另行协议决定。特别值得一提的是，这也是中华人民共和国历史上最早的跨境水权交易，而这一模式一直持续到现在，每一次合同签订都是由广东省政府和香港特区政府谈判商定供水量、供水方式和价格。当时的水价是一吨水，一毛钱，多便宜啊，连最底层的香港老百姓都用得起。然而，水又是无价的，如一位曾经历过水荒的曾先生所说：“很难想象没有东江水，生活会是什么样子。一滴水，甚至能够挽救人的生命，它是难以用金钱来衡量的！”

从东江到香江，一条生命线，几代家国情。“百里清渠，长吟慈母摇篮曲；千秋工程，永谱香江昌盛歌。”当清清的东江水从香港的水喉哗哗流出，每一滴水都见证了东江儿女与七百多万香港同胞血脉相连的亲情，也倾注了祖国对香港付出的心血。

对于这条河流我一直心存感激，在这次恍若穿越时空的追溯中，我真切地感觉到自己心中的许多东西，正在一点一点地变得纯净，变得通透。走进这里的风土和流水，感觉如同经历了一次精神故乡的漫游。只要还能够和一条干干净净的河流走在一起，我就觉得这是最大的幸福，自然，也有许多难以言说的滋味，在漫天的阳光下化入一江碧水中……

（节选自陈启文著《血脉：东深供水工程建设实录》，广东人民出版社2022年3月出版）

2022年中国报告文学作品存目

李朝全　整理

作品名称	作者	发表或出版单位	发表或出版时间
冬奥来了，中国蓄势待发——北京冬奥会参与者掠影	孙晶岩	《北京文学·精彩阅读》	2022年第1期
冬奥，雪场上空的鹰——北京冬奥会和冬残奥会直升机医疗救援保障纪事	张海飞	《北京文学·精彩阅读》	2022年第2期
我们的“心”事	长　江	《北京文学·精彩阅读》	2022年第3期
舌尖下的中国外卖小哥	杨丽萍	《北京文学·精彩阅读》	2022年第4期
改航	马淑琴	《北京文学·精彩阅读》	2022年第5期
“小升初”上岸记	李燕燕	《北京文学·精彩阅读》	2022年第6期
共享单车：奔向美好生活	郭　超	《北京文学·精彩阅读》	2022年第8期
好大一张网——中国铁路12306客服网探秘	王　雄	《北京文学·精彩阅读》	2022年第9期
黄河，在这里拐了个弯	向剑波	《北京文学·精彩阅读》	2022年第10期
冰雪“童话”	许　晨	《中国作家·纪实版》	2022年第1期
香港大命脉：东深工程对港供水纪实	周齐林	《中国作家·纪实版》	2022年第1期
古老与神圣——周口店发掘记	徐　刚	《中国作家·纪实版》	2022年第2期
巨匠与国典——钱锺书的另一个“围城”	蒋　巍	《中国作家·纪实版》	2022年第2期
钱塘一家人	朱晓军　傅炜如	《中国作家·纪实版》	2022年第3期
张桂梅	李延国　王秀丽	《中国作家·纪实版》	2022年第3、4期

杰桑·索南达杰	古　岳	《中国作家·纪实版》	2022 年第 4 期
为国铸剑——记共和国功勋于敏	李朝全	《中国作家·纪实版》	2022 年第 5 期
健康码传	萧　耳	《中国作家·纪实版》	2022 年第 5 期
逃离洛杉矶，2020	淡巴菰	《中国作家·纪实版》	2022 年第 5 期
在那遥远的地方	劳　罕	《中国作家·纪实版》	2022 年第 5 期
东方湿地——生物多样性的中国样本	徐向林	《中国作家·纪实版》	2022 年第 6 期
中国外卖——来自外卖小哥的调查报道	杨丽萍	《中国作家·纪实版》	2022 年第 6 期
一个不可复制的人——时代楷模杨春纪实	钟兆云	《中国作家·纪实版》	2022 年第 6 期
味蕾深处是故乡	刘香河	《中国作家·纪实版》	2022 年第 7 期
彩瓷帆影	纪红建	《中国作家·纪实版》	2022 年第 7 期
奔月	黄传会	《中国作家·纪实版》	2022 年第 8 期
梅岭往事	丁晓平	《中国作家·纪实版》	2022 年第 8 期
家在古城	范小青	《中国作家·纪实版》	2022 年第 9 期
田园报告	许家强	《中国作家·纪实版》	2022 年第 9 期
替父亲书写故乡	武　歆	《中国作家·纪实版》	2022 年第 10 期
自然笔记	徐　刚	《人民文学》	2022 年第 1 期
高铁让地球变小	王　雄	《人民文学》	2022 年第 2 期
海上逐风	徐亚华	《人民文学》	2022 年第 5 期
那片年轻的土地	郭保林	《人民文学》	2022 年第 5 期
路生梅的路	吴文莉	《人民文学》	2022 年第 7 期
托起冠军的人——中国短道速滑之父孟庆余	张雅文	《人民文学》	2022 年第 7 期
地球印记	陈国栋	《人民文学》	2022 年第 8 期
生死相许一座山	钟兆云	《人民文学》	2022 年第 8 期
北牧南归	申　琳	《人民文学》	2022 年第 9 期
踏遍千山寻矿脉	朱千华	《人民文学》	2022 年第 10 期
尽美中国	丁一鹤	《鄂尔多斯》	2022 年第 9、10 期合刊

中国激光探秘	蒋　巍	《鄂尔多斯》	2022年第11、12期合刊
觉醒年代两兄弟	李朝全	《山西文学》	2022年第4、5期
公益日记	郭文斌	《山西文学》	2022年第6期
老兵新传	陈为人	《山西文学》	2022年第10期
时间是多么公正的评论家——我所看见和亲历过的“茅奖”	曾镇南口述 张元珂采访整理	《传记文学》	2022年第6期
第三十四个春天——追记全国公安系统一级英模刘安	张　军	《啄木鸟》	2022年第4期
永远的莞香——追记全国公安系统一级英雄模范黎伟标	袁瑰秋	《啄木鸟》	2022年第5期
“时代楷模”潘东升	张宝中	《啄木鸟》	2022年第6、7期
独臂侠归来——全国公安系统二级英模鲍志斌纪事	米　可	《啄木鸟》	2022年第7期
百姓的亲闺女——走近“全国特级优秀人民警察”沈琦	王文硕	《啄木鸟》	2022年第10期
重器之基	吕　翼　刘建忠	《民族文学》	2022年第1期
战在高原	周双双	《脊梁》	2022年第1期
一盏电灯的光荣史	陈富强	《脊梁》	2022年第2期
双城记之凉山暖——“时代楷模”钱海军的故事	潘玉毅	《脊梁》	2022年第3期
走向深空——嫦娥卫星飞控纪实	杨　沐	《神剑》	2022年第1期
顾诵芬：功业骏烈　清芬可挹	师元光	《神剑》	2022年第1期
清溪村记	余　艳	《芙蓉》	2022年第1期
一个煤老板的绿色传奇	曹海英	《朔方》	2022年第10期
启功夫子逸事状	徐　可	《长江文艺》	2022年第9期
前海缘，深港缘	李朝全	《长江文艺》	2022年第9期
深圳挑蚝工	萧相风	《天涯》	2022年第2期
一个中国村庄的百年变迁史	宋艳丽	《天涯》	2022年第5期
江村三日	房　宁	《天涯》	2022年第5期

大道低回	郁　葱	《长城》	2022年第4期
仙境里藏着一个梦	王兆胜	《广西文学》	2022年第8期
不平行的世界	卢新华	《江南》	2022年第3期
昆仑传奇	马行西	《西部》	2022年第4期
东方母亲	铁　流　赵方新	《解放军文艺》	2022年第1期
走向世界的人们	孙晶岩	《十月》	2022年第1期
1951年的元旦	贾可宽　贾　永	《解放军报》	2022年1月4日
在可可西里，寻找父辈的踪影	龙仁青	《光明日报》	2022年1月7日
山魂海韵中的盐城史诗	高建国	《光明日报》	2022年1月14日
追光者	李琭璐	《光明日报》	2022年1月19日
三坊七巷的“国旗红”与“火焰蓝”	蒋　巍	《光明日报》	2022年1月21日
中国北斗	龚盛辉	《天山时报》	2022年2月12日
农民院士	李春雷	《长江日报》	2022年2月17日
病室记	李新立	《文学报》	2022年3月3日
奔跑的“中国草”	钟兆云	《光明日报》	2022年3月4日
奔跑追梦人	李朝全	《长江日报》	2022年3月10日
“疯老头”罗维孝：单骑万里西游记	高富华	《北京日报》	2022年3月15日
疫中看上海	何建明	《新民晚报》	2022年3月31日
最后的小麦	李春雷	《光明日报》	2022年4月1日
他们的山海情	林秀美　小　岛	《光明日报》	2022年4月6日
拔节生长的雄安	徐锦庚	《人民日报》	2022年4月27日
延安文艺座谈会纪事	丁晓平	《中国艺术报》	2022年5月23日
冰上逐梦	张雅文	《人民日报》	2022年6月22日
北上，北上	李朝全	《长江日报》	2022年6月30日
成全他人，成就自己	李朝全	《中国艺术报》	2022年7月1日
出舱，拥抱浩瀚太空	王亚平	《人民日报》	2022年7月5日
愿将一生献宏谋	李朝全	《人民日报》	2022年7月6日
心中的昆仑——百岁战将阴法唐的故事	徐　剑	《长江日报》	2022年8月4日
大象之路：与荒原、山川、人类的相遇	刘东黎	《光明日报》	2022年8月12日

两个人的兵站	石钟山	《解放军报》	2022年8月17日
“八闽归人”	杨际岚	《中国艺术报》	2022年9月6日
最美教师林占熺	钟兆云	《文艺报》	2022年9月14日
深海圆梦	要雪峥	《人民日报》	2022年9月14日
山水间的家	祝　勇	《光明日报》	2022年9月16日
临时家长	陈　果	《光明日报》	2022年9月16日
全国最美“石榴籽”之家	程　煜　冯晓玲	《天山时报》	2022年9月17日
轨道接起同城梦	涂燕娜	《中国青年作家报》	2022年9月19日
伶仃洋上一条绚丽的彩虹	何建明	《人民日报》	2022年9月21日
老兵和他的妻子	何建明	《解放军报》	2022年9月23日
“天鲲”遨游	陈丽伟	《人民日报》	2022年9月28日
大金山的绿水青山	李朝全	《北京日报》	2022年10月11日
“嫦娥”探月	陈　新	《长江日报》	2022年10月13日
农民院士	李春雷	云南人民出版社	2021年12月
新山乡巨变	余　艳	湖南文艺出版社	2021年12月
黄河传	张中海	山东人民出版社	2021年12月
扶郎花开	刘国强	沈阳出版社	2021年12月
张桂梅和她的孩子们	陈洪金	希望出版社	2021年12月
中国北斗	龚盛辉	山东文艺出版社	2021年12月
乡村造梦记	沉　洲	作家出版社	2021年12月
京剧谭门	陈本豪	人民出版社	2021年12月
在那高山顶上	陈　果	四川人民出版社	2021年12月
粮食，粮食	何弘　八月天	大象出版社	2021年12月
天晓：1921	徐　剑	万卷出版公司	2021年12月
君生我未生	张严平	文化发展出版社	2021年12月
中国农民城	朱晓军	人民文学出版社 浙江人民出版社	2021年12月
冬奥序曲：崇礼筹办冬奥会纪实	朱阅平	河北教育出版社	2021年12月
独家责任——我在碾子沟做第一书记	王文坡	河北大学出版社	2022年1月
荒野归途——中国野马保护纪实	张赫凡	中国国际广播出版社	2022年1月

中国力量：高铁正在改变中国	王　雄	外文出版社	2022年1月
我的青海，我的雪原	辛　茜	河北教育出版社	2022年1月
中国冬奥	孙晶岩	人民文学出版社	2022年1月
绝壁逢生：最后的麻风村	席秦岭	四川民族出版社	2022年1月
追梦征途：北斗星通公司二十年发展历程纪实	杨　冰	金城出版社	2022年1月
一生为农：共和国功勋申纪兰	柴　然	浙江人民出版社	2022年1月
扶贫礼赞：河北省脱贫攻坚纪实	程雪莉　徐德泉	花山文艺出版社	2022年1月
我的父亲母亲	林　韵	中国文史出版社	2022年1月
像土地一样寂静：回大周记	周瑄璞	河南文艺出版社	2022年1月
夕阳还在山那边：摩尔多瓦孔子学院工作纪实	马相明	吉林大学出版社	2022年1月
兵妈妈	骆自星	中国文史出版社	2022年1月
西海固笔记	季栋梁	北京十月文艺出版社	2022年1月
十年寻羌：人与神的悲欢离合	高屯子	上海三联书店	2022年1月
唯有你　我希望有来生	陈　旭	光明日报出版社	2022年2月
渤海魂	许晨　刘树松	山东人民出版社	2022年2月
家国黄河	侯全亮	河南科学技术出版社	2022年2月
中国饭碗	陈启文	黑龙江教育出版社	2022年2月
奔跑追梦人	李朝全	浙江教育出版社	2022年2月
讷河往事	黄　蓉	人民文学出版社	2022年2月
张桂梅	李延国　王秀丽	云南人民出版社	2022年3月
向死而生	曾平标	广西人民出版社	2022年3月
血脉：东深供水工程建设纪实	陈启文	广东人民出版社	2022年3月
逃离洛杉矶2020	淡巴菰	中国文联出版社	2022年3月
成都传：雪山下的公园城市	易旭东	西南财经大学出版社	2022年3月
爱在西非：第24批中国（宁夏）援贝宁共和国医疗队纪实	马　晓	阳光出版社	2022年3月
黄河水浇灌的荒原	冰静	宁夏人民出版社	2022年4月

我用一生爱中国：伊莎白·柯鲁克的故事	谭　楷	天地出版社	2022年4月
中国的孩子	曾平标　廖子馨	新蕾出版社	2022年4月
杰桑·索南达杰	古　岳	青海人民出版社	2022年4月
下庄村的道路	罗伟章	作家出版社	2022年4月
和平方舟：人民海军866医院船使命任务全记录	沙志亮	安徽文艺出版社	2022年4月
全海深：中国“奋斗者”探秘深海	许晨　臧思佳	海南出版社	2022年4月
隐居者	赵美萍	安徽文艺出版社	2022年4月
赤子初心	何葆国	北京十月文艺出版社	2022年4月
将军台——“时代楷模”张连印	刘世芬	花山文艺出版社	2022年4月
橡胶风云：一棵树在中国海南演绎的传奇	丁燕	海南出版社	2022年4月
世纪母亲	仙风君	作家出版社	2022年4月
阿爸，咱们去看萤火虫：照护失能父亲三十年	季　先	中国财政经济出版社	2022年4月
与流沙赛跑的人：陶凤交团队的治沙岁月	李春雷	海南出版社	2022年4月
万鸟归巢	何建明	江苏凤凰文艺出版社	2022年5月
人在非洲	贾志红	山西经济出版社	2022年5月
这才叫合伙创业：从携程、如家到华住的启示	高慕	广东经济出版社	2022年5月
黄河之水	刘标玖	华文出版社	2022年5月
国风	和　谷	西安出版社	2022年5月
三千孤儿入内蒙	尚文达、宋然	人民出版社	2022年5月
火焰传	陈富强	长江文艺出版社	2022年5月
月上	陈　新	浙江教育出版社	2022年5月
敦煌守护人	董洪亮等	人民日报出版社	2022年5月
生命高于一切：抗震救灾故事	李朝全	二十一世纪出版社	2022年6月

风过四季的乡村	刘书良	河北教育出版社 河北科学技术出版社	2022年6月
蝴蝶的翅膀：张桂梅和她的女孩们	李朝德	二十一世纪出版社	2022年6月
南繁：筑牢中国饭碗的底座	杨　沐	海南出版社	2022年6月
造舟记	许　璐	北京联合出版公司	2022年6月
中国外卖	杨丽萍	浙江人民出版社	2022年7月
万山红韵——朱砂古镇纪事	陈亚军　洛城	作家出版社	2022年7月
凉山叙事	罗伟章	四川文艺出版社	2022年7月
敖鲁古雅	顾桃	北京联合出版公司	2022年7月
独龙悠歌	王鸿鹏	人民出版社	2022年7月
猎民生活日记	顾德清	北京联合出版公司	2022年7月
燕啄红土地——时代楷模黄诗燕	张雄文	湖南人民出版社	2022年8月
春天的前海	李朝全	海天出版社	2022年10月
我们这十年	李春雷	大象出版社	2022年10月